DU MONDE ENTIER

IAN McEWAN

OPÉRATION SWEET TOOTH

ROMAN
TRADUIT DE L'ANGLAIS
PAR FRANCE CAMUS-PICHON

GALLIMARD

Du monde entier

IAN McEWAN

OPÉRATION
SWEET TOOTH

roman

*Traduit de l'anglais
par France Camus-Pichon*

GALLIMARD

Titre original :

SWEET TOOTH

© *Ian McEwan, 2012.*
© *Éditions Gallimard, 2014, pour la traduction française.*

À Christopher Hitchens
1949-2011

Si seulement j'avais rencontré, durant cette quête, une seule personne indiscutablement mauvaise.

TIMOTHY GARTON ASH, *The File*

1

Je m'appelle Serena Frome (prononcer « Frume », comme dans « plume ») et, il y a près de quarante ans, on m'a confié une mission pour les services secrets britanniques. Je n'en suis pas sortie indemne. Dix-huit mois plus tard j'étais congédiée, après m'être déshonorée et avoir détruit mon amant, bien qu'il eût certainement contribué à sa propre perte.

Je ne m'attarderai pas sur mon enfance et mon adolescence. Fille d'un évêque anglican, j'ai grandi avec ma sœur au pied de la cathédrale d'une charmante petite ville, dans l'est de l'Angleterre. Notre maison était accueillante, bien cirée, bien rangée, pleine de livres. Mes parents s'appréciaient plutôt, ils m'aimaient et je les aimais. Ma sœur Lucy et moi n'avions qu'un an et demi d'écart, mais nos chamailleries adolescentes n'ont pas laissé de traces durables et nous nous sommes rapprochées à l'âge adulte. La foi de notre père, discrète et raisonnable, n'envahissait pas notre existence, et lui avait néanmoins permis de s'élever sans heurts au sein de la hiérarchie ecclésiastique et de nous installer dans une confortable demeure de style Queen Anne. Celle-ci donnait sur un jardin clos aux vénérables bordures herbacées bien connues, aujourd'hui encore, des botanistes amateurs. Un univers stable, enviable, voire idyllique, donc. Nous avons grandi derrière les murs d'un jardin, avec tous les plaisirs et les limites que cela implique.

La fin des années soixante égaya notre existence sans la perturber. Je ne manquais pas un jour de classe au lycée de jeunes filles de la ville, à moins de tomber vraiment malade. À la fin de mon adolescence, le mur du jardin n'empêcha pas quelques flirts poussés, comme on disait alors, ni les expérimentations avec le tabac, l'alcool et un peu de haschich, l'apparition des disques de rock, des couleurs vives et de relations globalement plus conviviales. À dix-sept ans, mes amies et moi étions timidement et joyeusement rebelles, mais nous faisions nos devoirs, apprenions par cœur et recrachions les verbes irréguliers, les équations, la psychologie des héros de romans. Nous aimions nous voir comme des révoltées, mais en réalité nous étions plutôt sages. Elle nous plaisait bien, cette effervescence qui flottait dans l'air en 1969. Elle était indissociable de la perspective de quitter bientôt nos familles pour recevoir ailleurs une autre forme d'éducation. Rien d'étrange ni d'horrible ne m'arriva durant mes dix-huit premières années, raison pour laquelle je préfère sauter ce chapitre.

Livrée à moi-même, j'aurais choisi de préparer une simple licence d'anglais dans une université provinciale très au nord ou très à l'ouest de chez moi. J'adorais lire des romans. J'allais vite — je pouvais en terminer deux ou trois par semaine —, et faire cela pendant trois ans m'aurait parfaitement convenu. Cependant je passais plus ou moins, à l'époque, pour une erreur de la nature : une fille douée en maths. Cette discipline ne m'intéressait pas, j'y prenais peu de plaisir, mais j'aimais être la première sans trop me fatiguer. Je trouvais la bonne réponse avant même de savoir comment je m'y étais prise. Pendant que mes amies s'échinaient à faire des calculs, j'arrivais à la solution grâce à quelques tâtonnements en partie visuels, en partie dus au flair. J'avais du mal à expliquer comment je pouvais en savoir autant. À l'évidence, une épreuve de mathématiques demandait beaucoup moins de travail qu'une dissertation littéraire. Et durant ma dernière année de lycée, j'étais capitaine de notre équipe de joueurs d'échecs. Il faut faire un effort d'imagination et remonter le temps afin de comprendre ce que cela représentait, pour une jeune fille de l'époque, de se rendre dans un lycée voisin et de détrôner de son piédestal un minus au sourire condescendant. Je considérais pourtant les maths et les échecs, au même titre que le hockey, les jupes plissées et la chorale, comme des réalités purement scolaires. Lorsque je commençai à penser à mon inscription à l'université, l'heure était venue pour moi de mettre au rancart ces activités puériles. Mais c'était compter sans ma mère.

Elle représentait la quintessence, ou la caricature, de l'épouse de pasteur, puis d'évêque, anglican : une mémoire phénoménale des noms, visages et tourments des paroissiens, une façon bien à elle de descendre une rue en majesté avec son foulard Hermès, une attitude à la fois bienveillante et inflexible envers la femme de ménage et le jardinier. Une courtoisie sans faille qui s'exerçait à tous les échelons de la société, dans tous les registres. Avec quel art elle se mettait à la portée des femmes aux traits tirés habitant les logements sociaux et fumant cigarette sur cigarette, quand elles venaient au club Maman Bébé dans la crypte convertie en salle paroissiale. Avec quelle ferveur elle lisait le conte de Noël aux pupilles de l'association Barnardo's rassemblés à ses pieds dans notre salon le soir du réveillon. Avec quelle autorité naturelle elle avait mis à l'aise l'archevêque de Canterbury, le jour où il avait franchi notre porte pour prendre le thé servi avec quelques biscuits nappés de chocolat et fourrés à la confiture d'oranges, après avoir béni les fonts baptismaux de la cathédrale, récemment restaurés. Lucy et moi avions été exilées à l'étage pour la durée de sa visite. À tout cela s'ajoutaient — et c'était le plus difficile — une soumission et un dévouement absolus à la vocation de mon père. Elle chantait ses louanges, le servait, lui facilitait la tâche en toute occasion. De ses chaussettes soigneusement pliées l'une dans l'autre, de son surplis bien repassé dans la penderie au silence de mort qui régnait dans la maison le samedi pendant qu'il écrivait son sermon, en passant par son bureau sans le moindre grain de poussière. Tout ce qu'elle exigeait en retour — pure supposition de ma part, bien sûr —, c'était qu'il l'aime, ou du moins qu'il ne la quitte pas.

Or je n'avais pas compris que chez ma mère se cachait, profondément enfouie derrière cette apparence conventionnelle, la petite graine bien vivace du féminisme. Elle-même n'avait sûrement jamais prononcé ce mot, mais cela ne changeait rien à l'affaire. Son ton catégorique m'effraya. Elle déclara qu'il était de mon devoir, en tant que femme, d'aller étudier les mathématiques à Cambridge. En tant que femme ? À cette époque, dans notre milieu, personne ne s'exprimait de la sorte. Aucune femme ne faisait quoi que ce soit « en tant que femme ». Elle m'expliqua qu'elle ne me laisserait pas gaspiller mon talent. J'étais condamnée à viser l'excellence et à me distinguer. Je devais avoir une carrière digne de ce nom, être chercheuse, ingénieur ou économiste. Elle s'autorisa le cliché selon lequel le monde m'appartenait. Il était injuste pour ma sœur que j'aie à la fois l'intelligence et la beauté, alors que Lucy n'avait ni l'une ni l'autre. J'aggraverais cette injustice en bradant mes talents. La logique de ce raisonnement m'échappait, mais je n'en dis rien. Ma mère ajouta qu'elle ne me pardonnerait jamais — et ne se le pardonnerait pas davantage — si j'allais faire des études d'anglais et me bornais à devenir une ménagère un peu plus cultivée qu'elle ne l'était. Je risquais de *gâcher ma vie*. Ce furent ses mots, et j'y vis un aveu. C'est la seule fois où elle ait exprimé, ou laissé entendre, l'insatisfaction que lui inspirait son sort.

Puis elle rallia mon père — que ma sœur et moi appelions « l'Évêque » — à sa cause. Lorsque je rentrai du lycée un après-midi, ma mère me dit qu'il m'attendait dans son bureau. Encore vêtue de mon blazer vert avec son écusson sur lequel était brodée la devise du lycée — *Nisi Dominus Vanum* (Sans le Seigneur tout est vain) —, je m'affalai d'un air boudeur dans son fauteuil club en cuir, tandis qu'il trônait à son bureau, rangeant des papiers, chantonnant comme pour mettre de l'ordre dans ses idées. Je pensais qu'il allait me refaire le numéro de la parabole des talents, mais il adopta une approche aussi surprenante que pragmatique. Il avait pris des renseignements. L'université de Cambridge affichait sa volonté d'« ouvrir ses portes aux principes d'égalité du monde moderne ». Avec mon triple handicap — un lycée provincial, le fait d'être une fille, une discipline exclusivement masculine —, j'étais certaine d'être admise. En revanche, si je demandais à y préparer une licence d'anglais (je n'en avais jamais eu l'intention ; l'Évêque était toujours mal informé), j'aurais beaucoup plus de mal. Une semaine plus tard, ma mère s'était entretenue avec la directrice du lycée. Certains professeurs, appelés en renfort, reprirent les arguments de mes parents en plus des leurs, et je dus bien sûr m'incliner.

Ainsi renonçai-je à mon projet d'étudier la littérature anglaise à Durham ou Aberystwyth, où j'aurais sûrement été heureuse, pour aller à Newnham College, Cambridge, et découvrir dès ma première séance de travaux dirigés, qui avait lieu à Trinity College, ma médiocrité en mathématiques. Mon premier trimestre me déprima et je faillis déclarer forfait. Des garçons niais, dépourvus de charme et d'autres qualités humaines comme l'empathie et la grammaire générative, des cousins plus intelligents de ces imbéciles que j'avais écrasés aux échecs, me déshabillaient du regard pendant que je me débattais avec des concepts qui, pour eux, allaient de soi. « Ah, la sereine Miss Frome ! » s'exclamait d'un ton sarcastique un chargé de travaux dirigés, lorsque je pénétrais chaque mardi matin dans sa salle. « *Serenissima*. La déesse aux yeux bleus ! Venez nous éclairer ! » Il était évident, pour mes professeurs et les autres étudiants, que je ne pouvais pas réussir, précisément parce que j'étais une jolie fille en minijupe, avec des cheveux blonds et bouclés qui lui descendaient presque jusqu'à la taille. En vérité, je ne pouvais pas réussir parce que j'étais à peu près comme le reste de l'humanité : pas très bonne en maths, du moins pas à ce niveau. Je fis des pieds et des mains pour obtenir mon transfert dans le département d'anglais, de français, ou même d'anthropologie, mais personne ne voulut de moi. En ce temps-là, on respectait les règlements à la lettre. Pour en finir avec cette histoire affligeante, je tins bon jusqu'au bout et décrochai ma licence sans mention.

Si j'ai survolé mon enfance et mon adolescence, je passerai assez vite sur mes années de licence. Je ne mis pas les pieds sur les célèbres barques à fond plat — avec ou sans gramophone à manivelle — ni aux Footlights, le club d'art dramatique de l'université — le théâtre me met mal à l'aise —, pas plus que je ne fus arrêtée lors des émeutes au Garden House Hotel. Mais je perdis ma virginité dès mon premier trimestre universitaire, plusieurs fois de suite, me sembla-t-il, tant l'approche générale était mutique et maladroite, et je connus une agréable succession d'aventures, entre six et huit selon la définition que l'on donne de l'acte charnel. Je me fis quelques bonnes copines parmi les étudiantes de Newnham. Je lisais et je jouais au tennis. Grâce à ma mère, j'étudiais une discipline qui ne me convenait pas, mais cela ne m'empêchait pas de lire. Au lycée, j'avais rarement ouvert un recueil de poèmes ou une pièce de théâtre, mais je pense avoir pris plus de plaisir à me plonger dans un roman que mes amies étudiantes, qui suaient sang et eau pour rédiger chaque semaine une dissertation sur *Middlemarch* ou sur *La Foire aux vanités*. Je dévorais les mêmes livres, en discutais parfois, s'il y avait à proximité une oreille indulgente pour mes analyses rudimentaires, puis passais au suivant. La lecture était un moyen de ne pas penser aux mathématiques. Plus que cela (ou bien moins que cela ?), c'était un moyen de ne pas penser du tout.

J'ai dit que je lisais vite. Les cinq cents pages de *Quelle époque !* d'Anthony Trollope en quatre après-midi, allongée sur mon lit. Je pouvais engloutir un bloc de texte ou tout un paragraphe en une seule gorgée visuelle. Il me suffisait de laisser mes yeux et mes pensées se ramollir comme de la cire pour que les mots s'y impriment aussitôt. Au grand agacement de mon entourage, je tournais une page toutes les quelques secondes d'un coup de poignet impatient. Mes exigences étaient simples. J'attachais peu d'importance aux thèmes ou aux phrases bien tournées, je sautais les descriptions soignées du temps qu'il faisait, des paysages et des intérieurs. Il me fallait des personnages auxquels je puisse croire, et je voulais que l'on me donne envie de savoir ce qui allait leur arriver. En général, je préférais qu'ils tombent amoureux ou se séparent, mais je ne leur en voulais pas trop s'ils essayaient de faire autre chose. C'était une attente vulgaire, mais j'aimais entendre avant le dénouement quelqu'un demander : « Veux-tu m'épouser ? » Les romans sans héroïnes ressemblaient à un désert aride. Conrad était trop loin de mes préoccupations, comme la plupart des nouvelles de Kipling et de Hemingway. Je ne me laissais pas davantage impressionner par la réputation d'un auteur. Je lisais ce qui me tombait sous la main. Romans de gare, grande littérature, et tout ce qu'il y avait entre les deux : je réservais à chaque livre le même traitement cavalier.

Quelle œuvre célèbre commence par une phrase aussi lapidaire ? *Le jour de son arrivée, le thermomètre atteignit trente-deux degrés centigrades.* Percutant, non ? Vous ne reconnaissez pas ? Je provoquai l'hilarité de mes amies de Newnham qui étudiaient la littérature anglaise quand je leur affirmai que *La vallée des poupées* valait bien n'importe quel roman de Jane Austen. Elles s'esclaffèrent, et se payèrent ma tête pendant des mois. Or elles n'avaient jamais lu une ligne des œuvres de Jacqueline Susann. Mais quelle importance? Qui s'intéressait à l'avis incompétent d'une mathématicienne ratée? Pas moi ni mes amies. À cet égard, au moins, j'étais libre.

L'évocation de mes habitudes de lecture durant mes années de licence n'est pas une digression. Je dois à ces livres ma carrière dans le renseignement. Au cours de ma troisième et dernière année, mon amie Rona Kemp lança un hebdomadaire baptisé *?Quis?*. De tels projets voyaient le jour et capotaient par dizaines, mais le sien était en avance sur son temps, avec son mélange de culture et de divertissement. Poésie et musique pop, essais politiques et potins, quatuors à cordes et mode étudiante, *nouvelle vague**[1] et foot. Dix ans plus tard, cette formule serait partout. Sans doute Rona ne l'avait-elle pas inventée, mais elle fut l'une des premières à en comprendre l'attrait. Elle travailla ensuite à *Vogue* après un passage par le *Times Literary Supplement*, puis connut une ascension et une chute fulgurantes avec le lancement de nouveaux magazines à Manhattan et à Rio. Le double point d'interrogation dans le titre de sa première publication représentait une innovation qui contribua à assurer la parution de onze numéros. Au souvenir de ma tirade sur Jacqueline Susann, elle me demanda de tenir une chronique intitulée : « Ce que j'ai lu cette semaine ». Mon billet devait être éclectique et enjoué. Facile! J'écrivais comme je parlais, me bornant souvent à résumer les intrigues des livres que je venais de parcourir, et je ponctuais mes verdicts occasionnels d'une série

---

1. Les mots en italique suivis d'un astérisque sont en français dans le texte. *(N.d.T.)*

de points d'exclamation parodiques. Ma prose alerte, pétillante, fut bien accueillie. À deux ou trois reprises, des inconnus m'abordèrent dans la rue pour me le faire savoir. Même mon sarcastique chargé de travaux dirigés me complimenta. C'est le plus proche avant-goût que j'aie eu de cet élixir suave et grisant, la reconnaissance de ses pairs à l'université.

J'avais écrit une demi-douzaine de ces chroniques enlevées quand quelque chose se grippa. Comme beaucoup d'écrivains qui se taillent un petit succès, je commençai à me prendre trop au sérieux. J'étais une jeune femme aux goûts naïfs, écervelée, mûre pour être conquise. J'attendais, comme on disait dans certains romans que je lisais, l'homme idéal qui me ferait tourner la tête. Ce fut un Russe austère. Je découvris un auteur, une cause, et je m'en fis l'avocate. Soudain j'avais une idée à défendre, et pour mission de convaincre. Je m'adonnais désormais à de longues réécritures. Au lieu de m'exprimer spontanément sur la page blanche, je rédigeais une deuxième version, puis une troisième. En toute modestie, je voyais ma chronique comme un service public d'un intérêt vital. Je me levais la nuit pour supprimer des paragraphes entiers, couvrir mes pages de flèches et de bulles. Je sortais me promener, plongée dans d'importantes méditations. Je savais que ma popularité s'effriterait, mais je m'en fichais. Cette baisse me donnait raison, c'était le prix héroïque à payer. Je n'avais pas eu les bons lecteurs. Je me moquais des reproches de Rona. Je me sentais même renforcée dans mes convictions. « Ce n'est pas précisément enjoué », dit-elle avec froideur un après-midi en me rendant ma copie au Copper Kettle, le pub du coin. « Ce n'est pas ce dont nous étions convenues. » Elle avait raison. Mon brio et mes points d'exclamation s'étaient évanouis à mesure que ma colère et ma véhémence réduisaient mes centres d'intérêt et détruisaient mon style.

Mon déclin s'était amorcé lors de mes cinquante minutes en compagnie d'*Une journée d'Ivan Denissovitch* d'Alexandre Soljenitsyne, dans la nouvelle traduction de Gillon Aitken. J'avais ouvert le livre aussitôt après avoir refermé *Meilleurs vœux de la Jamaïque* de Ian Fleming. La transition fut brutale. J'ignorais tout des camps de travail soviétiques et n'avais jamais entendu le mot « goulag ». Ayant grandi à l'ombre d'une cathédrale, que savais-je des absurdités cruelles du communisme, de ces hommes et de ces femmes courageux qui, dans des colonies pénitentiaires glaciales et reculées, en étaient réduits à ne penser jour après jour qu'à leur survie ? Des centaines de milliers d'individus déportés vers les étendues désolées de la Sibérie parce qu'ils avaient défendu leur patrie en terre étrangère, été prisonniers de guerre, avaient contrarié un responsable du Parti, été responsables du Parti, portaient des lunettes, étaient juifs, homosexuels, paysans propriétaires d'une vache, poètes. Qui parlait au nom de cette humanité perdue ? Jamais je ne m'étais préoccupée de politique jusqu'alors. J'ignorais tout des querelles et des désillusions de la génération précédente. Je n'avais pas davantage entendu parler de l'« opposition de gauche ». En dehors du lycée, mon éducation s'était limitée à quelques exercices supplémentaires de mathématiques et à des piles de romans en édition de poche. J'étais une innocente moralement indignée. Je ne parlais pas de « totalitarisme », ne connaissais même pas ce terme. J'aurais sûrement cru qu'il avait quelque chose à voir avec les mathématiques. Lorsque j'envoyais mes dépêches depuis un front obscur, j'avais l'impression de lever le voile, d'ouvrir la voie.

En une semaine, j'avais lu *Le premier cercle* de Soljenitsyne. Le titre venait de Dante. Le premier cercle de l'enfer était réservé aux philosophes grecs et consistait, par un curieux hasard, en un agréable *jardin clos* entouré de souffrances infernales, jardin qui interdisait toute évasion vers le paradis. Comme les nouveaux convertis, j'eus le tort de croire que tout le monde partageait mon ignorance antérieure. Ma chronique devint une harangue. Cambridge la suffisante ne savait donc pas ce qui s'était passé, et se passait encore, à près de cinq mille kilomètres plus à l'est, elle n'avait donc pas remarqué les dégâts causés à l'esprit humain par cette utopie ratée avec ses files d'attente, ses vêtements horribles et ses entraves à la liberté de circulation ? Que devait-on faire ?

? Quis ? toléra quatre livraisons anticommunistes. J'élargis mes lectures au *Zéro et l'Infini* d'Arthur Koestler, à *Brisure à senestre* de Nabokov, ainsi qu'à ce superbe essai de Miłosz, *La pensée captive*. Et j'étais bien sûr la première à comprendre *1984* d'Orwell. Mais ma préférence revenait toujours à Alexandre, mon premier amour. À ce front bombé comme un dôme d'église orthodoxe, à ce collier de barbe digne d'un pasteur des Appalaches, à cette autorité sévère conférée par le goulag, à cette indifférence obstinée envers les hommes politiques. Même ses convictions religieuses ne me dissuadaient pas. Je lui pardonnais lorsqu'il reprochait aux hommes d'avoir oublié Dieu. C'était Lui, Dieu. Qui pouvait l'égaler ? Qui pouvait contester son prix Nobel ? Quand je contemplais sa photo, j'aurais voulu être sa maîtresse. Je l'aurais servi

comme ma mère servait mon père. Plier ses chaussettes l'une dans l'autre? Je lui aurais lavé les pieds à genoux. Avec ma langue!

En ce temps-là, dénoncer les injustices du système soviétique était devenu la routine pour les hommes politiques et les éditorialistes de la plupart des journaux en Occident. Dans le contexte étudiant de l'époque, c'était assez mal perçu. Si la CIA luttait contre le communisme, on devait pouvoir le défendre. Des sections locales du parti travailliste vénéraient encore les brutes vieillissantes à mâchoire carrée du Kremlin et leur macabre projet, chantaient encore l'Internationale à chaque congrès annuel, enrôlaient encore les étudiants dans des programmes d'échange. Durant les années de guerre froide et de pensée manichéenne, il était mal vu de partager les opinions sur l'Union soviétique d'un président américain qui faisait la guerre au Vietnam. Mais lors de ce rendez-vous au Copper Kettle à l'heure du thé, Rona m'expliqua, avec la courtoisie, les effluves de parfum et la concision qui la caractérisaient déjà, que ce n'était pas la politique qui la gênait dans ma chronique. Mon péché capital, c'était mon sérieux. Dans le numéro suivant de son magazine, ma signature avait disparu. À la place figurait une interview du très psychédélique Incredible String Band. Et puis *?Quis?* cessa de paraître.

Quelques jours après mon renvoi, j'entrai dans une période Colette qui dura plusieurs mois. Et j'avais d'autres préoccupations urgentes. Mes examens de licence auraient lieu quelques semaines plus tard et je m'étais trouvé un nouveau petit ami, un étudiant en histoire du nom de Jeremy Mott. Il avait un physique un peu démodé : silhouette dégingandée, nez massif, pomme d'Adam imposante. Il était mal habillé, intelligent sans ostentation, et d'une politesse extrême. J'avais remarqué plusieurs spécimens du genre dans mon entourage. Tous semblaient descendre d'une seule et unique famille et venir d'écoles privées du nord de l'Angleterre, où on leur avait fourni les mêmes vêtements. Ils étaient les derniers hommes sur terre à porter des vestes de tweed avec des parements et des coudières en cuir. J'appris, mais pas de sa bouche, qu'il aurait sûrement sa licence avec mention très bien et avait déjà publié un article dans une revue universitaire sur la Renaissance.

Il se révéla un amant tendre et attentionné, malgré son pubis extrêmement anguleux qui me fit un mal de chien la première fois. Il s'en excusa, comme il l'aurait fait à propos de la folie d'un lointain cousin. Façon de dire que ça ne le gênait pas spécialement. Nous réglâmes le problème en faisant l'amour avec une serviette-éponge pliée entre nous, remède auquel j'eus l'impression qu'il recourait souvent. Il se montrait vraiment patient et adroit, faisait durer le plaisir aussi longtemps que je le souhaitais et au-delà, jusqu'à ce que je n'en puisse plus. Sa propre jouissance, elle, était fugace malgré mes efforts, et je commençai à le soupçonner d'attendre de moi que je dise ou fasse quelque chose de particulier. Il refusait de préciser quoi. Plus exactement, il assurait ne rien attendre. Je ne le croyais pas. Je voulais qu'il ait un désir secret et honteux que je serais seule à pouvoir satisfaire. Je voulais que cet homme courtois, un peu hautain, soit tout à moi. Mourait-il d'envie de me donner la fessée, d'être fessé par moi ? Ou bien d'essayer mes dessous ? Ce mystère m'obsédait quand nous étions séparés, et je ne pouvais m'empêcher de penser à Jeremy au lieu de me concentrer sur mes maths. Colette fut mon échappatoire.

Un après-midi au début du mois d'avril, après une séance dans la chambre de Jeremy avec la serviette-éponge pliée, nous traversions la route près de l'ancien Corn Exchange, moi dans un halo de béatitude malgré une petite douleur due à un muscle froissé au creux des reins, et lui — eh bien, je m'interrogeais. En marchant, je me demandais s'il fallait revenir une fois encore sur le sujet. Il était plein de sollicitude, m'enlaçait les épaules d'un bras protecteur en me parlant de sa dissertation sur la Chambre étoilée. J'avais pourtant la conviction qu'il n'était pas pleinement épanoui. Je le sentais à son élocution saccadée, à son pas nerveux. Il n'avait pas joui une seule fois en plusieurs jours. J'aurais voulu l'aider, j'étais mue par une curiosité sincère. Je redoutais également de ne pas être à la hauteur. À l'évidence, je l'excitais, mais peut-être ne me désirait-il pas tout à fait assez. Nous dépassâmes l'ancien Corn Exchange dans le crépuscule glacial de ce printemps humide, le bras de mon amant sur mes épaules telle une étole en renard, mon bonheur légèrement compromis par une courbature, et un peu plus encore par l'énigme des désirs réels de Jeremy.

Soudain, au détour d'une impasse, dans la lumière approximative de l'éclairage public, apparut devant nous le professeur d'histoire de Jeremy, Tony Canning. Il me serra la main lors des présentations, avec beaucoup trop d'insistance, pensai-je. Il avait une cinquantaine d'années — environ l'âge de mon père — et je ne savais de lui que ce que Jeremy m'avait déjà dit. C'était un professeur des universités, autrefois ami de Reggie Maudling, le ministre de l'Intérieur, qui était venu dîner dans son collège. Pris de boisson, les deux hommes s'étaient brouillés un soir au sujet de la politique d'emprisonnement forcé en Irlande du Nord. Le professeur Canning avait présidé une commission sur les sites historiques, siégé au sein de plusieurs instances consultatives, il était administrateur du British Museum et avait écrit sur le congrès de Vienne un ouvrage qui faisait référence.

Il comptait parmi les puissants de ce monde, catégorie qui m'était vaguement familière. Des hommes comme lui venaient de temps à autre chez nous rendre visite à l'Évêque. Dans cette période d'après les années soixante, toute personne de moins de vingt-cinq ans les trouvait ennuyeux, forcément, mais je les aimais bien quand même. Ils pouvaient se montrer charmants, voire spirituels, et l'odeur de cigares et de cognac qu'ils laissaient dans leur sillage habillait le monde d'un semblant d'ordre et de richesse. Ils avaient une haute opinion d'eux-mêmes, mais ne semblaient pas malhonnêtes, et possédaient, ou donnaient l'impression de posséder, un grand sens du service public. Ils prenaient au sérieux les plaisirs de la vie (le vin, la gastronomie, la pêche, le bridge, etc.), et quelques-uns s'étaient apparemment distingués à la guerre. Je gardais le souvenir de certains Noëls de mon enfance où l'un d'eux avait glissé un billet de dix livres à ma sœur et à moi. Que ces hommes gouvernent donc le monde. Il y avait bien pire qu'eux.

Canning avait une élégance relativement discrète, peut-être assortie à la modestie de ses fonctions officielles. Je remarquai ses cheveux ondulés, séparés avec soin par une raie, ses lèvres moites et charnues, et la fossette verticale au centre de son menton, que je trouvai attendrissante car je voyais, même dans cette lumière faiblarde, qu'il avait du mal à la raser correctement. Des poils noirs et rebelles en dépassaient. Il était très bel homme.

Les présentations terminées, il me posa quelques questions polies et assez anodines — sur ma licence, sur Newnham, sur son directeur qui était l'un de ses amis, sur ma ville natale, sur la cathédrale. Jeremy se mêla à la conversation et Canning l'interrompit à son tour pour le remercier de lui avoir montré mes trois dernières chroniques dans *?Quis?*.

Il s'adressa de nouveau à moi. « Sacrément bons, ces articles. Vous avez du talent, ma chère. Vous comptez faire du journalisme ? »

?Quis?, simple torchon pour étudiants, n'était pas destiné à des lecteurs sérieux. Je fus flattée par ces éloges, mais j'étais trop jeune pour savoir accepter un compliment. Je marmonnai modestement quelques remerciements qui ressemblaient à une fin de non-recevoir, tentai de me rattraper tant bien que mal et devins écarlate. Compatissant, le professeur nous invita à prendre le thé et nous retraversâmes le Corn Exchange à sa suite, en direction de son collège.

Son appartement était plus exigu, miteux et en désordre que je ne m'y attendais, et j'eus la surprise de le voir rater la préparation du thé, rincer sommairement quelques tasses trapues et couvertes de taches brunes, renverser en partie sur ses copies et ses livres l'eau brûlante d'une bouilloire électrique crasseuse. Rien de tout cela ne cadrait avec ce que je découvrirais plus tard sur lui. Assis à son bureau, et nous dans des fauteuils, il continua de me questionner. Puisque je grignotais ses sablés au chocolat de chez Fortnum & Mason, je me sentis obligée de lui fournir des réponses détaillées. Jeremy m'encourageait, acquiesçant bêtement de la tête à tout ce que je disais. Le professeur m'interrogea sur mes parents, sur ce que l'on ressentait en grandissant « à l'ombre d'une cathédrale » — avec un certain à-propos, je crois, je répondis qu'il n'y avait pas d'ombre, la cathédrale se trouvant au nord de notre maison. Les deux hommes éclatèrent de rire, et je me demandai si mon trait d'esprit ne contenait pas des sous-entendus qui m'auraient échappé. Il fut ensuite question de la bombe atomique et des appels en faveur d'un désarmement unilatéral lancés par le parti travailliste. Je répétai une expression que j'avais lue quelque part — un cliché, me dis-je après coup. Il serait impossible de « faire rentrer le génie dans sa lampe ». Il faudrait contrôler les armes nucléaires, et non pas les interdire. Au temps pour l'idéalisme de la jeunesse. En réalité, je n'avais pas d'avis tranché sur le sujet. Dans un autre contexte, j'aurais pu plaider la cause du désarmement. Sans vouloir l'admettre, j'essayais de séduire Tony Canning, de donner les bonnes réponses, de susciter son intérêt. J'aimais le voir se pencher vers moi lorsque je parlais, me sentais rassurée par le léger sourire approbateur qui étirait ses lèvres pleines sans vraiment les séparer, par sa façon de dire, dès que je m'interrompais : « Je vois... Tout à fait... »

L'objectif de cet interrogatoire aurait dû me sembler évident. Dans le petit monde clos du journalisme étudiant, je m'étais présentée comme une apprentie combattante de la guerre froide. Aujourd'hui, cela tombe sûrement sous le sens. Nous étions à Cambridge, après tout. Pourquoi raconterais-je cette rencontre, sinon ? À l'époque, elle n'avait pour moi aucune signification particulière. Jeremy et moi nous rendions dans une librairie, et nous nous retrouvions à prendre le thé avec son professeur. Rien de bien étrange. Les méthodes de recrutement évoluaient à cette période, mais très lentement. Le monde occidental était sans doute en proie à une transformation irrémédiable, les jeunes croyaient avoir découvert une nouvelle manière de se parler, on prétendait que les vieilles barrières s'écroulaient, pourries à la base. Malgré tout, les célèbres « pressions amicales » s'exerçaient encore, moins fréquemment peut-être, et avec moins de force. Au sein de l'université, certains doyens restaient à l'affût d'éléments prometteurs et transmettaient des noms en vue d'entretiens. On continuait de prendre à part certains lauréats des concours de la fonction publique pour leur demander s'ils avaient envisagé un « autre » ministère. La plupart du temps, on vous approchait quand vous aviez déjà quelques années d'expérience. Sans qu'il soit besoin de le dire, les origines familiales comptaient encore et, dans mon cas, l'existence de l'Évêque ne nuisait pas. On s'est souvent étonné du temps nécessaire pour que les affaires Burgess, Maclean et Philby aient raison du principe en vertu duquel les rejetons d'une certaine classe sociale seraient plus loyaux envers leur pays que les autres. Dans les années soixante-dix, tout le monde se souvenait de ces trahisons retentissantes, mais les méthodes de recrutement à l'ancienne résistaient contre vents et marées.

En général, ces amicales pressions étaient exercées par un homme sur un autre homme. Rares étaient les femmes que l'on approchait suivant la procédure consacrée, maintes fois décrite. Et bien qu'il soit strictement exact que Tony Canning ait fini par me recruter pour le MI5, ses motivations étaient complexes et il n'obéissait à aucun ordre officiel. S'il attachait de l'importance à ma jeunesse et à ma beauté, il me fallut un certain temps pour découvrir le caractère pathétique de cet attachement. (Maintenant que le miroir est moins flatteur, je peux le dire une fois pour toutes : j'étais vraiment très jolie. Et même plus encore. Comme Jeremy me l'a un jour écrit dans l'une de ses rares lettres un peu expansives, j'étais « en fait, une femme superbe ».) Même les vieux pontes du cinquième étage, auxquels je n'ai jamais été présentée et que j'ai rarement vus durant ma brève période de service commandé, ignoraient pourquoi on m'avait envoyée. Ils eurent beau émettre des hypothèses, jamais ils ne se doutèrent que le professeur Canning, lui-même un ancien du MI5, croyait leur faire un cadeau expiatoire. Son cas était plus triste et compliqué que nul ne pouvait le deviner. Alors qu'il s'apprêtait à entamer un voyage sans retour, il allait changer le cours de mon existence et se conduire avec une cruauté gratuite. Si, aujourd'hui encore, je n'en sais pas plus à son sujet, c'est parce que je n'ai fait qu'une toute petite partie du chemin avec lui.

2

Ma liaison avec Tony Canning ne dura pas plus de quelques mois. Au début, je continuai à voir Jeremy, mais à la fin du mois de juin, après les examens de licence, il s'installa à Édimbourg pour préparer son doctorat. Ma vie devint moins tourmentée, même si je restais perturbée de n'avoir ni percé son secret avant son départ ni réussi à le satisfaire. Il ne s'était jamais plaint, n'avait jamais semblé s'apitoyer sur son sort. Quelques semaines plus tard, il m'écrivit une lettre tendre, pleine de regrets, pour m'apprendre qu'il était tombé amoureux d'un violoniste qu'il avait entendu un soir jouer un concerto de Bruch au Usher Hall — un jeune Allemand de Düsseldorf au jeu exquis, surtout dans le mouvement lent. Il s'appelait Manfred. Évidemment. Si j'avais eu des idées un peu moins démodées, je m'en serais doutée, car à cette époque les problèmes sexuels d'un homme ne pouvaient avoir qu'une seule cause.

Tellement pratique. Le mystère était élucidé, et je pouvais cesser de m'évertuer à faire le bonheur de Jeremy. Il s'inquiétait aimablement de mes sentiments, proposant même de venir me rencontrer à Cambridge pour s'expliquer. Je lui répondis pour le féliciter, et j'eus l'impression de me conduire en adulte lorsque j'exagérai ma joie pour lui faire plaisir. Ce type de liaison, légalisé depuis cinq ans seulement, représentait une nouveauté pour moi. J'expliquai à Jeremy qu'il était inutile de descendre jusqu'à Cambridge, que je garderais toujours le meilleur souvenir de lui, qu'il était le plus adorable des hommes, et que j'étais impatiente de faire un jour la connaissance de Manfred — s'il te plaît gardons le contact, au revoir! J'aurais aimé le remercier de m'avoir présentée à Tony, mais ne voyais pas l'utilité d'éveiller ses soupçons. Je ne parlai pas davantage à Tony de son ancien étudiant. Chacun savait tout ce qu'il avait besoin de savoir pour être heureux.

Et heureux, nous l'étions. Nos rendez-vous amoureux avaient lieu chaque week-end dans une chaumière isolée, non loin de Bury St Edmunds, dans le Suffolk. On quittait une route étroite et tranquille pour tourner dans un vague chemin qui traversait un pré, on s'arrêtait en lisière d'un vénérable bois aux arbres étêtés, et là, cachée par un enchevêtrement de buissons d'aubépine, se trouvait une petite barrière blanche à claire-voie. Un sentier pavé serpentait à travers un jardin rustique envahi par la végétation (des lupins, des roses trémières, des coquelicots géants), jusqu'à une lourde porte en chêne ornée de rivets ou de clous. Celle-ci ouvrait sur une salle à manger aux dalles gigantesques et aux poutres vermoulues à moitié recouvertes de plâtre. Sur le mur du fond était accrochée une toile colorée représentant une scène méditerranéenne, des maisons blanchies à la chaux et des draps étendus sur un fil à linge. C'était une aquarelle de Winston Churchill, peinte à Marrakech en 1943, durant une pause lors de la conférence de Casablanca. Je n'ai jamais su comment Tony était entré en sa possession.

Frieda Canning, une marchande de tableaux qui voyageait beaucoup à l'étranger, n'aimait pas venir dans cette maison. Elle se plaignait de l'humidité, de l'odeur de moisi et des dizaines de corvées occasionnées par une résidence secondaire. Or l'odeur en question se dissipait dès que l'on chauffait, et c'était son mari qui s'acquittait de toutes les corvées. Elles réclamaient des compétences et une habileté particulières : savoir allumer le fourneau rétif de marque Rayburn, forcer la fenêtre de la cuisine pour l'ouvrir, mettre en route le ballon d'eau chaude de la salle de bains et se débarrasser des souris au dos brisé par les pièges. Je n'avais même pas à m'occuper des repas. Malgré sa maladresse dans la préparation du thé, Tony aimait faire la cuisine. Je lui servais quelquefois de cuistot, et c'était un bon professeur. Il réalisait des recettes italiennes, apprises durant les quatre années où il avait enseigné dans un institut de Sienne. Comme son dos lui jouait des tours, au début de chaque visite je traversais le jardin avec des sacs de jute emplis de provisions et de bouteilles de vin, tirés du coffre de son antique cabriolet MG garé dans le pré.

Ce fut un été convenable, au vu des normes anglaises, et Tony imprima un rythme majestueux à nos journées. Nous déjeunions souvent au jardin, à l'ombre d'un vieux cotonéaster. Généralement, il prenait un bain en s'éveillant de sa sieste, et puis, s'il faisait chaud, lisait dans un hamac tendu entre deux bouleaux. Si la chaleur devenait accablante, il saignait parfois du nez et devait aller s'allonger sur le dos à l'intérieur, un gant de toilette contenant des glaçons appliqué sur le visage. Certains soirs, nous partions pique-niquer dans les bois avec une bouteille de vin blanc enveloppée d'un torchon amidonné, des verres à vin dans un coffret en bois de cèdre et une thermos de café. C'était la table des professeurs de son collège, *sur l'herbe**. Les tasses avec leurs soucoupes, la nappe damassée, les assiettes de porcelaine et l'argenterie, plus une chaise pliante en toile et en aluminium : je transportais le tout sans protester. Vers la fin de l'été, nous allions moins loin sur les sentiers car Tony disait avoir du mal à marcher et se fatiguait facilement. Le soir, il aimait écouter des opéras sur le vieil électrophone et, même s'il m'expliquait avec passion les personnages et les intrigues d'*Aïda*, de *Così fan tutte* ou de *L'Élixir d'amour*, ces voix stridentes et languissantes me parlaient peu. Les étranges chuintements et grésillements du saphir émoussé, qui tressautait doucement à chaque ondulation du disque, évoquaient un éther à travers lequel les morts nous auraient appelés en vain.

Tony aimait me parler de son enfance. Son père, officier de marine pendant la Première Guerre mondiale, était un plaisancier expérimenté. À la fin des années vingt, les vacances familiales se passaient à voguer d'une île de la Baltique à l'autre, et ses parents avaient ainsi découvert et acheté une maison de pierre sur l'archipel reculé de Kumlinge. C'était devenu l'un de ces paradis de l'enfance que la nostalgie rehausse de son lustre. Tony et son frère aîné y vagabondaient librement, faisant du feu et construisant des campements sur la grève, allant à la rame voler des œufs d'oiseaux marins sur un îlot inhabité. Plusieurs clichés avec des craquelures, pris avec un appareil photo rudimentaire, lui prouvaient que ce rêve avait été réalité.

Un après-midi de la fin du mois d'août, nous fîmes une promenade dans les bois. Cela nous arrivait souvent, mais en cette occasion Tony s'éloigna du sentier et je le suivis aveuglément. Nous nous enfonçâmes dans le sous-bois et je supposai que nous allions faire l'amour dans quelque lieu connu de lui seul. Les feuilles avaient beau être sèches, il ne pensait qu'aux champignons, aux cèpes. Je masquai ma déception et appris à identifier ces derniers : des alvéoles et non pas des lamelles, une sorte de filigrane autour du pied, aucune tache lorsqu'on y appliquait le pouce. Ce soir-là, Tony prépara une grande poêlée de *porcini*, comme il préférait les appeler, avec de l'huile d'olive, du poivre, du sel et de la *pancetta*, et nous les accompagnâmes de polenta, d'une salade et d'un vin rouge, un *barolo*. C'était un repas exotique, dans les années soixante-dix. Je me souviens de tout : de la table en pin blanchi aux pieds d'un bleu-vert écaillé et délavé, du vaste plat creux en faïence avec les cèpes luisants, du disque de polenta rayonnant tel un soleil en miniature sur un plat vert pâle à l'émail craquelé, de la bouteille de vin toute noire et poussiéreuse, de la roquette au goût poivré dans un saladier blanc ébréché, et de Tony qui improvisa la sauce en quelques secondes, versant l'huile d'une main et pressant le citron de l'autre, semblait-il, au moment d'apporter la salade sur la table. (Ma mère concoctait ses sauces en dosant les ingrédients avec la précision d'un ingénieur chimiste.) Tony et moi avons fait à cette table beaucoup de repas semblables, mais celui-ci les vaut tous. Quelle simplicité, quelle classe, quel homme du monde! Ce soir-là, le vent s'était levé et la branche d'un frêne ébranlait et raclait le toit de chaume. Après le dîner nous lirions, puis nous converserions à coup sûr, mais seulement après avoir fait l'amour, et cela seulement après un dernier verre de vin.

Quel amant était-il ? Eh bien, moins énergique et infatigable que Jeremy, à l'évidence. Tony avait beau être en forme pour son âge, je fus un peu décontenancée, la première fois, de voir l'effet produit par cinquante-quatre années sur un organisme. Assis au bord du lit, il se penchait pour enlever une de ses chaussettes. Son pauvre corps nu ressemblait à une vieille chaussure éculée. Sa peau formait des plis en des endroits improbables, jusque sous ses bras. Bizarre que, toute à ma stupeur vite refoulée, je ne me sois pas dit que je contemplais mon propre avenir. J'avais vingt et un ans. Ce que je prenais pour la norme — la fermeté, la douceur, la souplesse — n'était que l'apanage éphémère de la jeunesse. Pour moi, les gens âgés représentaient une espèce à part, au même titre que les moineaux ou les renards. Et pourtant que ne donnerais-je pas, à présent, pour avoir de nouveau cinquante-quatre ans ! Les plus grands organes sont aussi les plus atteints : la peau des vieux devient trop grande pour eux. Elle pendouille sur leurs os, comme un blazer d'uniforme scolaire acheté une taille au-dessus pour durer plus longtemps. Ou comme un pyjama. Et sous une certaine lumière, bien que cela ait pu venir des rideaux de la chambre, Tony semblait du même jaune que les pages d'un vieux livre de poche dans lequel on aurait pu lire diverses infortunes : une alimentation trop riche, les cicatrices d'opérations de l'appendicite et du genou, une morsure de chien, un accident d'escalade, et une catastrophe dans l'enfance avec la poêle du petit déjeuner, qui l'avait privé d'une partie de ses poils pubiens. À droite de son torse, remontant vers le cou, se trouvait une autre cicatrice, toute blanche et longue d'une dizaine de centimètres, dont il ne voulut jamais m'expliquer l'origine. Mais s'il paraissait légèrement... rouillé, et me rappelait parfois le vieil ours en peluche râpée de la demeure familiale au pied de la cathédrale, c'était aussi un amant averti et attentif. Son style rappelait l'amour courtois. J'aimais sa façon de me déshabiller et de poser mes vêtements sur son avant-bras, tel un domestique au bord d'une piscine, ou de me faire de temps à autre asseoir sur son visage — une nouveauté pour moi, au même titre que la salade de roquette.

Je nourrissais également quelques doutes. Il allait parfois trop vite, impatient de passer à autre chose — les grandes passions de son existence étaient l'alcool et l'art de la conversation. Plus tard, il m'arriva de le trouver égoïste, franchement de la vieille école, se précipitant vers sa propre jouissance, qu'il atteignait toujours avec un cri poussif. Et trop obsédé par mes seins, ravissants à l'époque, j'en suis sûre, mais cela me perturbait de voir un homme de l'âge de l'Évêque faire sur eux une fixation quasi infantile, les tétant plus ou moins avec d'étranges gémissements. C'était l'un de ces Anglais arrachés à maman dès l'âge de sept ans et exilés dans un internat glacial. Les malheureux ne reconnaissent jamais l'étendue des dégâts, ils se contentent d'en souffrir. Mais il ne s'agissait que de critiques mineures. Tout cela était nouveau pour moi, une aventure qui me prouvait ma propre maturité. Un homme d'âge mûr, plein d'expérience, semblait fou de moi. Je lui pardonnais tout. Et j'adorais la douceur de ses lèvres, leur moelleux. Il embrassait magnifiquement bien.

Je le préférais pourtant une fois rhabillé, les cheveux à nouveau partagés par une raie impeccable (il utilisait de l'huile capillaire et un peigne en acier), lorsqu'il redevenait un puissant de ce monde, m'installait dans un fauteuil, débouchait prestement un pinot *grigio*, me conseillait dans mes lectures. Voilà une chose que, depuis, j'ai remarquée au fil des ans : la montagne qui sépare l'homme nu de l'homme vêtu. Deux individus sur le même passeport. Là encore, rien de bien grave, tout se tenait : le sexe et la cuisine, le vin et les promenades, la conversation. Nous étions également studieux. Les premiers temps, au printemps et au début de l'été cette année-là, je révisais en vue de mes examens de licence. Tony ne pouvait pas m'aider. Assis en face de moi, il écrivait une monographie sur John Dee.

Il avait beaucoup d'amis, mais n'en invitait aucun lorsque j'étais là, bien sûr. Une seule fois, nous avons reçu des visiteurs. Ils arrivèrent un après-midi dans une voiture conduite par un chauffeur, deux hommes en costume sombre, la quarantaine, pensai-je. Un peu abruptement, Tony me demanda si je ne voudrais pas faire une longue promenade dans les bois. À mon retour, une heure et demie plus tard, les deux hommes avaient disparu. Tony ne me donna aucune explication et nous regagnâmes Cambridge le soir même.

Nous ne nous voyions que dans cette chaumière. Cambridge ressemblait trop à un village ; Tony y était trop connu. Je devais me rendre à pied avec mon sac de voyage dans un coin perdu de la ville, en lisière d'un lotissement, et attendre sous l'abribus qu'il vienne me chercher dans sa voiture de sport mal en point. En théorie, c'était une décapotable, mais les arceaux métalliques qui soutenaient la toile, trop rouillés, ne se repliaient plus. Ce vieux cabriolet MG avait un lecteur de cartes flexible et des compteurs vacillants. Il sentait autant l'huile de moteur et le métal chaud qu'un Spitfire des années quarante. Le plancher en aluminium, chaud lui aussi, vibrait sous les pieds. Je jubilais de quitter la file d'attente, grenouille se transformant en princesse sous l'œil mauvais des passagers ordinaires, et de me baisser pour me glisser à côté du professeur. J'avais la sensation de me mettre au lit avec lui en public. Je fourrais mon sac dans le minuscule espace derrière moi, et le cuir craquelé du siège griffait la soie de mon chemisier — que Tony m'avait acheté chez Liberty's — lorsque je me penchais pour recevoir un baiser.

Mes examens terminés, Tony décréta qu'il se chargeait de choisir mes lectures. Assez de romans! Il semblait atterré par mon ignorance de ce qu'il appelait « l'histoire de notre île ». Et il avait raison. Je n'étudiais plus l'histoire depuis l'âge de quatorze ans. À vingt et un ans, malgré une éducation privilégiée, Azincourt, la monarchie de droit divin et la guerre de Cent Ans n'étaient pour moi que des formules vides de sens. Le mot « histoire » lui-même n'évoquait qu'une succession monotone de rois et de guerres de Religion meurtrières. Je me plaçai néanmoins sous la tutelle de Tony. Cette discipline était plus intéressante que les mathématiques, et ma liste de lectures très brève : Winston Churchill et G. M. Trevelyan. Mon professeur évoquerait le reste oralement.

Mon premier cours eut lieu au jardin, sous le cotonéaster. J'appris que, depuis le XVIᵉ siècle, la politique anglaise, puis britannique, en Europe se fondait sur une recherche de l'équilibre des pouvoirs. J'étais censée couvrir la période allant jusqu'au congrès de Vienne de 1815. Tony insistait sur le fait qu'un équilibre entre les nations représentait le fondement du droit international et d'une diplomatie apaisée. Il était capital que les nations se contiennent mutuellement.

Je lisais souvent seule après le déjeuner, pendant que Tony faisait sa sieste — de plus en plus longue à mesure que l'été avançait et j'aurais dû m'en inquiéter. Au début, je l'impressionnai par ma vitesse de lecture. Deux cents pages en deux ou trois heures! Ensuite je le déçus. Je ne répondais pas à ses questions avec précision, ne retenais pas les informations. Il m'obligea à relire la version donnée par Churchill de la Glorieuse Révolution de Guillaume d'Orange, m'interrogea avec force lamentations — espèce de passoire! —, m'envoya lire une fois encore le passage concerné, me questionna plus avant. Ces oraux avaient lieu pendant nos promenades dans les bois, ou devant un verre de vin après un dîner préparé par ses soins. Je lui en voulais de sa persévérance. J'avais envie que nous soyons amants, pas maître et élève. Je m'en prenais à lui autant qu'à moi-même lorsque je ne trouvais pas la réponse. Quelques séances geignardes plus tard, je finis pourtant par éprouver une certaine fierté, et pas seulement à cause de l'amélioration de mes performances. Je commençais à m'intéresser au sens de l'histoire. Il s'agissait de quelque chose de précieux, et j'avais l'impression de l'avoir découvert seule, comme l'oppression soviétique. L'Angleterre de la fin du XVIIe siècle n'était-elle pas la société la plus libre que le monde ait connue, celle où régnait la plus grande curiosité intellectuelle? La philosophie des Lumières dans son expression anglaise n'avait-elle pas eu un plus grand retentissement que dans son expression française? N'était-il pas louable que l'Angleterre se soit isolée pour lutter contre le despotisme du catholicisme sur le continent? Et nous étions sûrement les héritiers de cette liberté.

J'étais une proie facile. Je subissais une préparation intensive pour mon premier entretien, qui devait se dérouler en septembre. Tony avait son idée sur le genre d'Anglaise que ses supérieurs — ou lui-même — voulaient recruter, et il redoutait que mon éducation étriquée ne compromette mes chances. Il croyait, mais l'avenir lui donna tort, qu'un de ses anciens étudiants figurerait parmi mes interrogateurs. Il insistait pour que je lise chaque jour le journal, c'est-à-dire, bien entendu, *The Times*, qui demeurait à l'époque le grand organe de référence. J'avais peu prêté attention à la presse jusqu'alors et ne savais même pas ce qu'était un éditorial. Apparemment, il s'agissait de l'« âme » d'un quotidien. À première vue, la prose était aussi ardue qu'un problème d'échecs. Je fus aussitôt captivée. J'admirai ces déclarations pleines de hauteur et d'emphase sur des questions d'actualité. Les jugements étaient passablement obscurs et ne reculaient jamais devant une citation de Tacite ou de Virgile. Quelle maturité! Selon moi, n'importe lequel de ces auteurs anonymes pouvait prétendre au titre de Président du Monde.

Et quelles étaient les questions d'actualité? Dans ces éditoriaux, d'imposantes propositions subordonnées gravitaient autour de l'astre du verbe principal; mais dans le courrier des lecteurs, nul n'avait le moindre doute. Les planètes n'étaient plus sur la bonne orbite et ces correspondants savaient, en leur for intérieur tourmenté, que le pays sombrait dans le désespoir, la colère et l'autodestruction. L'un d'eux annonçait que le Royaume-Uni avait succombé à l'*akrasia* — en grec, la tendance à agir en dépit du bon sens, me rappela Tony. (Je n'avais donc pas lu le *Protagoras* de Platon?) Un terme utile. Je le stockai dans ma mémoire. Quoi qu'il en soit, le bon sens n'existait plus. Tout le monde était devenu fou, tout le monde le disait. Le vieux mot « discorde » revenait sans cesse en ces temps troublés, entre l'inflation qui provoquait des grèves, les accords salariaux qui accroissaient l'inflation, un patronat obtus qui ne se refusait rien, des syndicats butés rêvant d'insurrection, un gouvernement inconsistant, des crises énergétiques et des coupures de courant, les skinheads, la saleté des rues, les troubles en Irlande, l'arme atomique. La décadence, le délabrement, le déclin, l'inefficacité et la médiocrité, l'apocalypse...

Parmi les sujets de prédilection du courrier des lecteurs du *Times*, il y avait les mineurs, « l'État providence », le monde manichéen d'Enoch Powell et de Tony Benn, les piquets de grève et la bataille de Saltley Gate. Un contre-amiral en retraite comparait dans sa lettre le pays à un vaisseau de guerre rouillé prenant l'eau. Tony me lut celle-ci au petit déjeuner et brandit bruyamment son exemplaire du *Times* dans ma direction — le papier journal était plus rêche à l'époque. Il fulmina.

« Un vaisseau de guerre ? Ce n'est même pas une corvette. C'est juste le naufrage d'une foutue barque ! »

Cette année 1972 n'était qu'un début. Lorsque je commençai à lire les journaux, la semaine de trois jours, les nouvelles coupures de courant, l'état d'urgence décrété pour la *cinquième* fois par le gouvernement se profilaient à l'horizon. Je croyais à ce que je lisais, mais tout cela me paraissait bien loin. Cambridge restait égale à elle-même, comme les bois autour de la chaumière des Canning. Malgré mes cours d'histoire, je ne me sentais pas concernée par le sort de la nation. Je possédais en tout et pour tout une valise de vêtements, moins de cinquante livres, quelques objets datant de mon enfance dans mon ancienne chambre. J'avais un amant qui m'adorait, me faisait la cuisine et ne parlait jamais de quitter son épouse. Seule obligation, un entretien d'embauche — pas avant plusieurs semaines. J'étais libre. Qu'est-ce qui me prenait donc, de me porter candidate à un poste dans les services de renseignements pour aider cet État qui battait de l'aile, cet homme malade de l'Europe? Rien de particulier. Je ne savais pas. On m'offrait une chance, et je la saisissais. Puisque Tony le souhaitait, je le souhaitais aussi, et je n'avais pas d'autres projets en vue. Alors pourquoi pas?

En outre, je me sentais obligée de rendre des comptes à mes parents, et ceux-ci apprirent avec satisfaction que je comptais intégrer une branche respectable de la fonction publique, le ministère de la Santé et de la Sécurité sociale. Ce n'étaient sans doute pas les recherches scientifiques de haut vol que ma mère avait initialement en tête, mais la sécurité de ce statut pendant une période troublée dut la rassurer. Elle voulut savoir pourquoi je n'étais pas revenue vivre à la maison après mes examens de licence, et je pus lui répondre qu'un vieux professeur avait la gentillesse de me préparer à « plancher » devant un jury. J'avais sûrement eu raison de louer à peu de frais une minuscule chambre d'étudiante près du parc de Jesus Green pour « réviser d'arrache-pied », weekends compris.

Ma mère aurait sans doute exprimé un certain scepticisme si ma sœur Lucy n'avait pas fait diversion en s'attirant autant

45

d'ennuis cet été-là. Elle s'était toujours montrée plus véhémente, plus combative, plus téméraire, et beaucoup plus convaincue que moi par le pouvoir libérateur des années soixante alors que nous avions déjà un pied dans la décennie suivante. Elle mesurait cinq centimètres de plus que moi, désormais, et ce fut la première personne que je vis porter un jean transformé en short d'un coup de ciseaux. Laisse-toi un peu aller, Serena, libère-toi! On part en voyage? Elle adhéra au mouvement hippie au moment où il passait de mode, mais c'était souvent le cas dans les villes de province. Elle racontait aussi à tout le monde que son unique but dans l'existence était de devenir médecin généraliste ou peut-être pédiatre.

Elle prit un chemin détourné pour réaliser ses ambitions. En juillet de cette année-là, après une traversée en ferry de Calais à Douvres comme passagère à pied, elle fut interpellée par un douanier, ou plutôt par le chien de celui-ci, un molosse qui se mit soudain à aboyer, excité par les senteurs du sac à dos de ma sœur. À l'intérieur, enveloppée dans des tee-shirts sales et plusieurs épaisseurs de plastique à l'épreuve des chiens renifleurs, se trouvait une demi-livre de haschich turc. Et à l'intérieur de Lucy elle-même se développait un embryon, également non déclaré. L'identité du père était incertaine.

Au cours des mois suivants, ma mère dut consacrer une bonne partie de ses journées à une quadruple mission. Premièrement, épargner la prison à Lucy; deuxièmement, empêcher que les journaux ne parlent de cette affaire; troisièmement, éviter que ma sœur ne soit renvoyée de l'université de Manchester où elle était en deuxième année de médecine;

enfin, et sans trop de tergiversations, prendre les dispositions nécessaires en vue d'un avortement. Pour autant que j'ai pu en juger lors de ma visite de crise sous le toit familial (Lucy, en sanglots et sentant le patchouli, me serra dans ses bras bronzés à m'en étouffer), l'Évêque était prêt à s'incliner et à subir chaque épreuve que les cieux lui enverraient. Déjà aux commandes, ma mère activait énergiquement tous les réseaux, locaux et nationaux, tissés depuis une cathédrale du XIIᵉ siècle. Par exemple, le chef de la police de notre comté faisait régulièrement office de prédicateur laïc, et connaissait de longue date son homologue à la tête de la police de Douvres. Un ami de l'Association des sympathisants conservateurs était proche du magistrat devant lequel Lucy comparut la première fois. Le rédacteur en chef du quotidien local souhaitait inscrire à la chorale de la cathédrale ses jumeaux qui chantaient faux. La justesse de la voix était, certes, une notion relative, mais rien n'était joué, et « tout cela donnait bien du travail », m'assura ma mère, surtout l'avortement, une intervention de routine que Lucy trouva contre toute attente profondément traumatisante. Elle écopa finalement d'une peine de six mois de prison avec sursis, rien ne filtra dans la presse, et le directeur d'un collège de l'université de Manchester, ou quelque autre autorité éminente, se vit promettre le soutien de mon père sur une question obscure lors du prochain synode. Ma sœur retourna à ses études en septembre. Deux mois plus tard, elle abandonnait.

On me laissa donc me prélasser en paix sur la pelouse de Jesus Green en juillet et en août, à lire Churchill et à m'ennuyer en attendant le week-end et la marche vers l'arrêt de bus à la périphérie de la ville. Je ne tarderais pas à enchâsser dans ma mémoire l'été 72 comme un âge d'or, une précieuse idylle, mais tous les plaisirs étaient contenus entre le vendredi et le dimanche soir. Ces week-ends ressemblaient à un long cours particulier sur l'art de vivre, de bien boire et manger, de lire les journaux, de défendre son point de vue, d'« extraire » la substance d'un livre. Je savais qu'un entretien m'attendait, mais je n'eus jamais l'idée de me demander pourquoi Tony se donnait tant de mal pour moi. Si je l'avais fait, j'aurais sans doute conclu qu'il fallait s'attendre à ce genre d'attentions lorsqu'on avait une liaison avec un homme d'âge mûr.

Bien sûr, c'était trop beau pour durer, et tout vola en éclats lors d'une demi-heure orageuse au bord d'une route nationale très fréquentée, deux jours avant mon entretien à Londres. Le déroulement précis des événements mérite d'être relaté. Tout partit d'un chemisier de soie, celui auquel j'ai déjà fait allusion, acheté par Tony au début du mois de juillet. Un bon choix. J'aimais le contact de son étoffe raffinée sur ma peau par une chaude soirée d'été, et Tony m'avait dit plus d'une fois que cette coupe simple et ample m'allait bien. Cela me touchait. Il était le premier homme de ma vie à m'offrir un vêtement. Un papa gâteau. (Je ne crois pas que l'Évêque ait jamais mis les pieds dans un magasin.) C'était un cadeau démodé, ce chemisier, avec un soupçon de kitsch et quelque chose de terriblement féminin, mais je l'adorais. Quand je le portais, j'étais dans les bras de Tony. Les mots brodés en lettres bleu pâle sur l'étiquette avaient des connotations franchement érotiques : « Soie sauvage. Laver à la main. » Le col et les poignets étaient bordés de *broderie anglaise**, et aux deux plis sur l'épaule correspondaient deux petites fronces dans le dos. Ce chemisier était un symbole, je suppose. Lorsque venait le moment du départ, je le rapportais dans ma chambre d'étudiante, le lavais dans le lavabo, le repassais et le pliais, afin qu'il soit prêt pour la visite suivante. Comme moi.

Ce dimanche de septembre, pourtant, nous étions dans la chambre et je faisais mes bagages quand Tony s'interrompit — il me parlait d'Idi Amin Dada et de l'Ouganda — pour me dire de mettre le chemisier dans le panier à linge sale avec une de ses chemises. Cela semblait logique. Nous serions bientôt de retour, et Mrs Travers, la femme de ménage, s'occuperait de tout le lendemain. Mrs Canning était à Vienne pour dix jours. Je revois parfaitement ces instants à cause de la satisfaction qu'ils m'avaient procurée. Le fait que notre amour prenne un caractère un peu routinier, qu'il aille de soi, l'avenir immédiat ne se situant pas au-delà de trois ou quatre jours, me rassurait. Je souffrais souvent de la solitude à Cambridge, attendais que Tony m'appelle à la cabine téléphonique de l'entrée. Avec la bouffée d'orgueil de celle qui se sent promue au rôle d'épouse, je soulevai le couvercle en osier, laissai tomber mon chemisier sur la chemise de Tony et n'y pensai plus ensuite. Sarah Travers venait trois fois par semaine du village le plus proche. Un jour, elle et moi avions passé une agréable demi-heure à écosser les petits pois ensemble à la table de la cuisine, et elle m'avait parlé de son fils parti vivre en hippie quelque part en Afghanistan. Elle m'avait dit cela avec fierté, comme s'il s'était engagé dans l'armée pour une guerre nécessaire et dangereuse. Je préférais ne pas trop m'aventurer sur ce terrain, mais je supposais qu'elle avait vu plusieurs amies de Tony se succéder dans cette chaumière. Elle devait s'en moquer, du moment qu'on la payait.

De retour sur la pelouse de Jesus Green, quatre jours s'écoulèrent sans la moindre nouvelle. Docilement, je lus ce qui concernait la loi sur les manufactures et les mesures protectionnistes prises par le Parlement en 1815, et j'épluchai le journal. Je vis quelques amis de passage, mais je ne m'éloignais jamais très longtemps de la cabine téléphonique. Le cinquième jour, j'allai au collège de Tony, laissai au gardien un mot à son intention et me dépêchai de rentrer chez moi, inquiète à l'idée d'avoir raté son coup de fil. Je ne pouvais pas le contacter : mon amant avait pris soin de ne pas me donner son numéro de téléphone. Il appela le soir même. D'une voix éteinte. Sans me dire bonjour, il me demanda de me trouver devant l'abribus le lendemain matin à dix heures. Alors que j'étais encore au milieu d'une question plaintive, il raccrocha. Naturellement, je dormis peu cette nuit-là. Incroyable de penser que j'aie pu rester éveillée à m'inquiéter pour *lui*, au lieu de me douter, idiote que j'étais, que ma tête allait tomber.

À l'aube, je pris un bain et me parfumai. À sept heures, j'étais prête. Quelle imbécile heureuse, d'avoir mis dans mon sac de voyage les dessous qu'il préférait (noirs, bien sûr, et violets), ainsi qu'une paire de tennis pour marcher dans les bois. À neuf heures vingt-cinq, j'étais devant l'abribus, redoutant qu'il ne soit en avance et déçu de ne pas me trouver là. Il arriva vers dix heures et quart. De l'intérieur, il m'ouvrit la portière du passager et je me glissai près de lui, mais il n'y eut pas de baiser. Il garda les deux mains sur le volant et déboîta brutalement. Nous roulâmes pendant une quinzaine de kilomètres sans qu'il ouvre la bouche. Il serrait le volant à s'en faire blanchir les jointures et regardait droit devant lui. Qu'y avait-il ? Il refusait de le dire. J'étais folle d'inquiétude, impressionnée par la façon dont il faisait slalomer la petite MG sur ces routes de campagne, doublant avec témérité en haut des côtes ou dans les virages, comme pour annoncer l'orage à venir.

Sur un rond-point, il reprit la direction de Cambridge et s'arrêta sur une aire de repos de l'A45 aux pelouses jonchées de papiers gras, avec une baraque à même le sol pelé, qui vendait hot dogs et hamburgers à une clientèle de routiers. À cette heure matinale, elle était fermée et cadenassée, et il n'y avait personne en vue. Nous sortîmes de la voiture. C'était la pire sorte de journée pour une fin d'été : ensoleillée, venteuse, poussiéreuse. À notre droite se trouvait une rangée de jeunes sycomores assoiffés, très espacés les uns des autres, derrière lesquels s'élevait le vrombissement geignard de la circulation. On se serait crus au bord d'un circuit automobile. L'aire faisait environ deux cents mètres de long. Tony entreprit de la traverser et je marchais à côté de lui. Pour se parler, il fallait presque crier.

La première chose qu'il me dit fut : « Finalement, ton petit stratagème n'a pas marché.

— Quel stratagème ? »

Je passai rapidement en revue le passé récent. Puisqu'il n'y avait pas de stratagème, il s'agissait d'un problème anodin qui se réglerait en quelques secondes. Nous finirions peut-être même par en rire. Et par faire l'amour avant midi.

Nous atteignîmes l'endroit où l'aire rejoignait la route. « Que les choses soient claires », déclara-t-il, et nous nous arrêtâmes. « Jamais tu ne réussiras à nous séparer, Frieda et moi.

— Mais à quel stratagème fais-tu allusion, Tony ? »

Il repartit en direction de sa voiture et je le suivis. « Un sale cauchemar. » Il parlait tout seul.

Je hurlai pour couvrir le vacarme. « Vas-tu enfin m'expliquer !

— Tu es contente, hein ? Hier soir, on a eu notre pire dispute en vingt-cinq ans de mariage. Ça t'excite, non ? »

Même moi, malgré toute mon inexpérience, ma perplexité et mon effroi, je percevais l'absurdité de la situation. Il allait me donner sa version, alors je me tus et attendis. Nous repassâmes devant sa voiture et la baraque à hot dogs, toujours fermée. À notre droite se dressait une haie d'aubépine poussiéreuse. Des emballages de confiseries et des sachets ayant contenu des chips égayaient de leurs couleurs vives les branches hérissées d'épines. Un préservatif usagé, d'une longueur invraisemblable, gisait sur l'herbe. Beau décor pour une rupture.

« Comment as-tu pu être stupide à ce point, Serena ? »

Je me sentais effectivement stupide. Nous nous arrêtâmes à nouveau. « Franchement, je ne comprends pas », dis-je d'une voix que je ne parvins pas à empêcher de trembler.

« Tu voulais qu'elle trouve ton chemisier. Eh bien elle l'a trouvé. Tu pensais qu'elle serait furieuse et tu avais raison. Tu pensais pouvoir détruire mon couple et prendre la place de Frieda, mais là tu avais tort. »

Atterrée par cette injustice, j'eus du mal à répondre. Quelque part derrière et au-dessus de ma langue, ma gorge se serrait. Au cas où les larmes me monteraient aux yeux, je tournai aussitôt le dos à Tony. Pas question qu'il les voie.

« Certes, il y a ta jeunesse et tout ça. Mais tu devrais avoir honte. »

Lorsque je la retrouvai, ma voix rauque et implorante me fit horreur. « Tony, c'est toi qui m'as demandé de mettre ce chemisier dans votre panier à linge sale.

— Voyons, tu sais bien que je n'ai jamais rien dit de tel. »

Il avait parlé avec ménagement, avec la tendresse d'un père aimant, un père que j'allais perdre. Il aurait dû y avoir une scène plus violente que toutes celles qu'il avait pu avoir avec Frieda, j'aurais dû me déchaîner contre lui. Mais de manière peu opportune, j'étais au bord des larmes, et je voulais tout faire pour les retenir. Je ne pleure pas facilement et, quand cela m'arrive, je préfère être seule. Mais cette voix d'une autorité douce et distinguée me transperça. Elle était si pleine d'assurance et de bonté que je faillis la croire. Déjà, je sentais que jamais je ne pourrais modifier ce souvenir datant du dimanche précédent ni empêcher Tony de rompre avec moi. Je savais également que je risquais de me conduire comme si j'étais coupable. Telle une voleuse à la tire qui pleure de soulagement le jour où elle se fait prendre. Tellement injuste, tellement vain. J'étais incapable d'assurer ma défense. Toutes ces heures à guetter un appel téléphonique et cette nuit sans sommeil m'avaient anéantie. Mon arrière-gorge continuait à se serrer, les muscles de mon cou se mirent de la partie, tirant sur mes lèvres comme pour les tendre sur mes dents. Quelque chose allait craquer, mais je ne pouvais pas laisser faire, pas devant Tony. Pas alors qu'il se trompait à ce point. Ma seule façon de me contenir et de sauver la face était de garder le silence. Parler aurait signifié ouvrir les vannes. Or j'avais désespérément besoin de parler. De lui dire qu'il commettait une injustice, qu'à cause de sa mémoire il mettait en péril tout ce qui nous unissait. C'était l'une de ces situations familières où l'esprit veut une chose et le corps une autre. Comme avoir envie de faire l'amour pendant un examen ou vomir à un mariage. Plus je luttais en silence pour dominer mes émotions, plus je m'en voulais et plus il semblait calme.

« C'était sournois, Serena. J'attendais mieux de toi. Je regrette de te le dire, mais tu me déçois profondément. »

Tandis qu'il poursuivait sur ce mode, je restai le dos tourné. Il m'avait fait confiance, m'avait encouragée, avait nourri de grands espoirs pour moi, et je l'avais trahi. Ce devait être plus facile pour lui de s'adresser à l'arrière de mon crâne, de ne pas avoir à croiser mon regard. Je commençais à soupçonner qu'il ne s'agissait pas d'une simple erreur, d'une confusion banale chez un homme d'un certain âge, très occupé et exerçant des responsabilités. Je pensais avoir une vision assez claire de la situation. Frieda était rentrée de Vienne plus tôt que prévu. Pour une raison mystérieuse, un mauvais pressentiment peut-être, elle avait fait un saut à la chaumière. À moins qu'ils n'y soient allés ensemble. Dans la chambre trônait mon chemisier bien repassé. Puis il y avait eu cette scène, dans le Suffolk ou à Londres, et l'ultimatum de Frieda : tu te débarrasses de cette fille ou tu pars. Aussi Tony avait-il pris la décision qui s'imposait. Mais là était le problème. Il avait également fait un choix. Celui de se poser en victime, en homme trahi, abusé, en proie à une rage légitime. Il était arrivé à se convaincre de ne m'avoir jamais parlé de ce panier à linge. Ce souvenir avait été effacé, et dans un but précis. Et à présent, il ne se rappelait plus l'avoir effacé. Il ne faisait même pas semblant. Sa déception n'était absolument pas feinte. Il me croyait réellement coupable de duplicité et de bassesse. Il se protégeait contre l'idée qu'il ait pu avoir le choix. Par faiblesse, par complaisance, par orgueil ? Tout cela à la fois, mais surtout à cause d'une erreur de *raisonnement*. Les dîners à la table des professeurs de son collège, les monographies, les commissions gouvernementales : rien n'y avait fait. Il avait perdu la raison. De mon point de vue, le professeur Canning souffrait tout bêtement de confusion mentale.

Je cherchai un kleenex dans la poche de mon jean et me mouchai avec un bruit triste de klaxon. Je ne me maîtrisais pas encore suffisamment pour prendre la parole.

« Tu savais bien sur quoi tout cela déboucherait, non ? » demanda Tony.

Toujours avec sa voix neutre et bienveillante de psychothérapeute. Je fis oui de la tête. Je le savais parfaitement. Il me le dit quand même. Pendant qu'il parlait, je vis une camionnette arriver à toute vitesse et s'arrêter en dérapage contrôlé sur le gravier près de la baraque à hot dogs. De la musique pop assourdissante s'échappait de l'habitacle. Un jeune homme à queue-de-cheval et à tee-shirt de rocker qui moulait ses bras bruns et musclés en sortit et jeta dans la poussière deux énormes sacs en plastique de petits pains à hamburgers. Puis il repartit dans un rugissement et un nuage de fumée bleue que le vent dirigea droit sur nous. Moi aussi, j'allais me faire jeter comme les sacs de petits pains. Je compris soudain pourquoi nous nous trouvions sur cette aire de repos. Tony s'attendait à ce que je lui fasse une scène. Il ne voulait pas qu'elle ait lieu dans son minuscule cabriolet. Comment aurait-il éjecté du siège du passager une jeune femme hystérique ? Alors pourquoi ne pas s'arrêter sur cette aire, d'où il pourrait repartir en voiture et me laisser regagner la ville en auto-stop ?

Mais pourquoi devais-je endurer cela ? Je m'éloignai pour me diriger vers le cabriolet. Je savais ce que j'avais à faire. Nous pouvions rester tous deux sur l'aire de repos. Obligé de supporter ma compagnie pendant une heure de plus, il reviendrait peut-être à la raison. Ou pas. Peu importait. J'avais un plan. J'ouvris la portière côté conducteur, pris les clés à droite du tableau de bord. Toute la vie de Tony sur ce porte-clés massif : un imposant trousseau d'homme occupé, les clés Chubb, Banham et Yale de son bureau, de sa maison, de sa résidence secondaire, de sa boîte aux lettres, de son coffre-fort, de sa deuxième voiture et de toutes les autres parties de son existence qu'il m'avait soigneusement dissimulées. D'un geste ample du bras, je m'apprêtai à expédier le tout par-dessus la haie d'aubépine. S'il trouvait le moyen de la franchir, qu'il aille donc chercher sous mes yeux, à quatre pattes dans le pré, entre les vaches et leurs bouses, les clés de sa vie.

Après trois ans de tennis à Newnham, j'aurais pu lancer ce trousseau à une distance raisonnable. Mais je n'eus pas l'occasion de faire admirer ma puissance de tir. Alors que mon bras atteignait son ouverture maximale, je sentis les doigts de Tony se refermer sur mon poignet. Il récupéra ses clés en quelques secondes. Il ne me brutalisa pas et je n'opposai aucune résistance. Il me contourna, monta dans sa voiture sans un mot. Il en avait assez dit, et je venais en outre de confirmer ses pires soupçons à mon égard. Il jeta mon sac de voyage par terre, claqua la portière et démarra. À présent que je retrouvais ma voix, que trouvai-je à ajouter ? Une fois encore, je fus pathétique. Je ne voulais pas qu'il parte. « Ne

fais pas semblant d'oublier la vérité, Tony! » criai-je stupide-
ment à travers la toile de la capote.

Ridicule! Bien sûr qu'il ne faisait pas semblant. C'était
précisément la raison de son échec. Il fit ronfler deux ou trois
fois le moteur au cas où j'aurais voulu ajouter quelque chose
qu'il fallait couvrir. Puis il se mit à rouler — lentement,
d'abord, de peur que je ne me jette sur le pare-brise ou sous
ses roues, peut-être. Mais je restai plantée là, telle une héroïne
de mélodrame, à le regarder s'éloigner. Je vis ses feux de frei-
nage s'allumer lorsqu'il ralentit pour s'insérer dans le flot de
véhicules. Puis il disparut, et tout fut terminé.

3

Je n'annulai pas mon rendez-vous avec le MI5. Je n'avais plus rien dans ma vie, à présent, et les problèmes de Lucy étant réglés dans l'immédiat, même l'Évêque m'encourageait dans mes projets de carrière au ministère de la Santé et de la Sécurité sociale. Deux jours après la scène sur l'aire de repos, je me rendis à mon entretien dans Great Marlborough Street, tout à l'ouest de Soho. J'attendis sur une chaise inconfortable qui m'avait été désignée par une secrétaire au silence réprobateur, dans un couloir sombre au sol en béton. Je ne crois pas m'être jamais trouvée dans un bâtiment aussi déprimant. De l'endroit où j'étais assise, je voyais une rangée de fenêtres à châssis métallique, composées de ces sortes de briques en verre creuses que j'imaginais plutôt en sous-sol. Mais à l'extérieur comme à l'intérieur, c'était la crasse et non les briques qui empêchait la lumière d'entrer. Sur l'appui de fenêtre le plus proche, il y avait plusieurs piles de journaux couvertes de poussière noire. Je me demandai si ce poste, en admettant qu'on me le propose, se révélerait être une forme de châtiment durable, infligé à distance par Tony. Une odeur indéfinissable montait de la cage d'escalier. Pour tuer le temps, je m'efforçai d'identifier ses multiples sources. Parfum, cigarettes, produit nettoyant à base d'ammoniaque, et quelque chose de végétal, qui avait sans doute été comestible.

Mon premier entretien, avec une femme vive et sympathique, prénommée Joan, consista principalement à remplir des formulaires et à répondre à de simples questions biographiques. Une heure plus tard, j'étais de retour dans la même pièce en compagnie de Joan et d'un militaire du nom de Harry Tapp avec une moustache en brosse d'un blond roux, qui fumait sans interruption des cigarettes qu'il tirait d'un mince étui en or. J'aimais bien sa voix démodée à l'élocution heurtée, sa façon de pianoter avec les doigts jaunis de sa main droite quand il parlait et de les laisser au repos quand il écoutait. Cinquante minutes durant, nous unîmes tous trois nos efforts pour établir mon profil psychologique. J'étais pour l'essentiel une mathématicienne avec d'autres centres d'intérêt utiles. Mais comment diantre avais-je pu décrocher ma licence sans mention ? Je mentis ou déformai la réalité dans le sens requis, disant qu'en troisième année je m'étais découvert un intérêt assez déraisonnable, compte tenu de ma charge de travail, pour l'écriture, l'Union soviétique et l'œuvre de Soljenitsyne. Mr Tapp semblait curieux de connaître mon point de vue que j'exposai sans hésitation, ayant relu mes anciennes chroniques sur les conseils de mon amant disparu. En dehors de l'université, je m'inventai un moi entièrement inspiré par mon été avec Tony. Qui d'autre que lui avais-je ? Parfois même, *j'étais* Tony Canning. J'avais une passion pour la campagne anglaise, semblait-il, pour le Suffolk en particulier, et pour un magnifique et vénérable bois aux arbres étêtés, où j'aimais me promener et ramasser des cèpes en automne. Joan aimait les cèpes, et nous échangeâmes rapidement quelques recettes sous l'œil agacé de Tapp. Elle n'avait jamais entendu parler de la pancetta. Tapp me demanda si je m'étais intéressée à la cryptographie. Non, mais j'avouai un faible pour l'actualité. Nous fîmes le tour des sujets brûlants du moment : la grève des mineurs et celle des dockers, le Marché commun, les troubles à Belfast. Je m'exprimais comme les éditorialistes du *Times*, reproduisant de nobles opinions mûrement réfléchies, avec lesquelles on pouvait difficilement tomber en désaccord. Par exemple, lorsqu'il fut question de la « société permissive », je citai les thèses du *Times* selon lesquelles il fallait trouver un équilibre entre le respect de la liberté sexuelle de chacun et le besoin d'amour et de sécurité des enfants. Qui pouvait dire le contraire ? J'étais sur ma lancée. Et puis il y avait mon engouement pour l'histoire anglaise. Une fois encore, Harry Tapp dressa l'oreille. Quelle période précisément ? La Glorieuse Révolution de Guillaume d'Orange. Ah, voilà qui était vraiment très intéressant ! Et plus près de nous, quel était mon intellectuel de référence ? J'évoquai Churchill, non pas l'homme politique, mais l'historien (je résumai son récit « incomparable » de la bataille de Trafalgar), le lauréat du prix Nobel de littérature et l'aquarelliste. J'avais toujours éprouvé une tendresse particulière pour *Lessive sur un toit de Marrakech*, tableau peu connu qui devait désormais appartenir à un collectionneur privé.

Encouragée par l'approbation de Tapp, j'ajoutai à mon autoportrait une passion pour les échecs, sans mentionner le fait que je n'y avais pas joué depuis plus de trois ans. Il me demanda si la fin de la partie Zilber-Tal de 1958 me disait quelque chose. Non, mais je pus disserter sur la célèbre position de Saavedra. De toute ma vie, en fait, je ne m'étais jamais sentie aussi intelligente que pendant cet entretien. Ni aussi contente de moi depuis mes chroniques dans *?Quis?*. Rares étaient les sujets sur lesquels je n'avais pas d'avis. Mon ignorance ne m'empêchait pas de briller. C'était Tony qui parlait. Je m'exprimais comme un professeur de Cambridge, comme le président d'une commission d'enquête gouvernementale, comme un propriétaire terrien. Entrer au MI5 ? J'étais prête à en prendre la tête. Rien d'étonnant à ce qu'après m'avoir demandé de quitter la pièce, puis d'y revenir, Mr Tapp m'ait fait part de sa décision de me proposer le poste. Avait-il le choix ?

Durant quelques secondes, je l'écoutai sans bien saisir. Lorsque je finis par comprendre, je crus qu'il se moquait de moi ou qu'il me testait. Je serais sous-officier stagiaire. Je savais déjà que, dans la fonction publique, cela représentait le bas de l'échelle. J'aurais pour tâche principale de constituer des dossiers, un fichier, et de les archiver. Avec du temps et des efforts, sans doute pourrais-je atteindre le grade de sous-officier. Je ne laissai rien paraître de ma soudaine prise de conscience : j'avais commis une terrible erreur, ou bien Tony l'avait commise pour moi. À moins qu'il ne s'agisse bel et bien du châtiment qu'il me réservait. Je n'étais pas recrutée en tant qu'« officier ». Pas d'espionnage, donc, ni de missions en première ligne. Feignant la satisfaction, je posai timidement la question et Joan me le confirma comme une évidence : les hommes et les femmes ne bénéficiaient pas des mêmes perspectives de carrière, seuls les hommes devenaient officiers. Bien sûr, dis-je. Bien sûr que j'étais au courant.

J'étais une brillante jeune femme qui savait tout. Mon orgueil m'interdisait de laisser voir combien j'étais mal informée, et découragée. Je m'entendis accepter avec enthousiasme. Formidable! Merci! On me donna une date d'entrée en fonction. Je brûlais d'impatience! Nous nous levâmes, Mr Tapp me serra la main et s'éclipsa. En me raccompagnant à l'entrée, Joan m'expliqua que ma candidature serait soumise à l'enquête de sécurité habituelle. Si j'étais retenue, je travaillerais dans l'immeuble de Curzon Street. Je devrais m'engager par écrit à respecter le secret Défense et les dispositions contraignantes qui en découlaient. Bien sûr, répétais-je. Formidable. Merci.

Je quittai le bâtiment l'esprit perturbé et le moral en berne. Avant même de prendre congé de Joan, j'avais décidé que je ne voulais pas de ce poste. C'était une offre insultante, un emploi subalterne de secrétaire, payé les deux tiers du salaire habituel. Avec les pourboires, j'aurais pu gagner deux fois plus comme serveuse. Qu'ils le gardent, leur poste! Je leur enverrais une lettre. Malgré ma déception, les choses avaient au moins le mérite d'être claires. Je me sentais vidée, ne sachant ni que faire ni où aller. Je ne pourrais bientôt plus payer ma chambre à Cambridge. Pas d'autre solution que de retourner chez mes parents, de redevenir leur fille, leur enfant, et d'affronter l'indifférence de l'Évêque et les talents d'organisatrice de ma mère. Pire encore que cette perspective, il y eut cet accès soudain de chagrin amoureux. Le fait d'imiter Tony pendant une heure et de piller à mon profit les souvenirs de notre été m'avait remis notre liaison en mémoire. Je finissais par prendre toute la mesure de ce que j'avais perdu. C'était comme si, au terme d'une longue conversation, il avait brusquement tourné les talons, me laissant avec le sentiment écrasant de son absence. Il me manquait, j'avais envie de lui, et je savais qu'il ne reviendrait jamais.

Abattue, je longeai lentement Great Marlborough Street. Ce poste et Tony représentaient les deux visages d'une même réalité, une éducation sentimentale qui avait duré un été, et s'était désintégrée autour de moi en quarante-huit heures. Tony avait retrouvé sa femme, son collège, et moi, rien. Ni amour ni emploi. Rien qu'une solitude glaciale. Et la façon dont Tony s'était retourné contre moi m'attristait encore davantage. Quelle injustice! Je jetai un coup d'œil au trottoir d'en face et vis que, par une malheureuse coïncidence, je m'approchais de la façade en faux style Tudor du magasin Liberty's où Tony m'avait acheté le fameux chemisier.

Essayant de ne pas me laisser anéantir, je tournai rapidement dans Carnaby Street et me frayai un chemin à travers la foule. Un air de guitare plaintif et un parfum de patchouli montant d'une boutique en sous-sol me rappelèrent ma sœur et tous ses ennuis. Des chemises « psychédéliques » et des uniformes militaires à épaulettes dorées, façon Sergeant Pepper, étaient alignés sur de longs présentoirs à même le trottoir. À la disposition des hordes aux aspirations similaires qui cherchaient désespérément à exprimer leur individualité. Oui, j'étais vraiment amère. Je descendis Regent Street, puis tournai à gauche, m'enfonçant dans Soho, et je suivis des rues jonchées d'immondices, de sandwichs abandonnés, de hamburgers et de hot dogs zébrés de ketchup, de briques de jus de fruits écrasées sur les trottoirs et dans les caniveaux, de sacs d'ordures entassés au pied des lampadaires. La mention

« Adultes seulement » s'affichait partout en lettres lumineuses rouges. Dans les vitrines, des articles exposés sur des plate-formes recouvertes de faux velours, fouets, godemichés, onguents aux propriétés aphrodisiaques, masques ornés de clous argentés. Un type obèse dans une veste en cuir, sorte d'aboyeur de bar à strip-tease, me cria depuis l'entrée de son établissement un unique mot indistinct qui ressemblait à « Jouets? ». À moins que ce ne soit « Poulette! ». Quelqu'un me siffla. Je passai rapidement mon chemin, veillant à ne croiser le regard de personne. Je pensais encore à Lucy. Injuste, d'associer ce quartier à ma sœur, mais la libération des mœurs à l'origine de son arrestation, et de sa grossesse, avait également permis l'ouverture de ces magasins (et, aurais-je pu ajouter, ma propre liaison avec un homme plus âgé que moi). Lucy m'avait dit plus d'une fois que le passé représentait un fardeau, qu'il était temps de tout détruire. Beaucoup de gens semblaient du même avis. Une atmos-phère d'insurrection, de décadence et de laisser-aller flottait dans l'air. Grâce à Tony, je savais toutefois au prix de quelles difficultés la civilisation occidentale avait été édifiée, aussi imparfaite soit-elle. Nous étions mal gouvernés, nos libertés étaient incomplètes. Mais dans cette partie du monde, nos dirigeants ne détenaient plus un pouvoir absolu, la sauva-gerie était pour l'essentiel une affaire privée. Quoi que j'aie pu écraser sous mes semelles dans les rues de Soho, nous avions échappé à l'abjection. Les cathédrales, les Parlements, l'art, les palais de justice, les bibliothèques et les laboratoires : trop précieux pour qu'on en fasse table rase.

Sans doute était-ce à cause de Cambridge et de l'effet cumulé de tous ces vénérables collèges entourés de pelouses, de la patine du temps sur la pierre, à moins qu'il ne m'ait simplement manqué le courage de la jeunesse, que j'aie été trop prudente, trop coincée. Quoi qu'il en soit, cette révolution si peu glorieuse n'était pas pour moi. Je ne voulais pas de sex-shop dans chaque ville, je ne voulais pas de la vie de ma sœur, je ne voulais pas qu'on passe l'histoire au lance-flammes. Partir en voyage? Je voulais voyager avec des hommes civilisés comme Tony Canning, qui tenaient pour acquise l'importance des lois et des institutions, et cherchaient sans relâche à les améliorer. Si seulement il avait bien voulu voyager avec moi. Si seulement il ne s'était pas comporté comme un salaud.

La demi-heure qu'il me fallut pour aller de Regent Street à Charing Cross Road décida de mon destin. Je changeai d'avis, décidai finalement d'accepter ce poste, de donner un peu d'ordre et de sens à ma vie, d'acquérir une certaine indépendance. Peut-être une touche fugace de masochisme entrat-elle dans ma décision : en tant qu'amante bafouée, je ne méritais rien de mieux que de jouer les boniches dans un bureau. Et puis je n'avais aucune autre proposition en vue. Je pourrais laisser derrière moi Cambridge et les souvenirs associés à Tony, me perdre dans la foule londonienne — tout cela avait quelque chose d'agréablement tragique. Je racontais à mes parents que j'occupais un emploi respectable au ministère de la Santé et de la Sécurité sociale. L'avenir allait prouver que je n'avais pas besoin de cultiver ainsi le secret, mais, à l'époque, je jubilais plutôt à l'idée de leur mentir.

Je regagnai l'après-midi même ma chambre d'étudiante, informai mon propriétaire de mon départ et entrepris de faire mes bagages. Le lendemain, j'arrivai dans la demeure familiale au pied de la cathédrale avec tout ce que je possédais. Ma mère, enchantée pour moi, me serra avec amour dans ses bras. À ma grande surprise, l'Évêque me donna un billet de vingt livres. Trois semaines plus tard, je commençais ma nouvelle vie à Londres.

Avais-je connu Millie Trimingham, la mère célibataire qui deviendrait un jour directrice générale ? Bien des années plus tard, lorsqu'il fut permis de dire à tout le monde que l'on avait travaillé pour le MI5, on me posa souvent cette question. Si elle m'agaçait, c'était parce que je la soupçonnais d'en cacher une autre : avec mes relations à Cambridge, pourquoi n'avais-je pas gravi presque autant d'échelons que Millie Trimingham ? Arrivée trois ans après elle, il est vrai qu'au début j'avais suivi la même voie, celle qu'elle décrit dans ses mémoires : même immeuble sinistre à Mayfair ; mêmes séances de formation dans une longue salle étroite et mal éclairée ; mêmes tâches à la fois absurdes et mystérieuses. Mais lorsque j'étais entrée au MI5, en 1972, Trimingham représentait déjà une légende pour les jeunes femmes récemment recrutées. N'oubliez pas, nous avions une vingtaine d'années, elle, une trentaine. Shirley Shilling, ma nouvelle amie, me la désigna un jour. Au fond d'un couloir, éclairée à l'arrière-plan par la lumière d'une fenêtre sale, une liasse de dossiers sous un bras, Trimingham était en grande conversation avec un anonyme qui paraissait venir des plus hautes sphères du pouvoir. Elle semblait à l'aise, presque son égale, visiblement assez sûre d'elle pour lancer une blague qui le fit éclater de rire et poser un bref instant la main sur le bras de Millie, comme pour lui dire : pas trop d'humour, sinon vous allez me rendre la vie impossible.

Elle suscitait notre admiration, à nous les recrues de fraîche date, car nous savions que la vitesse à laquelle elle avait maîtrisé le système d'archivage et les arcanes du Fichier central lui avait valu une promotion en moins de deux mois. En quelques semaines, selon certains, voire en quelques jours. Nous croyions déceler un soupçon de rébellion dans les vêtements qu'elle portait, des imprimés et des foulards de couleurs vives, authentiques, achetés au Pakistan où elle avait travaillé pour le MI5 dans quelque avant-poste aux confins de la civilisation. Voilà du moins ce que nous nous disions. Nous aurions dû lui poser la question. Une éternité plus tard, je lus dans ses mémoires qu'elle était secrétaire dans les bureaux d'Islamabad. Je ne sais toujours pas si elle participa à la Révolte des Femmes cette année-là, où des diplômées du MI5 commencèrent à faire campagne pour obtenir de meilleures perspectives de carrière. Elles voulaient pouvoir commander aux agents comme les officiers hommes. Je suppose que Trimingham était d'accord avec cette revendication, mais qu'elle se méfiait des actions collectives, des discours et des résolutions. Je n'ai jamais compris pourquoi notre petit groupe n'avait pas eu vent de cette Révolte. Peut-être nous trouvait-on trop jeunes. Surtout, bien que l'esprit du temps ait lentement fait évoluer les services secrets, elle fut une pionnière, la première à crever le plafond de verre auquel se heurtaient les femmes. Elle le fit calmement, avec tact. Nous lui emboîtâmes le pas, bruyamment. Je le fis parmi les dernières. Et lorsqu'elle eut décroché son transfert du service de la formation, ce fut pour affronter un avenir éprouvant — le terrorisme de l'IRA —, alors que nombre d'entre nous continuèrent, quelque temps encore, à mener les vieilles batailles contre l'Union soviétique.

Le rez-de-chaussée abritait essentiellement le Fichier central, cette immense banque de souvenirs où plus de trois cents secrétaires bien nées s'échinaient tels des esclaves sur les pyramides, traitant les demandes de dossiers, retournant ceux-ci ou les portant aux officiers dans tous les bureaux du bâtiment, et classant les documents qui arrivaient de l'extérieur. Ce système avait la réputation d'être si bien rodé qu'il résista beaucoup trop longtemps à l'avènement de l'ère informatique. Ce fut le dernier bastion, l'ultime tyrannie du papier. De même qu'à l'armée on initie les jeunes recrues à leur nouvelle vie en leur faisant éplucher des pommes de terre et récurer la cour avec une brosse à dents avant un défilé, je passai mes premiers mois à compiler les listes des membres de toutes les sections du parti communiste de Grande-Bretagne, et à créer des dossiers sur ceux qui n'apparaissaient pas encore sur nos fichiers. J'étais plus particulièrement chargée du Gloucestershire. (En son temps, Trimingham s'occupait du Yorkshire.) Au cours du premier mois, je constituai un dossier sur le proviseur d'un lycée de Stroud, qui avait assisté à une réunion publique de sa section locale, un samedi soir de juillet 1972. Après avoir noté son nom sur une feuille que les camarades du parti avaient fait circuler, sans doute avait-il renoncé à adhérer. Il ne figurait sur aucune des listes de souscripteurs qui nous avaient été fournies. Je préférai pourtant qu'il ait un dossier, car il était en mesure d'influencer de jeunes esprits. J'en pris l'initiative, ma toute première, raison pour laquelle je me souviens encore de son nom — Harold Templeman — et de son année de naissance. S'il avait décidé de quitter la direction de son établissement (il n'avait que quarante-trois ans) pour postuler à un emploi de fonctionnaire où il aurait accès à des informations secret Défense, l'enquête de sécurité aurait conduit quelqu'un à son dossier. Templeman aurait été interrogé sur cette soirée de juillet (sûrement à sa grande stupéfaction), ou bien sa candidature aurait été rejetée sans qu'il sache pourquoi. Parfait. En théorie, du moins. Nous en étions encore à apprendre les protocoles exigeants qui permettaient de sélectionner les informations acceptables. Les premiers mois de l'année 1973, ce système opérant en circuit fermé me réconforta, malgré son inutilité. Toutes, sur les douze que nous étions à partager cette salle, nous avions bien conscience qu'aucun agent des Soviétiques n'irait attirer notre attention en adhérant au parti communiste de Grande-Bretagne. Mais je m'en fichais.

En allant au travail, je méditais sur l'abîme entre la description de mon poste et la réalité. Je pouvais toujours me dire à moi-même — faute de pouvoir le révéler à quiconque — que j'appartenais au MI5. Ça sonnait bien. Aujourd'hui encore, je m'émeus à la pensée de cette pâle petite jeune femme qui voulait se dévouer pour son pays. Je n'étais toutefois qu'une secrétaire en minijupe parmi tant d'autres, ces milliers d'entre nous qui se déversaient dans les couloirs crasseux de la station de métro Green Park, où les détritus, la poussière et les courants d'air pestilentiels que nous acceptions comme notre lot quotidien nous giflaient le visage et nous décoiffaient. (Londres est tellement plus propre, désormais.) Et lorsque j'arrivais au bureau, je restais une secrétaire qui tapait, le dos bien droit, sur une Remington gigantesque dans une salle enfumée, pareille à des centaines de milliers d'autres dans toute la capitale, qui allait chercher des dossiers, déchiffrait des écritures masculines, revenait en courant de sa pause déjeuner. J'étais même moins bien payée que la plupart d'entre elles. Et, à l'image de cette jeune ouvrière dans un poème de Betjeman que Tony m'avait lu un jour, je lavais moi aussi mes dessous dans le lavabo de ma chambre.

En tant que stagiaire au bas de l'échelle, ma première semaine de salaire se montait, après divers prélèvements, à quatorze livres et trente pence dans cette monnaie décimale qui, nouvellement introduite, paraissait toujours aussi peu sérieuse et digne de confiance. Ma chambre me coûtait quatre livres par semaine, et l'électricité une livre supplémentaire. J'avais pour un peu plus d'une livre de frais de transport, ce qui m'en laissait huit pour la nourriture et tout le reste. Je ne donne pas ces détails pour me faire plaindre, mais à la manière de Jane Austen dont j'avais dévoré les romans à Cambridge. Comment peut-on comprendre la vie intérieure d'un personnage, réel ou fictif, sans connaître l'état de ses finances ? *Miss Frome, installée depuis peu dans un logement exigu, 70 St Augustine's Road à Londres NW1, se retrouvait avec moins de mille livres par an et le cœur bien lourd.* Je me débrouillais d'une semaine à l'autre, mais n'avais pas l'impression d'appartenir au monde séduisant des agents secrets.

Il n'empêche que j'étais jeune, et qu'avoir le cœur lourd toute une journée était au-dessus de mes forces. Je partageais mes pauses déjeuner et les soirées au pub avec Shirley Shilling dont le nom, riche en allitérations et rappelant notre ancienne monnaie si fiable, faisait écho à son sourire pulpeux et moqueur, et à son envie démodée de s'amuser. Dès la première semaine, elle avait eu des ennuis avec Miss Ling, notre surveillante et fumeuse invétérée, pour avoir « passé trop de temps aux toilettes ». En réalité, Shirley avait précipitamment quitté le bâtiment à dix heures afin de s'acheter une robe pour une fête prévue le soir même, couru jusqu'au Marks & Spencer d'Oxford Street, essayé la robe en question, ainsi que la taille au-dessus, et payé avant de rentrer en bus — le tout en vingt minutes. Elle n'avait pas dû pouvoir déjeuner ce jour-là, car elle comptait également essayer des chaussures. Aucune d'entre nous n'aurait osé.

Ce que nous pensions d'elle ? Malgré la profondeur apparente des changements culturels intervenus au cours des années précédentes, ils n'avaient émoussé la capacité de personne à détecter l'appartenance sociale. En moins d'une minute, non, moins que ça, le temps pour Shirley de prononcer trois mots, nous avions deviné ses origines modestes. Son père possédait à Ilford un magasin baptisé Bedworld où il vendait des lits et des canapés, elle avait fréquenté l'énorme lycée polyvalent de la ville, puis l'université de Nottingham. Elle était la première de sa famille à avoir poursuivi ses études après seize ans. Peut-être le MI5 voulait-il se montrer plus souple dans sa politique de recrutement, mais il se trouvait que Shirley était une recrue exceptionnelle. Elle tapait à la machine deux fois plus vite que les meilleures d'entre nous, elle avait une mémoire — des visages, des dossiers, des conversations, des procédures — plus développée que la nôtre, et posait des questions aussi effrontées que pertinentes. Signe des temps, l'écrasante majorité de ses collègues l'admirait : son léger accent cockney était vaguement glamour, sa voix et sa manière d'être nous rappelaient Twiggy, Keith

Richards ou Bobby Moore. D'ailleurs, son frère était footballeur professionnel dans l'équipe de réserve des Wolverhampton Wanderers. Son club, comme nous avions été obligées de l'apprendre, était arrivé cette année-là en finale de la toute nouvelle Coupe de l'UEFA. Shirley était exotique, elle incarnait un nouveau monde plein d'assurance.

Certaines la regardaient de haut, mais aucune d'entre nous n'était aussi sociable et décontractée. Dans notre promotion, nous aurions été nombreuses à pouvoir être présentées à la reine comme débutantes, si cette pratique n'avait pris fin quinze ans plus tôt. Quelques-unes étaient filles, ou nièces, d'officiers en activité ou en retraite. Les deux tiers possédaient un diplôme d'une des universités les plus anciennes. Nous parlions avec les mêmes intonations, étions à l'aise en société et aurions pu faire bonne figure lors d'un week-end dans une propriété à la campagne. Mais nous donnions toujours l'impression d'être prêtes à nous excuser, à obéir poliment, surtout quand un officier supérieur, de ceux qui avaient connu les colonies, traversait notre salle crépusculaire. La plupart d'entre nous (sauf moi, bien sûr) avaient alors l'art de baisser les yeux et de sourire avec modestie. Certaines nouvelles recrues étaient discrètement à l'affût d'un mari comme il faut, issu des meilleures familles.

Shirley, en revanche, ne craignait pas de se faire remarquer, et, peu pressée de se marier, elle regardait tout le monde droit dans les yeux. Elle avait le chic, à moins que ce n'ait été une faiblesse, pour rire bruyamment de ses propres anecdotes — non pas, selon moi, parce qu'elle se trouvait drôle, mais parce qu'elle pensait qu'il fallait profiter de la vie et en faire profiter autrui. Les gens bruyants, surtout les femmes, se font toujours des ennemis, et une ou deux personnes la méprisaient cordialement, mais elle savait en général s'attirer nos bonnes grâces, les miennes en particulier. Ne pas être d'une beauté menaçante l'y aidait sans doute. Elle était imposante, avait au moins une quinzaine de kilos en trop, portait du quarante-quatre alors que le trente-huit me suffisait, et nous avait demandé avec le plus grand sérieux de la qualifier de « svelte ». Après quoi elle avait éclaté de rire. Son visage rond, un peu dodu, était sauvé, et même racheté par sa vivacité permanente, tant elle s'animait au fil d'une conversation. Son principal atout était l'association assez inhabituelle de cheveux noirs qui bouclaient naturellement, d'un nez semé de taches de rousseur très pâles et d'yeux gris-bleu. Son sourire un peu marqué à droite lui donnait une expression que je ne parviens pas à définir totalement. Quelque part entre *désinvolte* et *aventureuse*. Malgré ses moyens limités, elle avait davantage vu le monde que la plupart d'entre nous. Durant l'année qui avait suivi la fin de ses études universitaires, elle était allée seule en auto-stop jusqu'à Istanbul, avait vendu son sang et acheté une moto, s'était cassé la jambe, l'épaule et le coude, était tombée amoureuse d'un médecin syrien, avait subi un avortement et regagné l'Angleterre depuis l'Anatolie sur un yacht privé, en échange d'un peu de cuisine à bord.

À mes yeux, pourtant, aucune de ces aventures n'était aussi exotique que le carnet dont elle ne se séparait jamais, d'apparence enfantine avec sa couverture de plastique rose et son crayon miniature glissé à l'intérieur de la reliure. Pendant quelque temps, elle refusa de me confier ce qu'il contenait, mais un soir, dans un pub de Muswell Hill, elle avoua noter « les trucs intelligents, drôles ou bêtes » que disaient les gens.

Elle écrivait aussi « de petites histoires sur de grandes histoires », ou simplement ses « réflexions ». Ce carnet était toujours à portée de main et elle l'ouvrait parfois au beau milieu d'une discussion. Au bureau, les autres la taquinaient à ce sujet, et je me demandais si elle ne nourrissait pas des ambitions littéraires. Je lui parlais des livres que je lisais et, même si elle m'écoutait poliment, voire avec intérêt, jamais elle ne me donna son avis sur ses propres lectures. Je n'étais pas sûre qu'elle lise vraiment. Ou alors elle tenait à garder le secret.

Elle logeait à un kilomètre et demi au nord de chez moi, dans une minuscule chambre au troisième étage, qui surplombait Holloway Road et sa circulation assourdissante. Une semaine après avoir fait connaissance, nous prîmes l'habitude de nous retrouver le soir. Peu après, je découvris que notre amitié nous avait valu au bureau le surnom de « Laurel et Hardy », en référence à nos tailles respectives, et non à un goût éventuel pour les films muets. Je n'en soufflai mot à Shirley. Il ne semblait pas lui venir à l'idée que l'on pouvait sortir le soir ailleurs que dans un pub, de préférence bruyant, avec de la musique. Ceux du quartier de Mayfair ne l'intéressaient pas. En quelques mois, je me familiarisai avec le type de clientèle, le degré de convivialité et de délabrement de ceux de Camden, de Kentish Town et d'Islington.

Ce fut à Kentish Town, lors de notre première expédition, que j'assistai à une terrible bagarre dans un pub irlandais. Au cinéma, un coup de poing dans la mâchoire paraît banal, mais c'est extraordinaire à voir en vrai, bien que les sons, le craquement des os, soient bien plus sourds et timides. Pour une jeune fille à l'existence protégée, ces poings, qui tenaient dans la journée une pioche pour l'entreprise de maçonnerie

Murphy et s'abattaient à présent sur un visage, témoignaient d'une témérité incroyable, d'une indifférence absolue à une possible vengeance, aux risques pour l'avenir, pour la vie même. Nous suivions la scène sur nos tabourets de bar, et je vis un objet — un bouton ou une dent — décrire un arc de cercle au-dessus d'un fût de bière à la pression. D'autres personnes s'en mêlaient, des cris s'élevaient, et le barman, lui-même visiblement capable de se servir de ses poings, avec un caducée tatoué sur l'avant-bras, avait décroché son téléphone. Shirley me prit par l'épaule et me propulsa vers la sortie. Les glaçons fondaient dans nos rhum-cocas sur le bar derrière nous.

« Les flics arrivent, ils voudront sans doute des témoins. On ferait mieux d'y aller. » Une fois dans la rue, elle pensa à son manteau. « Ah, laisse tomber », dit-elle avec un geste désinvolte de la main. Elle s'était déjà remise à marcher. « Je l'ai assez vu, ce manteau. »

Nous ne recherchions pas la compagnie des hommes, pendant ces soirées au pub. Nous parlions beaucoup — de nos familles, de notre vie jusqu'alors. Elle évoqua son médecin syrien, et moi, Jeremy Mott, mais pas Tony Canning. Les commérages sur les collègues de bureau étaient formellement interdits, et même des novices comme nous mettaient un point d'honneur à respecter les consignes. En outre, j'avais l'impression que Shirley se voyait déjà confier des tâches plus importantes que les miennes. Cela ne se faisait pas de poser la question. Lorsque nos discussions étaient interrompues, que des hommes nous abordaient malgré tout, ils venaient pour moi et héritaient de Shirley. Je ne me formalisais pas de rester muette à côté d'elle pendant qu'elle prenait les choses en main. Impossible pour eux d'échapper aux plaisanteries d'usage, aux questions badines sur ce qu'ils faisaient dans la vie et l'endroit d'où ils venaient, et ils battaient en retraite après nous avoir offert un ou deux rhum-cocas. Dans les pubs pour hippies autour de Camden Lock, qui n'attirait pas encore les touristes, les jeunes gens à cheveux longs se montraient plus insidieux et insistants, avec des allusions discrètes à leur part féminine, à l'inconscient collectif, au passage de Vénus et autres balivernes. Shirley les décourageait par son amabilité obtuse, tandis que je les évitais soigneusement car ils me rappelaient ma sœur.

Nous allions dans cette partie de la ville pour la musique, progressant d'un pub à l'autre jusqu'au Dublin Castle sur Parkway. Shirley affichait pour le rock une passion digne d'un adolescent et, au début des années soixante-dix, les meilleurs groupes jouaient dans les pubs, souvent des établissements victoriens monumentaux. Je me surpris à prendre goût, un temps, à cette musique entraînante et sans prétention. Mon studio était triste, et je me réjouissais d'avoir de quoi occuper mes soirées, en plus de la lecture des romans. Un soir, alors que nous nous connaissions mieux, Shirley et moi parlâmes de notre homme idéal. Elle me décrivit son rêve, un type décharné, porté sur l'introspection, faisant un peu moins de deux mètres, en jean, avec un tee-shirt noir, les cheveux très courts, les joues creuses, et une guitare en bandoulière. Nous avions dû en voir une bonne vingtaine de spécimens, tandis qu'elle m'escortait dans tous les pubs situés entre Canvey Island et Shepherd's Bush. Nous écoutions Bees Make Honey (mon groupe préféré), Roogalator (le sien), ainsi que Dr Feelgood, Ducks Deluxe, Kilburn and the High Roads. Ça ne me ressemblait pas, de rester debout au milieu d'une foule en sueur, un demi à la main, les oreilles bourdonnantes à cause du tintamarre. Je prenais un plaisir innocent à imaginer l'air horrifié de ces représentants de la contre-culture, s'ils avaient su que nous incarnions l'ennemi absolu, venu du monde gris et « rangé » du MI5. Laurel et Hardy, la nouvelle équipe de choc des services secrets.

4

Vers la fin de l'hiver 1973, ma mère me fit suivre une lettre de mon vieil ami Jeremy Mott. Il était toujours à Édimbourg, toujours content de ses recherches doctorales et de sa vie de liaisons plus ou moins secrètes, chacune se terminant, prétendait-il, sans trop de complications ni de remords. Je lus cette lettre un matin en allant travailler, l'une des rares fois où j'avais réussi à trouver une place assise dans la rame bondée. Le paragraphe important commençait au milieu de la deuxième page. Pour Jeremy, ce n'était sans doute rien de plus que le dernier potin en date.

Tu te souviens de Tony Canning, mon professeur d'histoire. Nous sommes allés un jour prendre le thé chez lui. En septembre dernier, il a quitté son épouse, Frieda. Ils étaient mariés depuis plus de trente ans. Sans explication, apparemment. D'après des rumeurs circulant au collège, il retrouvait une femme plus jeune que lui dans sa maison de campagne du Suffolk. Mais il n'y a pas que ça. Il paraît qu'il l'a larguée, elle aussi. J'ai reçu une lettre d'un ami le mois dernier. Il avait appris la vérité de la bouche du directeur. C'était un secret de polichinelle au collège, mais personne n'a eu l'idée de m'en parler. Canning était malade. Pourquoi ne pas le dire? Il avait quelque chose de grave et la médecine ne pouvait plus rien pour lui. En octobre, il a démissionné de son poste et il est parti pour une île de la Baltique, où il a loué une petite maison. Une îlienne, peut-être un peu plus qu'une femme de ménage, venait s'occuper de lui. Peu avant sa mort, il a été hospitalisé sur place, dans une île voisine. Son fils lui a rendu visite là-bas, ainsi que Frieda. Tu n'as pas dû voir l'avis de décès en février dans le *Times*. Sinon tu m'aurais sûrement fait signe. J'ignorais qu'il avait appartenu à la Direction des Opérations Spéciales, vers la fin de la dernière guerre. Un vrai héros, parachuté de nuit en Bulgarie et grièvement blessé à la poitrine en tombant dans une embuscade. Ensuite, quatre ans au MI5 à la fin des années quarante. La génération de nos pères — leurs vies avaient tellement plus de sens que les nôtres, tu ne trouves pas? Tony a été extrêmement généreux avec moi. Je regrette que personne ne m'ait prévenu. Au moins, j'aurais pu lui écrire. Tu ne veux pas venir me remonter le moral? J'ai une charmante petite chambre d'amis qui jouxte la cuisine. Mais je crois te l'avoir déjà dit.

Pourquoi ne pas le dire? Le cancer. Au début des années soixante-dix, l'époque où les gens baissaient la voix pour prononcer le mot était à peine révolue. Le cancer représentait un déshonneur pour ceux qui en étaient atteints, une souillure et une tare, plus morale que physique. Sur le moment, j'ai dû trouver normal le besoin éprouvé par Tony de s'éclipser sans explication, pour hiberner avec son horrible secret au bord d'une mer glaciale. Les dunes de son enfance, les vents violents, les marais sans arbres, et lui marchant seul sur la grève, courbé dans sa longue veste sombre, seul avec son secret honteux et son besoin croissant de faire la sieste. Ce sommeil qui montait irrésistiblement, comme la marée. Bien sûr qu'il préférait être seul. Je ne lui contestais sûrement pas ce droit. Ce qui m'impressionnait et me choquait, c'était la stratégie choisie. Qu'il m'ait dit de mettre mon chemisier dans le panier à linge sale, puis ait feint d'avoir oublié pour se rendre odieux, pour que je ne le suive pas et ne complique pas ses derniers mois. Fallait-il vraiment une telle sophistication? Une telle dureté?

Assise sur mon siège, je rougis de m'être crue plus fine psychologue que lui. Je rougis, puis fondis en larmes. Les passagers les plus proches dans cette rame bondée détournèrent discrètement le regard. Il avait dû savoir qu'il me faudrait réécrire le passé le jour où j'apprendrais la vérité. Il avait dû se consoler en pensant qu'alors je lui pardonnerais. Tout cela semblait si triste. Mais pourquoi n'avoir laissé aucune lettre posthume pour expliquer, rappeler ce que nous avions partagé, dire adieu, me remercier, me donner un souvenir à chérir, n'importe quoi pour remplacer cette scène de rupture? Ensuite, je me torturai l'esprit durant des semaines en soupçonnant Frieda ou la « femme de ménage » d'avoir intercepté une telle lettre.

Tony en exil, se traînant sur des plages désertes, sans le frère qui avait partagé les jeux des années d'insouciance — Terence Canning avait péri pendant le Débarquement —, sans son collège, sans ses amis, sans son épouse. Et sans moi, surtout. Frieda aurait pu s'occuper de lui, il aurait pu s'installer dans la chaumière, ou rester chez lui dans sa chambre, entouré de ses livres, avec des visites de ses amis et de son fils. J'aurais même pu aller le voir incognito, en me faisant passer pour une ancienne étudiante. Des fleurs, du champagne, la famille et les amis de toujours, de vieilles photos : n'était-ce pas ainsi que les gens tentaient d'organiser leur mort, du moins lorsqu'ils n'avaient pas trop de mal à respirer, ne se tordaient pas de douleur ou n'étaient pas immobiles, muets de terreur?

Au cours des semaines suivantes, je fis défiler dans ma mémoire quantité de petits moments. Ces siestes qui m'agaçaient tant, ce visage blême du matin, que je ne supportais pas de regarder. À l'époque, je m'étais simplement dit que c'était dans l'ordre des choses, à cinquante-quatre ans. Je revenais sans cesse sur un échange précis : ces quelques secondes dans la chambre près du panier à linge, tandis qu'il me parlait d'Idi Amin Dada et des Ougandais d'origine asiatique chassés du pays. Cette histoire faisait alors les gros titres. Le dictateur cruel expulsait ses compatriotes, ils avaient des passeports britanniques, et le gouvernement d'Edward Heath, indifférent aux insultes lancées dans les tabloïds, répétait avec un certain panache qu'il fallait les autoriser à s'installer en Grande-Bretagne. Tony l'approuvait. Il s'était interrompu et, sans reprendre son souffle, m'avait lancé : « Mets-le donc là-dedans avec ma chemise. On revient bientôt. » Juste cette consigne triviale, après quoi il avait repris le fil de sa pensée. N'était-ce pas ingénieux, alors que son corps le trahissait déjà et que ses projets prenaient forme, d'avoir tout organisé et saisi sa chance au vol? Ou bien d'avoir manigancé quelque chose après coup? Peut-être moins un stratagème qu'une tournure d'esprit, acquise durant les mois passés à la Direction des Opérations Spéciales. Une ficelle du métier. En tant que tel, le subterfuge avait été mené de main de maître. Tony m'avait rejetée, et j'étais trop blessée pour revenir à la charge. Je ne l'aimais sans doute pas réellement, à l'époque, pendant ces mois où nous nous retrouvions dans la chaumière, mais à l'annonce de sa mort je me persuadai du contraire. Cette manigance représentait une tromperie plus grave que n'importe quelle aventure d'un homme marié. J'admirais pourtant son habileté, sans arriver à lui pardonner complètement.

J'allai à la bibliothèque de Holborn, qui conservait les anciens numéros du *Times*, et je consultai l'avis de décès de Tony. Bêtement, je le survolai à l'affût de mon nom, puis je le relus entièrement. Toute une vie en quelques paragraphes, sans même une photo. La Dragon School d'Oxford, Marlborough College, Balliol College, les régiments de la Garde Royale, des combats dans le désert Libyque, puis un blanc inexpliqué, et enfin la Direction des Opérations Spéciales ainsi que l'avait indiqué Jeremy, et quatre ans dans les services secrets à partir de 1948. Quel manque de curiosité de ma part sur les activités de Tony pendant la guerre et l'après-guerre, même si je le savais bien introduit au MI5! La nécrologie résumait brièvement la période à partir des années cinquante : articles pour les journaux, plusieurs livres, la fonction publique, Cambridge, la mort.

Pour moi, rien ne changea. Je continuai de travailler dans l'immeuble de Curzon Street tout en dressant un modeste autel à mon chagrin secret. Tony m'avait choisi ce poste, m'avait prêté ses bois, ses cèpes, ses opinions, son expérience du monde. Je ne possédais pourtant ni preuves ni cadeaux, ni photos de lui ni lettres, pas même un mot de sa main, car nous décidions de nos rendez-vous par téléphone. Je lui avais consciencieusement rendu, après les avoir lus, tous les livres qu'il m'avait prêtés, sauf un : *La religion et l'essor du capitalisme*, de R. H. Tawney. Je le cherchai partout, vérifiai maintes fois les mêmes endroits en désespoir de cause. Il avait une couverture souple d'un vert passé, avec le cercle laissé par une tasse de café entourant les initiales de l'auteur, le nom « Canning » écrit avec autorité à l'encre pourpre sur la garde blanche, et les notes de Tony, au crayon dans les marges de chaque page ou presque. Tellement précieux. Or il s'était évanoui comme seuls les livres ont le don de le faire, peut-être quand j'avais déménagé de ma chambre près de Jesus Green. Mes seuls souvenirs de Tony étaient un marque-page donné sans cérémonie — j'y reviendrai plus tard — et mon poste. Il m'avait expédiée dans ce bureau crasseux de Leconfield House. Je ne l'aimais pas, mais c'était son unique héritage et je n'aurais pas supporté d'être ailleurs.

Je travaillais patiemment, sans me plaindre, acceptant avec humilité les critiques de Miss Ling : voilà comment j'entretenais la flamme. Manquer d'efficacité, arriver en retard ou projeter de quitter le MI5 eût représenté une trahison. Convaincue d'avoir vécu un grand amour désormais en ruine, je souffrais en silence. L'*akrasia*! Chaque fois que je m'appliquais à dactylographier sans erreur et en trois exemplaires les griffonnages d'un officier, c'était pour honorer le souvenir de l'homme que j'avais aimé.

*

Nous étions douze dans notre promotion, dont trois hommes. Deux d'entre eux étaient des hommes d'affaires mariés d'une trentaine d'années, et donc sans intérêt. Le troisième, Greatorex, avait été prénommé Maximilian par des parents ambitieux. Lui aussi âgé d'environ trente ans, affligé d'oreilles décollées, il semblait extrêmement distant — par timidité ou par orgueil, nul ne le savait. Il arrivait du MI6, avait déjà le rang d'officier, et suivait la même formation que nous pour se familiariser avec le mode de fonctionnement de nos services. Les deux anciens hommes d'affaires ne tarderaient pas non plus à devenir officiers. Quoi que j'aie pu éprouver lors de mon entretien d'embauche, je ne m'en formalisais plus trop. Au fil de notre stage chaotique, je m'imprégnais de l'esprit de la maison et, prenant exemple sur mes consœurs, je commençais à me faire à l'idée que dans cette enclave du monde adulte, contrairement au reste de la fonction publique, les femmes appartenaient à une caste inférieure.

Nous passions de plus en plus de temps avec l'armée de secrétaires du Fichier central, nous familiarisant avec la procédure rigoureuse à suivre pour récupérer les dossiers et découvrant sans qu'on nous le dise qu'elle formait des cercles concentriques, à l'extérieur desquels nous languissions dans la pénombre. Capricieux et bruyant, les chariots sur rails livraient dans tout le bâtiment des dossiers aux différents services. Dès que l'un d'eux tombait en panne, Greatorex le réparait grâce à une trousse de minuscules tournevis qu'il gardait sur lui. Les jeunes femmes les plus snobs l'avaient surnommé « L'homme à tout faire », confirmant qu'il était pour elles un parti ridicule. Tant mieux pour moi, car même si je portais encore le deuil de Tony, je commençais à m'intéresser à Maximilian Greatorex.

En fin d'après-midi, on nous conviait parfois à une conférence. Il aurait été impensable de ne pas y aller. Le thème touchait toujours, de près ou de loin, au communisme, à sa théorie et à sa pratique, aux affrontements géopolitiques, à l'intention non dissimulée de l'Union soviétique de dominer le monde. Je donne l'impression que ces conférences étaient plus intéressantes qu'en réalité. L'aspect théorique et pratique tenait de loin la plus grande place, surtout l'aspect théorique. Cela venait sans doute du fait qu'Archibald Jowell, le conférencier, un ancien de la Royal Air Force, avait étudié la question, peut-être en suivant des cours du soir, et souhaitait absolument nous faire partager ce qu'il savait de la dialectique et des concepts qui s'y rattachaient. Si l'on fermait les yeux, ce qui arrivait à beaucoup d'entre nous, on pouvait facilement se croire à une réunion du parti communiste dans une ville comme Stroud, car Jowell n'avait ni le désir ni le pouvoir de détruire la pensée marxiste-léniniste, ou même d'exprimer son scepticisme. Il voulait nous amener à comprendre l'ennemi « de l'intérieur » et à connaître à fond les bases théoriques de son fonctionnement. À la fin d'une journée passée à taper à la machine et à tenter de saisir ce qui, aux yeux de la terrifiante Miss Ling, constituait une information digne de figurer dans un dossier, les harangues de Jowell produisaient un effet mortellement soporifique sur la quasi-totalité de la promotion. Chacun avait la conviction qu'être surpris lors du moment honteux où les muscles du cou se relâchent et où l'on pique du nez pouvait nuire aux perspectives de carrière. Mais cette conviction ne suffisait pas. Les paupières lourdes en fin d'après-midi obéissaient à leur propre logique, à leur pesanteur irrésistible.

Par quelle anomalie restais-je donc toute l'heure assise bien droite au bord de ma chaise, les idées claires, les jambes croisées, prenant des notes dans le cahier appuyé sur mon genou nu ? J'étais une mathématicienne, une ancienne joueuse d'échecs, et une jeune femme en quête de réconfort. Le matérialisme dialectique représentait un système aussi clos et rassurant que les procédures de sécurité, en plus complexe et rigoureux. Plutôt comme une équation de Leibniz ou de Hilbert. Aspirations humaines, sociétés, histoire et méthode d'analyse s'entrelaçaient avec l'expressivité et la perfection inhumaine d'une fugue de Bach. Qui cela pouvait-il endormir ? Réponse : tout le monde, sauf Greatorex et moi. Il était assis dans la rangée de devant, sur ma gauche, la page visible de son cahier recouverte d'une écriture serrée et appliquée.

Un jour où je l'observais, je me laissai distraire de la conférence. Ses oreilles formaient saillie sur d'étranges éminences osseuses de part et d'autre de son crâne, et elles étaient incroyablement roses. Un effet exagéré par sa coupe de cheveux démodée qui représentait la norme dans l'armée, bien court derrière et sur les côtés, et laissait voir un profond sillon le long de sa nuque. Il me rappelait Jeremy et, plus gênant, certains étudiants en mathématiques à Cambridge, ceux qui m'avaient humiliée pendant les travaux dirigés. Mais l'apparence de son visage était trompeuse, car son corps paraissait mince et musclé. Mentalement, je modifiai sa coupe de cheveux, rallongeant ces derniers afin qu'ils comblent l'espace entre la pointe de ses oreilles et son crâne, et descendent jusqu'à son col de chemise, ce qui était désormais permis, même à Leconfield House. Sa veste en tweed à carreaux couleur moutarde allait devoir disparaître. Même de biais, je voyais que son nœud de cravate était trop petit. Il fallait qu'il se fasse appeler Max et laisse ses tournevis dans un tiroir. Il écrivait à l'encre marron. Cela aussi devrait changer.

« Je reviens donc à mon point de départ, disait en conclusion l'ancien commandant Jowell. En fin de compte, l'influence et la longévité du marxisme, comme de tout autre dispositif théorique, tient à sa capacité à séduire des hommes et des femmes intelligents. Or il est certain que le marxisme a cette capacité. Je vous remercie. »

Notre petit groupe ensommeillé se leva respectueusement tandis que le conférencier quittait la salle. Lorsqu'il eut disparu, Max se retourna et me regarda droit dans les yeux. Comme si le sillon vertical sur sa nuque avait des pouvoirs de télépathie. Il savait que j'avais entièrement remanié son apparence.

Ce fut moi qui détournai le regard la première.

Il désigna le stylo que j'avais à la main. « Vous prenez beaucoup de notes.

— C'était passionnant. »

Il ouvrit la bouche pour répondre, puis se ravisa et, avec un geste d'agacement, tourna les talons et sortit de la pièce.

Nous devînmes pourtant amis. Parce qu'il me rappelait Jeremy, je le soupçonnais naturellement de préférer les hommes, tout en espérant me tromper. Je ne m'attendais guère à ce qu'il aborde le sujet, surtout dans ces locaux. Le monde du renseignement se méfiait des homosexuels, du moins de ceux qui l'étaient ouvertement, ce qui les exposait au chantage, les rendait inemployables dans les services secrets et donc méprisables. Mais pendant que je fantasmais une idylle avec Max, je pouvais au moins me dire que je faisais mon deuil de celle avec Tony. Et Max, comme j'essayais d'inciter tout le monde à l'appeler, était un ajout intéressant à mon existence. Je crus d'abord que nous pourrions sortir à trois le soir avec Shirley, mais elle répliqua qu'il lui donnait la chair de poule et qu'on ne pouvait pas lui faire confiance. Comme il n'aimait ni les pubs enfumés ni la musique assourdissante, nous allions souvent nous asseoir sur un banc à Hyde Park ou Berkeley Square après le travail. Il lui était interdit d'en parler et je me refusais à le questionner, mais je me demandais s'il n'avait pas travaillé un temps à Cheltenham, à la collecte de renseignements par l'interception de signaux de communication. Âgé de trente-deux ans, il vivait seul dans une aile d'un manoir près d'Egham, au bord d'un méandre de la Tamise. Il déclara plus d'une fois que je devrais lui rendre visite, sans jamais lancer d'invitation. D'une famille d'universitaires, ayant fait ses études à Winchester et à Harvard où il avait obtenu une licence de droit et une autre de psychologie, il était néanmoins hanté par la crainte d'avoir mal choisi, par le regret de ne pas s'être orienté vers une formation plus concrète, une école d'ingénieurs, par exemple. Il avait même envisagé de se faire engager comme apprenti par un créateur de montres à Genève, mais ses parents l'en avaient dissuadé. Son père enseignait la philosophie, sa mère l'anthropologie sociale, et Maximilian était leur seul enfant. Ils voulaient qu'il exerce son intellect et ne souhaitaient pas qu'il travaille de ses mains. Après une tentative malheureuse pour enseigner dans une boîte de préparation intensive aux examens, un peu de journalisme et quelques voyages, il était entré dans les services secrets grâce à un homme d'affaires ami d'un oncle.

Il faisait chaud, ce printemps-là, et notre amitié s'épanouit en même temps que les arbres et arbustes autour de nos différents bancs. Au début, trop curieuse, je pris les devants et lui demandai si ce n'était pas la pression mise par ses parents universitaires sur leur fils unique qui avait causé sa timidité. Il s'offensa de cette question, comme si j'avais insulté sa famille. Il manifestait un dédain typiquement anglais pour les analyses psychologiques. Avec raideur, il m'expliqua qu'il ne se reconnaissait pas dans ce terme. S'il se montrait froid avec les inconnus, c'était parce qu'il préférait rester sur ses gardes tant qu'il ne savait pas à qui il avait affaire. Il se sentait parfaitement à l'aise avec les gens qu'il connaissait et trouvait sympathiques. Le sujet était clos. En réponse à un interrogatoire discret, je lui racontai tout : ma famille, mes études à Cambridge, ma licence de maths sans mention, ma chronique dans *? Quis ?*.

« J'ai entendu parler de votre chronique », déclara-t-il à ma grande surprise. Il ajouta quelque chose qui me fit plaisir. « Ici, vous avez la réputation d'avoir lu tout ce qui vaut la peine d'être lu. De bien connaître la littérature contemporaine, entre autres. »

Ce fut un soulagement de pouvoir enfin parler de Tony à quelqu'un. Max le connaissait même de nom, se rappelait sa participation à une commission gouvernementale, le titre d'un essai historique et quelques informations supplémentaires, dont un débat public sur le financement des activités artistiques.

« Comment s'appelait son île, déjà ? »

Là, ma mémoire me trahit. Je le connaissais pourtant, ce nom. Il était synonyme de mort. « Voilà que ça m'échappe.

— Elle est finlandaise ? Suédoise ?

— Finlandaise. Dans l'archipel des Åland.

— Lemland ?

— Les sonorités ne collent pas. Ça va me revenir.

— Prévenez-moi. »

Son insistance m'étonna. « Pourquoi cet intérêt ?

— J'ai un peu voyagé dans la Baltique. Des îles par dizaines de milliers. Un des secrets les mieux gardés du tourisme moderne. Dieu merci, tout le monde fuit vers le sud en été. À l'évidence, votre Canning était un homme de goût. »

Nous en restâmes là. Mais un mois plus tard environ, assis à Berkeley Square, nous tentions de retrouver les paroles de la célèbre chanson dans laquelle un rossignol chante en ce lieu. Max m'avait dit être un pianiste autodidacte qui aimait jouer des airs de music-hall et des chansons de crooner des années quarante et cinquante, aussi démodés que sa coupe de cheveux. Par hasard, je connaissais cette mélodie de Nat King Cole grâce à un spectacle de fin d'année au lycée. Tantôt chantant tantôt parlant, nous reconstituions le charmant refrain : *I may be right, I may be wrong / But I'm perfectly willing to swear / That when you turned and smiled at me / A nightingale...* quand Max s'interrompit : « Ce ne serait pas Kumlinge ?

— Si, bien sûr. Comment le savez-vous ?

— En fait, il paraît que c'est une très belle île.

— Je crois que Tony Canning en aimait l'isolement.

— À n'en pas douter. »

À mesure que nous allions vers l'été, je m'entichai encore plus de Max, au point d'être légèrement obsédée. Lorsque nous n'étions pas ensemble, que je sortais le soir avec Shirley, je me sentais incomplète et anxieuse. C'était un soulagement de retourner au travail, où je l'apercevais à quelques bureaux du mien, la tête penchée sur ses documents. Cela ne suffisait jamais et, très vite, j'essayais d'organiser notre tête-à-tête suivant. Il fallait se rendre à l'évidence : j'avais un faible pour un certain type d'homme mal habillé, démodé, maigre mais solidement charpenté, et d'une intelligence brillante. Il y avait chez lui de la distance et de la droiture. Sa réserve naturelle me donnait l'impression d'être gauche et excessive. Je redoutais qu'il ne m'aime pas vraiment et soit trop poli pour l'avouer. Je m'imaginais qu'il obéissait à toutes sortes de règles personnelles, de tabous cachés que je transgressais constamment. Ma sensation de malaise accroissait l'intérêt que je lui portais. Une seule chose animait ses traits, réchauffait son attitude glaciale : le communisme soviétique. C'était un combattant de la guerre froide, d'une race supérieure. Là où d'autres cédaient à la haine et à la colère, Max croyait que les bonnes intentions avaient conspiré avec la nature humaine pour concevoir un piège qui se refermait tragiquement sur ses victimes consentantes. Le bonheur et l'épanouissement de centaines de millions d'individus à travers l'empire russe étaient définitivement compromis. Personne, pas même les dirigeants, n'aurait choisi cet héritage. La solution était de proposer une échappatoire progressive où nul ne perdrait la face, par de patientes incitations et tentations, par la création d'un climat de confiance, sans cesse de s'opposer à cette idéologie que Max qualifiait de réellement atroce.

Il n'était certes pas le genre d'homme que je pouvais questionner sur sa vie sentimentale. Je me demandais si un amant partageait sa vie à Egham. Je projetai même d'aller voir sur place par moi-même. J'en étais là. Désirer ce que je croyais impossible à obtenir exacerbait mes sentiments. Je me demandais également s'il saurait, comme Jeremy, donner du plaisir à une femme sans en prendre beaucoup lui-même. Rien d'idéal, aucune réciprocité, mais ce ne serait pas si mal. Mieux, en tout cas, qu'une vaine attente.

Nous marchions à Hyde Park un soir, juste après le travail. La conversation portait sur l'IRA provisoire — je le soupçonnais de recevoir des informations d'agents infiltrés. Il me parlait d'un article qu'il venait de lire quand, mue par une envie irrésistible, je le pris par le bras et lui demandai s'il voulait m'embrasser.

« Pas spécialement.

— Moi j'aimerais bien. »

Nous nous arrêtâmes au milieu du sentier qui passait à cet endroit entre deux arbres, obligeant les promeneurs à nous contourner tant bien que mal. Ce fut un baiser profond, passionné, ou alors c'était bien imité. Peut-être pour compenser un manque de désir. Lorsque Max s'écarta, je tentai de l'attirer de nouveau à moi, mais il résista.

« Assez pour ce soir », dit-il, me tapotant de l'index le bout du nez, de même qu'un parent sévère rappelle à l'ordre un enfant capricieux. Jouant le jeu, j'arborai une moue boudeuse, mis docilement ma main dans la sienne, et nous reprîmes notre promenade. Je savais que ce baiser allait me compliquer la vie, mais au moins nous nous tenions pour la première fois par la main. Il retira la sienne quelques minutes plus tard.

Nous nous assîmes sur la pelouse, à bonne distance des autres flâneurs, et il fut à nouveau question des membres de l'IRA provisoire. Ils avaient posé des bombes à Whitehall et à Scotland Yard le mois précédent. Nos services continuaient à se réorganiser. Une poignée des éléments les plus prometteurs de notre promotion — Shirley comprise — avaient été libérés des tâches pour débutants au Fichier central, et sans doute associés aux nouvelles préoccupations. Des bureaux avaient été réquisitionnés, des réunions se prolongeaient tard dans la soirée derrière des portes closes. On m'avait oubliée. J'exprimai mon dépit en me plaignant, comme je l'avais fait auparavant, d'être cantonnée aux combats d'arrière-garde. Les conférences exerçaient le même genre de fascination qu'une langue morte. Le monde était solidement divisé en deux camps, affirmai-je. Le communisme soviétique n'avait pas plus de ferveur missionnaire et de visées expansionnistes que l'Église d'Angleterre. L'empire russe était répressif et corrompu, mais plongé dans un coma profond. La nouvelle menace, c'était le terrorisme. J'avais lu un article du magazine *Time* et me considérais bien informée. L'IRA provisoire ou les divers groupuscules palestiniens n'étaient pas seuls en cause. Sur tout le continent européen, des factions clandestines de mouvements anarchistes ou d'extrême gauche multipliaient déjà les attentats à la bombe, les enlèvements d'hommes politiques et de grands patrons. Les Brigades Rouges, le groupe Baader-Meinhof, les Tupamaros et des dizaines d'autres formations en Amérique du Sud, l'Armée de libération symbionaise aux États-Unis : ces nihilistes narcissiques et sanguinaires communiquaient par-delà les frontières et menaceraient bientôt les îles britanniques de l'intérieur. Nous avions eu l'Angry Brigade, des groupes encore pires suivraient. À quoi bon continuer à gaspiller l'essentiel de nos ressources pour jouer au chat et à la souris avec d'obscurs tire-au-flanc dans les délégations commerciales soviétiques ?

L'essentiel de nos ressources ? Que pouvait savoir une simple stagiaire de leur répartition au sein du MI5 ? Je m'efforçai néanmoins de parler avec assurance. Excitée par cet unique baiser, je voulais impressionner Max. Il m'observait avec attention, passablement amusé.

« Ravi de te voir si remontée contre tes factions sinistres. Mais il y a deux ans, Serena, nous avons expulsé cent cinq agents soviétiques. Ils grouillaient partout. Convaincre Whitehall de prendre les mesures nécessaires a représenté un grand moment pour nos services. D'après la rumeur, il a été très difficile d'obtenir l'aval du ministre de l'Intérieur.

— C'était l'ami de Tony jusqu'au jour où...

— Tout est parti de la défection d'Oleg Lyalin. Il était censé organiser des opérations de sabotage au Royaume-Uni si une crise éclatait. Un communiqué a été lu à la Chambre des Communes. Tu as dû voir les articles dans la presse, à l'époque.

— Oui, je m'en souviens. »

C'était faux, bien sûr. Ces expulsions n'avaient pas eu droit à une seule ligne dans mes chroniques pour *?Quis?*. Tony n'était pas encore là pour m'inciter à lire les journaux.

« Ce que je veux dire, ajouta Max, c'est que tu exagères un peu en parlant de "coma profond", non ? »

Il me dévisageait encore avec cette attention singulière, comme s'il espérait que notre conversation aboutisse à un résultat probant.

« Oui, sans doute », concédai-je. Je me sentais d'autant plus mal à l'aise que j'avais l'impression qu'il cherchait à me déstabiliser. Notre amitié était si récente, si soudaine. Je ne savais rien de lui, et voilà qu'il ressemblait à un inconnu, avec ses oreilles trop grandes orientées vers moi, telles des antennes paraboliques, pour capter l'insincérité du moindre de mes murmures ; avec son visage mince au regard intense, tout entier concentré sur le mien. Je redoutais qu'il attende quelque chose de moi, et que, même s'il l'obtenait, ce soit à mon insu.

« As-tu encore envie que je t'embrasse ? »

Il fut aussi long que le premier, ce baiser d'un inconnu, et, parce qu'il relâchait la tension entre nous, encore plus agréable. Je sentis que je me détendais, que je *fondais* même, comme un personnage de roman à l'eau de rose. Je ne supportais pas l'idée qu'il puisse faire semblant.

Il s'écarta et demanda posément : « Canning t'a-t-il parlé de Lyalin ? » Avant que j'aie pu répondre, il m'embrassa de nouveau, un fugace effleurement de lèvres et de langues. Je fus tentée de répondre « oui », pour lui faire plaisir.

« Non. Pourquoi me poses-tu la question ?

— Simple curiosité. Il t'a présentée à Maudling ?

— Non. Pourquoi ?

— Tes impressions m'auraient intéressé, rien de plus. »

Nous échangeâmes un autre baiser. Nous étions allongés dans l'herbe. J'avais la main sur sa cuisse et la laissai glisser vers son entrejambe. Histoire de voir si je lui faisais vraiment de l'effet. Je ne voulais pas d'un génie de la manipulation. Mais alors que mes doigts n'étaient qu'à quelques centimètres de la preuve matérielle, il se retourna pour échapper à mon étreinte, se mit debout, puis se courba pour faire tomber quelques brins d'herbe sèche de son pantalon. Son geste semblait affecté. Il me tendit la main pour m'aider à me relever.

« Il faut que j'aille prendre mon train. J'ai invité quelqu'un à dîner chez moi.

— Ah bon ? »

Nous repartîmes. Il avait perçu l'hostilité dans ma voix et posa timidement la main sur mon bras, comme pour s'excuser. « Es-tu allée sur sa tombe à Kumlinge ?

— Non.

— Tu as lu l'avis de décès ? »

À cause de ce « quelqu'un », notre soirée était dans une impasse.

« Oui.

— Celui du *Times*, ou du *Daily Telegraph* ?

— C'est un interrogatoire, Max ?

— Ne sois pas ridicule. Je suis simplement trop curieux. Pardonne-moi, je t'en prie.

— À condition que tu me laisses tranquille. »

Nous marchâmes en silence. Il n'osait plus rien dire. Fils unique, pensionnaire dans un internat de garçons : il ne savait pas comment parler à une femme quand les choses tournaient mal. De mon côté, je me taisais. J'étais en colère, mais je ne voulais pas le faire fuir. Lorsque nous nous dîmes au revoir sur le trottoir devant les grilles du parc, j'avais retrouvé mon calme.

« Tu as conscience que je suis en train de m'attacher à toi, Serena. »

J'étais heureuse, très heureuse, mais ne le montrai pas et ne répondis pas, espérant qu'il allait continuer. Il parut sur le point d'ajouter quelque chose, puis changea de sujet.

« Au fait, ne t'impatiente pas trop à ce poste. J'ai appris par hasard qu'un projet très intéressant était en passe d'aboutir.

L'opération Sweet Tooth. Vraiment dans tes cordes. J'ai suggéré ton nom. »

Il n'attendit pas ma réponse. Il pinça les lèvres, haussa les
épaules, puis s'éloigna le long de Park Lane en direction de
Marble Arch tandis que je restais plantée là, à le regarder en
me demandant s'il disait vrai.

5

Orientée au nord, ma chambre dans l'immeuble de St Augustine's Road surplombait la rue, avec vue sur les branches d'un marronnier. À mesure que les feuilles poussaient, ce printemps-là, elle s'assombrissait chaque jour un peu plus. La tête du lit branlant qui occupait environ la moitié de la pièce était en noyer verni, et le matelas d'une mollesse marécageuse. Un jeté de lit en chenille de coton sentant le moisi le recouvrait. Je l'avais emporté deux ou trois fois dans une laverie automatique, sans réussir à le débarrasser de ces relents poisseux et intimes, peut-être laissés par un chien, ou par un être humain très malheureux. Seul autre meuble, une commode surmontée d'un miroir inclinable. Elle trônait devant une cheminée minuscule, d'où s'échappait une odeur aigrelette de suie les jours où il faisait chaud. Avec le marronnier en fleur, il n'y avait plus assez de lumière naturelle pour lire par temps nuageux, et je m'achetai pour trente pence une lampe Art déco chez un brocanteur de Camden Road. Le lendemain j'y retournai et m'offris, pour une livre vingt, une petite chauffeuse où je pourrais lire sans avoir à m'enfoncer dans le lit. Le brocanteur la transporta sur son dos jusqu'à ma chambre, six cents mètres et deux étages contre le prix d'une bière — soit treize pence. Je lui en donnai finalement quinze.

La plupart des maisons de la rue étaient subdivisées en appartements dépourvus de confort moderne, bien qu'à l'époque personne n'ait employé cette formule ni pensé en ces termes. On se chauffait grâce à un feu électrique dans la cheminée, le sol des couloirs et de la cuisine était recouvert d'un antique lino marron, celui des autres pièces d'une moquette à motif fleuri, qui collait aux pieds. Les rares aménagements dataient sans doute des années vingt ou trente : les fils électriques étaient cachés dans des tuyaux poussiéreux fixés aux murs, le téléphone se trouvait au fond de l'entrée pleine de courants d'air, le chauffe-eau électrique alimenté par un compteur très gourmand en pièces de monnaie donnait une eau presque bouillante dans une salle de bains exiguë sans douche, partagée par quatre jeunes femmes. Ces demeures n'avaient pas encore liquidé l'héritage ténébreux de l'ère victorienne, mais je n'ai jamais entendu personne se plaindre. Même dans les années soixante-dix, pour autant que je m'en souvienne, les gens ordinaires qui occupaient ces vieux logements prenaient tout juste conscience qu'ils pourraient vivre plus confortablement en s'éloignant de la ville si les loyers continuaient d'augmenter. Les maisons des petites rues de Camden Town attendaient qu'une nouvelle classe de gens dynamiques y emménagent et retroussent leurs manches, installent des radiateurs et, pour des raisons inexplicables, débarrassent les plinthes, les parquets et les portes en pin de toute trace de peinture ou de revêtement.

J'étais bien tombée avec mes colocataires — Pauline,

Bridget, Tricia — trois jeunes femmes de Stoke-on-Trent et de milieu ouvrier qui se connaissaient depuis l'enfance, avaient réussi tous leurs examens et s'étaient débrouillées pour faire ensemble leurs études de droit, qu'elles avaient presque terminées. Elles étaient ennuyeuses, ambitieuses, maniaques du rangement. La maison tournait rond, la cuisine était toujours propre, le minuscule réfrigérateur bien rempli. Si elles avaient des petits amis, je ne les voyais jamais. Pas de beuveries, pas de drogue, pas de musique à fond. En ce temps-là, dans ce type de colocation, il y aurait plutôt eu des gens comme ma sœur. Tricia préparait l'examen du barreau, Pauline se spécialisait dans le droit des affaires et Bridget s'orientait vers l'immobilier. Chacune, avec l'air de défi qui lui était propre, m'avait dit qu'elle ne retournerait jamais dans leur ville natale. Et elles ne parlaient pas de Stoke-on-Trent en termes purement géographiques. Mais je ne cherchai pas à en savoir plus. Je m'adaptais à mon nouvel emploi et m'intéressais peu à leurs problèmes de classe et d'ascension sociale. Elles voyaient en moi une fonctionnaire terne, je voyais en elles des avocates stagiaires tout aussi ternes. Parfait. Nous n'avions pas les mêmes horaires et mangions rarement ensemble. Personne ne passait beaucoup de temps au salon — la seule pièce commune confortable. Même le téléviseur restait souvent silencieux. Le soir, elles étudiaient dans leur chambre, je lisais dans la mienne ou sortais avec Shirley.

Je continuais à lire au même rythme, trois ou quatre livres par semaine. Cette année-là, ce furent essentiellement des romans contemporains en poche, achetés dans les boutiques d'organisations caritatives et chez les soldeurs de High Street, ou bien, quand je pensais en avoir les moyens, chez Compendium près de Camden Lock. Je les dévorais avec mon appétit habituel, mais aussi pour tromper l'ennui, sans y parvenir. N'importe qui, voyant à quelle vitesse je tournais les pages, aurait cru que je consultais un ouvrage de référence. Tout bêtement, je cherchais sans doute quelque chose, une autre version de moi-même, une héroïne à l'intérieur de laquelle je pourrais me glisser comme dans une paire de chaussures souvent portées. Ou un chemisier de soie sauvage. Je voulais mon moi le plus avantageux, non pas la petite secrétaire dans sa chauffeuse le soir, penchée sur un livre de poche à la reliure fendue, mais une jeune femme libérée, ouvrant la portière d'une voiture de sport côté passager, tendant la joue pour recevoir un baiser de son amant, fonçant vers un endroit retiré, en pleine campagne. Je refusais de m'avouer que j'aurais dû lire des fictions plus faciles, des romans de gare. J'avais finalement conservé, de Cambridge ou de Tony, un certain degré d'exigence, ou de snobisme. Je ne faisais plus l'éloge de Jacqueline Susann au détriment de Jane Austen. Parfois, mon alter ego scintillait tel un mirage entre les lignes, il flottait vers moi à la manière d'un fantôme bienveillant au détour d'une page de Doris Lessing, de Margaret Drabble ou d'Iris Murdoch. Puis il s'évanouissait — autant de versions trop cultivées ou trop intelligentes, ou pas suffisamment seules au monde pour être moi. Au fond, je n'aurais sans doute été satisfaite que si j'avais eu entre les mains un roman sur une jeune femme dans sa chambre de Camden, une modeste secrétaire au MI5, qui n'avait pas d'homme dans sa vie.

J'avais soif d'un certain réalisme naïf. Je prêtais une attention particulière, tendais mon cou de lectrice à la moindre mention d'une rue londonienne que je connaissais, de la coupe d'une robe, d'une célébrité de la vie réelle, d'une marque de voiture, même. Là, au moins, je disposais d'une unité de mesure, je pouvais juger la qualité de l'écriture à l'aune de son exactitude, de sa capacité à recouper mes propres impressions ou à les embellir. Par bonheur, la plupart des romans anglais de l'époque prenaient la forme de documentaires accessibles sur la société. Je n'étais pas convaincue par ces écrivains (éparpillés à travers les continents sud et nord-américains) qui envahissaient leurs propres pages comme s'ils faisaient partie de la distribution, bien décidés à rappeler au malheureux lecteur que tous les personnages, eux-mêmes compris, étaient pure invention et qu'il n'existait aucune différence entre la vie et la fiction. Ou à insister, au contraire, sur le fait que la vie était de toute façon une fiction. Selon moi, seuls les romanciers risquaient de confondre les deux. J'étais une empiriste-née. Je pensais qu'on les payait pour donner le change et qu'ils devaient, aussi souvent qu'il le fallait, se servir du monde réel, celui que nous partagions tous, pour rendre leurs fictions crédibles. Pas question, donc, qu'ils transgressent sournoisement les codes de leur art, trahissent la confiance du lecteur en se déguisant pour traverser et retraverser les frontières de l'imaginaire. Pas de place pour l'agent double dans les livres que j'aimais. Cette année-là, je mis au rancart après les avoir testés les auteurs conseillés par mes amies sophistiquées de Cambridge : Borges, Barth, Pynchon, Cortazar et Gaddis. Aucun Anglais parmi eux, notai-je, ni aucune femme, blanche ou de couleur. Je ressemblais aux gens de la génération de mes parents, qui, non contents de détester l'odeur de l'ail, se méfiaient de tous ceux qui en consommaient.

Pendant notre été amoureux, Tony Canning m'avait reproché de laisser traîner des livres ouverts, couverture visible. Cela cassait la reliure et l'ouvrage s'ouvrait toujours aux mêmes pages, interférence aléatoire et sans rapport avec les intentions de l'auteur ou l'opinion du lecteur suivant. Raison pour laquelle Tony m'avait donné un marque-page. Piètre cadeau. Il avait dû le sortir du fond d'un tiroir. C'était une mince bande de cuir vert aux extrémités crénelées, avec le nom d'une forteresse ou d'un château gallois en lettres dorées. Un souvenir de vacances un peu kitsch datant de l'époque où son épouse et lui étaient heureux, suffisamment en tout cas pour voyager ensemble. Elle ne m'inspirait qu'un vague dépit, cette langue de cuir qui parlait insidieusement d'une autre vie ailleurs, sans moi. Je ne crois pas l'avoir utilisée alors. Je m'astreignis à retenir le numéro des pages et cessai de casser les reliures. Plusieurs mois après cette liaison, je retrouvai le marque-page au fond d'un sac de voyage, plié et collé à un emballage de barre chocolatée.

J'ai dit qu'après la mort de Tony je ne possédais aucune preuve de notre amour. Or il me restait ce marque-page. Je le nettoyai, le défroissai, me mis à le chérir et à m'en servir. Les écrivains ont leurs superstitions et leurs petits rituels, paraît-il. Les lecteurs aussi. Le mien était d'enrouler ce marque-page autour de mes doigts et de le caresser du pouce en lisant. En fin de soirée, quand venait l'heure d'abandonner mon roman, je portais machinalement la bande de cuir à mes lèvres, puis la glissais entre les pages avant de refermer le livre et de le poser par terre, au pied de ma chauffeuse, où je le récupérerais sans effort la fois suivante. Tony aurait approuvé.

Un soir au début du mois de mai, plus d'une semaine après nos premiers baisers, je restai plus longtemps que d'habitude à Berkeley Square avec Max. D'humeur particulièrement loquace, il me parla d'une horloge du XVIIIe siècle à laquelle il projetait de consacrer un livre. Lorsque je regagnai St Augustine's Road, la maison était plongée dans l'obscurité. Je me rappelai que la veille était un jour férié. Malgré leurs reniements respectifs, Pauline, Bridget et Tricia passaient le week-end à Stoke-on-Trent. J'allumai l'entrée et le couloir menant à la cuisine. Je fermai la porte à clé derrière moi et montai dans ma chambre. Soudain ce trio de jeunes femmes raisonnables du nord de l'Angleterre et le rai de lumière sous leurs portes respectives me manquaient, et j'éprouvai un sentiment de malaise. Mais j'étais raisonnable, moi aussi. Je ne cédais pas à des peurs irrationnelles, je raillais les discours révérencieux sur la connaissance intuitive et le sixième sens. L'accélération de mon rythme cardiaque, me dis-je pour me rassurer, n'était due qu'à la montée de l'escalier. Quand j'atteignis la porte de ma chambre, j'attendis pourtant sur le seuil avant d'allumer le plafonnier, vaguement angoissée de me retrouver seule dans cette vieille demeure. Quelqu'un avait été poignardé sur un trottoir de Camden Square un mois plus tôt, une agression gratuite, commise par un schizophrène de trente ans. Il n'y avait sûrement aucun intrus dans la maison, mais un événement si horrible agit sur vous viscéralement, presque à votre insu. Il met vos sens en éveil. Immobile, je tendis l'oreille et distinguai entre les sifflements du silence, pareils à des acouphènes, le bourdonnement de la ville et, plus près, les craquements et claquements du crépi qui refroidissait et se contractait dans l'air nocturne.

J'appuyai sur l'interrupteur en bakélite et vis aussitôt que ma chambre était comme je l'avais laissée. Du moins le croyais-je. J'entrai, posai mon sac. Le livre commencé la veille — *On ne mange pas ses semblables,* de Malcolm Bradbury — était à sa place, au pied de la chauffeuse. Mais le marque-page se trouvait sur la chauffeuse. Or il n'y avait eu aucun visiteur depuis que j'avais quitté la maison ce matin-là.

Naturellement, je supposai d'abord que j'avais oublié mon rituel la veille au soir. Plausible, lorsqu'on est fatiguée. J'avais pu me lever et laisser glisser le marque-page en allant vers le lavabo pour faire ma toilette. Je gardais pourtant un souvenir précis de ce moment. Le roman était assez court pour que je le lise en deux fois. Mais j'avais les paupières lourdes. Je n'en étais pas encore à la moitié quand j'avais porté la bande de cuir à mes lèvres, avant de la placer entre les pages quatre-vingt-dix-huit et quatre-vingt-dix-neuf. Je me souvenais même de la dernière phrase que j'avais lue, pour y avoir jeté un dernier coup d'œil avant de refermer le livre. C'était une réplique d'un dialogue : « Les intelligentsias n'ont pas nécessairement des conceptions progressistes. »

J'inspectai la pièce, en quête de preuves supplémentaires d'une intrusion. En l'absence de bibliothèque, mes livres étaient empilés contre le mur, d'un côté ceux que j'avais déjà lus, de l'autre ceux à lire. En haut de cette seconde pile, le suivant sur la liste était *Le Jeu,* de A. S. Byatt. Tout paraissait en ordre. Je vérifiai les tiroirs de la commode, mon sac à linge sale, je regardai sur et sous le lit : rien n'avait été déplacé ni volé. Je revins devant ma chauffeuse et la contemplai longuement, comme si cela pouvait éclaircir le mystère. Je savais que j'aurais dû descendre chercher d'éventuelles traces d'effraction, mais je n'en avais aucune envie. Le titre du roman de Bradbury me narguait et me faisait à présent l'effet d'une vaine provocation contre la morale dominante. Je pris le livre, le feuilletai, retrouvai l'endroit où je m'étais arrêtée. Sur le palier, je me penchai par-dessus la rampe et n'entendis rien d'inhabituel, mais je n'osais toujours pas descendre.

Ma porte n'avait ni verrou ni serrure. Je tirai la commode devant elle et me mis au lit en laissant la lumière allumée. Je passai presque toute la nuit allongée sur le dos avec les couvertures remontées jusque sous le menton, à l'affût du moindre bruit, ressassant les mêmes interrogations, attendant que l'aube vienne tout arranger, telle une mère apaisante. Et quand elle fut là, tout s'arrangea bel et bien. Dès les premières lueurs, je me persuadai que la fatigue m'avait embrumé l'esprit, que je confondais mes intentions et mes actes, et avais posé le livre sans le marque-page. J'avais eu peur de mon ombre. Je vis dans la lumière du jour la manifestation physique du bon sens. J'avais besoin de repos, car une conférence importante m'attendait le jour même. Une ambiguïté suffisante entourait ce marque-page pour que je réussisse à dormir pendant les deux heures et demie précédant la sonnerie du réveil.

*

Ce jour-là, je me fis mal voir du MI5, ou, plus exactement, Shirley Shilling me fit mal voir. J'étais le genre de fille capable de dire le fond de sa pensée, mais mon instinct me poussait plutôt à obtenir de l'avancement et l'approbation de mes supérieurs. Shirley faisait preuve d'une pugnacité, voire d'une témérité totalement étrangères à ma nature. Nous formions cependant un duo, Laurel et Hardy, et il était sans doute inévitable que je sois attirée par cette insolence contagieuse et me retrouve dans le rôle de l'acolyte qui paie l'addition.

Tout se passa l'après-midi de cette fameuse conférence à Leconfield House, intitulée « Anarchie économique, troubles sociaux ». Beaucoup de gens s'étaient déplacés. Par une convention tacite, chaque fois que nous avions un conférencier de renom, les places se répartissaient en fonction du grade. Au premier rang, les grands pontes du cinquième étage. À trois rangées de là, Harry Tapp, assis à côté de Millie Trimingham. Trois rangées plus loin, Max s'entretenait avec un homme que je n'avais jamais vu. Puis venaient, en rangs serrés, les femmes privées du statut de sous-officier. Et enfin Shirley et moi, seules au tout dernier rang. Au moins avais-je mon cahier sous la main.

Le directeur général s'avança pour présenter le conférencier invité, un général de brigade ayant une longue expérience de la lutte anti-insurrectionnelle et officiant désormais comme consultant auprès du MI5. Quelques applaudissements épars saluèrent ce vétéran. Il parlait parfois avec le débit heurté qu'on associe aujourd'hui aux vieux films britanniques et aux commentaires radiophoniques des années quarante. Ils étaient encore quelques-uns, parmi nos aînés, à s'exprimer avec cette concision lapidaire, héritée de leur expérience d'une guerre totale et prolongée.

Le général montrait néanmoins un certain goût pour l'éloquence. Il se déclara conscient du grand nombre d'anciens militaires présents dans la salle, espérant qu'ils ne lui en voudraient pas d'énoncer des faits bien connus d'eux, mais pas des autres membres de l'auditoire. À commencer par celui-ci : même si aucun homme politique n'avait le courage d'appeler les choses par leur nom, nos soldats étaient en guerre. Envoyés pour séparer des factions mues par de vieilles et obscures haines sectaires, ils se retrouvaient pris entre deux feux. Leur mandat interdisait à ces militaires bien entraînés de réagir comme ils avaient appris à le faire. De jeunes recrues de dix-neuf ans originaires du Northumberland ou du Surrey, croyant avoir pour mission de protéger la minorité catholique contre l'hégémonie protestante, laissaient leur sang et leur avenir dans les caniveaux de Belfast ou de Londonderry, sous les cris triomphants et les huées de jeunes voyous catholiques. Ils étaient fauchés par les balles de snipers parfois postés dans les immeubles d'habitation, et surtout par les tireurs de l'IRA qui se mêlaient aux émeutes et manifestations organisées à dessein. Quant au dimanche sanglant de l'année précédente, les commandos de parachutistes avaient agi sous la pression insupportable de cette même stratégie éprouvée : les hooligans de Londonderry en première ligne, appuyés par des tireurs isolés. Le rapport Widgery, présenté en avril dernier avec une célérité louable, avait confirmé cette thèse. Cela dit, confier à une unité aussi agressive et motivée que les paras le soin d'encadrer une marche pour les droits civiques constituait à l'évidence une erreur tactique. Cette tâche aurait dû revenir à la police royale de l'Ulster. Même le régiment des Royal Anglians aurait eu une influence plus apaisante.

Mais le mal était fait, et la mort de treize civils ce jour-là eut pour effet de rendre les deux factions de l'IRA sympathiques au monde entier. Argent, armes et recrues affluèrent telle la manne. Des Américains sentimentaux et ignorants, souvent d'origine protestante plutôt que catholique, attisaient le feu avec leurs dons astronomiques en dollars aux républicains irlandais, par l'intermédiaire d'organismes de collecte de fonds comme NORAID. Il fallut que les États-Unis aient leurs propres attentats terroristes pour qu'ils ouvrent les yeux. En représailles à la tragédie des treize vies perdues à Londonderry, l'IRA officielle massacra cinq femmes de ménage, un jardinier et un prêtre catholique à Aldershot, pendant que son aile provisoire exécutait plusieurs mères et leurs enfants, catholiques pour certains, au restaurant Abercorn de Belfast. Pendant la grève générale, nos soldats affrontèrent des foules protestantes déchaînées, aiguillonnées par les extrémistes de l'Ulster Vanguard, l'organisation la plus nuisible que l'on pouvait rencontrer. Puis le cessez-le-feu, et, après son échec, la population de l'Ulster livrée à la sauvagerie totale des poseurs de bombes et des tireurs psychotiques des deux religions, les milliers de braquages, d'attentats aveugles à l'explosif, de mutilations, de passages à tabac, cinq mille blessés graves, plusieurs centaines de personnes tuées par les milices loyalistes et républicaines, ainsi qu'un certain nombre par l'armée britannique — pas intentionnellement, bien sûr. Tel fut le bilan de l'année 1972.

Le général soupira ostensiblement. C'était un homme de grande taille, aux yeux trop petits pour le volume de son crâne. Ni une vie entière au service de l'armée ni son costume sombre sur mesure avec pochette assortie ne suffisaient à contenir son mètre quatre-vingt-cinq hirsute et imposant.

Il semblait prêt à liquider de ses mains plusieurs dizaines de psychopathes. Désormais, nous expliqua-t-il, l'IRA provisoire s'était organisée en cellules sur le territoire britannique, dans la tradition terroriste. Après dix-huit mois d'attentats mortels, le bruit courait qu'elle s'apprêtait à frapper encore plus fort. La prétendue stratégie visant des objectifs purement militaires ne tenait plus depuis longtemps. L'enjeu était de semer la terreur. Comme en Irlande du Nord, les enfants, les gens qui faisaient leurs courses, les ouvriers représentaient tous des cibles potentielles. Des explosions dans les grands magasins et les pubs auraient encore plus d'impact avec les troubles sociaux que tout le monde prédisait, à cause du déclin industriel, du chômage élevé, de la hausse de l'inflation et de la crise de l'énergie.

C'était un déshonneur collectif de n'avoir pas localisé ces cellules terroristes ni démantelé leurs circuits d'approvisionnement. Et — thèse principale du général — cet échec s'expliquait avant tout par le manque de coordination entre les différents services de renseignements. Trop d'agences, trop d'administrations défendant leurs prérogatives, trop de conflits d'attributions, un commandement insuffisamment centralisé.

Seuls lui répondirent quelques murmures et grincements de chaises, devant moi des têtes se penchèrent ou se tournèrent discrètement, des épaules s'inclinèrent légèrement vers le voisin. Le général avait abordé un fréquent sujet de plaintes à Leconfield House. Même moi j'en avais entendu quelques-unes dans la bouche de Max. Aucune information ne franchissait les frontières de ces empires jaloux. Notre visiteur allait-il dire à son auditoire ce que celui-ci voulait entendre? Était-il de notre côté? Oui. Il accusa le MI6 d'opérer sur un terrain où il n'avait rien à faire, à Belfast et à Londonderry, au Royaume-Uni. Spécialisé dans le renseignement extérieur, le MI6 était historiquement chargé de l'Irlande, mais ses attributions dataient d'avant la partition et ne se justifiaient plus. Il s'agissait d'un problème de sécurité intérieure. Le territoire du MI5, donc. Les services de renseignements de l'armée, pléthoriques, s'embourbaient dans des querelles de procédure. Ceux de la police royale de l'Ulster, qui considéraient cette question comme leur chasse gardée, manquaient d'expérience, d'effectifs, et surtout ils étaient juge et partie : un fief protestant. Et à qui d'autre qu'eux imputer le scandale de l'emprisonnement forcé des terroristes présumés?

Le MI5 avait eu raison de se tenir à l'écart de ces méthodes d'interrogatoire douteuses, autrement dit de la torture. À présent, il faisait de son mieux dans un secteur très disputé. Même si chaque agence de renseignements n'employait que des génies et des modèles d'efficacité, elles ne pourraient jamais à elles quatre vaincre l'entité monolithique de l'IRA provisoire, l'un des groupes terroristes les plus redoutables que le monde eût connus. L'Irlande du Nord représentait une menace majeure pour la sécurité intérieure. Le MI5 devait se saisir du problème, plaider sa cause en coulisse à Whitehall, imposer sa volonté à ses rivaux, se poser en héritier légitime du domaine et attaquer le mal à la racine.

Il n'y eut pas d'applaudissements, en partie à cause des intonations du général, proches de l'exhortation, ce qui passait mal en ces lieux. Et tout le monde savait qu'une offensive à Whitehall ne suffirait pas vraiment. Je n'écrivis rien pendant la discussion entre le général et notre directeur. Lors de la séance de questions, je ne notai que l'une d'elles, ou plus exactement deux en une, représentatives de l'orientation générale. Elles venaient des officiers de l'armée coloniale — je me souviens surtout de Jack MacGregor, un rouquin décharné qui avalait ses voyelles à la manière d'un Sud-Africain, alors qu'il était natif du Surrey. Lui et certains de ses collègues s'intéressaient aux réactions qu'appelleraient d'éventuels troubles sociaux. Quel serait le rôle du MI5 ? Et celui de l'armée ? Pouvions-nous rester à l'écart et regarder le désordre s'installer si le gouvernement n'arrivait pas à maintenir le cap ?

Le directeur général répondit — sèchement et avec une politesse excessive. Le MI5 était sous l'autorité du Comité mixte du renseignement et du ministre de l'Intérieur, l'armée sous celle du ministère de la Défense, et il continuerait d'en être ainsi. L'état d'urgence constituait une réponse suffisante à la menace terroriste, et mettait déjà la démocratie à l'épreuve.

Quelques minutes plus tard, la même question revint de manière plus explicite, posée une fois encore par un ancien officier de l'armée coloniale. Supposons qu'aux prochaines élections législatives le parti travailliste reprenne le pouvoir. Supposons également que son aile gauche fasse cause commune avec des syndicalistes révolutionnaires, et que l'on croie la démocratie parlementaire en danger. Mieux valait sûrement prévoir la marche à suivre.

Je notai les paroles exactes du directeur général. « Je pense avoir très clairement exprimé ma position. Peut-être qu'au Paraguay l'armée et les services secrets rétablissent la démocratie, comme on dit. Pas ici. »

Il devait être gêné de voir ceux qu'il considérait comme des éleveurs et des planteurs de thé se montrer sous leur vrai jour devant un visiteur, lequel opinait du chef avec gravité.

C'est alors que Shirley fit sursauter tout le monde en s'écriant à côté de moi, au dernier rang : « Ces andouilles veulent organiser un coup d'État ! »

L'auditoire retint son souffle et toutes les têtes se tournèrent vers nous. Elle venait d'enfreindre plusieurs règles à la fois. Elle avait pris la parole sans le feu vert du directeur général et employé un terme familier dont certains devaient apprécier les connotations. Elle avait donc bravé les convenances et insulté deux de ses supérieurs. Le tout devant un invité. De plus, elle venait d'une famille modeste et elle était une femme. Le pire, c'est qu'elle avait sans doute raison. Je n'aurais attaché aucune importance à tout cela si elle n'était pas restée tranquillement assise sous les regards insistants de l'assistance pendant que je rougissais jusqu'aux oreilles ; et plus je rougissais, plus on me soupçonnait d'être l'auteur de cette exclamation. Consciente de ce que tout le monde pensait, je rougis encore plus, jusqu'à ce que mon cou me brûle. L'auditoire n'avait plus les yeux fixés sur nous, mais sur moi seule. J'aurais voulu disparaître sous mon siège. Ma honte pour ce crime que je n'avais pas commis me nouait la gorge. Je tripotai mon cahier — ces notes dont j'espérais qu'elles me vaudraient du respect — et contemplai mes genoux tête baissée, apportant une preuve supplémentaire de ma culpabilité.

Le directeur conclut la conférence de manière plus convenue en remerciant le général. Les deux hommes quittèrent la salle sous les applaudissements, tandis que chacun se levait pour partir et regardait une dernière fois dans ma direction.

Soudain, Max surgit devant moi. « Ce n'était pas une bonne idée, Serena », dit-il calmement.

Je voulus prendre Shirley à témoin, mais elle s'était fondue dans la foule qui franchissait la porte. J'ignore quel code d'honneur masochiste m'empêcha de protester de mon innocence. J'avais pourtant la certitude qu'à cet instant le directeur devait demander mon nom, et que quelqu'un comme Harry Tapp le lui donnerait.

Plus tard, lorsque je rattrapai Shirley et donnai libre cours à mon indignation, elle répondit qu'il s'agissait d'un épisode anecdotique et désopilant. Je ne devais pas m'inquiéter. Cela ne me nuirait pas, si les gens pensaient que j'avais du tempérament. Mais je savais que le contraire était vrai. Cela allait beaucoup me nuire. À un poste subalterne, on n'était pas censé avoir du tempérament. C'était mon premier mauvais point, et ce ne fut pas le dernier.

6

Je m'attendais à une réprimande, au lieu de quoi on m'offrit l'occasion de faire mes preuves : on m'envoya en mission secrète au-dehors, et Shirley m'accompagna. Les consignes nous furent données un matin par l'officier responsable, un certain Tim Le Prevost. Je l'avais vu dans le bâtiment, mais il ne nous avait jamais adressé la parole. Nous fûmes convoquées dans son bureau et invitées à écouter attentivement. C'était un homme aux lèvres minces, à la veste soigneusement boutonnée, aux épaules étroites et à l'expression sévère : un ancien militaire, à coup sûr ou presque. Une camionnette attendait dans un garage fermé à clé donnant sur une rue de Mayfair, à cinq ou six cents mètres de là. Nous devions prendre le volant et rejoindre une adresse à Fulham. Celle d'une cache, bien entendu, et l'enveloppe brune qu'il nous lança en travers de son bureau contenait plusieurs clés. À l'arrière de la camionnette, nous trouverions des produits d'entretien, un aspirateur, et des tabliers en plastique que nous devions enfiler avant de partir. Nous étions prétendument employées par une société qui s'appelait Springklene.

Arrivées à destination, nous devions nettoyer les lieux « de fond en comble », c'est-à-dire, entre autres, changer les draps de tous les lits et faire les vitres. Des draps propres avaient été livrés. Le matelas d'un lit à une place avait besoin d'être retourné. Il aurait dû être remplacé depuis longtemps. Les toilettes et la baignoire devaient faire l'objet d'une attention particulière. Il faudrait mettre à la poubelle la nourriture avariée du réfrigérateur. Vider tous les cendriers. Le Prevost énonçait ces détails triviaux avec un air dégoûté. Avant la fin de la journée, nous devions aller chercher dans une supérette de Fulham les provisions nécessaires à la préparation de trois repas quotidiens pour deux personnes pendant trois jours. Il faudrait également se rendre dans une boutique de vins et spiritueux, pour acheter quatre bouteilles de Johnny Walker label rouge. Aucune autre marque ne ferait l'affaire. Nouvelle enveloppe, contenant cette fois cinquante livres en billets de cinq livres. On nous demanderait les tickets de caisse et la monnaie. Nous devions penser à fermer les trois serrures de la porte d'entrée en partant, avec les clés Banham correspondantes. Et surtout ne parler de cette adresse sous aucun prétexte, pas même aux collègues de Leconfield House.

« À moins qu'il ne faille plutôt dire "en particulier aux collègues" ? » Le Prevost eut un petit rictus sarcastique.

L'entretien était terminé et, une fois sorties du bâtiment, alors que nous longions Curzon Street, ce fut cette fois Shirley qui donna libre cours à son indignation.

« Nous "faire passer" pour des femmes de ménage ! répétait-elle entre ses dents. Tu parles ! Des femmes de ménage qui se font passer pour des femmes de ménage ! »

C'était insultant, certes, mais moins que ça ne l'aurait été aujourd'hui. Je gardai pour moi ce qui semblait évident, à savoir que le MI5 pouvait difficilement envoyer dans une cache des femmes de ménage venant de l'extérieur, pas plus qu'il ne pouvait solliciter nos collègues masculins — non seulement ils étaient trop orgueilleux, mais le travail aurait été mal fait. Je m'étonnai moi-même de mon stoïcisme. J'avais dû acquérir l'esprit de camaraderie, l'humeur égale et le sens du devoir de mes collègues féminines. Je devenais comme ma mère. Elle avait l'Évêque, moi le MI5. Comme elle, j'étais déterminée à obéir. Je m'inquiétais toutefois à l'idée qu'il puisse s'agir de la mission que Max avait présentée comme étant dans mes cordes. Dans ce cas, je ne lui adresserais plus jamais la parole.

Nous trouvâmes le garage, enfilâmes nos tabliers. Coincée derrière le volant, Shirley maugréait encore entre ses dents quand nous arrivâmes à Piccadilly. La camionnette datait de l'après-guerre — elle avait des roues à rayons, un marche-pied, et devait être l'un des derniers véhicules en circulation où l'on trônait en majesté derrière un volant gigantesque. Le nom de notre société de nettoyage était peint de chaque côté de la carrosserie en lettres Art déco. On avait donné au « k » de Springklene l'apparence d'une ménagère radieuse brandissant son plumeau. Je pensais que nous attirions beaucoup trop l'attention. Shirley conduisait avec une assurance surprenante, négociant le virage de Hyde Park Corner à toute vitesse, maniant le levier de vitesse avec une dextérité spectaculaire, technique connue selon elle sous le nom de double débrayage, et nécessaire sur ce genre de vieux tacot.

L'appartement occupait le rez-de-chaussée d'une maison de style géorgien dans une petite rue calme et il était plus imposant que je ne l'imaginais. Toutes les fenêtres avaient des barreaux. Une fois à l'intérieur avec nos serpillières, nos produits d'entretien et nos seaux, nous fîmes le tour du propriétaire. La saleté était encore plus déprimante que Le Prevost ne l'avait laissé entendre, et d'origine masculine à l'évidence, jusqu'au mégot de cigare anciennement détrempé sur le rebord de la baignoire et à la pile d'exemplaires du *Times* dont certains, grossièrement découpés en quatre, tenaient lieu de papier toilettes. Le salon offrait le même spectacle de désolation qu'après une soirée tardive : rideaux tirés, bouteilles vides de vodka et de whisky, superpositions de cendriers, quatre verres. Les chambres étaient au nombre de trois, et la plus petite avait un lit à une place. Sur le matelas à nu, une tache de sang à l'endroit où l'on posait la tête. Shirley exprima bruyamment son dégoût alors que je jubilais plutôt. Quelqu'un avait été soumis à un interrogatoire musclé. Les dossiers du Fichier central correspondaient à des individus en chair et en os.

Tandis que nous allions de pièce en pièce pour évaluer l'étendue des dégâts, elle continua de se plaindre, de laisser échapper des exclamations, et s'attendait visiblement à ce que je l'imite. J'essayai, mais le cœur n'y était pas. Si mon modeste rôle dans la lutte contre le totalitarisme consistait à mettre de la nourriture avariée dans des sacs-poubelle et à récurer la crasse accumulée sur les parois d'une baignoire, alors je n'avais rien contre. C'était à peine plus ennuyeux que de taper un rapport.

Il s'avéra que je mesurais mieux qu'elle l'ampleur de la tâche — bizarre, étant donné mon enfance choyée, avec nounou et femme de ménage. Je suggérai de commencer par les corvées les plus répugnantes, les toilettes, la salle de bains, la cuisine, les ordures, après quoi nous pourrions nous attaquer aux meubles, puis aux sols, et enfin aux lits. Mais avant toute chose nous retournâmes le matelas, pour ménager Shirley. Il y avait un poste de radio au salon, et nous décidâmes qu'écouter de la musique pop cadrerait bien avec notre rôle de composition. Nous fîmes deux heures de ménage, puis je pris un billet de cinq livres et sortis acheter de quoi prendre un thé. Sur le chemin du retour, je mis une partie de la monnaie dans le parcmètre. En regagnant la maison, je trouvai Shirley assise au bord d'un des lits à deux places, en train d'écrire dans son petit cahier rose. Nous nous installâmes dans la cuisine pour boire notre thé, fumer une cigarette et grignoter quelques biscuits au chocolat. La radio marchait, l'air frais et le soleil entraient par les fenêtres ouvertes, et Shirley, qui avait retrouvé sa bonne humeur, me conta en finissant les biscuits une étrange histoire vécue.

Son professeur d'anglais au lycée polyvalent d'Ilford, influence marquante dans sa vie comme peuvent l'être certains enseignants, était également un conseiller municipal travailliste, sans doute ancien membre du parti communiste, et elle avait participé à seize ans, par son intermédiaire, à un échange avec de jeunes Allemands. En fait, elle s'était rendue en Allemagne de l'Est communiste avec un groupe d'élèves de son lycée, dans un village à une heure de Leipzig en bus.

« Je croyais que ce serait nul. Tout le monde m'avait prévenue. Putain, Serena, c'était le paradis.

— La RDA ? »

Elle logeait chez une famille, en lisière du village. La maison était un horrible pavillon exigu avec deux chambres seulement, mais il y avait un verger de deux mille mètres carrés, un ruisseau et, pas très loin, une forêt assez grande pour qu'on s'y perde. Le père était ingénieur à la télévision, la mère médecin, et leurs deux fillettes de moins de cinq ans, en adoration devant la visiteuse, grimpaient dans son lit chaque matin. Le soleil brillait toujours en Allemagne de l'Est — c'était le mois d'avril, et par chance le pays connaissait une vague de chaleur. Il y eut des expéditions en forêt pour ramasser des morilles, des voisins chaleureux qui l'encourageaient à parler allemand, quelqu'un qui jouait de la guitare et connaissait quelques chansons de Dylan ; il y eut aussi un beau jeune homme, avec trois doigts à une main, qui la trouvait à son goût. Un après-midi, il l'avait emmenée à Leipzig voir un grand match de foot.

« Personne n'était riche. Mais ils avaient de quoi vivre. Au bout de mes dix jours, je me suis dit au fond, ça fonctionne vraiment, c'est mieux qu'Ilford.

— Peut-être que c'est partout mieux qu'Ilford. À la campagne, surtout. Tu aurais pu vivre une expérience positive tout près de Dorking, Shirley.

— Franchement, c'était autre chose. Les gens s'entendaient bien. »

Ce genre de discours m'était familier. Plusieurs articles de journaux et un documentaire à la télévision avaient annoncé triomphalement que l'Allemagne de l'Est jouissait désormais d'un niveau de vie supérieur à celui de la Grande-Bretagne. Des années plus tard, quand on fit les comptes après la chute du mur de Berlin, cela se révéla être un mythe. La RDA se trouvait dans une situation économique désastreuse. Les chiffres et les statistiques auxquels se raccrochaient les gens étaient ceux du Parti. Mais dans les années soixante-dix, les

Britanniques s'adonnaient à l'autoflagellation et semblaient croire que tous les pays du monde, la Haute-Volta comprise, allaient nous distancer.

« Ici aussi, les gens s'entendent bien, dis-je.

— Bon, d'accord. On s'entend tous très bien. Alors contre quoi nous battons-nous?

— Contre un État paranoïaque et le règne du parti unique, contre l'absence de liberté de la presse, l'interdiction de voyager. Contre une nation transformée en camp de travail, ce genre de choses. » Tony me soufflait les réponses.

« Le règne du parti unique, c'est ici. Notre presse n'est pas fiable. Et les pauvres n'ont pas les moyens de voyager.

— Voyons, Shirley!

— C'est le Parlement, notre parti unique. Edward Heath et Harold Wilson appartiennent aux mêmes élites.

— N'importe quoi! »

Nous n'avions encore jamais parlé politique. Il était toujours question de musique, de nos familles, de nos goûts personnels. J'imaginais que tous mes collègues partageaient plus ou moins la même vision du monde. Je la dévisageai pour voir si elle ne me taquinait pas. Elle détourna le regard, tendit brusquement le bras en travers de la table pour prendre une deuxième cigarette. Je ne voulais pas me disputer avec ma nouvelle amie. « Mais si tu as ce genre d'opinions, Shirley, pourquoi avoir rejoint le MI5?

— Aucune idée. En partie pour faire plaisir à mon père. Enfin, je lui ai raconté que je travaillais dans la fonction publique. Je ne pensais pas qu'ils voudraient de moi. Quand ils m'ont engagée, tout le monde était fier. Moi la première. J'ai eu l'impression de remporter une victoire. Mais tu sais bien ce qu'il en est : il leur fallait quelqu'un qui ne sorte ni d'Oxford ni de Cambridge. Je ne suis que la prolétaire de service. Bon... » Elle se leva. « On ferait mieux d'achever notre mission capitale. »

Je me levai à mon tour. Cette discussion me mettait mal à l'aise et j'étais heureuse qu'elle se termine.

« Je finis le salon », déclara Shirley, mais elle s'attarda à la porte de la cuisine. Elle avait triste mine, serrée dans son tablier en plastique, les cheveux encore plaqués sur le front par la sueur, à cause des efforts fournis avant notre pause autour d'une tasse de thé.

« Allons, Serena, tu ne peux pas croire que tout soit aussi simple. Que c'est juste qu'on se retrouve du côté des bons. »

Je haussai les épaules. En réalité je croyais que si, plus ou moins, mais elle avait parlé d'un ton tellement cinglant que je préférai ne pas l'avouer. « Si on organisait des élections libres en Europe de l'Est, y compris en RDA, les gens chasseraient les Russes et le parti communiste n'aurait aucune chance. Il ne reste en place que par la force. Voilà contre quoi je me bats.

— Parce que tu crois qu'ici les gens n'ont pas envie de chasser les Américains de leurs bases ? Ça n'a pas dû t'échapper : on n'a pas le choix. »

J'allais répondre quand Shirley se saisit de son plumeau, d'un vaporisateur bleu lavande contenant de la cire liquide, et disparut dans le couloir en lançant : « Tu es victime de la propagande, ma fille. La réalité n'est pas toujours celle de la classe moyenne. »

J'étais en colère, à présent, trop en colère pour réagir. Durant quelques secondes, Shirley avait exagéré son accent cockney pour mieux user contre moi de son appartenance aux classes populaires. Comment osait-elle faire preuve d'une telle condescendance ? La réalité n'est pas toujours celle de la classe moyenne ! Intolérable. Sa propre « réalité » se résumait à ces coups de glotte ridicules. Comment pouvait-elle dénigrer ainsi notre amitié et se présenter comme la prolétaire de service ? Je ne m'étais pas souciée une seconde du collège qu'elle avait fréquenté, sauf pour me dire qu'elle avait dû y être plus heureuse que moi dans le mien. Quant à ses opinions politiques : l'orthodoxie éculée des *imbéciles*. J'aurais pu courir derrière elle en l'injuriant. Des répliques blessantes se bousculaient dans ma tête, et j'aurais voulu les lui balancer toutes à la fois. Au lieu de quoi je restai muette, puis fis deux ou trois fois le tour de la table de la cuisine avant d'empoigner l'aspirateur, un appareil industriel, et de me diriger vers la plus petite chambre, celle au matelas taché de sang.

Voilà comment j'en vins à nettoyer cette pièce aussi méticuleusement. Je m'activai avec rage, ressassant notre discussion, mélangeant ce que j'avais dit avec ce que j'aurais voulu dire. Juste avant notre pause, j'avais rempli un seau d'eau pour donner un coup d'éponge à l'encadrement des fenêtres. Je décidai de commencer par les plinthes. Et si je devais m'agenouiller sur le sol, il fallait passer l'aspirateur sur la moquette. Pour faire cela correctement, je transportai quelques meubles dans le couloir : une table de chevet et deux chaises en bois qui se trouvaient près du lit. La seule prise électrique de la pièce se situait au pied du mur, sous le lit, et une lampe y était déjà branchée. Je dus m'allonger par terre sur le côté et m'étirer de tout mon long pour l'atteindre. Personne n'avait fait le ménage sous ce lit depuis longtemps.

Il y avait des flocons de poussière, deux kleenex usagés et une chaussette d'un blanc sale. À cause de l'étroitesse de la prise, il me fallut plusieurs tentatives pour débrancher la lampe. Je pensais encore à Shirley et à ce que j'allais lui dire. Je redoute les affrontements. J'étais prête à parier que nous opterions toutes les deux pour une solution à l'anglaise et ferions comme si cette discussion n'avait jamais eu lieu. Cela accrut encore ma colère.

Mon poignet effleura alors un bout de papier dissimulé derrière un pied du lit. De forme triangulaire, six ou sept centimètres d'hypoténuse, il avait été déchiré en haut à droite de la première page du *Times*. D'un côté on lisait, en caractères familiers : « Jeux olympiques : programme complet, page 5 ». Au dos, une inscription indistincte au crayon sous l'un des bords réguliers. Je me relevai et m'assis sur le lit pour y regarder de plus près. Je scrutai l'inscription sans rien comprendre jusqu'au moment où je m'aperçus que je tenais le papier à l'envers. La première chose que je vis, ce furent deux lettres en minuscules : « tc ». Au-dessous, un mot amputé par la déchirure. L'écriture était à peine lisible, comme si on avait exercé une pression minimale, mais les lettres étaient bien formées : « umlinge ». Juste devant le « u », une petite barre oblique ne pouvait être que la base d'un « k ». Je remis le papier à l'envers dans l'espoir de faire dire autre chose à ces lettres, de me prouver que mon imaginaire me jouait des tours. Or il n'y avait aucune ambiguïté. C'étaient ses initiales, son île. Mais pas son écriture. En quelques secondes, mon humeur était passée d'une intense contrariété à un mélange plus complexe — de perplexité et d'angoisse sans objet.

Naturellement, je pensai presque aussitôt à Max. C'était la seule personne de mon entourage à connaître le nom de l'île. L'avis de décès ne le mentionnait pas et Jeremy Mott n'en avait sans doute jamais entendu parler. Mais Tony avait beaucoup d'anciennes relations au MI5, même si la plupart n'étaient plus en activité. Deux ou trois vétérans, peut-être. Ils ne connaîtraient sûrement pas l'existence de Kumlinge. Quant à Max, je sentais que ce serait une mauvaise idée de lui demander des explications. Je révélerais quelque chose que je devais garder pour moi. Et il ne me dirait la vérité que si ça l'arrangeait. S'il disposait d'éléments importants, il m'avait déjà trompée en ne me les communiquant pas. Je me souvins de notre conversation dans le parc et de ses questions insistantes. Je contemplai à nouveau le bout de papier. Il semblait vieillot, vaguement jauni. Si ce mystère avait une signification, je ne possédais pas assez d'informations pour l'élucider. Dans ce vide surgit une pensée fantaisiste. Le « k » sur la carrosserie de la camionnette, déguisé en ménagère — comme moi —, représentait la lettre manquante. Oui, tout se tenait ! Là, je déraillais vraiment, mais c'était presque un soulagement.

Je me levai. Je fus tentée de retourner à nouveau le matelas pour examiner la tache de sang. Elle se trouvait juste sous l'endroit où je venais de m'asseoir. Était-elle aussi ancienne que ce bout de papier ? J'ignorais comment le sang vieillissait. Mais ça y était, je pouvais formuler en termes simples la nature du mystère et l'origine de mon sentiment de malaise : le nom de l'île et les initiales de Tony avaient-ils quelque chose à voir avec cette tache de sang ?

Je fourrai le papier dans la poche de mon tablier et longeai le couloir jusqu'aux toilettes en espérant ne pas tomber sur Shirley. Je fermai la porte à clé, m'agenouillai près de la pile de journaux, commençai à les passer en revue. Il en manquait un certain nombre : la cache avait dû rester vide durant d'assez longues périodes. Les premiers numéros dataient de plusieurs mois. Les Jeux de Munich avaient eu lieu l'été précédent, dix mois plus tôt. Comment l'oublier, avec ces onze athlètes israéliens massacrés par des terroristes palestiniens ? Je retrouvai au bas de la pile l'exemplaire privé du coin en haut à droite et le sortis complètement. Il y avait la première moitié du mot « programme ». 25 août 1972. « Le chômage à son plus haut niveau en août depuis 1939 ». Je me souvenais vaguement de cet article, non pas à cause du titre, mais de mon vieux héros Soljenitsyne qui faisait la une ce jour-là. Son discours d'acceptation du prix Nobel 1970 venait d'être rendu public. Il reprochait aux Nations unies de ne pas imposer le respect de la déclaration des droits de l'homme comme condition pour appartenir à l'organisation. Je trouvais qu'il avait raison, Tony qu'il était naïf. J'avais été émue par les lignes consacrées aux « ombres de tous ceux qui étaient tombés » et à « la vision de l'art née dans la douleur et la solitude du désert sibérien ». J'aimais surtout cette phrase : « Malheur à la nation dont la littérature est bousculée par les interventions du pouvoir. »

Oui, nous avions parlé longuement de ce discours, sans tomber d'accord. C'était sûrement peu avant notre séparation sur l'aire de repos. Se pouvait-il que Tony soit ensuite venu ici, alors que son projet de retraite avait déjà pris forme ? Mais pourquoi ? Et de qui était-ce le sang ? Je n'avais rien résolu, mais je me félicitais d'avoir progressé. Et se faire des compliments était, selon moi, le meilleur moyen de retrouver sa bonne humeur. Shirley revenait, je rangeai aussitôt la pile de journaux, tirai la chasse d'eau, me lavai les mains et ouvris la porte.

« Il faudrait penser à ajouter des rouleaux de papier toilettes à la liste de courses », dis-je.

Elle était encore assez loin dans le couloir, et je ne crois pas qu'elle m'ait entendue. Devant son air contrit, je me radoucis.

« Désolée pour tout à l'heure, Serena, je ne sais pas ce qui m'a pris. Ce que je peux être bête, bon sang ! Dépasser les bornes pour avoir le dernier mot ! » Puis elle ajouta, pour détendre l'atmosphère : « C'est uniquement parce que je t'aime bien ! »

Je notai l'accent mis sur « bête », en soi une forme d'excuse.

« Ce n'est rien », répondis-je. Notre désaccord était dérisoire, comparé à ce que je venais de découvrir. Je ne lui avais jamais beaucoup parlé de Tony. Je gardais tout cela pour Max. Je pouvais me tromper, mais à présent je n'avais rien à gagner en me confiant à elle. Le bout de papier se trouvait tout au fond de ma poche. Nous bavardâmes amicalement comme si de rien n'était avant de nous remettre au travail. C'était une longue journée, et nous n'en eûmes totalement terminé avec le ménage et les courses qu'à plus de dix-huit heures. J'emportai le numéro d'août du *Times*, au cas où il me permettrait d'en apprendre davantage. Ce soir-là, après avoir laissé la camionnette à Mayfair et nous être dit au revoir, j'eus l'impression que Shirley et moi étions redevenues les meilleures amies du monde.

7

Le lendemain matin, Harry Tapp me pria de passer à son bureau à onze heures. Je m'attendais encore à me faire taper sur les doigts après la sortie de Shirley durant la conférence. À onze heures moins dix, j'allai aux toilettes pour vérifier mon apparence et, en me recoiffant, je me voyais déjà prendre le train pour retourner chez mes parents après avoir été renvoyée, et préparer ce que je raconterais à ma mère. L'Évêque aurait-il seulement remarqué mon absence ? Je montai deux étages et me retrouvai dans une partie du bâtiment que je ne connaissais pas. Elle semblait à peine moins miteuse : les couloirs étaient moquettés, la peinture crème et verte ne s'écaillait pas sur les murs. Je frappai timidement. Un homme sortit — il avait l'air encore plus jeune que moi — et me demanda aimablement, mais avec une certaine gêne, d'attendre. Il désigna l'une des chaises en plastique orange fluo qui se multipliaient à l'époque dans l'immeuble. Un quart d'heure s'écoula avant qu'il réapparaisse et me tienne la porte.

En un sens, c'est là que l'histoire commença, lorsque je pénétrai dans ce bureau et que l'on m'expliqua en quoi consistait ma mission. Derrière sa table de travail, Tapp me fit un petit signe de tête, le visage impassible. Trois autres hommes étaient présents dans la pièce, en plus de celui qui m'avait fait entrer. Le plus âgé, aux cheveux argentés coiffés en arrière, était affalé dans un fauteuil de cuir râpé, les deux autres assis sur des chaises de bureau. Max était là et me salua d'un pincement de lèvres. Je ne fus pas surprise de le voir et me contentai de lui sourire. Un énorme coffre-fort occupait un angle de la pièce. L'air était moite et enfumé. Leur réunion avait duré longtemps. Personne ne fit les présentations.

On m'indiqua une chaise et nous nous installâmes en demi-cercle face à Tapp.

« Alors, Serena, demanda-t-il, comment vous adaptez-vous ? »

Je répondis que je pensais m'être bien habituée et que le travail me plaisait. J'eus conscience que Max savait qu'il n'en était rien, mais je m'en moquais. « M'avez-vous fait venir parce que je n'ai pas le profil, monsieur ?

— On ne se serait pas mis à cinq pour vous le dire », répliqua Tapp.

Il y eut quelques gloussements étouffés, auxquels je pris soin d'ajouter les miens. « Avoir le profil » était une expression que je n'avais encore jamais employée.

Suivit un échange anodin. On me questionna sur mon logement, mon temps de trajet. Une discussion s'engagea sur les aléas du métro et de la Northern Line en particulier. On se moqua gentiment de la nourriture servie à la cantine. Plus le temps passait, plus j'avais le trac. Sans rien dire, l'homme dans le fauteuil m'observait par-dessus la pointe de ses mains jointes, les pouces glissés sous le menton. J'évitais de regarder dans sa direction. Tapp orienta la conversation sur l'actualité. Fatalement, on parla du Premier ministre et des mineurs. Je déclarai que des syndicats libres étaient des institutions importantes. Mais leur compétence devait s'arrêter aux salaires et aux conditions de travail de leurs membres. Ils ne devaient pas s'occuper de politique ni essayer de faire tomber un gouvernement démocratiquement élu. C'était la bonne réponse. On me demanda mon avis sur l'adhésion récente de la Grande-Bretagne au Marché commun. Je répondis que j'étais pour, qu'elle favoriserait les échanges commerciaux, romprait notre insularité, améliorerait la qualité de notre alimentation. Je ne savais pas trop qu'en penser, mais décidai qu'il valait mieux faire preuve d'assurance. Là, je compris que mon auditoire ne me suivait plus. Nous en vînmes au tunnel sous la Manche. Un livre blanc avait été publié, et Edward Heath venait de signer un accord préliminaire avec Pompidou. J'approuvai sans réserve : imaginez, monter dans un express Londres-Paris! Mon enthousiasme m'étonna moi-même. Une fois encore, je me retrouvai seule. L'homme dans le fauteuil grimaça et détourna les yeux. Je devinai que, dans sa jeunesse, il était prêt à donner sa vie pour défendre le royaume contre les débordements politiques des Continentaux. Ce tunnel représentait une menace pour notre sécurité.

Nous poursuivîmes sur ce mode. On m'interviewait, mais j'ignorais totalement à quelles fins. D'instinct je cherchais à plaire, et plus encore lorsque je sentais que je n'y arrivais pas. Je supposais que cet entretien avait lieu à la demande de l'homme aux cheveux argentés. Hormis cette unique grimace, il ne laissait rien paraître. Il gardait les mains jointes, comme en prière, le bout de ses index lui effleurant le nez. Je devais faire un effort pour ne pas le regarder. Je m'en voulais de quêter son approbation. Quoi qu'il ait en vue pour moi, j'étais partante. Je souhaitais le séduire. Je ne pouvais pas le dévisager, mais quand je tournai la tête pour croiser le regard d'un autre interlocuteur, je surpris son coup d'œil, qui ne m'apprit rien de plus.

La conversation s'interrompit. Tapp désigna un étui à cigarettes sur son bureau et le fit circuler. Je m'attendais à devoir retourner dans le couloir. Or un signal discret dut émaner de l'homme aux cheveux argentés, car Tapp s'éclaircit la voix pour reprendre la parole : « Bon, Serena. Max, ici présent, nous a laissé entendre que, en plus de votre licence de mathématiques, vous seriez amateur de littérature moderne — les romans, ce genre de choses — et très au point sur... quel est le mot ?

— La fiction contemporaine, dit Max.

— Oui, incroyablement cultivée et très au fait de l'actualité littéraire. »

J'hésitai avant de répondre. « J'aime lire pendant mes loisirs, monsieur.

— Laissez tomber le "monsieur". Vous êtes donc au courant de ce qui se publie en ce moment.

— Je lis surtout des romans en poche que j'achète d'occasion, deux ans environ après leur première publication. Mon budget ne me permet pas de m'offrir l'édition brochée. »

Cette distinction subtile parut désorienter Tapp ou l'agacer. Il se cala contre le dossier de son fauteuil et ferma les yeux quelques secondes, le temps d'y voir clair. Il ne les rouvrit qu'au milieu de sa phrase suivante : « Donc, si je prononçais le nom de Kingsley Amis, de David Storey ou de... »

131

Il consulta une feuille de papier. « ... de William Golding, vous sauriez exactement de qui il s'agit.

— J'ai lu ces auteurs.

— Et vous pouvez en parler.

— Je pense que oui.

— Vous les classeriez comment ?

— Les classer ?

— Oui, vous savez, du meilleur au moins bon.

— Ils sont très différents, comme écrivains... Amis est un romancier comique, avec un formidable sens de l'observation et un humour assez impitoyable. Storey est un chroniqueur de la vie de la classe ouvrière, merveilleux à sa manière, et Golding, ah, plus difficile de le définir, sans doute un génie...

— Alors ?

— Uniquement pour le plaisir de lecture, je mettrais Amis en premier, puis Golding, pour sa profondeur, et Storey à la troisième place. »

Tapp vérifia ses notes, leva les yeux et sourit brièvement. « Exactement ce que j'ai là. »

La justesse de ma réponse suscita un murmure approbateur. Je n'avais pourtant pas l'impression d'avoir accompli une prouesse. Après tout, il n'y avait que six classements possibles.

« Connaissez-vous personnellement l'un ou l'autre de ces auteurs ?

— Non.

— Avez-vous parmi vos relations un auteur, un éditeur ou toute autre personne appartenant à ce milieu ?

— Non.

— Avez-vous déjà rencontré un écrivain, vous êtes-vous trouvée dans la même pièce ? »

— Non, jamais.

— Avez-vous écrit à l'un d'eux, une lettre d'admiratrice, en quelque sorte?

— Non.

— Auriez-vous à Cambridge des amis qui ambitionnent de devenir écrivains? »

Je pris le temps de réfléchir. Chez les étudiantes en littérature anglaise de Newnham, c'était une aspiration assez répandue, mais, pour autant que je sache, mes amies avaient préféré, selon le cas, trouver un emploi respectable, se marier, attendre un enfant, disparaître à l'étranger ou se retirer parmi les vestiges de la contre-culture, dans un nuage de fumée de marijuana.

« Non. »

Tapp releva la tête, l'air d'attendre quelque chose. « Peter? »

L'homme dans le fauteuil prit enfin la parole. « Je suis Peter Nutting, à propos. Avez-vous entendu parler du magazine *Encounter*, Miss Frome? »

Nutting se révéla avoir le nez busqué. Et une voix de ténor léger — ce qui me surprit sans que je sache pourquoi. Je pensais avoir entendu parler d'une lettre d'information et de petites annonces pour naturistes célibataires qui portait ce nom, mais rien de sûr. Avant que j'aie pu répondre, il reprit : « Peu importe si ce n'est pas le cas. Il s'agit d'un mensuel sur la vie intellectuelle, politique, littéraire, culturelle au sens large. D'un bon niveau, respecté, au moins jusqu'à présent, et avec un éventail d'opinions assez large. Disons du centre gauche au centre droit, avec une prédominance de ce dernier. Mais le problème est le suivant. Contrairement à la plupart des périodiques consacrés au débat d'idées, il a exprimé du scepticisme, voire de l'hostilité envers le communisme, surtout de type soviétique. Il a défendu des causes passées de mode : liberté de la presse, démocratie, et ainsi de suite. D'ailleurs, il continue. Et il met plutôt une sourdine à propos de la politique étrangère des États-Unis. Ça ne vous rappelle rien ? Non ? Il y a cinq ou six ans, on a accusé *Encounter*, d'abord dans un obscur magazine américain, puis dans le *New York Times*, je crois, d'être financé par la CIA. Ça a fait scandale, il y a eu beaucoup de gesticulations et de protestations, plusieurs auteurs nous ont quittés en se retranchant derrière leur conscience. Le nom de Melvin Lasky ne vous dit rien ? Aucune raison que vous le connaissiez. La CIA soutient sa propre vision de la culture depuis la fin des années quarante. Elle a travaillé plus ou moins dans le même sens par l'intermédiaire de diverses fondations. L'idée est de détourner les intellectuels de gauche européens de la perspective marxiste et de donner une légitimité intellectuelle aux prises de position en faveur du monde libre. Nos amis ont distribué beaucoup d'argent au travers de différentes organisations. Avez-vous entendu parler du Congrès pour la liberté de la culture ? Peu importe.

« En tout cas c'est ainsi que les Américains procèdent, et pour l'essentiel, depuis ce tapage autour d'*Encounter*, c'est un fiasco. Dès que le représentant d'une grande fondation brandit un chèque à six chiffres, tout le monde s'enfuit en hurlant. Il n'empêche qu'il s'agit d'une guerre culturelle, pas seulement d'un enjeu politique et militaire, et cela vaut la peine de faire un effort. Les Soviétiques le savent, et ils subventionnent des programmes d'échanges, des visites de personnalités, des colloques, le ballet du Bolchoï. Sans compter l'argent qu'ils versent à la caisse de solidarité de l'Union Nationale des Mineurs en faveur des grévistes pour...

— Peter, murmura Tapp, ne rouvrons pas ce dossier.

— Entendu. Merci. Maintenant que les choses se calment un peu, nous avons décidé de mettre en œuvre notre propre programme. Budget modeste, pas de festivals internationaux, pas de vols en première classe, pas de tournées orchestrales mobilisant vingt camions de déménagement, pas de banquets. Nous n'en avons ni les moyens ni l'envie. Nous envisageons des actions ciblées, à long terme et d'un coût raisonnable. D'où votre présence ici. Des questions, à ce stade?

— Non.

— Vous connaissez peut-être l'existence de l'IRD, le département de recherche de renseignements au ministère des Affaires étrangères. »

Absolument pas, mais j'acquiesçai de la tête.

« Vous devez donc savoir qu'il a une longue histoire derrière lui. L'IRD travaille avec le MI6 et avec nous depuis des années, entretenant des liens avec des écrivains, des journaux, des maisons d'édition. Sur son lit de mort, George Orwell lui a donné le nom de trente-huit compagnons de route communistes. L'IRD a également permis la traduction en dix-huit langues de *La ferme des animaux*, et a beaucoup contribué au succès de *1984*. Ainsi qu'à de merveilleuses aventures éditoriales au fil des ans. Avez-vous entendu parler de Background Books? C'était une maison créée par l'IRD, financée grâce aux fonds secrets. Un catalogue superbe. Bertrand Russell, Guy Wint, Vic Feather. Mais ces derniers temps... »

Il soupira et consulta les autres du regard. Je perçus un grief partagé.

« L'IRD s'égare. Trop de projets ridicules, trop de proximité avec le MI6 — d'ailleurs, quelqu'un de chez eux dirige le département. Vous savez que les locaux de Carlton House Terrace sont remplis de jolies filles travailleuses comme vous, et quand des gens du MI6 débarquent, l'imbécile de service doit d'abord traverser les bureaux au pas de course en criant : "Tournez la tête vers le mur !" Vous imaginez ? On peut parier que ces jeunes femmes regardent entre leurs doigts, non ? »

Il quêta l'approbation de l'auditoire. Quelques gloussements serviles lui répondirent.

« Nous voulons donc prendre un nouveau départ. L'idée est de concentrer nos efforts sur de jeunes auteurs dignes d'intérêt, principalement des universitaires et des journalistes en début de carrière, le moment où ils ont besoin d'une aide financière. En général, ils ont envie d'écrire un livre et il leur faudrait un congé qui les libère d'un travail prenant. Nous avons pensé qu'il serait intéressant d'ajouter un romancier à la liste... »

Harry Tapp intervint avec un enthousiasme inhabituel. « Pour rendre le projet un peu moins pesant, vous savez, et apporter un brin de légèreté. De fantaisie. Quelqu'un dont on parlera dans les journaux. »

Nutting poursuivit. « Puisque vous appréciez ce genre de choses, on s'est dit que vous souhaiteriez peut-être vous impliquer. Ce n'est pas le déclin de l'Occident qui nous intéresse, ni la critique du progrès ou toute autre théorie pessimiste en vogue. Vous comprenez ? »

Je fis oui de la tête. Je pensais comprendre.

« Votre tâche sera un peu plus délicate que d'habitude. Vous le savez comme moi, il n'est pas évident de déduire les opinions d'un écrivain à partir de ses romans. Raison pour laquelle nous cherchons un romancier qui écrive également des articles de presse. Nous sommes à l'affût de quelqu'un pouvant consacrer un peu de temps à ses confrères opprimés des pays de l'Est, se rendre sur place pour apporter son soutien, peut-être, ou envoyer des livres, signer des pétitions en faveur d'auteurs persécutés, affronter ici ses collègues aveuglés par le marxisme — quelqu'un qui n'ait pas peur de défendre publiquement les écrivains emprisonnés par Castro à Cuba. Qui aille à contre-courant de l'orthodoxie ambiante. Il faut du courage, Miss Frome.

— Oui, monsieur. Enfin, je veux dire oui.

— Surtout quand on est jeune.

— Oui.

— La liberté de parole, de réunion, le respect de la légalité, le processus démocratique : beaucoup d'intellectuels n'y sont pas très attachés ces temps-ci.

— Non.

— Il faut encourager ceux qui sont du bon côté.

— Oui. »

Le silence se fit dans la pièce. Tapp tendit à nouveau son étui à cigarettes, d'abord à moi, puis aux autres. Tout le monde se mit à fumer en attendant que Nutting reprenne son propos. Je sentais que Max ne me quittait pas des yeux. Lorsque je croisai son regard, il inclina très légèrement la tête, comme pour me dire : « Continue. »

Non sans difficulté, Nutting s'extirpa de son fauteuil, s'approcha du bureau de Tapp et prit le dossier. Il tourna les pages jusqu'à ce qu'il trouve ce qu'il cherchait.

« Les gens qu'il nous faut seront de la même génération que vous. Ils nous coûteront moins cher, c'est sûr. La rémunération versée par la fondation qui nous sert de façade sera suffisante pour que l'intéressé puisse se passer de faire un travail alimentaire pendant un an ou deux, voire trois. Nous savons qu'il faut être patient et qu'on ne verra pas les résultats la semaine suivante. L'expérience devrait porter sur dix sujets, mais vous n'aurez à vous concentrer que sur un seul. Et sur une seule mission... »

Il regarda sa feuille à travers les lunettes demi-lune retenues par un lien autour de son cou.

« Il s'appelle Thomas Haley, ou T. H. Haley, comme il préfère l'écrire. Licence d'anglais avec mention à l'université du Sussex, où il est encore, a obtenu un master de relations internationales sous la direction de Peter Calvocoressi, prépare actuellement un doctorat en littérature. Nous avons jeté un coup d'œil à son dossier médical. Pas grand-chose à signaler. Il a publié quatre ou cinq nouvelles, quelques articles. Il cherche un éditeur. Mais il devra également trouver un emploi digne de ce nom une fois ses études terminées. Calvocoressi le tient en haute estime, ce qui devrait suffire à satisfaire n'importe qui. Benjamin, ici présent, a constitué un dossier et nous aimerions avoir votre avis. En admettant qu'il soit favorable, nous souhaiterions que vous preniez le train pour Brighton et alliez voir ce Thomas Haley. Si vous nous donnez le feu vert, nous le recruterons. Sinon, nous chercherons ailleurs. Tout dépendra de ce que vous direz. Bien sûr, vous lui enverrez une lettre pour annoncer votre visite. »

Ils me dévisageaient tous. Les coudes sur son bureau, Tapp avait à son tour les mains jointes. Sans séparer les paumes, il se mit à taper en silence ses doigts les uns contre les autres.

Je me sentis obligée de formuler une objection intelligente. « Je ne vais pas ressembler à votre représentant d'une grande fondation avec son chèque à six chiffres ? Thomas Haley risque de s'enfuir à ma vue.

— À votre vue ? J'en doute fort, ma chère. »

Nouveaux gloussements. Contrariée, je rougis. Nutting me souriait et je me forçai à lui sourire en retour.

« Les sommes proposées seront motivantes. Les fonds transiteront par une fondation existante. Une organisation ni très importante ni très connue, mais où nous disposons de contacts fiables. Si Haley ou un autre décide de vérifier, elle donnera parfaitement le change. Je vous communiquerai son nom dès que tout sera en place. Naturellement, vous agirez en tant que représentante de cette fondation. Nous serons avertis quand il y aura du courrier pour vous. Et nous vous fournirons du papier à en-tête.

— On ne pourrait pas tout simplement faire des recommandations amicales au... vous savez, cet organisme gouvernemental qui subventionne les artistes ?

— L'Arts Council ? » Nutting partit d'un rire vaudevillesque. Les autres semblaient hilares. « J'envie votre candeur, ma chère. Mais vous avez raison. On aurait dû pouvoir le faire ! C'est un romancier qui préside la commission littérature : Angus Wilson. Vous le connaissez ? Sur le papier, exactement le genre d'homme avec qui nous aurions pu travailler. Membre du club de l'Athenaeum, auxiliaire dans la marine pendant la guerre, a travaillé sur des documents secrets au sein de la célèbre Hutte 8, relatifs à... euh, en fait je n'ai pas le droit d'en dire plus. Je l'ai invité à déjeuner, l'ai revu une semaine plus tard dans son bureau. J'ai commencé à lui expliquer ce que je voulais. Savez-vous qu'il a failli me jeter par la fenêtre du troisième étage, Miss Frome ? »

Il avait déjà raconté l'anecdote et se réjouissait de la narrer à nouveau, avec quelques embellissements.

« Il était à son bureau, dans un magnifique costume de lin blanc, avec un nœud papillon bleu lavande, à faire des plaisanteries spirituelles, et une minute plus tard, le visage rouge brique, il m'empoignait par le revers de ma veste et m'éjectait de la pièce. Impossible de répéter ses propos devant une dame. Et une vraie tante, par-dessus le marché. Dieu seul sait comment on l'a laissé entrer dans la marine en 42.

— C'est reparti ! s'exclama Tapp. Ensuite on nous accuse de propagande ordurière, et le Royal Albert Hall affiche complet pour les chœurs de l'Armée rouge.

— Max aurait préféré pour sa part que Wilson me jette bel et bien par la fenêtre », dit Nutting en me faisant un clin d'œil, à ma grande surprise. « N'est-ce pas, Max ?

— J'ai donné mon avis. Maintenant, j'obéis.

— Bien. » Nutting fit un signe de tête à Benjamin, le jeune homme qui m'avait fait entrer. Celui-ci ouvrit la pochette sur ses genoux.

« Je suis sûr que Haley n'a rien publié d'autre. Pas facile de retrouver certains écrits. Je vous suggère de commencer par les articles. J'attire votre attention sur celui qu'il a fait paraître dans le *Listener*, où il déplore la tendance des journaux à transformer les délinquants en héros. Il est surtout question de l'attaque du train postal — Haley critique d'ailleurs cette formulation, qui évoque plutôt un western —, mais on y trouve aussi une diatribe contre Burgess et Maclean, et le nombre de morts dont ils sont responsables. Vous verrez que Haley est membre du Fonds d'éducation à la lecture et à l'écriture, un organisme qui soutient les dissidents d'Europe de l'Est. Vous pouvez aussi jeter un coup d'œil à l'article un peu longuet qu'il a écrit pour *History Today*, sur le soulèvement de 1953 en Allemagne de l'Est. Il y a un papier assez intéressant sur le mur de Berlin dans *Encounter*. En général, ses écrits pour la presse vont dans le bon sens. Mais c'est de ses nouvelles que vous lui parlerez dans votre lettre. Cinq en tout, comme l'a dit Peter. Une seule dans *Encounter*, en fait, et les autres dans des publications qui ne vous diront rien : la *Paris Review*, la *North American Review*, la *Kenyon Review* et la *Transatlantic Review*.

— Pas vraiment le génie des titres, pour des créatifs, lâcha Tapp.

— Il est à noter que les quatre dernières sont basées aux États-Unis, poursuivit Benjamin. Un atlantiste de cœur. Nous avons pris des renseignements, et on le présente comme un élément prometteur. Encore que, d'après quelqu'un de ce milieu, la formule vaille pour n'importe quel jeune écrivain. Penguin a refusé trois fois de publier une de ses nouvelles dans un recueil collectif. De même que le *New Yorker*, le *London Magazine* et *Esquire*.

— Par curiosité, comment avez-vous appris tout cela ? demanda Tapp.

— C'est une longue histoire. J'ai d'abord rencontré un ancien...

— Pas de digressions, dit Nutting. On m'attend au cinquième à onze heures trente. À propos, Calvocoressi a confié à un ami que Haley était un type charmant, présentant bien. Un bon exemple pour la jeunesse, donc. Désolé, Benjamin. Continuez.

— Une célèbre maison d'édition a déclaré aimer ses nouvelles, mais ne les publiera que s'il écrit d'abord un roman. Les nouvelles ne se vendent pas. Les éditeurs ne programment un recueil que pour faire plaisir à un auteur dont la réputation est bien établie. Il faut qu'il écrive quelque chose de plus long. C'est bon à savoir, parce qu'un roman demande du temps et on a du mal à le terminer quand on travaille toute la journée. Haley a envie d'en écrire un, il prétend même avoir le sujet. Autre chose : il n'a pas d'agent et en cherche un actuellement.

— Un "agent" ?

— Pas du tout de la même espèce, Harry. Quelqu'un qui vend l'œuvre, négocie les contrats, prélève un pourcentage au passage. »

Benjamin me tendit la pochette. « C'est à peu près tout. Bien évidemment, ne la laissez pas traîner. »

L'homme qui n'avait encore rien dit, un type grisonnant à l'air ratatiné et aux cheveux gras avec une raie au milieu, intervint : « On peut espérer avoir la moindre influence sur ce que ces gens écrivent ?

— Ça ne marcherait jamais, répondit Nutting. On doit se fier à notre jugement, prier pour que Haley et les autres tournent bien et deviennent, disons, des gens importants. C'est un processus de longue haleine. Le but est d'impressionner les Américains. Mais rien ne nous empêche de lui donner un coup de main. Par exemple, de faire appel à quelqu'un qui nous doit une faveur, ou plusieurs. Dans le cas de Haley, l'un des nôtres présidera tôt ou tard le jury de ce nouveau Booker Prize. On pourrait aussi s'occuper de cette histoire d'agent. Mais quant à l'écriture proprement dite, les auteurs doivent se sentir libres. »

Il s'était levé et regardait sa montre. Il se tourna vers moi. « Pour toute autre question concernant Haley, Benjamin sera votre homme. Le responsable de l'opération, c'est Max. Le nom de code est Sweet Tooth. D'accord ? Alors ce sera tout. »

J'allais prendre un risque, mais je commençais à me sentir indispensable. Un excès d'assurance, peut-être. Dans cette pièce, pourtant, quel autre adulte avait lu une nouvelle pendant ses loisirs ? Ce fut plus fort que moi. J'étais ambitieuse et impatiente. « C'est un sujet un peu difficile, mais, sans vouloir offenser Max, si je travaille directement sous ses ordres, je me demande s'il ne serait pas utile que j'aie des éclaircissements sur mon propre statut. »

Nutting se rassit. « Qu'entendez-vous donc par là, ma chère ? »

Je me tenais humblement devant lui, comme naguère devant mon père dans son bureau. « C'est un formidable défi, et je suis ravie d'avoir été sollicitée. Cette mission est fascinante et délicate à la fois. En somme, vous me demandez d'approcher Haley. J'en suis très honorée. Mais le recrutement d'un agent... en fait, j'aimerais savoir clairement à quel titre j'opère. »

Un silence gêné s'ensuivit, le genre de silence que seule une femme peut imposer dans une pièce remplie d'hommes. « Eh bien... oui, en effet », marmonna Nutting.

En désespoir de cause, il se tourna vers Tapp. « Harry ? »

Celui-ci remit son étui à cigarettes dans la poche intérieure de sa veste et se leva. « C'est très simple, Peter. Après le déjeuner, vous et moi descendrons parler aux responsables du personnel. Il ne devrait pas y avoir d'objection. Serena peut être promue au rang d'officier stagiaire. Il est grand temps.

— Voilà, Miss Frome.

— Merci. »

Tout le monde était debout. Max me regardait avec plus de respect qu'auparavant, me sembla-t-il. J'entendais un chantonnement dans mes oreilles, pareil à un chœur polyphonique. Je n'avais passé que neuf mois au MI5, et même si j'étais l'une des dernières de ma promotion à monter en grade, j'atteignais le rang le plus élevé auquel une femme pouvait prétendre. Tony aurait été si fier de moi. Il m'aurait emmenée dîner à son club pour fêter ça. N'était-ce d'ailleurs pas le même que celui de Nutting ? Le moins que je puisse faire, pensai-je tandis que nous quittions le bureau de Tapp en file indienne, c'est appeler ma mère pour lui apprendre que je me distingue au ministère de la Santé et de la Sécurité sociale.

8

Je m'installai sur ma chauffeuse, orientai ma nouvelle lampe vers moi et pris mon marque-page fétiche. J'avais un crayon sous la main, comme pour une séance de travaux dirigés à l'université. Mon rêve était devenu réalité : j'étudiais l'anglais, pas les mathématiques. J'étais libérée des ambitions que ma mère nourrissait pour moi. Sur mes genoux, la pochette agréée par Sa Majesté, de couleur chamois, fermée par une ficelle. Quelle transgression et quel privilège cela représentait, de rapporter un dossier chez moi ! Au début de notre formation, la même idée nous avait été martelée : les dossiers étaient sacrés. Aucune pièce ne devait quitter le dossier, aucun dossier ne devait quitter le bâtiment. Benjamin m'avait accompagnée jusqu'à l'entrée, et on lui avait fait ouvrir la pochette pour vérifier qu'il ne s'agissait pas d'un dossier du Fichier central, bien que la couleur soit la même. Comme il l'avait expliqué à l'officier chargé de la sécurité à la réception, elle ne contenait que des documents de référence. Mais ce soir-là, je me plaisais à l'appeler le « dossier Haley ».

Ces premières heures avec les nouvelles de Thomas Haley comptent parmi les plus heureuses que j'aie passées au MI5.

Tous mes besoins, sauf de nature sexuelle, étaient satisfaits à la fois : je lisais, je le faisais dans le cadre d'une mission ambitieuse et gratifiante sur le plan professionnel, et je rencontrerais bientôt l'auteur. Ce projet m'inspirait-il des doutes ou des scrupules ? Pas à ce stade. Je me félicitais d'avoir été choisie. Je me sentais à la hauteur de la tâche. Je pensais qu'elle me vaudrait peut-être des compliments venant des étages supérieurs — j'étais une jeune femme sensible aux compliments. Si l'on m'avait interrogée, j'aurais dit que nous n'étions rien de plus qu'un Arts Council clandestin. Nous offrions des opportunités tout aussi valables.

La première nouvelle était parue dans la *Kenyon Review* pendant l'hiver 1970 et il y avait le numéro correspondant, d'où dépassait le ticket d'une librairie spécialisée de Longacre, à Covent Garden. Au centre de l'intrigue, Edmund Alfredus, professeur d'université bien nommé, spécialiste de l'histoire des sociétés médiévales, qui devient à quarante ans passés député travailliste d'une circonscription difficile de l'est de Londres, après y avoir été conseiller municipal pendant douze ans. Membre de l'aile gauche du parti, c'est *une sorte de provocateur, un dandy intellectuel, époux volage et brillant orateur*, en bons termes avec des membres influents du syndicat des conducteurs du métro. Il se trouve avoir un frère jumeau prénommé Giles, personnage plus falot, pasteur anglican habitant une agréable demeure dans la campagne de l'ouest du Sussex, assez proche de Petworth House, où Turner a peint un temps, pour pouvoir s'y rendre à vélo. Sa petite congrégation de fidèles âgés se réunit *dans une église d'avant la conquête normande, aux murs inégaux, recouverts d'un palimpseste de fresques saxonnes où se superposaient un*

Christ supplicié et un cercle d'anges s'élevant vers les cieux, dont la grâce et la simplicité naïves évoquaient pour Giles des mystères hors de la portée d'un siècle industriel et scientifique.

Ils sont également hors de la portée d'Edmund, athée convaincu qui méprise en privé l'existence confortable et les croyances improbables de Giles. Pour sa part, le pasteur est gêné qu'Edmund n'ait pas renoncé à son bolchevisme adolescent. Les deux frères sont néanmoins proches et parviennent d'ordinaire à éviter les querelles religieuses ou politiques. Ils ont perdu à l'âge de huit ans leur mère emportée par un cancer du sein, et leur père peu démonstratif les a envoyés dans un internat privé où ils se sont raccrochés l'un à l'autre, ce qui les a liés à tout jamais.

Ils se sont mariés à l'approche de la trentaine et ont chacun des enfants. Mais un an après l'élection d'Edmund à la Chambre des Communes, Molly, son épouse, perd patience à cause d'une énième aventure et le met dehors. En quête d'un refuge pour échapper au climat orageux de son foyer désuni, à la procédure de divorce et à la curiosité naissante de la presse, Edmund part passer un week-end prolongé dans le presbytère du Sussex, où l'histoire commence véritablement. Frère Giles est désemparé. Ce dimanche-là, il doit prononcer son sermon en présence de l'évêque de Ch***, connu pour son caractère ombrageux et son intransigeance. (Naturellement, je vis mon père dans le rôle.) Son Excellence n'appréciera pas de découvrir que le pasteur, dont elle compte évaluer les talents de prédicateur, est victime d'une mauvaise grippe, doublée d'une laryngite.

Sitôt arrivé, Edmund est conduit par l'épouse de son frère jusqu'à l'ancienne chambre d'enfants au dernier étage, où

147

Giles a été mis en quarantaine. Malgré leurs quarante ans bien sonnés et toutes leurs différences, les jumeaux Alfredus partagent le même goût pour les canulars. Bien que Giles soit en nage et s'exprime d'une voix éraillée, ils s'entretiennent pendant une demi-heure avant de prendre leur décision. Edmund se dit que passer la journée du lendemain, un samedi, à apprendre la liturgie, le déroulement du service, et à préparer son sermon le distraira utilement de ses problèmes conjugaux. Le thème, annoncé d'avance à l'évêque, est tiré de la première Épître aux Corinthiens, 13 : les célèbres versets de la traduction du roi Jacques selon lesquels entre la foi, l'espérance et la charité, « la plus grande de ces choses, c'est la charité ». Giles a insisté sur le fait que, conformément à l'esprit de la théologie moderne, Edmund devra remplacer le mot « charité » par « amour ». Pas de désaccord sur ce point. En tant que médiéviste, Edmund a lu la Bible et admire la version autorisée. Et puis, oui, il se réjouit de parler d'amour. Le dimanche matin, il enfile le surplis de son frère et, après s'être coiffé en imitant l'impeccable raie sur le côté de Giles, il quitte discrètement le presbytère et traverse l'enclos paroissial pour rejoindre l'église.

L'annonce de la visite de l'évêque *avait porté à près de quarante le nombre des fidèles*. Prières et cantiques se succèdent dans l'ordre habituel. Tout se déroule sans anicroche. Un vénérable chanoine, *le regard rivé au sol par l'ostéoporose*, contribue efficacement au bon déroulement du service sans s'apercevoir qu'Edmund s'est substitué à Giles. Au moment requis, Edmund gagne la chaire en pierre sculptée. Même les fidèles vieillissants sur leurs bancs ont conscience que leur pasteur à la voix douce semble particulièrement sûr de lui, presque trop, sans doute pour impressionner ce visiteur distingué. Edmund commence par réciter les premiers extraits choisis de l'Épître aux Corinthiens avec une grandiloquence digne d'un comédien — proche, auraient pu penser certains (s'ils étaient allés au théâtre, ajoute Haley en aparté), d'une parodie de Laurence Olivier. Les paroles d'Edmund résonnent dans l'église presque déserte, et il scande ces versets avec une jubilation non dissimulée : « L'amour est patient, il est plein de bonté ; l'amour n'est point envieux ; l'amour ne se vante point, il ne s'enfle point d'orgueil, il ne fait rien de malhonnête, il ne cherche point son intérêt, il ne s'irrite point, il ne soupçonne point le mal ; il ne se réjouit point de l'injustice, mais il se réjouit de la vérité... »

Puis il se lance dans un plaidoyer passionné en faveur de l'amour, mû en partie par la honte que lui inspirent ses trahisons récentes, par le chagrin d'avoir laissé derrière lui son épouse et ses deux enfants, par le souvenir réconfortant de toutes les femmes généreuses qu'il a connues, et par le simple plaisir qu'éprouve un bon orateur devant son auditoire. L'excellente acoustique et la position surélevée en haut de la chaire l'encouragent à se livrer à de nouveaux artifices rhétoriques. Déployant la même force de conviction que celle qui lui a permis d'entraîner les conducteurs du métro dans trois grèves de vingt-quatre heures en trois semaines, il démontre que l'amour tel que nous le connaissons et le fêtons aujourd'hui est une invention chrétienne. Dans le monde brutal et primitif de l'Ancien Testament, la morale était impitoyable, un Dieu jaloux et cruel régnait, et les valeurs qu'Il chérissait s'appelaient la vengeance, la domination, l'esclavage, le génocide et le viol. Là, certains ont vu l'évêque déglutir avec difficulté.

Dans ce contexte, déclare Edmund, on comprend le changement radical qu'a introduit la nouvelle religion en donnant une place centrale à l'amour. Pour la première fois dans l'histoire de l'humanité, elle proposait un principe d'organisation sociale sans équivalent. D'ailleurs, une nouvelle civilisation prend racine. Malgré la difficulté d'atteindre ces idéaux, une nouvelle direction est indiquée. L'idée de Jésus est irrésistible et irréversible. Même les non-croyants doivent vivre dans cette tradition. Car l'amour ne se suffit pas à lui-même, il ne le peut pas, *mais, telle une comète incandescente, il traîne dans son sillage d'autres trésors étincelants : le pardon, la bonté, la tolérance, la justice, la convivialité et l'amitié, tous liés à l'amour qui est au cœur du message de Jésus.*

Dans une église de l'ouest du Sussex, cela ne se fait pas d'applaudir un sermon. Pourtant, quand Edmund clôt le sien, après avoir cité de mémoire des vers de Shakespeare, de Robert Herrick, de Christina Rossetti, de Wilfred Owen et de W. H. Auden, l'envie de l'acclamer est perceptible sur les bancs. D'une voix sonore, aux intonations descendantes qui font passer dans la nef un souffle de sagesse et de tristesse, le pasteur appelle les fidèles à la prière. Lorsque l'évêque se redresse, le visage violacé d'avoir courbé la tête, il rayonne, et tous les paroissiens, les colonels en retraite, les éleveurs de chevaux, l'ancien capitaine de l'équipe de polo et leurs épouses ont le même sourire radieux, et ils sourient encore en sortant un à un sous le porche pour serrer la main à Edmund. L'évêque lui broie même les doigts, il est dithyrambique, mais, par bonheur, il s'excuse, il a un autre engagement et ne peut rester prendre un café. Le chanoine s'éloigne lentement sans un mot, et bientôt chacun part vers son déjeuner dominical, tandis qu'Edmund, le pas soudain plus léger après son triomphe, traverse en quelques bonds l'enclos paroissial pour regagner le presbytère et faire un compte-rendu détaillé à son frère.

*

Là, sur la dix-huitième des trente-neuf pages, un blanc entre deux paragraphes, orné d'un astérisque. Je le fixai pour empêcher mon regard de descendre plus bas et de dévoiler le prochain rebondissement. Fleur bleue, j'espérais que le discours ampoulé d'Edmund sur l'amour lui permettrait de retrouver femme et enfants. Peu de chances que cela arrive dans une nouvelle contemporaine. À moins qu'il ne finisse par se convaincre d'adopter la foi chrétienne. Ou que Giles, lui, ne perde la sienne en apprenant que ses fidèles se sont laissé émouvoir par les habiles procédés rhétoriques d'un athée. Je ne pouvais m'empêcher de souhaiter que le récit suive l'évêque chez lui, pour que je le découvre dans son bain du soir, méditant au milieu d'un nuage de vapeur sur ce qu'il avait entendu. C'était parce que je ne voulais pas que mon père évêque disparaisse de la scène. D'ailleurs, le décor de la vie ecclésiastique me ravissait : l'église romane, les senteurs de liquide à faire les cuivres, de cire aux relents de lavande, de vieilles pierres et de poussière qu'évoquait Haley, les cordes noires, blanches et rouges des cloches derrière les fonts baptismaux au couvercle bancal en chêne, avec une énorme fissure réparée à l'aide de liens et de rivets, et surtout le presbytère, son vestiaire en désordre jouxtant la cuisine, où Edmund dépose son sac sur le lino à damier, et la chambre d'enfants au dernier étage, exactement comme chez nous. Une vague nostalgie me gagnait. Si seulement Haley avait pénétré, ou fait pénétrer Edmund, dans la salle de bains pour que je voie le lambris peint en bleu layette, qui montait à mi-hauteur, et la gigantesque baignoire tachée par une moisissure bleu-vert sous les robinets, campée sur ses quatre pieds rouillés en forme de pattes de lion. Ou encore dans les toilettes, où un canard de bain en plastique délavé pendait à l'extrémité de la chaîne de la chasse d'eau. J'étais la plus primaire des lectrices. Tout ce que je voulais, c'était me retrouver dans mon propre univers, restitué avec art et sous une forme accessible.

Par le même processus d'identification, la douceur de Giles m'attirait, mais c'était Edmund qu'il me fallait. Comment ça? Pour faire le voyage avec lui. Je voulais que Haley analyse ses pensées à mon intention, qu'il mette son esprit à nu sous mes yeux, me l'explique d'homme à femme. Edmund me rappelait Max, et Jeremy. Et surtout Tony. Ces hommes intelligents, amoraux, inventifs, destructeurs, déterminés, égoïstes, séduisants par leur froideur même. Je crois les avoir préférés à l'amour de Jésus. Ils étaient si nécessaires, et pas seulement à moi. Sans eux, nous serions encore dans des huttes en terre, à attendre l'invention de la roue. L'assolement triennal n'aurait jamais vu le jour. Autant de considérations interdites à l'aube de la deuxième vague féministe. Je contemplai l'astérisque. Haley m'obsédait, et je me demandai s'il faisait partie de ces hommes nécessaires. Je me sentais violée par lui, curieuse et nostalgique à la fois. Pour l'instant, je n'avais porté aucune annotation au crayon. Il était injuste qu'une ordure comme Edmund fasse un sermon aussi génial que cynique et reçoive des félicitations, mais cela paraissait plausible, il fallait l'admettre. Cette image de lui dansant de joie entre les tombes de l'enclos paroissial avant de rentrer raconter ses exploits à son frère traduisait un orgueil démesuré. Haley sous-entendait que le châtiment ou la chute ne sauraient tarder. Je ne le souhaitais pas. Tony avait été puni et cela me suffisait. Les écrivains devaient certains égards à leurs lecteurs, un peu de pitié. L'astérisque de la *Kenyon Review* tournait désormais sur lui-même à cause de la fixité de mon regard. Je clignai de l'œil pour l'immobiliser et repris ma lecture.

Il ne m'était pas venu à l'idée qu'au milieu de l'histoire, ou presque, Haley introduirait un nouveau personnage important. Une femme qui a suivi tout le service religieux, assise au bout du troisième rang, près du mur et des piles de recueils de cantiques, sans qu'Edmund remarque sa présence. Elle s'appelle Jean Alise. On apprend vite qu'elle a trente-cinq ans, vit dans les environs, est veuve, assez fortunée, très pieuse, surtout depuis la mort de son mari dans un accident de moto, qu'elle a souffert de troubles psychiques à une époque et qu'elle est, bien sûr, très belle. Le sermon d'Edmund l'affecte profondément, il a même un effet dévastateur sur elle. Elle en aime et en comprend le message, la poésie, et se sent irrésistiblement attirée par l'homme qui l'a prononcé. Elle passe la nuit debout à se demander que faire. Elle est en train de tomber amoureuse malgré elle, et se prépare à aller au presbytère pour déclarer ses sentiments. C'est plus fort qu'elle, elle s'apprête à détruire le mariage du pasteur.

À neuf heures le lendemain matin, elle sonne à la porte du presbytère et c'est Giles en peignoir qui lui ouvre. Il commence à se rétablir, mais reste pâle et grelottant. À mon grand soulagement, Jean sait aussitôt qu'elle n'a pas affaire au même homme. Elle finit par conclure qu'il y a un frère et rejoint celui-ci à Londres, à l'adresse naïvement fournie par Giles. Il s'agit d'un petit meublé à Chalk Farm, où Edmund s'est installé provisoirement en attendant que son divorce soit prononcé.

Il traverse une période éprouvante et ne résiste pas à cette jolie femme qui semble prête à lui offrir tout ce qu'il peut désirer. Elle ne le quitte pas pendant deux semaines et il lui fait l'amour avec passion — Haley décrit leurs ébats en donnant des détails que je trouvai gênants. Le clitoris de Jean est *monstrueux, de la taille du pénis d'un garçonnet.* Il n'a jamais connu de maîtresse aussi généreuse. Jean décide rapidement qu'Edmund est l'homme de sa vie. Lorsqu'elle découvre qu'il est athée, elle comprend qu'il lui incombe de le conduire vers la lumière divine. Avec sagesse, elle ne parle pas de sa mission, attendant le moment opportun. Elle ne met que quelques jours à lui pardonner l'imitation blasphématoire de son frère.

Dans le même temps, Edmund lit et relit en cachette une lettre de Molly, où celle-ci suggère avec insistance de tenter une réconciliation. Elle l'aime et, s'il pouvait mettre un terme à ses aventures extraconjugales, ils trouveraient sûrement un moyen de reconstituer leur famille. Les enfants souffrent cruellement de son absence. Il va avoir du mal à reprendre sa liberté, mais il sait où est son devoir. Par chance, Jean descend dans son manoir du Sussex pour s'occuper de ses chevaux, de ses chiens et de divers problèmes. Edmund arrive au domicile conjugal et passe une heure avec Molly. Tout se déroule au mieux, elle est ravissante, il lui fait des promesses qu'il est certain de pouvoir tenir. Les enfants rentrent de l'école et ils dînent en famille. Comme avant.

Le lendemain matin, lorsqu'il avoue à Jean, devant des œufs au bacon dans une gargote du quartier, qu'il retourne vivre avec sa femme, il provoque un accès d'hystérie effrayant. Jusqu'alors, il n'avait pas vraiment mesuré la fragilité de sa santé mentale. Après avoir brisé l'assiette dans laquelle il mangeait, elle s'enfuit du café en hurlant. Il ne cherche pas à la rattraper. Il préfère se précipiter dans son meublé, faire ses bagages, laisser à Jean ce qu'il croit être un mot gentil, et se réinstaller avec Molly. L'idylle des retrouvailles dure trois jours, jusqu'à ce que Jean resurgisse brutalement dans son existence.

Le cauchemar commence par l'arrivée de celle-ci dans la demeure familiale, où elle fait une scène devant Molly et les enfants. Elle écrit d'innombrables lettres à Molly et à Edmund, accoste les enfants sur le chemin de l'école, téléphone plusieurs fois par jour, souvent en pleine nuit. Chaque matin, elle se poste devant la maison pour interpeller tout membre de la famille qui ose s'aventurer au-dehors. La police refuse d'intervenir, disant que Jean n'enfreint pas la loi. Elle suit Molly — qui est directrice d'école primaire — à son travail et lui inflige une de ses horribles scènes dans la cour de récréation.

Deux mois s'écoulent. *Un harceleur peut aussi facilement unir une famille contre lui que la faire voler en éclats.* Mais au sein du couple Alfredus, les liens sont encore trop distendus, les dégâts causés par les années passées n'ont pas été réparés. Cette souffrance, c'est lui qui l'a attirée sur leur famille, déclare Molly à Edmund lors de leur dernière conversation à cœur ouvert. Elle doit protéger aussi bien les enfants que sa santé mentale et son emploi. Une fois encore, elle lui demande de partir. Il reconnaît que la situation est devenue insupportable. Quand il sort de la maison avec ses bagages, Jean l'attend sur le trottoir. Il hèle un taxi. Après une violente bagarre suivie par Molly à la fenêtre d'une des chambres, Jean monte de force à côté de l'homme de sa vie, dont elle a abondamment griffé le visage. Durant tout le trajet vers Chalk Farm et l'appartement qu'elle a gardé comme sanctuaire de leur amour, il pleure son mariage brisé. Il n'a pas conscience du bras qu'elle a passé autour de son cou pour le consoler, de ses promesses de l'aimer et de ne jamais le quitter.

Maintenant qu'ils sont ensemble, elle est à nouveau saine d'esprit, efficace et tendre à la fois. Pendant quelque temps, il a du mal à imaginer que ces épisodes terrifiants aient vraiment eu lieu, et il lui est facile, dans son désarroi, d'accepter ses soins affectueux et de redevenir son amant. Parfois, pourtant, *elle se laissait entraîner vers les nuages noirs où se formaient ces tornades d'émotions.* Même le jugement de divorce ne suffit pas à la satisfaire. Il redoute ses moments explosifs et fait de son mieux pour les prévenir. Quels sont les facteurs déclenchants? Lorsqu'elle le soupçonne de s'intéresser à une autre femme, lorsqu'il s'attarde à la Chambre pour une séance de nuit, va au pub avec ses amis de gauche, remet une nouvelle fois leur mariage civil à plus tard. *Comme il détestait les conflits et était foncièrement paresseux, chaque explosion de jalousie le soumettait un peu plus à la volonté de Jean.* Cela se fait lentement. Il trouve plus facile de se tenir à l'écart de ses anciennes maîtresses devenues des amies, et de ses collègues femmes en général; plus facile d'ignorer la sonnerie annonçant un vote à la Chambre, les exigences du président du groupe travailliste ou de ses électeurs ; plus facile, au fond, de se marier que d'affronter les conséquences — ces tempêtes terrifiantes — de repousser une nouvelle fois la date.

Lors des élections de 1970 qui portent Edward Heath au pouvoir, Edmund perd son siège, et le secrétaire national le prend à part pour lui annoncer qu'il n'aura pas l'investiture du Parti la prochaine fois. Les jeunes mariés emménagent dans le charmant manoir du Sussex. Edmund devient financièrement dépendant de Jean. Il n'exerce plus aucune influence sur le syndicat des conducteurs du métro ni sur ses amis de gauche. Tant mieux, car son cadre de vie cossu le met mal à l'aise. Les visites de ses enfants semblent provoquer des scènes déplaisantes, et il se joint peu à peu à *cette triste légion d'hommes passifs qui abandonnent leur progéniture pour faire plaisir à leur seconde épouse.* Plus facile d'aller à l'église chaque semaine que d'affronter un nouveau concours de cris. À l'approche de la soixantaine, il commence à s'intéresser aux roses du jardin clos de la propriété, et devient spécialiste des carpes qui vivent dans les douves. Il apprend à monter à cheval, sans jamais réussir à se débarrasser du sentiment qu'en selle il a l'air ridicule. En revanche, ses relations avec son frère Giles n'ont jamais été meilleures. Quant à Jean voyant à l'église, d'un coup d'œil furtif, Edmund agenouillé près d'elle pendant la bénédiction qui suit le sermon du révérend Alfredus, elle en a la certitude : *malgré la difficulté du chemin et les souffrances que lui avaient coûtées ses efforts, elle conduisait son mari toujours plus près de Jésus, et cela, la grande réussite de son existence, n'avait été possible que grâce au pouvoir rédempteur et indéfectible de l'amour.*

C'était donc ça. Il me fallait arriver au dénouement pour m'apercevoir que je n'avais pas saisi la portée du titre. « Ce qu'est l'amour ». Il semblait trop expérimenté, trop sagace, ce jeune auteur de vingt-sept ans, pour être ma cible innocente. Voilà un homme qui savait ce que c'était qu'aimer une femme prédatrice affligée de sautes d'humeur, qui avait remarqué le couvercle d'antiques fonts baptismaux, à qui il n'avait pas échappé que les riches emplissaient leurs douves de carpes et que les déshérités transportaient leurs affaires dans des caddies de supermarché — les caddies comme les supermarchés étant des additions récentes à la vie en Grande-Bretagne. Si le clitoris mutant de Jean n'était pas une invention mais un souvenir, alors je me sentais déjà humiliée ou hors jeu. Aurais-je été vaguement jalouse de sa liaison ?

Je rangeai la pochette, trop fatiguée pour affronter une deuxième nouvelle. Je venais d'expérimenter une forme délibérée de sadisme narratif. Alfredus avait peut-être gagné une existence plus rangée, mais Haley l'avait mis à terre. La misanthropie ou la haine de soi — étaient-elles si éloignées ? — devaient faire partie de sa nature. Je découvrais que l'expérience de la lecture est faussée lorsque l'on connaît l'auteur, ou qu'on s'apprête à le rencontrer. J'avais pénétré dans l'esprit d'un inconnu. Mue par une curiosité grossière, je me demandais si chaque phrase confirmait, niait ou masquait une intention secrète. Je me sentais plus proche de Tom Haley que si je l'avais eu pour collègue au Fichier central ces neuf derniers mois. Mais malgré ce sentiment de proximité, difficile de dire ce que je savais au juste. Il me fallait un outil, un instrument de mesure, l'équivalent narratif d'un compas de navigation pour calculer la distance séparant

Haley d'Edmund Alfredus. Peut-être l'auteur avait-il tenu ses propres démons à l'écart. Peut-être Alfredus — pas un homme nécessaire, après tout — représentait-il le genre d'individu que Haley redoutait de devenir. À moins qu'il n'ait puni Alfredus au nom d'une morale vieux jeu, pour s'être rendu coupable d'adultère et avoir osé incarner un homme d'Église. Haley pouvait être un moralisateur, voire un pharisien, ou un homme en proie à de multiples peurs. Et le pharisaïsme comme la peur pouvaient être les deux visages d'un même trouble de la personnalité. Si je n'avais pas perdu trois ans à peiner en mathématiques à Cambridge, j'aurais pu étudier l'anglais et apprendre à lire correctement. Mais aurais-je su lire T. H. Haley ?

9

Le lendemain soir, j'avais rendez-vous avec Shirley au pub
Hope & Anchor d'Islington, pour écouter le groupe Bees
Make Honey. J'avais une demi-heure de retard. Elle était
assise seule au bar, une cigarette aux lèvres, courbée sur son
carnet, et il ne restait que quelques centimètres de bière au
fond de sa chope. Dehors il faisait bon, mais il avait beaucoup plu, et les jeans et les cheveux trempés donnaient à
l'endroit une odeur de chien mouillé. Les lumières des amplis
luisaient dans un coin de la salle où un technicien solitaire
installait le matériel du groupe. Les spectateurs étaient à
peine plus d'une vingtaine, y compris les musiciens et leurs
copains. En ce temps-là, dans mon entourage tout au moins,
même les femmes ne se faisaient pas la bise en se retrouvant.
Je me hissai sur le tabouret à côté de celui de Shirley et commandai à boire. À l'époque, c'était encore un événement que
deux jeunes femmes considèrent avoir autant leur place
qu'un homme dans un pub et s'installent au bar. Au Hope
& Anchor, et dans quelques autres établissements londo-
niens, personne n'y prêtait attention. La révolution avait eu
lieu et on pouvait passer inaperçus. Nous faisions semblant

de trouver cela normal, tout en continuant à jubiler intérieurement. Ailleurs au Royaume-Uni, on nous aurait prises pour des prostituées ou traitées comme telles.

Pendant la semaine, nous déjeunions ensemble, mais il restait quelque chose entre nous, un petit résidu irritant de notre brève dispute. Si Shirley se montrait aussi puérile ou butée en politique, quelle amie pouvait-elle être ? À d'autres moments, je pensais que le temps arrangerait les choses et que, par simple contagion sur notre lieu de travail, ses opinions allaient mûrir. Parfois, ne *rien* dire est le meilleur moyen de se sortir d'une difficulté. La mode de l'exigence de « vérité » dans les rapports humains et de la confrontation faisait beaucoup de dégâts à mes yeux, elle brisait beaucoup d'amitiés et de mariages.

Peu avant notre rendez-vous, Shirley avait disparu de son bureau presque toute une journée et une partie de la suivante. Elle n'était pas souffrante. Quelqu'un l'avait vue prendre l'ascenseur, et avait aperçu le bouton sur lequel elle avait appuyé. On racontait qu'elle avait été convoquée au cinquième étage, dans ces hauteurs embrumées où nos maîtres vaquaient à leurs mystérieuses occupations. Toujours d'après la rumeur, et à cause de son intelligence supérieure, Shirley allait bénéficier d'une promotion exceptionnelle. Au sein du vaste groupe des jeunes femmes de bonne famille, cela provoqua des remarques gentiment snobs, du style : « Oh, si seulement j'avais pu naître moi aussi dans la classe ouvrière ! » J'analysai mes propres sentiments. Éprouverais-je de la jalousie si ma meilleure amie me distançait ? Sans doute que oui.

Lorsqu'elle revint parmi nous, elle éluda nos questions et ne raconta rien, ne mentit même pas, ce qui confirma pour la plupart d'entre nous la thèse de l'avancement accéléré. Je n'en étais pas si sûre. Son embonpoint rendait parfois son expression difficile à déchiffrer, le tissu adipeux sous-cutané étant comme un masque derrière lequel elle se retranchait. Ce qui aurait fait de notre secteur d'activité un bon choix pour elle, si seulement on avait donné aux femmes d'autres missions que le ménage. Mais je croyais bien la connaître. Aucun triomphalisme chez elle. Me sentais-je un tant soit peu soulagée ? Je pensais que oui.

C'était notre premier rendez-vous en dehors de Leconfield House depuis cet épisode. J'avais décidé de ne poser aucune question sur le cinquième étage. Cela aurait paru indigne. En outre, j'avais de mon côté une mission et une promotion, même si elles provenaient de deux étages au-dessous du sien. Shirley délaissa la bière pour un grand gin-orange, et je demandai la même chose. À voix basse, nous échangeâmes des potins sur nos collègues pendant le premier quart d'heure. Puisque nous n'étions plus des novices, nous nous sentions libres d'ignorer le règlement. Il y avait une grande nouvelle. Lisa, une jeune femme de notre promotion — Oxford High, St Anne's College, aussi vive que jolie —, venait d'annoncer ses fiançailles avec un officier du service prénommé Andrew — Eton, King's College, un intellectuel à l'air juvénile. C'était la quatrième union de ce genre en neuf mois. L'entrée de la Pologne dans l'OTAN n'aurait pas causé plus d'effervescence dans nos rangs que ces négociations bilatérales. Une partie de l'intérêt consistait à se demander qui seraient les suivants. « Qui, et avec qui ? » comme disait un léniniste spirituel. Dès le début, j'avais été repérée avec Max sur le banc de Berkeley Square. Mon cœur faisait un bond quand j'entendais nos noms circuler, mais, récemment, nous avions été remplacés par des hypothèses plus tangibles. Je parlai donc avec Shirley de Lisa, et de l'opinion générale selon laquelle la date de son mariage était trop éloignée, avant d'évoquer les chances de Wendy avec un personnage peut-être un peu trop haut placé — son Oliver était directeur adjoint de section. Mais je trouvais quelque chose de terne ou de routinier à notre échange. Je sentais que Shirley repoussait une révélation, qu'elle portait trop souvent son verre à ses lèvres, comme pour se donner du courage.

Effectivement, elle commanda un autre gin, en but une gorgée, hésita, puis déclara : « J'ai quelque chose à te confier. Mais il faut d'abord que tu me rendes un service.

— Entendu.

— Souris comme il y a trente secondes.

— Quoi ?

— Fais ce que je te dis. On nous surveille. Force-toi à sourire. On converse aimablement, d'accord ? »

Je m'exécutai.

« Tu peux faire mieux que ça. Ne te fige pas. »

Je fis de mon mieux, acquiesçai de la tête et haussai les épaules, m'efforçant d'avoir l'air captivé.

« J'ai été virée, dit Shirley.

— Impossible !

— À compter d'aujourd'hui.

— Shirley !

— Continue à sourire. Il ne faut en parler à personne.

— D'accord, mais pourquoi ?

— Je ne peux pas tout révéler.

163

« — On n'a pas pu te virer. Ça ne tient pas debout. Tu nous vaux tous.

— J'aurais pu te l'annoncer dans un endroit plus discret. Mais nos chambres ne sont pas sûres. Et je veux qu'ils me voient te parler. »

Le guitariste avait mis sa guitare en bandoulière. Lui et le batteur étaient avec le technicien à présent, tous trois penchés sur un appareil posé par terre. Il y eut un effet larsen strident, rapidement étouffé. Je contemplai les petits groupes de spectateurs qui nous tournaient le dos, surtout des hommes, leur chope de bière à la main, attendant que le groupe commence à jouer. Se pouvait-il qu'un ou deux d'entre eux soient des agents du A4 chargés de la surveillance ? J'étais sceptique.

« Tu crois vraiment qu'on est suivies ?

— Pas moi. Toi. »

Cette fois, mon éclat de rire fut spontané. « C'est ridicule.

— Sérieusement. Tu es surveillée. Depuis que tu as rejoint le MI5. Ils sont sans doute allés dans ta chambre. Pour poser un micro. N'arrête pas de sourire, Serena. »

Je me tournai vers le public. Les hommes à cheveux mi-longs étaient alors une minorité, et les moustaches imposantes comme les pattes gigantesques ne feraient leur apparition qu'un peu plus tard. Beaucoup de spectateurs au physique ambigu, donc, beaucoup de candidats possibles. Je crus en voir une demi-douzaine. Et puis toutes les personnes présentes me semblèrent soudain des agents en puissance.

« Mais pourquoi, Shirley ?

— Je pensais que tu pourrais me le dire.

— Il ne s'est rien passé. Tu as tout inventé.

— Écoute, j'ai autre chose à te confier. J'ai agi de manière stupide et j'ai vraiment honte. Je ne sais pas comment te l'avouer. Je comptais le faire hier, mais le courage m'a manqué. Il faut pourtant être honnête. J'ai merdé. »

Elle prit une profonde inspiration et alluma une cigarette. Ses mains tremblaient. Nous jetâmes un coup d'œil au groupe de musiciens. Le batteur s'asseyait, réglait la hauteur des cymbales, exécutait une petite démonstration virtuose avec les balais métalliques.

« Avant qu'on aille faire le ménage dans cette cache, commença enfin Shirley, ils m'ont convoquée. Peter Nutting, Tapp, et ce jeune type inquiétant, Benjamin quelque chose.

— Seigneur... Pourquoi?

— Ils m'ont passé de la pommade. M'ont dit que je me débrouillais bien, qu'une promotion se profilait, histoire de m'amadouer. Puis ils ont ajouté qu'ils savaient qu'on était amies. Nutting m'a demandé si tu avais parfois tenu des propos inattendus, ou suspects. J'ai répondu que non. Ils ont voulu savoir de quoi nous parlions.

— Bon sang. Tu as dit quoi?

— J'aurais dû les envoyer se faire voir. Je n'en ai pas eu le courage. Comme il n'y avait rien à cacher, je leur ai dit la vérité. Qu'il était question de musique, de nos amis, de notre famille, du passé, de la pluie et du beau temps, rien de très important. » Elle me lança un regard vaguement accusateur. « Tu aurais fait la même chose.

— Je n'en suis pas sûre.

— Si j'avais refusé de répondre, ils auraient eu encore plus de soupçons.

— Très bien. Et ensuite?

— Tapp m'a demandé s'il nous arrivait de parler politique, et j'ai dit que non. Il a répliqué qu'il avait du mal à me croire, j'ai assuré que c'était vrai. On a tourné en rond quelque temps. Ils ont fini par lâcher le morceau : ils avaient une question délicate à me poser. C'était très important, et ils apprécieraient beaucoup, vraiment beaucoup, si je pouvais les aider, et ainsi de suite, tu connais leur obséquiosité.

— En effet.

— Ils voulaient que je t'entraîne dans une discussion politique, que je me fasse passer pour une gauchiste cachée, que je te provoque afin de voir où tu te situais et...

— Que tu les informes du résultat.

— Je sais... J'ai honte. Mais ne le prends pas mal. Je m'efforce d'être franche avec toi. N'oublie pas de sourire. »

Je ne quittais pas des yeux son visage joufflu, grêlé de taches de rousseur. J'essayais de la détester. « C'est à toi de sourire, dis-je. Tu joues très bien la comédie.

— Je suis désolée.

— Donc toute cette discussion... tu étais en service commandé.

— Écoute, Serena, j'ai voté pour Edward Heath. Alors oui, j'étais en service commandé, et je m'en veux terriblement.

— Ce paradis des travailleurs près de Leipzig, tu l'as inventé de toutes pièces ?

— Non, c'était un vrai voyage scolaire. Mortellement ennuyeux. Et j'avais le mal du pays, je pleurais comme un bébé. Mais tu t'en es très bien sortie, tu sais, tu as dit tout ce qu'il fallait.

— Et toi tu leur as tout rapporté ! »

Elle me dévisageait avec tristesse, hochait la tête. « C'est bien le problème. Je n'ai rien rapporté. Je suis allée les voir le

166

soir même pour leur expliquer que c'était impossible, je ne pouvais pas entrer dans leur jeu. Je ne leur ai même pas révélé que nous avions eu cette discussion. J'ai dit que je refusais de donner des informations sur une amie. »

Je détournai le regard. J'étais vraiment gênée, à présent, car j'aurais préféré qu'elle leur répète mes propos. Mais je ne pouvais pas le lui dire. Nous avons bu notre gin en silence pendant quelques secondes. Le bassiste jouait et l'appareil posé par terre, une sorte de boîte de dérivation, faisait encore des siennes. Je jetai un coup d'œil autour de moi. Aucun client du pub ne regardait dans notre direction.

« S'ils savent qu'on est amies, ils ont dû se douter que tu me révélerais ce qu'ils t'ont demandé de faire.

— Exactement. Ils t'envoient un message. Peut-être veulent-ils te mettre en garde. J'ai été franche avec toi. Maintenant à ton tour de l'être. Pourquoi s'intéressent-ils à toi ? »

Bien entendu, je n'en avais pas la moindre idée. Mais j'étais en colère contre Shirley. Je ne voulais pas paraître ignorante — mieux que ça, je voulais laisser entendre qu'il y avait des sujets dont je ne pouvais pas parler. Et je n'étais pas certaine de croire tout ce qu'elle venait de me raconter.

Je répondis par une question. « Donc ils t'ont virée parce que tu refusais de donner des informations sur une collègue ? Ça paraît peu crédible. »

Elle prit le temps de sortir ses cigarettes, de m'en offrir une, de me donner du feu. Nous hélâmes le serveur. Je ne voulais pas d'un autre gin, mais les pensées se bousculaient dans ma tête et je ne voyais pas que prendre. Nous redemandâmes la même chose. Il ne me restait presque plus d'argent.

« Bon, déclara-t-elle. Je ne veux plus parler de ça. Voilà. Ma carrière est finie. De toute façon, je n'ai jamais cru qu'elle durerait. Je vais retourner vivre à la maison, m'occuper de mon père. Il se comporte bizarrement, ces derniers temps. J'aiderai au magasin. Je me lancerai peut-être même dans l'écriture. Maintenant, écoute. Je voudrais que tu me dises ce qui se passe. »

Soudain, dans un geste de tendresse rappelant les débuts de notre amitié, elle saisit le revers de ma veste en coton et le secoua. Pour me faire entendre raison. « Tu t'es fourrée dans un guêpier, Serena. C'est de la folie. Ils se donnent de grands airs et s'expriment comme des gens distingués, ce qu'ils sont, mais ils sont également capables de faire des coups tordus. C'est même leur spécialité, les coups tordus.

— On verra bien. »

J'étais angoissée, complètement déconcertée, mais je voulais la punir, l'obliger à s'inquiéter pour moi. J'aurais presque réussi à me convaincre que je détenais réellement un secret.

« Tu peux tout me dire, Serena.

— Trop compliqué. Et pourquoi te confierais-je quoi que ce soit ? Tu y pourrais quoi, de toute façon ? Tu es tout en bas de l'échelle, comme moi. Enfin, tu l'étais.

— As-tu des contacts avec l'autre camp ? »

Je trouvai la question choquante. En ces instants où l'alcool me tournait la tête, j'aurais bien voulu avoir un officier traitant soviétique, une double vie, des dépôts clandestins de lettres à Hampstead Heath ou, mieux encore, être un agent double fournissant des vérités inutiles et des mensonges destructeurs à une puissance étrangère. Au moins, j'avais T. H. Haley. Pourquoi m'aurait-on fait ce cadeau, si j'étais objet de soupçons ?

« C'est toi le camp d'en face, Shirley. »

Sa réponse se perdit dans les premiers accords de « Knee Trembler », un de nos titres préférés, mais cette fois nous n'eûmes pas le temps d'apprécier. Notre conversation se terminait. Dans une impasse. Shirley refusait de me dire pourquoi elle était virée, je refusais de lui révéler un secret que je ne possédais pas. Une minute plus tard, elle descendit de son tabouret et s'en alla sans une parole ni un geste d'adieu. De toute façon, je n'y aurais pas répondu. Je restai assise là quelque temps, essayant d'écouter le groupe, de me calmer et de remettre de l'ordre dans mes idées. Mon gin fini, je bus ce qui restait dans le verre de Shirley. Je ne savais pas ce qui me contrariait le plus, être surveillée par ma meilleure amie ou par mes supérieurs. La trahison de Shirley était impardonnable ; celle de mes supérieurs, terrifiante. Si j'avais éveillé leurs soupçons, c'était sans doute à la suite d'une erreur administrative, mais ça ne rendait pas Nutting & Co moins effrayants. Piètre soulagement d'apprendre qu'ils avaient envoyé les agents du A4 dans ma chambre et que, dans un moment de distraction, l'un d'eux avait fait tomber mon marque-page.

Sans temps mort, le groupe enchaîna sur « My Rockin' Days ». S'ils étaient bel et bien là, au milieu des clients avec leur pinte de bière, les agents en question se trouvaient beaucoup plus près des haut-parleurs que moi. Or ce ne devait pas être leur musique de prédilection. Ces types flegmatiques étaient du genre à préférer des mélodies plus reposantes. Ils détestaient sûrement ce tintamarre à la rythmique assourdissante. Une consolation, mais c'était bien la seule.

Je décidai de rentrer chez moi lire une autre nouvelle.

Nul ne savait comment Neil Carder s'était enrichi ni ce qu'il faisait, seul dans son hôtel particulier de Highgate à huit chambres. La plupart des voisins qui le croisaient de temps à autre dans la rue ne connaissaient même pas son nom. C'était un homme quelconque proche de la quarantaine, au visage mince et au teint pâle, très timide et gauche, et dépourvu de cet art de parler de tout et de rien qui aurait pu l'amener à se lier avec des gens du quartier. Il ne posait cependant aucun problème, entretenait correctement sa demeure et son jardin. Si son nom revenait dans les conversations, c'était en général à cause de l'imposante Bentley blanche de 1959 qu'il laissait en permanence devant chez lui. Qu'est-ce qu'un individu aussi effacé pouvait bien faire d'un véhicule aussi voyant? Autre sujet de spéculation, la jeune et joyeuse femme de ménage nigériane aux vêtements colorés, qui venait six jours sur sept. Abeje faisait les courses, la lessive, la cuisine, elle était à la fois séduisante et appréciée des ménagères à l'œil vigilant. Mais était-elle aussi la maîtresse de Mr Carder? Cela paraissait tellement invraisemblable qu'on se demandait si ce n'était pas vrai. Avec ce genre d'homme pâle et silencieux, allez savoir... Pourtant on ne les voyait jamais ensemble, il ne l'emmenait jamais en voiture, elle partait toujours après l'heure du thé et attendait en haut de la rue son bus pour regagner Willesden. Si Neil Carder avait une vie sexuelle, celle-ci se déroulait à l'intérieur et uniquement entre neuf heures et dix-sept heures.

Les péripéties d'un mariage de courte durée, un héritage considérable et inattendu, une nature frileuse et introvertie avaient

170

contribué à faire le vide autour de Carder. C'était une erreur que d'avoir acquis une si grande maison dans un quartier de Londres peu familier, mais il manquait de motivation pour déménager et acheter ailleurs. À quoi bon ? Sa fortune aussi soudaine qu'immense avait éloigné de lui ses quelques amis et collègues fonctionnaires. Sans doute étaient-ils jaloux. Quoi qu'il en soit, on ne se bousculait pas pour l'aider à dépenser son argent. Hormis sa demeure et sa voiture, il n'avait aucune ambition matérielle, aucune passion qu'il puisse enfin satisfaire, aucune pulsion philanthropique, et les voyages à l'étranger ne le tentaient pas. Certes, Abeje agrémentait son quotidien et lui inspirait plus d'un fantasme, mais elle était mariée et mère de deux jeunes enfants. Son mari, nigérian lui aussi, était un ancien gardien de but de l'équipe de foot nationale. Un coup d'œil à sa photo avait suffi à Carder pour comprendre qu'il ne faisait pas le poids et n'était pas le type d'Abeje.

Neil Carder était un individu terne et son existence le rendait encore plus terne. Il se levait tard, s'occupait de son portefeuille d'actions et s'entretenait avec son courtier, lisait un peu, regardait la télé, se promenait de temps à autre sur Hampstead Heath, allait parfois dans un bar ou au pub dans l'espoir de faire une rencontre. Mais sa timidité l'empêchait d'aborder une femme et il ne se passait jamais rien. Il se sentait en suspens, dans l'attente d'une nouvelle vie, mais incapable de prendre une initiative. Quand cette nouvelle vie commença enfin, ce fut de manière tout à fait ordinaire. Alors qu'il longeait Oxford Street du côté de Marble Arch en revenant de chez son dentiste de Wigmore Street, il passa devant un grand magasin derrière les immenses vitrines duquel se trouvait un éventail de mannequins dans diverses attitudes, en tenue de soirée. Il s'arrêta quelques instants pour les regarder, éprouva une certaine gêne, reprit son chemin, hésita, revint sur ses pas. Ces figures muettes étaient disposées de façon à donner l'impression de retrouvailles sophistiquées à l'heure des cocktails. Une femme était penchée en avant, comme pour divulguer un secret, une autre levait son bras raide et blanc avec une incrédulité amusée, une troisième jetait un coup d'œil par-dessus son épaule en direction d'une porte au chambranle de laquelle s'appuyait un homme aux traits frustes, en smoking, une cigarette éteinte à la main.

Neil ne s'intéressait toutefois à aucun d'eux. Il contemplait la jeune femme qui tournait le dos à l'ensemble du groupe. Elle étudiait une gravure accrochée au mur — une vue de Venise. Enfin, pas exactement. À cause d'une erreur d'alignement de l'étalagiste ou, comme il se surprit soudain à l'imaginer, *d'un certain entêtement de la part de la jeune femme elle-même, son regard s'écartait de plusieurs centimètres de la gravure pour fixer l'angle du mur. Elle poursuivait une idée, un raisonnement, et se moquait de son apparence.* Elle n'avait pas envie d'être là. Elle portait une robe de soie orange simplement plissée, et, contrairement aux autres, elle était pieds nus. Ses escarpins — ce devaient être les siens — gisaient près de la porte, où elle les avait enlevés en entrant. Elle aimait sa liberté. Elle tenait *un petit sac orange et noir, décoré de perles, tandis que son autre main pendait sur le côté, poignet tourné vers l'extérieur tandis qu'elle se perdait dans ses réflexions. Ou dans ses souvenirs, peut-être. Sa tête légèrement inclinée révélait la pureté des lignes de son cou. Elle avait les lèvres entrouvertes, mais à peine, comme pour articuler une pensée, un mot, un nom... Neil.*

172

Il haussa les épaules pour s'arracher à sa rêverie. Absurde, il le savait, et il se remit en route d'un pas décidé, regardant sa montre afin de se convaincre qu'il avait un but. Mais non. Seule la maison déserte de Highgate l'attendait. Abeje serait déjà partie quand il rentrerait. Il n'aurait même pas droit au dernier bulletin de santé de ses enfants en bas âge. Il se força à marcher, conscient qu'une forme de folie le guettait, car une idée se formait dans son esprit, de plus en plus insistante. Preuve de sa force de caractère, il parvint à atteindre Oxford Circus sans se retourner. Elle ne suffit toutefois pas à l'empêcher de repartir précipitamment vers le magasin. Cette fois, il n'éprouva aucune gêne à rester planté devant la jeune femme, à scruter ce moment d'intimité. C'était son visage qu'il découvrait à présent. Si pensif, si triste, si beau. Elle semblait si isolée, si seule. Les conversations autour d'elle étaient superficielles, elle les avait déjà entendues cent fois, elle n'avait rien à voir avec ces gens, avec ce milieu. Comment leur échapper? C'était une douce rêverie, agréable de surcroît, et à ce stade Carder reconnut sans difficulté qu'il s'agissait d'un pur produit de son imagination. Ce gage de santé mentale le laissa d'autant plus libre de donner libre cours à ses fantasmes tandis que la foule de gens faisant leurs courses le contournait sur le trottoir.

Plus tard, il ne se souvint pas d'avoir pesé le pour et le contre ni d'avoir pris une décision consciente. Avec la sensation que son destin était scellé, il entra dans le magasin, s'adressa à une première personne, fut dirigé vers une deuxième, puis vers une troisième plus chevronnée qui refusa catégoriquement. Tout à fait déplacé. Un prix fut mentionné, qui provoqua un haussement de sourcils, un supérieur fut appelé, la somme doublée et l'affaire entendue. Pour la fin de la semaine? Non, sur-le-champ, et la robe faisait partie du marché, et il souhaitait en acheter plusieurs autres de la même taille. *Vendeuses et chefs de rayon l'entouraient. Voilà qu'ils se retrouvaient, et pas pour la première fois, avec un excentrique sur les bras. Un homme amoureux. Toutes les personnes présentes savaient qu'un achat important était en jeu.* Car des robes de cette sorte coûtaient cher, ainsi que les escarpins assortis et les dessous en soie moirée. Sans oublier — quel calme et quelle détermination, chez cet inconnu — les bijoux. Ni, après réflexion, le parfum. En deux heures et demie, tout était fait. Une camionnette de livraison fut aussitôt trouvée, l'adresse de Highgate notée, le paiement effectué.

Ce soir-là, nul ne vit la jeune femme arriver dans les bras du chauffeur-livreur.

À cet instant, je m'extirpai de ma chauffeuse et descendis me préparer une tasse de thé. J'étais encore un peu ivre, encore troublée par ma conversation avec Shirley. Je m'interrogerais sur ma propre santé mentale si j'entreprenais de chercher un micro caché dans ma chambre. Je me sentais fragilisée par les égarements de Neil Carder. Ils risquaient de perturber mon propre rapport au réel. S'agissait-il encore d'un personnage que Haley allait broyer d'un coup de talon narratif pour le punir de ses erreurs? À contrecœur, je remontai avec ma tasse de thé et m'assis au bord du lit, essayant de me convaincre de lire quelques pages de plus. De toute évidence, rien de la folie du millionnaire ne serait épargné au lecteur, aucune chance de rester à distance et de la considérer froidement. Ce conte malsain ne pouvait pas finir bien.

Je finis par me réinstaller sur ma chauffeuse et apprendre

que le mannequin s'appelait Hermione, ce qui se trouvait être le prénom de l'ex-épouse de Carder. Elle l'avait quitté un matin, après moins d'un an de mariage. Ce soir-là, laissant Hermione nue sur le lit, il vida à son intention une penderie du dressing, y rangea ses robes et ses escarpins. Il prit une douche, puis ils s'habillèrent pour dîner. Il descendit répartir sur deux assiettes le repas préparé pour lui par Abeje. Il suffisait de le faire réchauffer. Puis il alla chercher Hermione pour la conduire dans la magnifique salle à manger. Ils mangèrent en silence. En fait, elle ne toucha pas à sa nourriture, ne croisa pas son regard une seule fois. Il comprenait pourquoi. La tension entre eux était presque insupportable — l'une des raisons pour lesquelles il but deux bouteilles de vin. *Il était si soûl qu'il dut la porter dans l'escalier.*

Quelle nuit ! C'était l'un de ces hommes *sur qui la passivité d'une femme agit comme un aiguillon, un attrait poignant.* Même dans la jouissance, l'ennui que trahissait le regard d'Hermione faisait culminer l'extase de Carder à de nouvelles hauteurs. Enfin, peu avant l'aube, ils s'écartèrent l'un de l'autre, comblés, vaincus par un épuisement total. Quelques heures plus tard, réveillé par le soleil qui filtrait à travers les rideaux, il réussit à se tourner vers elle. Il fut profondément touché de voir qu'elle avait dormi sur le dos. *L'immobilité d'Hermione le ravissait. Sa réserve était si intense qu'elle finissait par opérer un retournement complet pour devenir son contraire, une force qui anéantissait Carder, le dévorait et transformait son amour en sensualité obsessionnelle.* Ce qui avait commencé par une rêverie anodine devant une vitrine était devenu un monde intérieur refermé sur lui-même, une réalité vertigineuse qu'il protégeait avec la ferveur d'un fanatique religieux. Il ne pouvait se permettre de considérer Hermione comme un objet inanimé, car son plaisir amoureux tenait au sentiment masochiste qu'elle *l'ignorait, le méprisait, le croyait indigne de ses baisers, de ses caresses, et même de sa conversation.*

Lorsque Abeje vint faire le ménage de la chambre, elle trouva à sa grande surprise Hermione dans un coin de la pièce, regardant par la fenêtre, vêtue d'une robe de soie déchirée. Mais elle se réjouit de découvrir l'une des penderies remplie de jolies robes. C'était une femme intelligente, qui avait eu conscience — et en avait été un peu gênée — du regard à la fois insistant et timide de son employeur quand elle vaquait à ses occupations. Désormais il avait une maîtresse. Quel soulagement! Si cette femme avait introduit un mannequin dans la maison pour y suspendre ses vêtements, quelle importance? Comme le laissait deviner la literie en désordre, et comme elle le rapporta dans son dialecte yoruba natal à son mari musclé pour l'émoustiller : *Ils se carambolent vraiment.*

Même dans les liaisons les plus riches en échanges et en réciprocité, il est presque impossible de prolonger le ravissement initial au-delà de quelques semaines. Exceptionnellement, des couples ayant suffisamment de ressource ont pu atteindre quelques mois. *Mais lorsque le terrain de la sexualité n'est cultivé que par un seul esprit, une silhouette solitaire labourant aux frontières d'un désert, la chute intervient fatalement en quelques jours.* Ce qui nourrissait l'amour de Carder — le silence d'Hermione — devait forcément le détruire. Alors qu'elle partageait sa vie depuis moins d'une semaine, il remarqua chez elle un changement d'humeur, une reconfiguration presque imperceptible de son silence qui contenait à présent une note lointaine, à peine audible, mais constante, de déplaisir. Mû par ces acouphènes du doute, il redoubla d'efforts pour la satisfaire. Ce soir-là, dans leur chambre à l'étage, un soupçon lui traversa l'esprit et il frissonna — oui, ce fut vraiment un frisson — d'horreur. *Elle pensait à quelqu'un d'autre.* Elle avait le même regard que derrière la vitrine du magasin, lorsqu'elle restait à l'écart et fixait l'angle du mur. Elle avait envie d'être ailleurs. Quand il lui fit l'amour, cette prise de conscience atrocement douloureuse fut indissociable du plaisir qui, aussi coupant que le scalpel d'un chirurgien, parut lui trancher le cœur en deux. Ce n'est jamais qu'un soupçon, après tout, pensa-t-il en se retournant vers son côté du lit. Cette nuit-là, il dormit profondément.

Ce qui raviva ses doutes le lendemain matin fut un changement similaire d'attitude chez Abeje lorsqu'elle lui servit son petit déjeuner (Hermione ne se levait jamais avant midi). Sa femme de ménage semblait à la fois brusque et distante. Elle évitait son regard. Le café était tiède, sans goût ; et quand il lui en fit la remarque, il eut l'impression qu'elle se renfrognait. Au moment où elle lui en rapportait, bien chaud et bien fort, précisa-t-elle en posant la cafetière devant lui, il eut la révélation. C'était limpide. La vérité était toujours limpide. Hermione et Abeje étaient amantes. Des amours furtives, fugaces. Dès qu'il quittait la maison. Qui d'autre Hermione avait-elle vu depuis son arrivée ? D'où son regard mélancolique et distrait. D'où le comportement abrupt d'Abeje ce matin-là. D'où tout le reste. Il n'était qu'un imbécile, un imbécile heureux.

Le délitement fut rapide. Cette nuit-là, le scalpel du chirurgien fut encore plus tranchant, il coupa plus profond, remuant le fer dans la plaie. Et Carder sut qu'elle savait. Il le vit dans sa terreur muette. *Le crime d'Hermione lui donna tous les droits. Il se rua sur elle avec la sauvagerie de l'amour déçu, l'étranglant de ses mains tandis qu'elle jouissait, qu'ils jouissaient tous les deux. Et lorsqu'il en eut fini, les bras d'Hermione, ses jambes et sa tête avaient faussé compagnie à son torse, qu'il projeta contre le mur de la chambre. Elle reposait aux quatre coins de la pièce, une femme détruite.* Cette fois, il n'y eut pas de sommeil réparateur. Le lendemain matin, il dissimula les différentes parties du corps d'Hermione dans un sac plastique et la transporta, elle et toutes ses affaires, dans les poubelles au-dehors. Hébété, il écrivit à l'attention d'Abeje (il n'était pas d'humeur à l'affronter elle aussi) un mot l'informant de son renvoi « immédiat », et laissa sur la table de la cuisine son salaire du mois. Il partit faire une longue promenade purificatrice à Hampstead Heath. Le soir même, Abeje ouvrait les sacs qu'elle avait récupérés dans les poubelles et essayait les robes soyeuses devant son mari — ainsi que les bijoux et les escarpins. S'exprimant laborieusement dans son dialecte kanuri à lui (ils n'appartenaient pas à la même tribu), elle lui expliqua : *Elle l'a quitté, alors ça lui a brisé le cœur.*

Dès lors, Carder vécut et « se débrouilla » seul, et entra dans l'âge mûr avec un minimum de dignité. Cette expérience ne lui apporta rien. Il n'en tira aucune leçon, ne fit aucun bilan, *car bien qu'un homme ordinaire comme lui ait découvert le pouvoir terrifiant de l'imagination, il s'efforçait de ne plus penser à ce qui était arrivé. Il décida de chasser toute cette affaire de sa mémoire, et si grande est la capacité de l'esprit à tout compartimenter qu'il y parvint. Il oublia totalement Hermione. Et jamais plus il ne vécut aussi intensément.*

10

Max m'avait dit que son bureau était plus petit qu'un placard à balais, mais en fait il était légèrement plus grand. On aurait pu y ranger verticalement plus d'une douzaine de balais entre la table de travail et la porte, plus quelques autres entre son fauteuil et les murs. Pas de place pour une fenêtre, cependant. La pièce formait un triangle étroit, avec Max coincé au sommet et moi assise le dos contre la base. La porte refusant de se fermer complètement, il n'y avait aucune intimité. Puisqu'elle s'ouvrait vers l'intérieur, il aurait fallu que je me lève et que je pousse ma chaise sous la table si quelqu'un avait voulu entrer. Sur la table se trouvait un bloc de papier à en-tête de la FIF, la Fondation internationale pour la liberté, où figurait l'adresse d'Upper Regent Street et une colombe qui rappelait celles de Picasso et s'envolait en tenant dans son bec un livre ouvert. Nous avions chacun une brochure de la Fondation, avec le mot « Liberté » en travers de la couverture en lettres rouges, assez irrégulières pour donner l'impression qu'il avait été tamponné. La FIF, organisme agréé, promouvait « l'excellence et la liberté d'expression dans le domaine artistique sur toute la planète ». Difficile d'ignorer son action.

Elle avait subventionné ou soutenu par des traductions ou des moyens détournés des écrivains en Yougoslavie, au Brésil, au Chili, à Cuba, en Syrie, en Roumanie et en Hongrie, une compagnie de ballet au Paraguay, des journalistes dans l'Espagne de Franco et dans le Portugal de Salazar, des poètes en Union soviétique. Elle avait versé de l'argent à un collectif d'acteurs de Harlem, à un orchestre de musique baroque en Alabama, et mené campagne avec succès pour l'abolition du pouvoir du grand chambellan de la reine sur le théâtre britannique.

« C'est une organisation respectable, déclara Max. J'espère que tu seras d'accord. Elle se mobilise partout dans le monde. Personne n'ira la confondre avec les apparatchiks de l'IRD. Une démarche plus subtile. »

Il portait un costume bleu sombre. Autrement plus présentable que la veste moutarde qu'il mettait un jour sur deux. Et parce qu'il se laissait pousser les cheveux, ses oreilles paraissaient moins proéminentes. L'unique source de lumière de la pièce, une ampoule au plafond sous un abat-jour métallique, mettait en relief ses pommettes et ses lèvres bien dessinées. Tiré à quatre épingles, bel homme, il avait l'air aussi incongru dans ce bureau exigu qu'un animal prisonnier d'une cage trop petite pour lui.

« Pourquoi avoir renvoyé Shirley ? » dis-je.

Il ne cilla pas devant ce changement de sujet. « J'espérais que tu en aurais entendu parler.

— Quelque chose à voir avec moi ?

— Écoute, le problème, quand on travaille dans ce genre d'endroit... ce sont tous ces collègues agréables, charmants, de très bonne famille, et ainsi de suite. À moins d'être sur le terrain avec eux, on ne sait pas ce qu'ils mijotent, quel genre de travail ils font, s'ils sont compétents ou pas. On ne sait pas si on a affaire à des imbéciles heureux ou à des génies sympathiques. Subitement, ils ont une promotion, ils se font virer, et on ignore pourquoi. C'est ainsi. »

Je ne pouvais pas croire qu'il ne savait rien. Le silence se fit, le sujet était clos. Depuis que Max m'avait confié devant les grilles de Hyde Park qu'il s'attachait à moi, nous avions passé très peu de temps ensemble. J'avais le sentiment qu'il grimpait dans la hiérarchie, hors de ma portée.

« J'ai eu l'impression, lors de la réunion de l'autre jour, que tu ne savais pas grand-chose sur l'IRD. Département de recherche de renseignements. Pas d'existence officielle. Créé en 1948, dépend du ministère des Affaires étrangères, installé à Carlton House, l'idée étant de rendre publiques certaines informations sur l'Union soviétique par l'intermédiaire de journalistes amis et d'agences de presse, de diffuser des brochures, de réfuter de fausses allégations, d'encourager certaines publications. Donc : les camps de travail, pas de justice indépendante, un niveau de vie déplorable, la répression des dissidents, les thèmes habituels, quoi. En général, il s'agit d'aider la gauche non communiste, et de tout faire pour détruire les mythes qui circulent sur la vie à l'Est. Malheureusement l'IRD s'égare. L'an dernier, ils essayaient de convaincre la gauche qu'on doit rejoindre l'Europe. Ridicule. Dieu merci, on leur enlève l'Irlande du Nord. Ils ont fait du bon travail en leur temps. Maintenant ce sont des rustres imbus d'eux-mêmes. Et sans grande utilité. D'après la rumeur, ils vont disparaître. Mais ce qu'il faut savoir dans ce bâtiment, c'est que

181

l'IRD est devenu la créature du MI6 et s'est laissé entraîner dans une propagande manichéenne, dans des subterfuges qui ne trompent personne. Leurs rapports proviennent de sources douteuses. L'IRD et son prétendu Bureau des Opérations ont aidé le MI6 à rejouer la dernière guerre. Du délire de boy-scouts. Voilà pourquoi, au MI5, tout le monde adore cette histoire de "Tournez la tête vers le mur!" racontée par Nutting.

— Elle est authentique?

— J'en doute. Mais elle donne l'image d'un MI6 ridicule et prétentieux, donc elle est appréciée ici. Quoi qu'il en soit, avec l'opération Sweet Tooth, l'idée est de faire bande à part, indépendamment du MI6 ou des Américains. La décision d'approcher un romancier est venue après coup, un caprice de Peter. Personnellement, je pense que c'est une erreur — trop imprévisible. Mais c'est le genre de choses que nous faisons. L'écrivain en question n'a pas besoin d'être un fanatique de la guerre froide. Juste de se montrer sceptique sur les utopies concernant l'Est ou sur la catastrophe qui menacerait à l'Ouest — tu vois de quoi je parle.

— Et il se passe quoi, le jour où il découvre que c'est nous qui payons son loyer? Il sera furieux. »

Max détourna le regard. Je me dis que j'avais posé une question stupide. Mais après un silence, il reprit : « Notre collaboration avec la FIF est à plusieurs niveaux. Même si on sait exactement ce qu'on cherche, il y a du pain sur la planche. Le calcul est que si quelque chose filtre, les écrivains préféreront éviter le scandale. Ils se tairont. Et s'ils ne le font pas, nous leur expliquerons que nous pouvons prouver qu'ils ont toujours su d'où venait l'argent. Et il continuera d'affluer. Il arrive qu'on s'habitue à un certain train de vie, au point de ne pas avoir envie d'en changer.

— Du chantage, donc. »

Il haussa les épaules. « Écoute, au temps de sa splendeur, l'IRD n'a jamais indiqué à Orwell ou à Koestler ce qu'ils devaient mettre dans leurs livres. Mais il a fait le maximum pour que leurs idées obtiennent la plus large audience possible dans le monde. Nous traitons avec des esprits libres. Nous ne leur disons pas ce qu'ils doivent penser. Nous leur donnons les moyens d'écrire. De l'autre côté du rideau de fer, les esprits libres étaient envoyés au goulag. Maintenant la psychiatrie soviétique est le nouvel instrument de terreur de l'État. Si on s'oppose au régime, c'est qu'on est un fou dangereux. Mais ici il y a des travaillistes, des syndicalistes, des universitaires, des étudiants et de soi-disant intellectuels qui te répondront que les États-Unis ne valent pas mieux...

— Ils bombardent le Vietnam.

— D'accord. Mais dans le tiers-monde, des populations entières croient que l'Union soviétique a des choses à leur apprendre en matière de liberté. La lutte n'est pas terminée. Nous voulons encourager ce qui va dans la bonne direction. Aux yeux de Peter, tu aimes la littérature et tu aimes ton pays, Serena. Il te trouve parfaite pour cette mission.

— Mais ce n'est pas ton avis.

— Je pense qu'on devrait laisser la fiction de côté. »

Je n'arrivais pas à le comprendre. Il y avait quelque chose d'impersonnel dans son attitude. Il n'aimait pas l'opération Sweet Tooth ni le rôle que je devais y jouer, mais il restait calme, presque mielleux. On aurait dit un vendeur désœuvré m'incitant à acheter une robe dont il savait qu'elle ne m'allait pas. J'avais envie de le déstabiliser, de l'obliger à se rapprocher. Il passait mes consignes en revue. Je devais utiliser mon vrai nom. Me rendre à l'adresse d'Upper Regent Street et rencontrer le personnel de la FIF. Dans leur esprit, je travaillais pour l'association Libres Écrits qui subventionnait, par l'intermédiaire de la Fondation, des auteurs qui lui avaient été recommandés. Quand j'irais à Brighton, je devrais m'assurer de ne rien emporter qui puisse trahir mon appartenance à Leconfield House.

Je me demandai si Max me croyait stupide. Je l'interrompis : « Et si Haley me plaît ?

— Parfait. On le recrute.

— S'il me plaît vraiment, je veux dire. »

Il leva brusquement les yeux de sa liste de consignes. « Si tu préfères renoncer à cette opération... » Sa voix était glaciale et je jubilai.

« C'était une blague, Max.

— Parlons plutôt de la lettre que tu dois lui envoyer. Il faudra que je voie le brouillon. »

Nous en discutâmes donc, ainsi que d'autres dispositions, et je m'aperçus qu'en ce qui le concernait, nous n'étions plus aussi proches. Je ne pouvais plus lui demander de m'embrasser. Mais j'avais du mal à l'accepter. Je pris mon sac à main posé par terre, l'ouvris, sortis un paquet de kleenex. Je n'avais cessé que l'année précédente d'utiliser des mouchoirs en coton agrémentés de broderie anglaise, et d'un monogramme rose à mes initiales en haut à droite — un cadeau de Noël de ma mère. Les kleenex devenaient omniprésents. Le monde entier devenait jetable. Je tamponnai un coin de ma paupière, m'efforçant de prendre une décision. Enroulé dans mon sac, il y avait ce triangle de papier avec une inscription au crayon. J'avais changé d'avis. Le montrer à Max était exactement la chose à faire. Ou à ne pas faire. Il n'y avait pas d'entre-deux.

« Ça va ?

— Un peu de rhume des foins. »

J'arrivai à la même conclusion que plusieurs fois auparavant : ce serait mieux, ou du moins plus intéressant, d'entendre Max me mentir plutôt que de ne rien savoir du tout. Je sortis le bout de papier journal, le fis glisser vers lui sur la table. Il y jeta un coup d'œil, le retourna, le remit à l'endroit, le posa et me regarda fixement.

« Et alors ?

— Canning et l'île dont tu as si brillamment deviné le nom.

— Tu l'as trouvé où ?

— Si je te le dis, tu seras franc avec moi ? »

Il ne répondit pas, alors je le lui dis quand même, lui parlai de la cache de Fulham, du lit à une place, du matelas.

« Qui était avec toi ? »

Je le lui dis également. « Ah, fit-il doucement dans ses mains jointes. Donc ils l'ont virée.

— Comment ça ? »

Il écarta ses mains l'une de l'autre en signe d'impuissance. Je n'avais pas le droit de savoir.

« Je peux garder ce papier ?

— Certainement pas. » Avant que Max ait pu faire un geste, je le récupérai sur la table et le fourrai dans mon sac.

Il s'éclaircit discrètement la voix. « Passons alors au point suivant. Les nouvelles. Que vas-tu dire à Haley ?

185

— Mon enthousiasme, jeune talent prometteur, palette extraordinaire, style merveilleusement alerte, profonde sensibilité, surtout s'agissant des femmes, contrairement à la plupart des hommes, je meurs d'envie de mieux le connaître et...

— Assez, Serena !

— Et je suis sûre qu'il a un grand avenir, auquel la Fondation aimerait apporter sa pierre. Surtout s'il envisage d'écrire un roman. Elle est prête à lui verser... combien ?

— Deux mille livres par an.

— Pendant combien de...

— Deux ans. Renouvelables.

— Mon Dieu. Pourquoi refuserait-il ?

— Parce qu'une parfaite inconnue grimpe sur ses genoux et lui lèche le visage. Sois plus distante. Laisse-le venir à toi. La Fondation est intéressée, elle étudie son cas, beaucoup d'autres candidats, quels sont ses projets, etc.

— Parfait. Je me fais prier. Et ensuite je lui offre tout ce qu'il veut. »

Max se redressa, croisa les bras, leva les yeux au ciel. « Navré de t'avoir contrariée, Serena. Honnêtement, j'ignore pourquoi Shirley a été virée, et j'ignorais l'existence de ton bout de papier. Voilà. Maintenant écoute-moi, je te dois une information me concernant. »

Il allait me révéler ce que je soupçonnais déjà : il était homosexuel. J'avais honte, à présent. Je ne voulais pas lui arracher une confession.

« Je t'en parle parce que nous étions bons amis.

— En effet.

— Mais ça ne doit pas sortir de cette pièce.

— Bien sûr que non !

186

— Je viens de me fiancer. »

Durant la fraction de seconde qu'il me fallut pour modifier mon expression, il entrevit sans doute la profondeur de mon désarroi.

« C'est une formidable nouvelle ! Et qui...

— Ruth n'est pas au MI5. Elle est médecin à Guy's Hospital. Nos familles ont toujours été très proches. »

L'exclamation jaillit malgré moi. « Un mariage arrangé ! »

Max se contenta de rire timidement et peut-être de rougir un peu, difficile de savoir sous cette lumière jaunâtre. Sans doute étais-je dans le vrai, après tout : ses parents avaient décidé de ses études, refusé de le laisser travailler de ses mains, et choisi sa femme. Au souvenir de cette vulnérabilité, je ressentis le premier frisson de tristesse. Une occasion ratée. Et je m'apitoyai sur mon sort. Les gens me répétaient que j'étais belle et je les croyais. J'aurais dû traverser l'existence avec ce privilège que donne la beauté, de pouvoir prendre les hommes et les jeter. Au lieu de quoi c'étaient eux qui m'abandonnaient ou mouraient. Ou bien se mariaient.

« J'ai préféré te le dire, reprit Max.

— Merci.

— Nous ne l'annoncerons officiellement que dans deux ou trois mois.

— Bien sûr. »

Il rassembla brusquement ses notes sur son bureau. Cette affaire déplaisante était réglée, nous pouvions continuer. « Tu en as vraiment pensé quoi, de ces nouvelles ? Celle sur les frères jumeaux, par exemple ? demanda-t-il.

— Je l'ai trouvée excellente.

— Moi je l'ai trouvée horrible. Impossible de croire qu'un

athée ait lu la Bible. Ou qu'il s'habille en pasteur pour prononcer un sermon.

— L'amour fraternel.

— Mais il est incapable d'aimer quiconque. C'est un goujat et un lâche. Je ne vois pas pourquoi on devrait s'intéresser à lui ou à ce qui lui arrive. »

J'avais l'impression que nous parlions non pas d'Edmund Alfredus, mais de Haley. Il y avait une certaine tension dans la voix de Max. Je pensai avoir réussi à le rendre jaloux. « Il m'a paru extrêmement séduisant, dis-je. Intelligent, brillant orateur, sens du canular, capable de prendre des risques. Mais il ne faisait pas le poids face à — comment s'appelle-t-elle ? — Jean.

— Je n'ai pas cru une seconde à ce personnage. Ces femmes prédatrices, dévoreuses d'hommes, n'existent que dans les fantasmes de certains individus.

— Quel genre d'individu ?

— Oh, je n'en sais rien. Masochiste. Rongé par la culpabilité. Par la haine de soi. Tu pourras peut-être me donner la réponse à ton retour. »

Il se leva pour me signifier que l'entretien était terminé. Impossible de dire s'il était en colère. Je me demandai si, de manière perverse, il ne me tenait pas pour responsable de son mariage. À moins qu'il n'ait bel et bien été en colère, mais contre lui-même. Ou que mon allusion à un mariage arrangé l'ait vexé.

« Tu penses vraiment que Haley n'est pas notre homme ?

— À Nutting de se prononcer. Ce que je trouve bizarre, c'est qu'il t'envoie à Brighton. D'ordinaire, on n'implique pas à ce point nos agents. La procédure habituelle serait de charger la Fondation d'envoyer quelqu'un, de tout faire à son niveau. Par ailleurs, cette histoire me paraît, enfin, bref, ce n'est pas à moi... »

Penché au-dessus de ses mains posées à plat sur son bureau, il semblait désigner la porte derrière moi d'un léger mouvement de la tête. Ou comment me mettre dehors sans effort. Mais je n'avais pas envie que la conversation se termine.

« Il y a autre chose, Max. Tu es la seule personne à qui je puisse en parler. Je crois qu'on me fait suivre.

— Ah bon ? Sacrée prouesse, à ton niveau. »

Je ne relevai pas le sarcasme. « Pas Moscou. Le A4. Quelqu'un est venu dans ma chambre. »

Depuis ma discussion avec Shirley, je me retournais sans cesse en rentrant chez moi, mais je n'avais rien vu de suspect. J'ignorais toutefois quels détails devaient m'alerter. Cela n'entrait pas dans notre formation. M'inspirant de vagues notions glanées au cinéma, j'avais fait demi-tour en pleine rue, scruté des centaines de visages aux heures de pointe. J'avais tenté de prendre le métro et d'en redescendre aussitôt, sans autre résultat que de rallonger mon trajet vers Camden.

Mais je venais d'arriver à mes fins, car Max se rasseyait et la conversation reprit. Ses traits s'étaient durcis, il semblait plus âgé.

« D'où te vient cette idée ?

— Oh, tu sais bien, d'objets déplacés dans ma chambre. Les agents du A4 ne sont sans doute pas très méticuleux. »

Il me regarda avec insistance. Je commençai à me sentir ridicule.

« Méfie-toi, Serena. Si tu prêches le faux pour savoir le vrai, si tu prétends disposer d'informations qu'on n'acquiert pas en quelques mois au Fichier central, tu vas te faire mal voir. Après l'affaire des Trois de Cambridge et le procès de George Blake, les gens sont sur leurs gardes et passablement démoralisés. Ils ont tendance à tirer des conclusions hâtives. Alors cesse de te comporter comme si tu en savais plus que tu n'en sais réellement. Sinon tu finiras par te faire suivre. D'ailleurs, c'est sans doute un peu ton problème.

— Il s'agit d'une hypothèse ou d'une certitude ?

— D'une mise en garde amicale.

— Donc on me surveille vraiment.

— Je suis un personnage relativement subalterne, ici. Je serais le dernier au courant. On nous a vus ensemble...

— C'est du passé, Max. Notre amitié devait nuire à tes perspectives de carrière. »

C'était futile. J'avais du mal à m'avouer combien la nouvelle de ses fiançailles me contrariait. Son flegme m'exaspérait. Je voulais le provoquer, le punir, et voilà, mon vœu venait d'être exaucé, Max était debout, tremblant presque.

« Les femmes sont-elles vraiment incapables de séparer vie professionnelle et vie privée ? J'essaie de t'aider, Serena. Tu ne m'écoutes pas. Je vais formuler les choses autrement. Dans ce métier, la frontière entre ce que les gens imaginent et la réalité peut devenir extrêmement floue. D'ailleurs, cette frontière n'est qu'un espace gris, assez vaste pour qu'on s'y perde. On s'imagine des choses — et on peut les faire advenir. Les fantômes prennent corps. Je me fais bien comprendre ? »

Je trouvais que non. Je me levai à mon tour, prête à répliquer vertement, mais il m'avait assez vue. Avant que j'aie pu ouvrir la bouche, il ajouta, plus calmement : « Mieux vaut

190

que tu t'en ailles. Contente-toi de faire ton travail. Sans compliquer les choses. »

Je comptais quitter la pièce en trombe. Or il fallait d'abord que je glisse ma chaise sous le bureau de Max et que je me faufile derrière elle pour sortir, et une fois dans le couloir je ne pus même pas claquer la porte derrière moi car elle ne fermait plus.

11

C'était une organisation bureaucratique et les retards s'additionnaient comme par décret. Mon brouillon de lettre à Haley fut soumis à Max, qui y apporta des corrections ainsi qu'à ma deuxième tentative, et quand la troisième fut enfin transmise à Peter Nutting et à Benjamin Trescott, j'attendis près de trois semaines leurs annotations. Elles furent intégrées, Max ajouta quelques touches finales, et j'envoyai par la poste la cinquième et dernière version cinq semaines après la rédaction du premier brouillon. Un mois s'écoula sans que nous ayons aucune nouvelle. Renseignements pris, il s'avéra que Haley se trouvait à l'étranger pour ses recherches. Nous ne reçûmes qu'à la fin du mois de septembre sa réponse, griffonnée d'une écriture penchée sur une feuille de papier réglé qu'il avait arrachée à un bloc. Elle donnait une impression de négligence délibérée. Il écrivait qu'il aimerait en savoir plus. Il joignait les deux bouts en travaillant comme chargé de cours, ce qui signifiait qu'il disposait désormais d'un bureau sur le campus. Autant se rencontrer là, précisait-il, car son appartement était assez exigu.

J'eus un ultime et bref entretien avec Max.

« Que penses-tu de la nouvelle parue dans la *Paris Review*, celle sur ce mannequin dans une vitrine ? demanda-t-il.

— Intéressante.

— Enfin, Serena ! Elle est totalement invraisemblable. N'importe quel individu dérangé à ce point serait à l'isolement dans un hôpital psychiatrique.

— Qui te dit qu'il n'y est pas ?

— Alors Haley aurait dû le faire savoir au lecteur. »

Il m'annonça avant que je quitte son bureau que trois écrivains pressentis pour l'opération Sweet Tooth avaient accepté la rémunération offerte par la FIF. Je ne devais pas lui nuire ni me nuire à moi-même en échouant à convaincre un quatrième.

« Je croyais que je devais me faire prier.

— On est en retard sur les autres. Peter s'impatiente. Même si Haley est nul, recrute-le. »

Ce fut une agréable pause dans la routine que d'aller à Brighton par une matinée de la mi-octobre inhabituellement chaude, de traverser la gare monumentale, de humer l'air marin et d'entendre les cris mélancoliques des goélands argentés. Ce mot me venait d'une représentation d'*Othello* de Shakespeare sur la pelouse de King's College, un été. Un goéland. Était-ce un goéland que je cherchais ? Certainement pas. Je pris le petit train déglingué à trois wagons pour Lewes, descendis à Falmer, et parcourus à pied les quelques centaines de mètres qui me séparaient des bâtiments de brique rouge de l'université du Sussex, un temps surnommée « Balliol-sur-Mer » dans la presse. Je portais une minijupe rouge, une veste noire à col montant, des chaussures à hauts talons, noires également, et un sac de cuir blanc en bandoulière.

Malgré mes pieds endoloris, je m'engageai résolument sur l'allée pavée qui menait à l'entrée principale, me mêlant à la foule des étudiants, toisant les garçons — je les considérais comme des gamins — débraillés dans leurs vêtements provenant de surplus militaires, et plus encore les filles aux cheveux longs avec une simple raie au milieu, sans maquillage, affublées de jupes en étamine de coton. Certains étudiants allaient pieds nus, sans doute en signe de solidarité avec les paysans des pays sous-développés. Le terme même de « campus » me semblait une importation fantaisiste venue des États-Unis. Consciente de ma singularité, je me dirigeai vers la création de l'architecte Sir Basile Spence, nichée au creux des Sussex Downs, en faisant fi du concept d'université nouvelle. Pour la première fois de mon existence, j'étais fière de mes liens avec Cambridge et Newnham. Comment une université digne de ce nom pouvait-elle être « nouvelle »? Et qui pouvait me résister alors que, dans ma tenue rouge, blanc et noir, j'avançais avec dédain sur mes hauts talons vers l'accueil où je comptais demander mon chemin?

Je pénétrai dans ce qui était sans doute une référence architecturale aux cours carrées des collèges traditionnels. Des bassins peu profonds encadraient celle-ci, sortes d'étangs rectangulaires bordés de galets polis dans le lit d'une rivière. Mais l'eau avait été remplacée par des canettes de bière et des emballages de sandwichs. De l'édifice en brique, en pierre et en verre devant moi, me parvenait la plainte rythmée d'un morceau de musique rock. Je reconnus la flûte rauque et lancinante de Jethro Tull. Derrière les baies vitrées du premier étage, je distinguais les silhouettes de joueurs et de spectateurs courbés sur des baby-foot. Le foyer des étudiants, sûrement. Ils se ressemblaient tous, ces lieux à l'usage exclusif de garçons bornés, des mathématiciens et des chimistes pour l'essentiel. Les filles et les esthètes allaient ailleurs. En tant que porte d'entrée de l'université, c'était du plus mauvais effet. J'accélérai le pas, m'en voulant de marcher malgré moi au rythme insistant de la batterie. J'avais l'impression d'arriver dans un camp de vacances.

L'allée pavée aboutissait sous le foyer des étudiants, et je tournai pour accéder par des portes vitrées à un hall d'accueil. Au moins les appariteurs en uniforme offraient-ils un spectacle familier — des hommes à part, avec leur bienveillance résignée et leur certitude bourrue d'avoir plus de sagesse que n'importe quel étudiant. Tandis que la musique s'estompait derrière moi, je suivis leurs indications, traversai un vaste espace dégagé, passai sous de gigantesques poteaux de but de rugby en béton, entrai dans le Bâtiment Arts A et ressortis de l'autre côté pour rejoindre le Bâtiment Arts B. Ils ne pouvaient donc pas donner à leurs locaux des noms d'artistes ou de philosophes ? À l'intérieur, je longeai un couloir, remarquant au passage ce qui était punaisé sur la porte de chaque enseignant. Une carte sur laquelle on pouvait lire : « Le monde est tout ce qui arrive », un poster des Black Panthers, une citation en allemand de Hegel, une autre en français de Merleau-Ponty. Des frimeurs. À l'extrémité d'un second couloir se trouvait le bureau de Haley. J'hésitai à frapper.

J'étais tout au fond de ce couloir, près d'une haute et étroite fenêtre qui donnait sur un carré de pelouse. La lumière me renvoyait un reflet délavé de mon visage, alors je sortis un peigne, me recoiffai rapidement et redressai mon col. Si j'avais un peu le trac, c'était parce que, au fil des semaines écoulées, je m'étais habituée à ma propre vision de Haley, j'avais lu ses réflexions sur la sexualité et la duplicité, la fierté et l'échec. Il existait déjà une relation entre nous et je savais qu'elle allait être modifiée ou détruite. Ce que Haley était en réalité serait une surprise et sans doute une déception. Dès que nous nous serrerions la main, notre degré d'intimité diminuerait. J'avais relu tous ses articles dans le train. Contrairement aux nouvelles, le ton était rationnel, sceptique, plutôt didactique, comme si Haley pensait s'adresser à des lecteurs aveuglés par leur idéologie. Celui sur le soulèvement de 1953 en Allemagne de l'Est commençait par ces mots : « Que personne n'aille croire que l'État des Travailleurs aime ses ouvriers. Il les déteste », et exprimait le plus grand mépris pour le poème de Brecht dans lequel le gouvernement dissout le peuple et en élit un autre. Selon Haley, le premier mouvement de Brecht avait été de « servir » le régime est-allemand en soutenant publiquement la répression brutale des grèves par les Soviétiques. Les soldats russes avaient tiré sur la foule. Sans vraiment le connaître, j'avais toujours considéré que Brecht était du bon côté. Je ne savais pas si Haley avait raison, ni comment on pouvait concilier le franc-parler de ses articles et son habileté à sonder l'intimité de ses personnages, et je supposais qu'en le rencontrant je le saurais encore moins.

Un article plus véhément condamnait la lâcheté des romanciers ouest-allemands qui passaient sous silence l'existence du mur de Berlin dans leurs œuvres. Certes, celui-ci leur faisait horreur, mais ils redoutaient que le fait d'en parler ne soit pris pour un alignement sur la politique étrangère des

États-Unis. Or c'était un sujet à la fois remarquable et nécessaire, qui mêlait géopolitique et tragédies individuelles. Les écrivains britanniques auraient sûrement tous quelque chose à dire sur un éventuel mur de Londres. Norman Mailer se tairait-il si une muraille traversait Washington? Philip Roth fermerait-il les yeux si les maisons de Newark étaient partagées en deux? Les personnages de John Updike ne saisiraient-ils pas toutes les occasions d'entretenir une liaison dans une Nouvelle-Angleterre divisée? Ce monde littéraire abondamment choyé et subventionné, protégé de la répression soviétique par la Pax americana, préférait mordre la main qui lui garantissait sa liberté. Les écrivains ouest-allemands faisaient comme si le mur n'existait pas et perdaient du coup toute autorité morale. D'où le titre de l'essai publié dans la revue *Index on Censorship* : « La trahison des clercs ».

Avec un ongle au vernis d'un rose nacré, je toquai à la porte et, entendant un murmure ou un grognement indistinct, je la poussai. J'avais raison de m'être préparée à une déception. Ce fut un personnage frêle, légèrement voûté, qui se leva de son bureau, même s'il fit un effort pour se tenir droit. Il avait la minceur d'une jeune fille, des poignets très fins, et lorsque je lui serrai la main, elle me parut plus petite et plus douce que la mienne. Une peau très pâle, des yeux vert sombre, des cheveux bruns assez longs, avec une sorte de frange sur le front. Durant ces premières secondes, je me demandai si le rôle de la transsexualité dans ses nouvelles ne m'avait pas échappé. Mais il était bien là, frère jumeau, pasteur tranquille, brillant député, étoile montante du parti travailliste, millionnaire solitaire, amoureux d'un mannequin inerte. Il portait une chemise blanc écru sans col, un jean étroit à large ceinturon, des boots en cuir usé. J'étais perplexe. La voix qui s'élevait de ce corps si délicat était grave, pure, sans accent trahissant une origine régionale ou sociale.

« Laissez-moi dégager tout ça pour que vous puissiez vous asseoir. »

Il enleva quelques livres d'une chauffeuse. Histoire de me faire comprendre qu'il n'avait rien préparé de spécial pour ma venue, me dis-je avec un certain agacement.

« Vous avez fait bon voyage ? Voulez-vous du café ? »

Je répondis que le voyage avait été agréable et que le café ne s'imposait pas.

Il se rassit à son bureau, fit pivoter son fauteuil afin d'être face à moi, croisa les jambes en mettant la cheville sur le genou opposé, eut un petit sourire et ouvrit les paumes avec un geste interrogateur. « Eh bien, Miss Frome...

— On prononce Frume, comme dans "plume". Mais appelez-moi Serena, je vous en prie. »

Il inclina légèrement la tête en répétant mon prénom. Puis il planta doucement son regard dans le mien et attendit. Je remarquai la longueur de ses cils. J'avais répété ce moment et n'eus aucun mal à faire mon numéro. En toute sincérité. Le travail de la Fondation, ses nombreuses compétences, ses ramifications internationales, son ouverture d'esprit et son absence d'idéologie. Il m'écoutait, la tête toujours inclinée, l'air à la fois sceptique et amusé, les lèvres frémissantes comme s'il allait d'une minute à l'autre faire chorus, ou bien m'interrompre et reprendre mes paroles à son compte, voire les reformuler. Il affichait la même expression qu'un homme écoutant une histoire drôle et s'attendant à une chute désopilante, avec une drôle de moue due à l'hilarité contenue. Tout en énumérant les écrivains et les artistes que la Fondation avait aidés, je m'imaginais qu'il voyait déjà clair dans mon jeu, mais ne voulait rien laisser paraître. Il me forçait à aller au bout de mon exposé pour pouvoir observer de près une menteuse à l'œuvre. Utile pour une future nouvelle. Horrifiée, je chassai cette idée de mes pensées. Je devais me concentrer. J'enchaînai sur les origines de la fortune de la Fondation. D'après Max, il fallait que Haley sache à quel point la FIF était riche. L'argent provenait d'un don fait par la veuve, passionnée d'art, d'un immigrant bulgare aux États-Unis, qui s'était enrichi en achetant et en exploitant des brevets pendant les années vingt et trente. À sa mort, son épouse avait acheté dans l'Europe en ruine de l'après-guerre des tableaux impressionnistes à leur prix d'avant-guerre. Durant la dernière année de son existence, elle s'était entichée d'un homme politique qui, par amour de la culture, s'apprêtait à créer la Fondation. Elle lui avait légué sa fortune et celle de son mari pour que le projet voie le jour.

Tout ce que j'avais dit jusque-là reposait sur des faits facilement vérifiables. À présent, je faisais un premier pas timide vers le mensonge. « Je vais être franche avec vous. J'ai parfois l'impression que la Fondation manque de projets auxquels consacrer son argent.

— Comme c'est flatteur ! » Peut-être Haley me vit-il rougir, car il ajouta : « Je ne voulais pas être impoli.

— Vous m'avez mal comprise, Mr Haley...

— Tom.

— Désolée, Tom. Je me suis mal exprimée. Voici ce que j'avais en tête. Beaucoup d'artistes sont emprisonnés ou opprimés par des gouvernements peu recommandables. Nous faisons tout ce qui est en notre pouvoir pour les aider et veiller à ce que leur travail soit connu. Bien sûr, le fait qu'il soit victime de la censure ne garantit pas qu'un écrivain ou un sculpteur ait du talent. Par exemple, uniquement parce que ses pièces sont interdites, nous nous sommes retrouvés à soutenir en Pologne un auteur dramatique exécrable. Et nous allons continuer à l'aider. Nous avons également acheté en grand nombre les croûtes d'un peintre hongrois adepte de l'impressionnisme abstrait. Aussi le comité de pilotage a-t-il décidé d'ajouter un critère au cahier des charges. Nous voulons encourager l'excellence partout où nous la trouvons, qu'il s'agisse d'individus opprimés ou non. Nous nous intéressons particulièrement à des gens jeunes, en début de carrière...

— Et vous-même, Serena, quel âge avez-vous donc? » Tom Haley se pencha vers moi avec sollicitude, comme s'il m'interrogeait sur l'évolution d'une grave maladie.

Je le lui dis. Il me faisait comprendre que je n'avais pas à lui parler avec paternalisme. Or, sous l'effet du trac, j'avais adopté un ton distant, officiel. Il fallait que je me détende, que je sois moins solennelle. Que je l'appelle Tom. Je pris conscience que j'étais peu douée pour ce genre de choses. Il me demanda si j'avais fait des études supérieures. Je répondis que oui et donnai le nom de mon collège.

« Quelle matière? »

J'hésitai, bafouillai. Je ne m'attendais pas à cette question et les mathématiques me semblèrent soudain une discipline suspecte. « Anglais », répondis-je sans réfléchir.

Il sourit, visiblement heureux que nous ayons quelque chose en commun. « Je suppose que vous avez décroché une mention?

— "Assez Bien", en fait. » Je ne savais plus ce que je disais. Une mention « Passable » paraissait honteuse, un « Très Bien » m'aurait entraînée sur un terrain dangereux. Je venais de mentir deux fois sans raison. Un mauvais point. Je savais qu'un simple coup de fil à Newnham permettrait d'établir qu'aucune Serena Frome n'y avait étudié l'anglais. Cet interrogatoire m'avait prise au dépourvu. Un travail de préparation élémentaire aurait suffi, et je ne l'avais pas fait. Pourquoi Max ne m'avait-il pas aidée à élaborer une histoire personnelle inattaquable ? Écarlate et en sueur, je me voyais déjà me lever d'un bond sans un mot, saisir mon sac blanc et quitter la pièce à toutes jambes.

Tom me dévisageait avec cette expression bien à lui, ironique et bienveillante à la fois. « Je suppose que vous espériez une mention "Très Bien". Mais "Assez Bien", ça n'a rien de déshonorant, vous savez.

— J'étais déçue, concédai-je, me ressaisissant un peu. Il y avait autour de moi, enfin, tout ce...

— Le poids des attentes d'autrui ? »

Nos regards se croisèrent deux ou trois secondes, puis je détournai les yeux. L'ayant lu, connaissant trop bien un recoin de son esprit, j'avais du mal à le fixer trop longtemps. Je posai les yeux sous son menton et remarquai la fine chaîne d'argent à son cou.

« Des écrivains en début de carrière, disiez-vous ? » Il jouait ostensiblement le rôle du professeur débonnaire tendant une perche à une candidate émotive lors d'un entretien d'admission. Je savais que je devais reprendre la main.

« Écoutez, Mr Haley...

— Tom.

— Je ne veux pas vous faire perdre votre temps. Nous demandons l'avis de gens très compétents, des spécialistes. Ils ont beaucoup réfléchi à ces questions. Ils aiment vos articles, ils aiment vos nouvelles. Vraiment. Notre espoir est que...

— Et vous? Les avez-vous lues?

— Naturellement.

— Et vous en avez pensé quoi?

— Je ne suis que la messagère. Ce que je pense n'a aucune importance.

— Pour moi, si. Vous les avez trouvées comment? »

La pièce parut s'assombrir. Je jetai un coup d'œil par la fenêtre derrière lui. Une bande de pelouse, et l'angle d'un autre bâtiment. Je voyais l'intérieur d'un bureau comme celui où nous nous trouvions et où se déroulait une séance de tutorat. Une étudiante pas beaucoup plus jeune que moi lisait sa dissertation à voix haute. Près d'elle, un garçon avec un blouson d'aviateur, son menton barbu posé sur une main, hochait la tête avec sagacité. L'enseignante me tournait le dos. Je ramenai mon regard dans la pièce où nous étions, me demandant si je ne prolongeais pas trop cette pause délibérée. Nos regards se croisèrent à nouveau et je me forçai à soutenir le sien. Cet étrange vert sombre, ces longs cils enfantins, ces épais sourcils noirs. Mais il eut une hésitation, il était sur le point de baisser les yeux, et cette fois ce fut moi qui repris l'avantage.

« Je les trouve absolument géniales », dis-je avec un calme olympien.

Il tressaillit comme s'il avait reçu un coup dans la poitrine, en plein cœur, et eut un petit hoquet, pas tout à fait un rire. Il voulut prendre la parole, mais les mots lui manquèrent. Il me dévisageait, attendant, souhaitant que je continue, que je lui en dise plus long sur lui et sur son talent, mais je me retins. Mes paroles auraient d'autant plus de pouvoir qu'elles ne seraient pas diluées. Et je ne me faisais pas trop confiance pour énoncer quoi que ce soit de profond. Entre nous, le vernis des conventions venait de disparaître pour dévoiler un secret gênant. J'avais mis à nu sa soif de reconnaissance, de compliments, de tout ce que je pourrais lui donner. Je devinai que rien d'autre ne comptait davantage à ses yeux. Parues dans diverses revues, ses nouvelles étaient sans doute passées inaperçues, hormis les remerciements d'usage et la tape sur l'épaule du rédacteur en chef. Il se pouvait que personne, aucun inconnu, du moins, ne lui ait jamais dit qu'elles étaient géniales. Et voilà qu'il apprenait de ma bouche ce dont il se doutait au fond depuis le début. Je lui apportais une nouvelle formidable. Comment aurait-il su qu'il avait le moindre talent tant que personne ne le lui confirmait ? Désormais, il le savait et m'en était reconnaissant.

Dès qu'il prit la parole, le charme se rompit et la pièce retrouva son apparence normale. « Il y en a une que vous avez préférée ? »

Sa question était un prétexte si ridicule, si maladroit, que cette vulnérabilité me toucha. « Elles sont toutes remarquables, dis-je, mais celle sur les frères jumeaux, "Ce qu'est l'amour", est la plus ambitieuse. Elle m'a paru avoir l'envergure d'un roman. Sur la foi et sur les émotions. Et quel merveilleux personnage que Jean, si instable, si prédatrice, si séduisante ! C'est un petit chef-d'œuvre. Justement, vous n'avez jamais pensé à en tirer un roman, à l'étoffer un peu ? »

Il me regarda bizarrement. « Non, je n'ai pas pensé à

l'étoffer un peu. » Cette répétition flegmatique de mes paroles m'alerta.

« Désolée, ma question peut paraître...

— Cette nouvelle fait la longueur que je voulais. Quinze mille mots environ. Mais je me réjouis qu'elle vous ait plu. »

À son sourire sardonique et taquin, je sus que j'étais pardonnée, mais mon avantage se réduisait. Jamais je n'avais entendu l'écriture de fiction quantifiée avec cette technicité. Mon ignorance pesait sur ma langue comme du plomb.

*

« Et "Amants", celle sur l'homme au mannequin de la vitrine, était si étrange et convaincante qu'elle nous a tous enthousiasmés », dis-je. Je me sentais libérée par mes mensonges éhontés. « Nous avons deux universitaires et deux célèbres critiques dans notre jury. Ils voient passer beaucoup de ce qui s'écrit actuellement. Mais vous auriez dû entendre l'animation de notre dernière réunion. Honnêtement, Tom, ils étaient intarissables sur vos nouvelles. Pour la première fois, le vote a été unanime. »

Son petit sourire s'était estompé. Ses yeux avaient un regard vitreux, comme si je l'hypnotisais. J'allais très loin.

« Bon. » Il secoua la tête pour sortir de cette transe. « Tout cela est très agréable. Que dire de plus ? » Après coup, il ajouta : « Qui sont ces critiques ?

— Ils doivent rester anonymes, j'en ai peur.

— Je vois. »

Il se détourna quelques instants et sembla se perdre dans

ses pensées. « Que me proposez-vous, au juste, et qu'attendez-vous de moi ?

— Je peux répondre par une question ? Que ferez-vous une fois votre doctorat en poche ?

— Je postulerai à différents postes d'enseignement, dont un ici même.

— À plein temps ?

— Oui.

— Nous aimerions vous éviter d'avoir à enseigner. Afin que vous puissiez vous concentrer sur votre travail d'écriture, journalisme compris si vous le souhaitez. »

Il me demanda combien d'argent on lui offrait et je lui donnai la somme. Il demanda également pour quelle durée. « Disons deux ou trois ans.

— Et si je ne produis rien ?

— Nous serons déçus et nous passerons à quelqu'un d'autre. Vous n'aurez rien à rembourser. »

Il médita ces informations. « Vous exigeriez que je vous cède les droits sur mes œuvres ?

— Non. Vous n'aurez pas non plus à nous montrer votre travail. Vous n'aurez même pas à nous remercier publiquement. La Fondation pense que vous avez un talent unique, extraordinaire. Si vos œuvres de fiction et vos articles sont écrits, publiés et lus, alors nous serons contents. Dès que votre carrière aura décollé et que vous pourrez subvenir à vos besoins, nous disparaîtrons de votre existence. Nous aurons rempli le contrat. »

Il se leva, contourna sa table et se planta devant la fenêtre, le dos tourné. Il se recoiffa de la main et marmonna entre ses dents quelque chose comme : « Ridicule », ou bien : « Assez plaisanté ». Il contemplait à son tour l'intérieur du bureau de l'autre côté de la pelouse. Le garçon barbu lisait à présent sa dissertation, tandis que l'étudiante en binôme avec lui fixait le mur devant elle, impassible. Curieusement, l'enseignante était au téléphone.

Tom regagna son fauteuil et croisa les bras. Il regardait par-dessus mon épaule, les lèvres pincées. Je sentis qu'il allait soulever une objection importante.

« Réfléchissez un jour ou deux, discutez-en avec un ami, dis-je. Pesez bien le pour et le contre.

— La difficulté, c'est que... » Il laissa sa phrase en suspens. Les yeux rivés à ses genoux, il reprit : « Voilà. Je pense tous les jours à ce problème. Il n'y a rien qui m'obsède davantage. Je n'en dors plus. Les quatre mêmes données, toujours. Un, je veux écrire un roman. Deux, je suis fauché. Trois, il faut que je trouve un poste d'enseignant. Quatre, ça m'empêchera d'écrire. Je ne trouve pas de solution. Il n'y en a pas. Et puis une ravissante jeune femme frappe à ma porte et m'offre une généreuse pension sans contrepartie. C'est trop beau pour être vrai. Je me méfie.

— Vous simplifiez, Tom. Vous n'avez pas un rôle passif, dans cette affaire. C'est vous qui avez fait le premier pas. Vous avez écrit ces nouvelles géniales. À Londres, on commence à parler de vous. Comment vous aurions-nous trouvé, sinon ? Si la chance vous sourit, c'est grâce à vous, à votre talent et à votre travail. »

Sourire ironique, tête inclinée : un progrès.

« J'aime bien quand vous dites : "géniales".

— Parfait. Géniales, géniales, géniales. » Je fouillai dans mon sac posé sur le sol et sortis la brochure de la Fondation.

206

« Voilà nos activités. Vous pouvez venir dans nos locaux d'Upper Regent Street discuter avec les gens qui y travaillent. Ils vous plairont.

— Vous serez là ?

— Mon employeur est en fait l'association Libres Écrits. Nous sommes en lien étroit avec la Fondation et nous lui procurons des financements. Elle nous aide à trouver des artistes. Je voyage beaucoup, ou bien je travaille chez moi. Mais les messages envoyés au siège de la Fondation me parviendront. »

Il jeta un coup d'œil à sa montre, se leva, et je l'imitai. J'étais une jeune femme obéissante, décidée à faire ce qu'on attendait de moi. Je voulais que Haley accepte sur-le-champ, avant le déjeuner, d'être subventionné par nos soins. Je téléphonerais l'après-midi même à Max pour lui annoncer la nouvelle, et j'espérais recevoir dès le lendemain, de la part de Peter Nutting, l'habituelle lettre de félicitations, succincte, non signée, dactylographiée par une secrétaire, mais importante pour moi.

« Je ne vous demande pas de vous engager maintenant, dis-je en espérant ne pas avoir l'air d'insister. Rien ne vous lie à nous. Donnez-moi simplement votre accord de principe, et je ferai le nécessaire en vue d'un virement mensuel. Il me faut juste vos coordonnées bancaires. »

Accord de principe ? Je n'avais encore jamais employé cette expression. Il eut un battement de paupières approbateur, moins pour l'aspect financier que pour la teneur de mon message. Nous nous trouvions à moins d'un mètre l'un de l'autre. À cause de la minceur de sa taille et de sa chemise un peu débraillée, j'entrevis sous un bouton la peau et le duvet autour de son nombril.

« Merci. Je vais réfléchir sérieusement. Je dois aller à Londres vendredi. Je pourrai passer à votre bureau.

— Entendu. » Je lui tendis la main. Il la prit, mais pas pour la serrer comme on le fait d'ordinaire. Il garda mes doigts contre sa paume et les effleura du pouce, une lente caresse. Exactement cela, une caresse, et il ne me quittait pas des yeux. Lorsque je retirai ma main, je laissai mon propre pouce glisser le long de son index. Nous allions sûrement nous rapprocher quand on frappa à la porte avec une vigueur ridicule. Il recula d'un pas en disant : « Entrez! » La porte s'ouvrit brutalement sur deux étudiantes, cheveux blonds séparés par une raie au milieu, léger hâle, sandales laissant voir des ongles vernis, bras nus, sourires pleins d'espoir, beaucoup trop jolies. Les livres et les devoirs qu'elles avaient sous le bras ne me semblèrent absolument pas crédibles.

« Ah! s'exclama Tom. Notre séance de tutorat sur *The Faerie Queene.* »

Je m'écartai pour me diriger vers la porte. « Encore quelque chose que je n'ai pas lu », dis-je.

Il éclata de rire, imité par les deux étudiantes, comme s'il s'agissait d'une excellente plaisanterie. Ils ne me croyaient sans doute pas.

12

J'étais l'unique passagère du wagon, dans le train pour Londres du début de l'après-midi. Tandis que nous laissions les South Downs derrière nous et traversions à vive allure le Sussex Weald, je tentai de calmer mon agitation en arpentant le couloir. Je m'asseyais quelques minutes, puis je me relevais. Je me reprochais mon manque de persévérance. J'aurais dû attendre la fin de son heure de tutorat, l'obliger à déjeuner avec moi, tout reprendre depuis le début, obtenir son accord. Mais il n'y avait pas que cela. J'étais partie sans l'adresse de son domicile. Et ce n'était pas tout. Quelque chose avait pu s'ébaucher ou non entre nous, mais à peine — presque rien. J'aurais dû rester pour consolider ce lien, partir avec un peu plus, un pont jeté jusqu'à notre prochaine rencontre. Un vrai baiser sur cette bouche qui voulait parler à ma place. J'étais obsédée par le souvenir de sa peau entre les boutons de la chemise, de la volute de duvet pâle autour du nombril, de ce corps léger et mince, presque celui d'un enfant. J'ouvris une de ses nouvelles pour la relire, mais rapidement je me laissai distraire. J'envisageai de descendre à Haywards Heath et de reprendre le train en sens inverse.

Aurais-je été si troublée s'il n'avait pas caressé mes doigts?
Sans doute que oui. Le contact de son pouce pouvait-il avoir
été purement accidentel? Impossible. Il l'avait fait exprès,
pour me dire quelque chose. *Reste.* Mais à l'arrêt du train, je
ne bougeai pas, je ne me faisais pas confiance. Regarde ce qui
est arrivé quand tu as fait des avances à Max, pensai-je.

*

Sebastian Morel est professeur de français dans un
immense lycée polyvalent près de Tufnell Park, au nord de
Londres. Il est marié à Monica et ils ont deux enfants, une
fille et un garçon âgés respectivement de sept et quatre ans, et
ils louent une maison mitoyenne près de Finsbury Park.
Sebastian fait un métier difficile, absurde et mal payé, les
élèves sont insolents et indisciplinés. Il lui arrive de passer
toute la journée à tenter de ramener l'ordre dans ses classes et
à distribuer des punitions auxquelles il ne croit pas. L'inutilité absolue d'une connaissance rudimentaire du français
dans la vie de ces gosses n'en finit pas de l'étonner. *Il aurait
voulu les aimer, mais il était découragé par leur ignorance, leur
agressivité, leur façon de ridiculiser et de brutaliser ceux de leurs
semblables qui osaient exprimer l'envie de s'instruire. Ainsi se
complaisaient-ils dans la médiocrité.* Ils quitteront presque
tous le système scolaire dès que possible, pour trouver un
emploi non qualifié, avoir un enfant ou vivre des allocations
chômage. Il voudrait les aider. Tantôt il les prend en pitié,
tantôt il a du mal à dissimuler son mépris.
C'est, à trente et quelques années, *un homme élancé d'une
force exceptionnelle.* À l'université de Manchester, il s'est pas-

sionné pour l'escalade et a été premier de cordée en Norvège, au Chili et en Autriche. Mais ces derniers temps, les contraintes de son existence l'empêchent de s'évader vers les hauteurs, il n'a jamais le temps ni les moyens et il est déprimé. *Son matériel d'escalade était rangé dans des sacs de toile au fond du placard sous l'escalier, derrière l'aspirateur, les seaux et les serpillières.* L'argent est un problème permanent. Monica a suivi une formation d'institutrice. Désormais elle reste chez elle pour s'occuper des enfants et de la maison. Elle s'acquitte bien de sa tâche, est une mère attentive, les enfants sont adorables, mais elle souffre d'accès de mauvaise humeur et de frustration qui font écho à ceux de Sebastian. Ils paient un loyer prohibitif pour une si petite maison dans une rue minable, et après neuf ans de mariage leur vie de couple est morne, laminée par les soucis et le travail, parfois gâchée par une dispute — en général à cause du manque d'argent.

Par une sombre fin d'après-midi de décembre, trois jours avant que le trimestre ne se termine, Sebastian se fait agresser dans la rue. Monica lui a demandé de passer à la banque à l'heure du déjeuner pour retirer soixante-dix livres de leur compte joint, afin qu'elle puisse acheter des cadeaux et des confiseries pour Noël. Cette somme représente presque toutes leurs économies. Alors qu'il vient de tourner dans sa rue étroite et mal éclairée, et n'est plus qu'à une centaine de mètres de sa porte d'entrée, il entend des pas derrière lui et quelqu'un lui tape sur l'épaule. Il pivote sur lui-même et se trouve *nez à nez avec un gosse d'environ seize ans, antillais, brandissant un couteau de cuisine de bonne taille et à lame dentelée. Durant quelques secondes, ils restèrent face à face, à moins d'un mètre l'un de l'autre, se dévisagèrent en silence. C'est* l'agitation de l'adolescent qui perturbe Sebastian, le couteau qui tremble dans sa main, la terreur sur son visage. Les choses pourraient facilement dégénérer. D'une voix sourde et mal assurée, l'inconnu lui demande son portefeuille. Sebastian approche lentement la main de la poche intérieure de son pantalon. Il s'apprête à sacrifier le Noël de ses enfants. Il sait qu'il est plus fort que ce gosse et se dit, en sortant son portefeuille, qu'il pourrait le frapper, lui donner un bon coup de poing sur le nez et lui arracher le couteau.

Pourtant, ce n'est pas seulement la nervosité de son adversaire qui retient Sebastian. *Selon une opinion largement partagée en salle des professeurs, les délits, surtout les cambriolages et les agressions, étaient causés par les injustices sociales.* Les voleurs sont pauvres, la vie ne leur a laissé aucune chance, et l'on ne peut pas vraiment leur reprocher de prendre ce qui ne leur appartient pas. Sebastian partage ce point de vue, bien qu'il n'ait jamais beaucoup réfléchi à la question. D'ailleurs, il ne s'agit même pas d'un point de vue personnel, mais du climat de tolérance dans lequel baignent les gens bien, ayant fait des études. Ceux qui se plaignent de la délinquance ont toutes les chances de s'en prendre également aux rues couvertes de graffitis et d'immondices, et de tenir des propos malvenus sur l'immigration, les syndicats, les impôts, la guerre et la peine de mort. *Il était donc important, pour sauvegarder sa dignité, de ne pas trop s'offusquer d'avoir été agressé.*

Il tend son portefeuille et le voleur prend la fuite. Au lieu de rentrer directement chez lui, Sebastian repart vers la rue principale et va porter plainte au commissariat. En s'expliquant devant le fonctionnaire de service, il se fait vaguement l'effet d'être une ordure ou un mouchard, car les policiers sont à l'évidence des agents du système qui contraint les gens à voler. Son sentiment de malaise s'accroît devant l'air soucieux du brigadier, l'insistance avec laquelle il cherche à savoir à quoi ressemblait le couteau, quelle était la longueur de la lame, si Sebastian a vu le manche. Certes, un vol à main armée constitue un grave délit. L'adolescent risque plusieurs années de prison. Même quand le policier raconte que, le mois précédent encore, une vieille dame est morte poignardée pour s'être cramponnée à son sac à main, la gêne de Sebastian ne se dissipe pas. Jamais il n'aurait dû mentionner l'existence de ce couteau. Reprenant la rue en sens inverse, il regrette son réflexe instinctif de porter plainte. Il vieillit et s'embourgeoise. Il aurait dû faire justice lui-même. Il n'est plus le genre d'homme prêt à risquer sa vie, capable d'escalader des parois de granit en se fiant à son agilité, à sa force et à son adresse.

Parce qu'il a un moment de faiblesse et les jambes en coton, il entre dans un pub ; avec la petite monnaie qui lui reste dans sa poche, il a juste de quoi s'offrir un grand verre de whisky. Il le vide d'un trait et rentre chez lui.

Cette agression consacre le déclin de son couple. Bien que Monica ne lui en fasse jamais la remarque, il est clair qu'elle ne le croit pas. C'est toujours la même histoire. À son retour, empestant l'alcool, il a affirmé que quelqu'un lui avait dérobé la somme destinée aux achats pour les fêtes. Le Noël de cette année-là est sinistre. Ils doivent emprunter de l'argent au frère arrogant de Monica. Les soupçons de celle-ci attisent le ressentiment de Sebastian, ils sont distants l'un envers l'autre, doivent feindre la gaieté le jour de Noël dans l'intérêt des enfants, ce qui semble accroître encore la morosité qui les enferme dans le mutisme. *L'idée qu'elle l'ait pris pour un menteur agissait tel un poison dans son cœur.* Il travaille dur, lui reste loyal, fidèle, ne lui cache rien. Un soir, quand Naomi et Jake sont couchés, il voudrait lui faire dire qu'elle le croit au sujet de l'agression. Elle se met aussitôt en colère, refuse de répondre. Elle préfère changer de sujet, technique dans laquelle elle est experte, songe-t-il avec amertume, et dont lui-même devrait bien apprendre à se servir. Elle en a assez de sa vie de femme au foyer, déclare-t-elle, assez de dépendre financièrement de lui, de rester coincée chez elle pendant qu'il progresse dans sa carrière. Pourquoi n'ont-ils jamais envisagé la possibilité qu'il s'occupe de la maison et des enfants pendant qu'elle reprendrait son métier ?

Au moment où elle en parle, cela lui paraît une perspective séduisante. Il pourrait tourner le dos une bonne fois à ces gosses horribles qui ne se taisent jamais, ne tiennent pas en place pendant ses cours. Il n'aurait plus à feindre de se soucier du fait qu'ils parlent français ou non. Et puis il aime être avec ses propres enfants. Il les emmènerait à l'école et à la garderie, puis s'accorderait deux ou trois heures de liberté, réaliserait peut-être une vieille ambition en écrivant quelques pages avant d'aller chercher Jake pour le faire déjeuner. L'après-midi, la garde des enfants et un peu de ménage. Le bonheur. Qu'elle aille donc gagner son pain à la sueur de son front. Mais ils sont en train de se disputer, et il n'est pas d'humeur à se montrer conciliant. Il revient sèchement sur l'agression. Il met à nouveau Monica au défi de le traiter de menteur, lui suggère d'aller au commissariat et de lire la plainte qu'il a déposée. Pour toute réponse, elle quitte la pièce en claquant la porte derrière elle.

Une paix pleine de rancœur s'installe, les vacances se terminent et il retourne travailler. Au lycée, la situation est pire que jamais. Les élèves s'imprègnent d'une culture où prévaut l'esprit de rébellion. *Le hasch, l'alcool et le tabac étaient monnaie courante dans la cour de récréation*, et les enseignants, proviseur compris, sont troublés, à la fois convaincus que cette atmosphère d'insurrection est une preuve de la liberté et de la créativité qu'ils sont censés transmettre, et conscients que rien n'est enseigné ni appris et que le lycée va à vau-l'eau. Les années soixante, quoi qu'elles aient pu être, s'invitent dans la décennie suivante sous un nouveau masque sinistre. *Ces drogues dont on disait qu'elles avaient apporté la paix et la lumière aux étudiants des classes moyennes rétrécissaient désormais l'horizon des pauvres dans les zones urbaines.* Des adolescents de quinze ans viennent en cours défoncés ou ivres, parfois les deux. D'autres, plus jeunes encore, ont pris du LSD dans la cour de récréation et il a fallu les renvoyer chez eux. D'anciens élèves vendent du haschich devant les grilles du lycée, proposant ouvertement leur marchandise à côté des mères de famille avec leurs poussettes. Le proviseur temporise, tout le monde temporise.

En fin de journée, Sebastian a souvent la voix rauque à force de hausser le ton en classe. Rentrer lentement chez lui à pied est son unique réconfort, le moment où il peut se retrouver seul avec ses pensées en passant d'un morne décor à un autre. C'est un soulagement que Monica suive des cours du soir, quatre fois par semaine : yoga, allemand, angélologie. Le reste du temps, ils s'évitent soigneusement, ne se parlant que pour faire tourner la maison. Il dort dans la chambre d'amis, expliquant aux enfants que ses ronflements empêchent maman de dormir. Il est prêt à renoncer à son poste pour qu'elle puisse redevenir institutrice. Mais impossible d'oublier qu'elle le prend pour le genre d'homme capable de boire le Noël de ses enfants. Et ensuite de mentir pour se dédouaner. De toute évidence, le problème est bien plus profond. Leur confiance mutuelle s'est volatilisée et leur couple traverse une crise. Échanger leurs rôles serait purement symbolique. L'idée de divorcer l'horrifie. *Que de disputes et de mesquineries en perspective! Comment pourraient-ils infliger une telle souffrance et une telle tristesse à Naomi et à Jake?* Il est de sa responsabilité et de celle de Monica de résoudre le problème. Mais il ne sait par quel bout commencer. Dès qu'il revoit cet adolescent brandissant son couteau de cuisine, son ancienne colère remonte. Le refus de Monica de le croire, de croire en lui, a rompu un lien vital et lui apparaît comme une trahison monstrueuse.

Sans parler de l'argent : il n'y en a jamais assez. En janvier, leur voiture, vieille de douze ans, a besoin d'un nouvel embrayage. Cela retarde d'autant le remboursement de l'emprunt contracté auprès du frère de Monica — la dette n'est liquidée qu'au début du mois de mars. Une semaine plus tard, alors que Sebastian fait une pause en salle des professeurs, la secrétaire du proviseur vient le voir. Son épouse est au bout du fil et voudrait lui parler d'urgence. *Il se précipita dans le bureau, l'estomac noué par l'appréhension. Jamais encore Monica ne l'avait appelé sur son lieu de travail, et il ne pouvait s'agir que d'une très mauvaise nouvelle, concernant peut-être Naomi ou Jake.* Aussi est-il relativement soulagé de l'entendre lui annoncer qu'il y a eu un cambriolage chez eux le matin même. Après avoir déposé les enfants, elle est allée à son rendez-vous chez le médecin, puis faire les courses. À son retour, leur porte était entrouverte. Le cambrioleur avait fait le tour par le jardin, cassé une vitre à l'arrière de la maison, ouvert la fenêtre de l'intérieur, grimpé à l'intérieur de la pièce et réuni son butin avant de repartir par la porte d'entrée. Quel butin? *Elle énuméra tous les objets d'une voix atone.* Le précieux Rolleiflex de Sebastian, datant de 1930 et acheté avec la somme que lui avait value un prix de français à Manchester. Ensuite, leur transistor, les jumelles Leica de Sebastian et le sèche-cheveux de Monica. Elle s'interrompt, puis l'informe de cette même voix monocorde que tout son matériel d'escalade a également été volé.

Là, il a besoin de s'asseoir. La secrétaire, qui était restée à proximité, quitte avec tact le bureau et referme la porte. *Tant d'objets de qualité accumulés au fil des ans, et tant de valeur sentimentale, en particulier celle d'une corde de rappel grâce à laquelle il avait sauvé la vie d'un ami lors d'une descente en pleine tempête dans les Andes.* Même si l'assurance couvre tout, ce dont il doute, il sait qu'il ne pourra jamais remplacer son matériel d'escalade. Il y en avait trop, il y a trop d'autres priorités. C'est sa jeunesse qu'on lui a volée. *Déserté par sa tolérance altruiste et bien-pensante, il s'imagina étranglant le cambrioleur de ses mains.* Il secoue la tête pour chasser cette vision. Monica est en train de lui dire que la police est déjà passée. Il y a du sang sur la vitre brisée. Mais il semble que le cambrioleur portait des gants, car il n'a laissé aucune empreinte. Sebastian répond qu'ils devaient être au moins deux, pour sortir tout son matériel du placard et l'emporter rapidement. *Oui, concéda-t-elle de sa voix impassible, ils devaient être deux.*

Chez lui, ce soir-là, il ne peut s'empêcher de se faire du mal en ouvrant le placard sous l'escalier et en contemplant l'espace où se trouvait son matériel. *Il redressa les seaux et les balais, puis monta jeter un coup d'œil dans son tiroir à chaussettes, où il rangeait son appareil photo.* Les voleurs ont vraiment su que prendre, bien que ce soit moins grave pour le sèche-cheveux, puisqu'ils en ont un second. Ce dernier revers, cette intrusion dans leur intimité, ne rapproche en rien Sebastian et Monica. Après une brève discussion, ils s'entendent pour ne rien dire du cambriolage aux enfants et Monica va à son cours du soir. Les jours suivants, Sebastian se sent si abattu qu'il a toutes les peines du monde à remplir la demande d'indemnisation pour la compagnie d'assurances. Le livret en couleur promet une « protection complète », mais les clauses en petits caractères sont mesquines et dissuasives. Seule une fraction de la valeur de l'appareil photo est couverte, et le matériel d'escalade pas du tout, car Sebastian a omis d'en dresser une liste détaillée.

Ils reprirent leur morne cohabitation. Un mois après le cambriolage, la même secrétaire vient le prévenir pendant l'interclasse qu'un monsieur voudrait le voir et qu'il est dans son bureau. En fait, celui-ci attend Sebastian dans le couloir, son imperméable sur le bras. Il se présente comme étant l'inspecteur Barnes, et il y a un sujet dont il souhaiterait l'entretenir. Mr Morel aurait-il l'obligeance de passer au commissariat après sa journée de travail ?

Quelques heures plus tard, Sebastian se retrouve devant le bureau où il a porté plainte contre son agresseur avant Noël. Il doit patienter une demi-heure, le temps que Barnes se libère. L'inspecteur lui présente ses excuses tout en montant avec lui au troisième étage par un escalier en béton, et le fait entrer dans une petite salle mal éclairée. *Un écran avait été déroulé sur un mur et un projecteur trônait au milieu de la pièce, posé sur ce qui ressemblait à un tabouret de bar. Barnes indiqua un siège à Sebastian et se lança dans le récit d'une opé-ration réussie.* Un an plus tôt, la police avait loué un magasin délabré dans une petite rue, où quelques policiers en civil faisaient office d'employés. L'établissement achetait aux par-ticuliers des articles d'occasion, l'idée étant de filmer des cambrioleurs venant écouler des objets volés. À cause du nombre de procès en cours, le subterfuge a été éventé et le magasin fermé. Il reste néanmoins une ou deux affaires en suspens. L'inspecteur éteint la lumière.

Une caméra cachée derrière le « vendeur » montre la porte donnant sur la rue et, au premier plan, la caisse. Sebastian a déjà deviné qu'il va voir son jeune agresseur pénétrer dans l'établissement. S'il est identifié, celui-ci sera inculpé de vol à main armée, et tant mieux. Mais l'hypothèse de Sebastian est très loin de la réalité. La personne qui entre avec un sac de voyage et pose sur le comptoir une radio, un appareil photo et un sèche-cheveux est sa femme. C'est bien elle, dans le manteau qu'il lui a offert pour un anniversaire. Par chance, elle se tourne vers la caméra, comme si elle avait vu Sebastian et lui disait : « Regarde bien ! » Sans un son, elle échange quelques paroles avec le vendeur et, ensemble, ils sortent dans la rue et reviennent au bout d'un moment en traînant trois lourds sacs de toile. La voiture doit être garée devant le magasin. Le vendeur inspecte le contenu de chaque sac, retourne derrière le comptoir, passe en revue tous les objets. S'ensuit apparemment une discussion sur le prix. *Le visage de*

Monica était éclairé par un tube au néon. Elle semblait joyeuse, voire euphorique, et nerveuse à la fois. Elle souriait beaucoup, éclata même de rire à une plaisanterie faite par un policier en civil. Une somme est convenue, on compte les billets et Monica tourne les talons pour sortir. *À la porte elle s'arrêta pour prendre congé, un peu plus qu'un simple au revoir, puis elle disparut et l'écran devint noir.*

L'inspecteur éteint le projecteur et rallume la lumière. Il a l'air gêné. Des poursuites auraient pu être engagées, dit-il. Pour faux témoignage, entrave à la justice, ce genre de choses. Mais il s'agit à l'évidence d'un délicat problème privé et Sebastian va devoir décider lui-même des suites à donner. Les deux hommes redescendent et sortent dans la rue. En serrant la main de Sebastian, l'inspecteur se dit navré, c'est visiblement une situation difficile, et il lui souhaite bonne chance. Avant de regagner le commissariat, il ajoute que, *d'après l'équipe de policiers qui travaillait dans le magasin et disposait d'un enregistrement des propos échangés à la caisse, cette « Mrs Morel aurait sans doute besoin de se faire aider ».*

Sur le chemin du retour — a-t-il jamais marché plus lentement? —, Sebastian s'arrêterait bien au pub pour commander à nouveau une boisson revigorante, mais il n'a même pas sur lui de quoi s'offrir un demi. C'est sans doute mieux ainsi. Il a besoin d'avoir les idées claires et l'haleine fraîche. Il met une heure à parcourir le kilomètre et demi qui le sépare de chez lui.

À son arrivée, Monica est en train de préparer le dîner avec les enfants. *Il s'attarda à l'entrée de la cuisine, regardant sa petite famille s'affairer autour d'un gâteau. Terriblement triste, cet empressement avec lequel les têtes si précieuses de Jake et de*

Naomi acquiesçaient aux consignes murmurées par leur mère. Il monte s'allonger sur le lit de la chambre d'amis, s'absorbe dans la contemplation du plafond. Il se sent lourd, fatigué, et se demande s'il n'est pas en état de choc. Pourtant, malgré l'horrible vérité qu'il vient d'apprendre, il est à présent troublé par quelque chose de nouveau et de tout aussi choquant. Choquant ? Est-ce bien le mot ?

Au rez-de-chaussée, il y a quelques minutes, tandis qu'il l'observait avec les enfants, Monica lui a soudain jeté un coup d'œil par-dessus son épaule. Leurs regards se sont croisés. Il la connaît suffisamment, a vu cette expression plus d'une fois et s'en est toujours réjoui. Elle est pleine de promesses. Elle laisse entendre que le moment venu, une fois les enfants endormis, ils devraient saisir l'occasion et oublier les tâches ménagères. Dans cette situation nouvelle, avec ce qu'il sait désormais, il devrait avoir un mouvement de recul. Mais ce regard le trouble parce qu'il est venu d'une inconnue, d'une femme dont il ignore tout hormis des pulsions destructrices évidentes. *Après l'avoir vue dans ce film muet, il se rendait compte qu'il ne l'avait jamais comprise.* Il s'est trompé sur toute la ligne. Elle n'a plus rien de familier. Dans la cuisine, *il l'avait vue sous un nouveau jour et avait pris conscience, comme pour la première fois, de sa beauté. De sa beauté et de sa folie. C'était quelqu'un qu'il venait de rencontrer, disons lors d'une soirée, qu'il avait remarqué à l'autre extrémité d'une salle bondée, le genre de femme qui, d'un simple regard sans ambiguïté, vous lance une invitation dangereuse, mais irrésistible.*

Il a été d'une fidélité à toute épreuve depuis son mariage. Cette fidélité lui apparaît à présent comme un aspect supplémentaire d'une existence étriquée, ratée. Son couple a vécu, impossible de revenir en arrière, car comment vivre avec elle, désormais ? Comment faire confiance à une femme qui l'a volé et lui a menti ? Mais la possibilité d'une liaison se présente. Une liaison avec la folie. Si cette femme a besoin de se faire aider, voilà ce qu'il peut lui offrir.

Ce soir-là, il joue avec les enfants, nettoie la cage du hamster avec eux, les aide à se mettre en pyjama et leur fait trois fois la lecture, une fois à tous les deux ensemble, puis à Jake seul, puis à Naomi. Dans des moments comme celui-ci, sa vie a un sens. Quel apaisement dans l'odeur des draps propres, l'haleine des enfants parfumée par le dentifrice à la menthe, leur soif d'entendre les aventures de créatures imaginaires, et quelle émotion de voir leurs paupières s'alourdir lorsqu'ils luttent pour profiter des ultimes minutes de leur journée et finissent par capituler. Dans le même temps, il a conscience des allées et venues de Monica au rez-de-chaussée, entend plusieurs fois le claquement reconnaissable de la porte du four et se sent émoustillé par cet étrange lien de cause à effet : s'il y a de la nourriture, s'ils dînent ensemble, alors ils feront l'amour.

Lorsqu'il redescend, leur minuscule salon est bien rangé, la table débarrassée de tout ce qui l'encombre d'habitude, il y a des bougies allumées, Art Blakey sur la chaîne stéréo, une bouteille de vin sur la table et un poulet rôti dans un plat en faïence. *Dès qu'il revoyait le film de la police — il y revenait sans cesse —, Monica lui faisait horreur. Et pourtant lorsqu'elle arriva de la cuisine dans une jupe et un chemisier propres, un verre de vin dans chaque main, il eut envie d'elle.* Il manque l'amour, ou son souvenir coupable, ou sa nécessité, et c'est une libération. Elle est devenue une autre femme, sournoise,

222

dissimulatrice, méchante, voire cruelle, mais il est prêt à coucher avec elle.

Pendant le repas, ils évitent d'évoquer le ressentiment qui a étouffé leur couple des mois durant. Ils ne parlent même pas des enfants comme ils le font si souvent. Ils préfèrent se souvenir des vacances réussies du passé, en famille, et projeter celles qu'ils prendront tous les quatre quand Jake sera un peu plus âgé. Une chimère, rien de tout cela ne se réalisera. *Puis ils discutèrent politique, les grèves, l'état d'urgence et ce sentiment de catastrophe imminente au Parlement, dans les villes, dans la perception que le pays avait de lui-même — ils parlèrent de toutes les catastrophes, sauf de celle de leur couple.* Il la dévisage en l'écoutant, et sait que chaque parole est un mensonge. Ne trouvet-elle pas extraordinaire, elle aussi, qu'après tout ce silence ils se comportent comme si de rien n'était? Elle compte sur le sexe pour que tout revienne à la normale. Il a d'autant plus envie d'elle. Et plus encore quand elle s'enquiert au passage du formulaire d'indemnisation de la compagnie d'assurances et exprime son inquiétude. *Incroyable. Quelle comédienne! On aurait dit qu'elle était seule et qu'il l'épiait par le trou de la serrure.* Il n'a aucune intention de la confronter à ses mensonges. S'il le faisait, ils se disputeraient à coup sûr et elle nierait tout en bloc. Ou bien elle répondrait que sa dépendance financière l'a réduite à ces extrémités. Il serait obligé de lui rappeler que tous leurs comptes sont joints et qu'il a aussi peu d'argent qu'elle. Mais s'il ne dit rien, ils feront l'amour, et au moins saura-t-il que c'est pour la dernière fois. *Il ferait l'amour à une menteuse et à une voleuse, à une femme qu'il ne connaîtrait jamais. Et elle-même se convaincrait qu'elle faisait l'amour avec un menteur et un voleur. Pour le pardon des offenses.*

À mon avis, Tom Haley consacrait bien trop de temps à ce dîner d'adieu autour d'un poulet rôti, qui semblait particulièrement interminable à la relecture. Il était inutile de mentionner les légumes ou de préciser que le vin était un bourgogne. Alors que je tournais les pages pour repérer la scène finale, mon train approchait de Clapham Junction. Je fus tentée de l'ignorer purement et simplement. Je ne prétendais à aucune sophistication intellectuelle — j'étais une lectrice ordinaire, naturellement encline à considérer Sebastian comme le double de Tom, le porte-flambeau de ses prouesses viriles, le réceptacle de ses angoisses sexuelles. J'éprouvais un sentiment de malaise chaque fois qu'un de ses personnages masculins avait des relations intimes avec une femme, avec une *autre* femme. Mais j'étais également curieuse, il fallait que j'assiste à la scène. Si Monica était aussi dérangée que dissimulatrice (qu'est-ce que c'était que cette histoire d'angélologie ?), alors il y avait quelque chose d'obtus et de ténébreux chez Sebastian. Son refus de confronter son épouse à ses mensonges pouvait tout aussi bien être une manipulation cruelle à des fins sexuelles qu'une simple preuve de lâcheté, de la tendance des Anglais à tout faire pour éviter une scène de ménage. Cela donnait une piètre image de Tom.

Au fil des ans, la répétition de l'acte conjugal a réduit le processus à sa plus simple expression et ils se retrouvent *rapidement nus et dans les bras l'un de l'autre sur le lit.* Ils sont mariés depuis assez longtemps pour être devenus experts sur les besoins de chacun, et la fin de longues semaines de *froideur* et d'abstinence apporte sûrement un bonus, mais n'explique pas entièrement la passion qui s'empare d'eux à présent. *Leur rythme de croisière habituel fut brutalement abandonné.* Ils sont affamés, féroces, excessifs et bruyants. À un moment, la petite Naomi *laissa échapper un cri dans son sommeil, une plainte au son pur et argentin qui s'éleva dans l'obscurité et qu'ils prirent d'abord pour le miaulement d'un chat.* Le couple s'immobilise et attend que le silence revienne dans la chambre voisine.

Enfin venaient les dernières lignes de « Schizographie », avec les personnages sur les hauteurs précaires de l'extase. L'affliction guettait, mais ailleurs que sur la page. Le pire était épargné au lecteur.

Ce son glacial et désolé lui fit imaginer que sa fille avait vu en rêve l'avenir inévitable, tout le malheur et le désordre à venir, et il se sentit recroquevillé par l'horreur. Mais ce moment passa, et bientôt Sebastian et Monica sombrèrent à nouveau, ou s'élevèrent, car il semblait n'y avoir aucune dimension dans l'espace à travers lequel ils nageaient ou étaient précipités, seulement des sensations, seulement un plaisir si concentré qu'il était un rappel de la douleur.

13

Puisque Max prenait une semaine de vacances à Taormina avec sa fiancée, il ne put y avoir aucun débriefing immédiat à mon retour au bureau. Je vivais en état d'apesanteur. Le vendredi, il n'y avait toujours aucune nouvelle de Tom Haley. J'en conclus que s'il était venu dans les bureaux d'Upper Regent Street ce jour-là, ce devait être avec la ferme intention de ne pas me voir. Le lundi, je récupérai une lettre dans une boîte postale à Park Lane. Une secrétaire de la Fondation m'avait dactylographié un rapport confirmant que Mr Haley était passé le vendredi en fin de matinée, était resté une heure, avait posé beaucoup de questions et paru impressionné par le travail de la FIF. J'aurais dû me sentir rassurée, et je l'étais sans doute plus ou moins. Mais j'avais surtout l'impression d'avoir été plaquée. Cet effleurement du pouce n'était qu'un réflexe, me dis-je, une technique testée par Haley sur chaque femme avec laquelle il pensait avoir une chance. Je ressassais d'un air boudeur, bien déterminée — lorsqu'il m'informerait qu'il daignait accepter l'argent de la Fondation — à saboter ses chances en prévenant Max qu'il avait décliné notre offre et qu'il fallait chercher quelqu'un d'autre.

Au travail, l'unique sujet de conversation était la guerre au Moyen-Orient. Même la plus frivole des jeunes secrétaires de bonne famille se passionnait pour ce feuilleton quotidien. On racontait que les Américains soutenaient les Israéliens, les Soviétiques l'Égypte, la Syrie et la cause palestinienne, et que l'on pouvait craindre le genre de guerre par procuration qui nous ferait faire un pas de plus vers un affrontement nucléaire. Une nouvelle crise des missiles de Cuba! Un planisphère fut punaisé dans notre couloir, avec des gommettes rondes représentant les forces en présence et des flèches indiquant les récents mouvements de troupes. Les Israéliens, sonnés par l'attaque surprise le jour de Yom Kippour, se ressaisissaient, les Égyptiens et les Syriens commettaient des erreurs tactiques, les États-Unis avaient instauré un pont aérien pour livrer des armes à leur allié, Moscou lançait des mises en garde. Tout cela aurait dû me captiver, la vie quotidienne aurait dû devenir palpitante. Une guerre atomique menaçait notre civilisation, et moi je broyais du noir à cause d'un inconnu qui m'avait caressé la paume avec son pouce. Un solipsisme monstrueux.

Je ne pensais pourtant pas qu'à Tom. Je m'inquiétais également pour Shirley. Un mois et demi s'était écoulé depuis notre séparation au concert des Bees Make Honey. Après avoir terminé sa semaine, elle avait quitté son poste, son bureau au Fichier central, sans dire au revoir à quiconque. Trois jours plus tard, une nouvelle recrue prenait sa place. Certaines jeunes femmes, qui avaient prédit l'ascension de Shirley en en prenant ombrage, affirmaient à présent qu'elle avait dû partir parce qu'elle n'était *pas des nôtres*. J'en voulais trop à ma vieille amie pour essayer de la revoir. Sur le coup, j'avais été soulagée qu'elle disparaisse sans bruit. Au fil des semaines, toutefois, mon sentiment d'avoir été trahie s'estompait. Je commençais à me dire qu'à sa place j'aurais agi comme elle. Peut-être même avec plus d'empressement, compte tenu de mon besoin d'approbation. Je la soupçonnais de s'être trompée : personne ne me faisait suivre. Mais elle me manquait, tout comme son rire contagieux, le poids de sa main sur mon poignet quand elle avait besoin de se confier, son goût provocateur pour la musique rock. Par comparaison, nous étions toutes timides et guindées au bureau, même quand nous échangions des potins ou des taquineries.

Mes soirées étaient vides, désormais. Je rentrais du travail, sortais mes provisions de « mon » coin du réfrigérateur, préparais le dîner, passais un peu de temps avec les avocates si elles étaient là, puis lisais dans ma chambre sur ma petite chauffeuse jusqu'à vingt-trois heures, où j'allais me coucher. Au cours du mois d'octobre, la lecture des nouvelles de William Trevor m'absorba. La vie étriquée de ses personnages m'amenait à me demander si la mienne pourrait lui servir de sujet. Une jeune femme seule dans sa chambre de location, qui se fait un shampoing dans le lavabo, se perd en conjectures sur le silence d'un homme de Brighton, la disparition de sa meilleure amie, l'attitude d'un autre homme dont elle s'était entichée et qu'elle doit rencontrer le lendemain pour l'entendre parler de ses projets de mariage. Comme tout cela était gris et triste.

Une semaine après avoir fait la connaissance de Haley, j'allai à pied de Camden à Holloway Road, le cœur plein d'espoir, prête à me confondre en excuses. Mais Shirley avait déménagé sans laisser d'adresse. Je n'avais pas celle de ses parents à Ilford et le service du personnel refusa de me la communiquer. Je cherchai le magasin Bedworld dans les pages jaunes et tombai au bout du fil sur une vendeuse désobligeante. Mr Shilling ne pouvait pas me parler, sa fille ne travaillait pas là, il se pouvait qu'elle soit en voyage. Une lettre à son nom envoyée au magasin ne lui parviendrait pas forcément. J'écrivis à Shirley une carte postale d'une jovialité artificielle, comme s'il ne s'était rien passé entre nous. Je lui demandais de me contacter. Je ne m'attendais pas à ce qu'elle réponde.

Je devais rencontrer Max le jour même de son retour. Ce matin-là, j'eus toutes les peines du monde à arriver jusqu'au bureau. Comme tout le monde, d'ailleurs. Il faisait froid et la pluie tombait avec cette régularité impitoyable qu'elle a en ville, histoire de prévenir que cela peut durer un mois. Il y avait eu une alerte à la bombe sur la Victoria Line. L'IRA provisoire avait appelé un quotidien et donné un nom de code. Je dus donc parcourir à pied le dernier kilomètre et demi pour rejoindre Leconfield House, passant devant des arrêts de bus aux files d'attente trop longues pour que cela vaille la peine de prendre son tour. Mon parapluie, déchiré le long de plusieurs baleines, me donnait l'apparence d'une clocharde chaplinesque. Le cuir fendu de mes escarpins prenait l'eau. Dans les kiosques, tous les journaux faisaient leur une sur la « crise du pétrole » provoquée par l'OPEP. L'Occident payait par une hausse des prix vertigineuse son soutien à Israël. Les exportations vers les États-Unis étaient frappées d'embargo. Les responsables des syndicats de mineurs devaient se réunir pour discuter du parti à tirer de la situation. L'apocalypse était proche. Le ciel s'obscurcissait au-dessus de la foule des employés qui progressaient lentement le long de Conduit Street, courbés dans leurs imperméables, évitant de leur mieux de percuter quelqu'un avec leur parapluie. Nous n'étions qu'en octobre et il faisait seulement quatre degrés au-dessus de zéro — un avant-goût du long hiver à venir. Je me rappelais avec morosité la conférence à laquelle j'avais assisté avec Shirley, constatant que les pires prédictions devenaient réalité. Au souvenir de toutes ces têtes tournées vers moi, de ces regards accusateurs, de la tache sur ma réputation, ma colère contre elle se réveilla et mon humeur s'assombrit encore. Son amitié n'était qu'un faux-semblant, je me retrouvais le dindon de la farce, je n'étais pas faite pour ce métier. J'aurais voulu être encore dans mon lit au matelas trop mou, la tête cachée sous l'oreiller.

J'étais déjà en retard, mais je préférai vérifier le contenu de la boîte postale avant de tourner au coin de la rue pour courir vers Leconfield House. Je passai un quart d'heure dans les toilettes, à essayer de me sécher les cheveux avec l'essuie-mains monté sur un rouleau, et à faire disparaître les taches de boue de mon collant. Max était une cause perdue, mais j'avais ma dignité. Je me glissai dans le bureau triangulaire avec dix minutes de retard, les pieds glacés et mouillés. Max rangeait ses dossiers sur sa table de travail en prenant ostensiblement l'air affairé. Avait-il changé après une semaine en amoureux avec le Dr Ruth à Taormina? Il s'était fait couper les cheveux avant de reprendre le travail et ses oreilles ressemblaient de nouveau aux anses d'une cruche. Pas de lueur d'assurance brillant soudain dans son regard ni d'yeux cernés. Hormis une chemise blanche neuve, le bleu plus foncé de sa cravate et un nouveau costume sombre, je ne décelai aucune transformation. Se pouvait-il qu'ils aient dormi dans des chambres séparées pour arriver vierges à leur nuit de noces ? Peu probable, d'après ce que je savais des étudiants en médecine, et de leurs longues et tumultueuses années d'apprentissage. Même si Max, obéissant à une éventuelle et peu vraisemblable consigne de sa mère, avait tenté sans conviction de réfréner ses ardeurs, le Dr Ruth l'aurait dévoré tout cru. Le corps, dans toute sa fragilité, était sa profession. Enfin, Max m'attirait encore, mais j'avais également envie de Tom Haley, ce qui était une forme de protection, à condition d'oublier le fait que je ne l'intéressais pas.

« Bon », finit-il par dire. Il leva les yeux du dossier Sweet Tooth et attendit.

« C'était comment, Taormina ?

— Sais-tu qu'il a plu chaque jour pendant que nous y étions ? »

Façon de dire qu'ils avaient passé leurs journées au lit. Comme s'il s'en rendait compte, il ajouta aussitôt : « Alors on a visité l'intérieur de beaucoup d'églises, des musées, ce genre d'endroits.

— Intéressant », répondis-je d'un ton neutre.

Il haussa brusquement le sourcil, prêt à détecter une certaine ironie, mais n'en vit aucune, je crois.

« Des nouvelles de Haley ?

— Pas encore. L'entrevue s'est bien passée. Il a visiblement besoin d'argent. A du mal à croire en sa chance. Est venu la semaine dernière jeter un coup d'œil à la Fondation. Il doit être en train de réfléchir. »

Étrange qu'en formulant les choses ainsi j'aie repris

espoir. Oui, pensai-je. Je devrais m'efforcer d'être plus raisonnable.

« Il était comment ?

— Très accueillant, en fait.

— Non, je veux dire quel genre d'homme.

— Pas un imbécile. Extrêmement cultivé, passionné par
l'écriture, de toute évidence. Les étudiants l'adorent. Séduisant, mais pas au sens habituel du terme.

— J'ai vu sa photo », dit Max. Je me demandai s'il n'avait
pas conscience de son erreur. Il aurait pu coucher avec moi,
et ne m'annoncer qu'ensuite ses fiançailles. Je me sentais le
devoir, par amour-propre, de flirter avec lui, de lui faire
regretter de m'avoir négligée.

« J'espérais recevoir une carte postale.

— Désolé, Serena, je n'en envoie jamais. Ce n'est pas
dans mes habitudes.

— Vous avez passé un bon moment ? »

La franchise de ma question le prit au dépourvu. J'eus
plaisir à le voir rougir. « Oui, vraiment, en fait. Un très bon
moment. Mais il y a...

— Quoi donc ?

— Il y a autre chose...

— Oui ?

— On pourra parler de vacances et de tout ça plus tard.
Mais avant de changer de sujet, toujours à propos de Haley,
laisse-lui encore une semaine, puis écris-lui pour dire qu'il
nous faut une réponse immédiatement, sinon on retire notre
offre.

— Parfait. »

Il referma le dossier. « Voilà. Tu te souviens d'Oleg Lyalin ?

— Tu as fait allusion à lui.

— Je suis rien censé ne rien savoir. Et toi encore moins. Mais il s'agit d'une rumeur. D'un bruit qui court. Autant que tu sois au courant. Pour nous, Lyalin a représenté une prise formidable. Il voulait prendre la nationalité britannique en 71, mais apparemment on l'a maintenu en poste à Londres quelques mois de plus. Alors que le MI5 s'apprêtait à organiser sa défection, la police de Westminster l'a arrêté pour conduite en état d'ivresse. On l'a récupéré avant les Russes — ils l'auraient sûrement tué. Il est passé chez nous avec sa secrétaire, également sa maîtresse. C'était un officier du KGB, chargé d'opérations de sabotage. Plutôt en bas de l'échelle, un exécutant des basses œuvres, mais d'une valeur inestimable. Il a confirmé notre pire cauchemar, à savoir qu'il y avait des dizaines, voire des centaines d'agents de renseignements soviétiques travaillant ici avec un passeport diplomatique. Quand nous en avons expulsé cent cinq — au passage, Edward Heath a vraiment assuré, quoi qu'on puisse dire de lui aujourd'hui —, Moscou ne s'y attendait pas du tout, semble-t-il. Nous n'avions même pas prévenu les Américains, et ça a tellement fait scandale que tout n'est pas encore rentré dans l'ordre. Mais l'essentiel, c'est que cette affaire a montré que nous n'avions plus de taupe à un échelon élevé. Rien depuis George Blake. Énorme soulagement pour tout le monde.

« On restera certainement en contact avec Lyalin jusqu'à la fin de ses jours. Il y a toujours des problèmes non résolus, des bribes du passé, de vieilles affaires qui s'éclairent d'un jour nouveau, des histoires de procédure, de hiérarchie, de préséance, et ainsi de suite. On s'est en particulier trouvés face à un petit mystère, un cryptonyme que personne ne pouvait élucider, faute d'informations assez précises. Il s'agissait d'un Anglais dont le nom de code était Volt, en activité de la fin des années quarante jusqu'à décembre 1950, qui travaillait pour nous, pas pour le MI6. L'enjeu était la bombe H. Pas vraiment notre rayon. Rien d'aussi spectaculaire que Fuchs, rien de technique. Pas même des projets à long terme ni des questions de logistique. Lyalin a vu passer le dossier Volt du temps où il était à Moscou. Il ne contenait pas grand-chose, mais Lyalin savait qu'il émanait du MI5. Il a vu quelques documents avec des hypothèses de travail, tu sais, ce que les Américains appellent des scénarios. Nous, on est plutôt adeptes des séminaires à la campagne. On brasse de l'air. Que se passera-t-il le jour où les Chinois auront la bombe, quel serait le coût d'une frappe préventive, quels sont les stocks optimaux d'armes atomiques en dehors de toute contrainte budgétaire, et auriez-vous l'amabilité de me passer le porto? »

Là, je devinai ce qui se préparait. Ou, du moins, mon corps devina. Mon cœur se mit à battre un peu plus vite.

« Nos agents ont passé des mois là-dessus, mais nous avions trop peu d'éléments sur Volt pour l'identifier au sein du personnel ou sur une fiche biographique. Et puis l'an dernier, quelqu'un est passé chez les Américains en transitant par Buenos Aires. J'ignore ce que nos amis ont appris. Ce que je sais, c'est qu'ils ont mis du temps à nous communiquer leurs informations, encore vexés par l'affaire des expulsions peut-être. Mais ce qu'ils nous ont donné a suffi. »

Il s'interrompit. « Tu vois où je veux en venir, non? »

J'allais dire « Oui », mais ma langue ne put suivre. Ce fut un grognement qui sortit.

« Voilà donc le bruit qui court. Il y a une vingtaine d'années, Canning transmettait des documents à un contact. Ça a duré quinze mois. S'il y a eu des choses plus compromettantes, nous n'en avons rien su. On ignore pourquoi ça a cessé. Sans doute par déception dans les deux camps. »

Alors que j'étais encore dans mon landau bleu roi bien suspendu à roues chromées, fille unique à l'époque, et que l'on me promenait, coiffée d'un superbe bonnet, du presbytère aux commerces du village, Tony, lui, faisait affaire avec son contact, s'essayant à prononcer quelques mots en russe avec ce côté crâneur qu'il avait. Je le voyais bien dans le café crasseux d'une gare routière, tirant de la poche intérieure de son costume à double boutonnage une enveloppe de papier kraft pliée en deux. Peut-être avec un sourire et un haussement d'épaules pour s'excuser de la piètre qualité du papier — c'était un perfectionniste. En revanche, je voyais mal son visage. Ces derniers mois, dès que je tentais de m'en souvenir, l'image se dissolvait devant mon œil intérieur. Sans doute la raison pour laquelle j'étais moins tourmentée. À moins qu'à l'inverse ce ne soit mon chagrin moins intense qui ait commencé à effacer ses traits.

Mais pas sa voix. L'oreille interne est l'organe le plus sensible. Je me repassais mentalement la voix de Tony comme j'aurais allumé la radio. Cette façon bien à lui de résister jusqu'au bout à l'intonation montante d'une question et de prendre certaines précautions oratoires — « Si tu le dis », « Je ne le formulerais pas ainsi », « Jusqu'à un certain point », « Une minute » —, ces inflexions snobs héritées des dîners au collège, cette certitude apparente qu'il ne pensait ni n'énonçait quelque chose de stupide ou d'excessif. Seulement des jugements impartiaux, mûrement réfléchis. Voilà pourquoi il m'était si facile d'imaginer ses explications durant un petit déjeuner dans sa maison de campagne, tandis que le soleil du début de l'été entrerait à flots par la porte ouverte avec ses innombrables et inexplicables rivets, traversant le sol dallé pour illuminer le lattis blanchi à la chaux du mur du fond de la salle à manger, celui où était accrochée l'aquarelle peinte par Churchill. Sur la table, entre nous, il y aurait ce café trouble préparé selon la recette dite « de la cruche » et additionné d'une pincée de sel, des toasts insuffisamment grillés, pareils à du pain rassis, sur une assiette vert pâle à l'émail craquelé, et de la marmelade d'oranges amères grossièrement découpées, confectionnée par la sœur de la femme de ménage.

J'entendais d'ici la justification de Tony, contre laquelle, à en juger par son ton, seul un imbécile oserait s'élever. Ma chère. J'espère que tu n'as pas oublié notre premier cours particulier. L'usage de ces nouvelles armes terrifiantes ne peut être limité que par un équilibre des forces, par une crainte mutuelle et un respect mutuel. Même si cela suppose de livrer des secrets à une tyrannie, c'est préférable à la domination sans partage d'une Amérique arrogante. Souviens-toi, s'il te plaît, de ces voix de la droite américaine qui, après 1945, réclamaient le recours à la bombe atomique pour anéantir l'Union soviétique avant qu'elle ait les moyens de riposter. Qui peut ignorer le caractère insidieux de ce raisonnement ? Si le Japon avait possédé une telle arme, il n'y aurait pas eu les horreurs de Hiroshima. Seul l'équilibre de la terreur peut garantir la paix. Je n'ai fait que mon devoir. Nous nous trouvions en pleine guerre froide. Le monde était divisé en deux camps hostiles. Je n'étais pas seul à penser de cette manière. Aussi grotesques que soient ses abus, laissons l'Union soviétique disposer des mêmes armes que nous. Laissons les petits cerveaux m'accuser de trahir l'intérêt national : l'homme raisonnable agit pour la paix dans le monde et pour la survie de la civilisation.

« Eh bien, tu n'as donc rien à dire ? » demanda Max.

Son intonation sous-entendait que j'étais complice, ou plus ou moins responsable. Je gardai un court moment le silence pour neutraliser sa question. « On l'a confronté à la vérité avant sa mort ?

— Je n'en sais rien. Je n'ai que les potins qui descendent au compte-gouttes du cinquième étage. Il y a sûrement eu tout le temps — six mois environ. »

Je revis l'arrivée de cette voiture avec les deux hommes en costume, la promenade que j'avais dû faire dans les bois, notre retour précipité à Cambridge. Durant les minutes qui suivirent la révélation de Max, je ne ressentis pas grand-chose. Je mesurais son impact, je savais que des émotions attendaient leur heure, mais il me faudrait être seule pour les affronter. Dans l'immédiat, je me sentais protégée par une hostilité irrationnelle envers Max, par le réflexe de m'en prendre au messager. Il critiquait Tom Haley à la première occasion, et voilà qu'il s'attaquait à mon ancien amant, essayant d'éliminer les hommes de mon existence. Il aurait pu garder l'histoire de Canning pour lui. Ce n'était qu'une rumeur et, même si elle était fondée, il n'avait aucune raison, professionnellement parlant, de me la révéler. Il s'agissait d'un cas rare de jalousie a priori et a posteriori. Si Max ne pouvait pas m'avoir, alors personne d'autre non plus, pas même quelqu'un du passé.

« Tony n'était pas communiste, dis-je.

— Il a dû y goûter dans les années trente, comme tout le monde.

— Il était membre du parti travailliste. Il avait les faux procès et les purges en horreur. Il a toujours dit qu'il aurait voté pour la défense de la monarchie lors de ce fameux débat de l'Oxford Union. »

Max haussa les épaules. « Je comprends que ce soit difficile. »

Mais il ne pouvait pas comprendre, ni moi, d'ailleurs, pas encore.

En le quittant, j'allai droit à mon bureau, bien décidée à m'abrutir avec les tâches du moment. Il était trop tôt pour réfléchir. Plus exactement, je n'osais pas réfléchir. Sous le choc, je me mis au travail tel un automate. Je faisais équipe avec un officier affable du nom de Chas Mount, ancien militaire et ancien vendeur d'ordinateurs, qui était heureux de me donner des responsabilités. J'accédais enfin à l'Irlande. Nous avions deux agents au sein de l'IRA provisoire — peut-être y en avait-il davantage, mais je n'étais pas au courant. Et chacun de ces deux-là ignorait la présence de l'autre. C'étaient des agents dormants, censés passer quelques années à gravir les échelons de la hiérarchie militaire, mais presque aussitôt nous avions reçu un torrent d'informations de l'un d'eux, concernant le circuit d'approvisionnement en armes. Il allait falloir étendre et rationaliser le fichier en créant des sous-groupes et de nouveaux dossiers, sur les fournisseurs et les intermédiaires, avec des références croisées et des copies carbonées en nombre suffisant pour que toute recherche aboutisse. Nous ne savions rien de nos agents — pour nous, ils étaient seulement « Helium » et « Spade », mais je pensais souvent à eux, aux risques qu'ils encouraient, à la sécurité que m'offrait ce petit bureau minable dont je me plaignais si souvent. C'étaient sûrement des catholiques irlandais, qui retrouvaient leurs contacts dans le minuscule salon d'une maison du Bogside ou dans la salle de réunion d'un pub, conscients que le moindre faux pas, la moindre incohérence pouvait leur valoir une balle dans la nuque. Et que leur cadavre serait abandonné en pleine rue pour que tout le monde puisse voir ce qui arrivait aux indics. Il fallait qu'ils prennent leur rôle au sérieux pour être convaincants. Déjà, pour protéger son identité d'emprunt, Spade avait grièvement blessé deux soldats britanniques tombés dans une embuscade, été impliqué dans la mort de membres de la police royale de l'Ulster, dans la torture et le meurtre d'un informateur de la police.

Spade, Helium, et à présent Volt. Après deux heures d'efforts pour ne pas penser à Tony, j'allai aux toilettes, m'enfermai dans un box, restai assise là quelque temps et m'efforçai d'encaisser la nouvelle. J'avais envie de pleurer, mais mon trouble intérieur était fait d'une colère sèche et d'une déception sans larmes. Tout cela paraissait si ancien, et Tony était mort, et pourtant ses actes semblaient dater de la veille. Je pensais connaître ses arguments, mais ne pouvais les accepter. Tu as trahi tes amis et des collègues, m'entendais-je lui dire lors de ce même petit déjeuner inondé de soleil. C'est un déshonneur, et lorsque cela se saura, ce qui arrivera fatalement, ce sera l'unique souvenir que tu laisseras. Tout ce que tu as accompli d'autre passera au second plan. Ta réputation reposera entièrement là-dessus, car en fin de compte la réalité est avant tout sociale, il nous faut vivre parmi les autres et leurs jugements pèsent lourd. Même, ou surtout, après notre mort. Toute ton existence se résumera désormais dans l'esprit des vivants à quelque chose de minable, effectué en sous-main. Personne ne doutera un instant que tu voulais faire plus de mal que tu n'en as fait, que tu aurais livré des plans entiers si tu avais pu mettre la main dessus. Si tu croyais que tes actes étaient si nobles et rationnels, pourquoi ne pas t'être engagé ouvertement, avoir plaidé publiquement ta cause et affronté les conséquences? Si Staline a pu assassiner et affamer vingt millions de ses concitoyens au nom de la révolution, qui te dit qu'il ne sacrifiera pas davantage de vies dans une guerre nucléaire pour les mêmes raisons? Si un dictateur accorde tellement moins de valeur à l'existence qu'un président américain, où est ton équilibre des forces?

Discuter aux toilettes avec un mort a de quoi vous rendre claustrophobe. Je sortis du box, me rinçai le visage à l'eau froide et remis de l'ordre dans mon apparence, puis je retournai travailler. À l'heure du déjeuner, j'éprouvai un besoin impérieux de quitter le bâtiment. La pluie avait cessé et les trottoirs propres luisaient sous un soleil surprenant. Mais il y avait un vent cinglant et il était impossible de flâner dans le parc. Je longeai Curzon Street d'un pas vif, assaillie par des pensées irrationnelles. J'en voulais à Max de cette révélation, à Tony de n'être plus en vie, de m'avoir abandonnée en me léguant le fardeau de ses erreurs. Parce qu'il m'avait orientée vers ce métier — j'y voyais à présent plus qu'un simple emploi —, je me sentais contaminée par sa déloyauté. Il avait ajouté son nom à une liste peu glorieuse — Nunn May, les Rosenberg, Fuchs —, mais contrairement à eux il n'avait rien livré de significatif. Il ne représentait qu'une note de bas de page dans l'histoire de l'espionnage nucléaire, et moi un codicille à sa traîtrise. Je m'en trouvais diminuée. À l'évidence, c'était l'avis de Max. Encore une raison d'en vouloir personnellement à ce dernier. Je m'en voulais également à moi-même de m'être entichée de lui, d'avoir imaginé qu'un idiot prétentieux aux oreilles en forme d'anses de cruche pouvait me rendre heureuse. Quelle chance pour moi d'avoir été immunisée contre lui par ces fiançailles ridicules!

Je traversai Berkeley Square, où nous nous étions souvenu du chant du rossignol, et obliquai dans Berkeley Street pour me diriger vers Piccadilly Circus. À la station Green Park, je vis les titres de l'édition de la mi-journée des quotidiens du soir. Rationnement de l'essence, crise de l'énergie, discours d'Edward Heath à la nation. Je m'en fichais. Je marchai vers Hyde Park Corner. J'étais trop bouleversée pour avoir faim et déjeuner. J'éprouvais une curieuse sensation de brûlure sous mes voûtes plantaires. Une envie de courir ou de donner des coups de pied. De jouer un match de tennis contre un adversaire redoutable, mais à ma portée. De me déchaîner contre quelqu'un — c'était exactement cela, j'avais envie de faire une véritable scène à Tony, puis de partir sans lui laisser le temps de me quitter. Le vent se mit à souffler plus fort, me gifla le visage quand je tournai dans Park Lane. Des nuages s'amoncelaient au-dessus de Marble Arch, se préparant à me tremper de nouveau. J'accélérai le pas.

Je passai devant le Service des boîtes postales, alors j'y entrai, en partie pour échapper au froid. J'étais venue vérifier quelques heures plus tôt et ne m'attendais pas vraiment à trouver une lettre, mais soudain elle était là, dans ma main, avec le cachet de Brighton, daté de la veille. Je l'ouvris maladroitement, déchirai l'enveloppe comme un enfant le jour de Noël. Qu'il y ait au moins une bonne nouvelle aujourd'hui, me dis-je en m'approchant de la porte vitrée pour lire. *Chère Serena.* C'était bien une bonne nouvelle. Mieux que cela, même. Il s'excusait d'avoir tardé à répondre. Il avait été heureux de faire ma connaissance, avait longuement réfléchi à ma proposition. Il acceptait cet argent avec gratitude, c'était une incroyable opportunité. Et puis venait un dernier paragraphe. J'approchai la lettre de mon visage. Il avait écrit au stylo plume, raturé un mot, fait une tache d'encre. Il posait une condition.

Si cela ne vous ennuie pas, j'aimerais que nous restions en contact régulier — pour deux raisons. La première est que je préférerais que cette Fondation si généreuse ait un visage humain, pour que l'argent qui me sera versé chaque mois ne se résume pas à une opération administrative et impersonnelle. Ensuite, vos commentaires élogieux m'ont beaucoup touché, plus que je ne puis le dire dans ce mot. J'aimerais pouvoir vous montrer mon travail de temps à autre. Je promets de ne pas quêter sans cesse des compliments et des encouragements. J'aimerais que vous me fassiez des critiques en toute franchise. Naturellement, je souhaiterais me sentir libre d'ignorer toute remarque de votre part qui me semblerait infondée. Mais l'essentiel est que, grâce à votre contribution épisodique, je n'écrirai pas dans le vide, et c'est important si je me lance dans un roman. Quant au soutien moral, il ne sera pas trop contraignant. Rien de plus qu'un café de temps à autre. J'appréhende l'écriture d'une œuvre plus longue, surtout maintenant que l'on a placé des espoirs en moi. Je veux me montrer digne de la confiance que vous me témoignez. J'aimerais que les gens de la Fondation qui m'ont choisi aient le sentiment d'avoir pris une décision dont ils peuvent être fiers.

Je vais à Londres samedi matin. Je pourrais vous retrouver à la National Portrait Gallery à dix heures, près du portrait de Keats par Joseph Severn. Ne vous inquiétez pas, si je n'ai pas eu de nouvelles et si vous n'êtes pas là, je n'en tirerai pas de conclusions hâtives.

Meilleures pensées,

TOM HALEY

14

À cinq heures le samedi après-midi, nous étions amants. Cela n'alla pas tout seul, il n'y eut aucune explosion de soulagement ou de plaisir dans l'union des corps et des âmes. Ce ne fut pas l'extase qu'avaient connue Sebastian et Monica, l'épouse cambrioleuse. Pas cette première fois. Ce fut timide et gauche, avec quelque chose de théâtral, comme si nous avions conscience des attentes d'un auditoire. Or l'auditoire était bien réel. Lorsque j'ouvris la porte du numéro soixante-dix pour faire entrer Tom, mes trois colocataires avocates étaient assemblées au pied de l'escalier, tasse de thé à la main, tuant visiblement le temps avant de retrouver leurs chambres et un après-midi de labeur juridique. Je claquai bruyamment la porte derrière moi. Les trois femmes du Nord dévisagèrent avec un intérêt non dissimulé mon nouvel ami qui attendait sur le paillasson. Il y eut abondance de sourires entendus et d'agitation pendant que je faisais à contrecœur les présentations. Si nous étions arrivés cinq minutes plus tard, personne ne nous aurait vus. Dommage.

Plutôt que de conduire Tom dans ma chambre en sentant dans mon dos les échanges de regards et de coups de coude, je l'emmenai dans la cuisine et attendis qu'elles se dispersent. Mais elles s'attardaient. En préparant un thé, j'entendais leurs murmures dans l'entrée. J'aurais voulu oublier leur présence et engager la conversation, mais j'avais l'esprit vide. Sensible à ma gêne, Tom combla le silence en me parlant du Camden Town de *Dombey et fils* de Dickens, de la ligne de chemin de fer au nord de Euston Station, de la tranchée colossale, creusée par les terrassiers irlandais, qui avait transpercé les quartiers pauvres. Il me cita même quelques lignes de mémoire, et ses paroles traduisirent mon désarroi. « On voyait cent mille formes et substances d'un chantier inachevé, mêlées les unes aux autres en un désordre extravagant, sens dessus dessous, fouissant la terre, s'élevant dans les airs, moisissant dans l'eau, aussi incompréhensibles qu'un rêve. »

Enfin mes colocataires retournèrent à leurs bureaux et, quelques minutes plus tard, nous gravîmes l'escalier grinçant avec nos propres tasses de thé. Le silence derrière chacune de leurs portes semblait à notre passage d'une vigilance intense. Je tentai de me rappeler si mon lit grinçait lui aussi, si les murs étaient épais — pensées peu sensuelles. Une fois Tom assis dans ma chambre sur ma chauffeuse, et moi sur le lit, il sembla préférable de poursuivre notre conversation.

De cela au moins, nous étions déjà adeptes. Nous avions passé une heure à la National Portrait Gallery à nous désigner nos portraits préférés. Le mien était une esquisse de Cassandra Austen représentant sa sœur, le sien le Thomas Hardy de William Strang. Contempler des tableaux avec un inconnu est une forme discrète d'exploration mutuelle et de séduction. Il fut facile de glisser de l'esthétique à la biographie — celle des modèles, évidemment, mais aussi celle des peintres, les

245

bribes que nous en connaissions, du moins. Et Tom en savait bien plus que moi. Pour l'essentiel, nous bavardions. Il y avait une part de mise en scène : voici ce que j'aime, voici donc ce que je suis. Ce n'était pas beaucoup s'engager de dire que le portrait réalisé par Branwell Brontë de ses sœurs n'avait rien de flatteur, ou que Hardy racontait qu'on le prenait souvent pour un détective. Passant d'un tableau à l'autre, curieusement, nous nous donnâmes le bras. Difficile de savoir qui avait pris l'initiative. « Le soutien moral commence », dis-je, et nous éclatâmes de rire. Ce fut sans doute là, lorsque sa main se referma ensuite sur la mienne, qu'il parut logique de finir la journée dans ma chambre.

Il était d'une compagnie agréable. Il ne se sentait pas obligé, contrairement à tant d'hommes lors d'un rendez-vous galant — car c'en était désormais un —, de vous faire rire à tout bout de champ ni d'indiquer une œuvre et de la commenter avec solennité, ni de vous assaillir de questions de pure forme. Il était curieux, vous écoutait, proposait une anecdote, en acceptait une. Il semblait à l'aise avec les tours et détours de la conversation. Nous ressemblions à des joueurs de tennis en train de s'échauffer sur leur ligne de fond, envoyant au centre du court ces balles rapides, mais faciles, que l'adversaire retourne d'un coup droit, nous enorgueillissant de notre courtoisie et de notre précision. Oui, je pensais au tennis. Je n'y avais pas joué depuis près d'un an.

Nous allâmes manger un sandwich à la cafétéria du musée, et là tout aurait pu voler en éclats. La conversation s'était éloignée de la peinture — mon répertoire était minuscule — et il avait commencé à parler poésie. Un choix malheureux.

Alors que je lui avais dit avoir une licence d'anglais, impossible de me souvenir de la dernière fois où j'avais lu un poème. Personne ne lisait de poésie dans mon entourage. Même au lycée j'avais réussi à passer au travers. Nous ne « faisions » jamais de poésie. Des romans, bien sûr, et deux ou trois pièces de Shakespeare. J'acquiesçai d'un air approbateur tandis qu'il m'expliquait ce qu'il venait de relire. Je savais ce qui m'attendait, et j'essayais d'avoir une réponse prête, en conséquence de quoi je ne l'écoutais pas. S'il m'interrogeait, pouvais-je mentionner Shakespeare ? À cet instant précis, j'étais incapable de citer le titre d'un seul de ses sonnets. Certes, il y avait Keats, Byron, Shelley, mais qu'avaient-ils écrit que j'aurais pu aimer ? Il y avait aussi les poètes contemporains, bien sûr que je connaissais leurs noms, mais le trac les effaçait, ne laissant que du blanc. L'angoisse qui montait m'isolait comme une tempête de neige. Pouvais-je défendre la thèse selon laquelle une nouvelle était une sorte de poème ? Même si je retrouvais le nom d'un poète, il faudrait que je donne un titre précis. Eh bien voilà. Je ne pouvais pas citer un seul poème au monde. Pas à cette minute. Il venait de me poser une question, me dévisageait, attendait. *L'enfant se tenait sur le pont en flammes.* Il répéta sa question.

« Qu'en penses-tu ?

— Ce n'est pas vraiment mon genre de... » Je m'interrompis. L'alternative était la suivante : donner la preuve de mon imposture, ou bien avouer. « Écoute, j'ai un aveu à te faire. Je comptais t'en parler tôt ou tard. Autant le dire maintenant. Je t'ai menti. Je n'ai pas de licence d'anglais.

— Tu as commencé à travailler aussitôt après le lycée ? » Il semblait m'encourager, m'observait comme dans le souvenir que je gardais de notre entretien, à la fois bienveillant et taquin.

« J'ai passé une licence de maths.

— À Cambridge ? Diantre. Pourquoi le cacher ?

— Je redoutais que tu prennes moins au sérieux mon opinion sur tes nouvelles. C'était stupide, je le sais. Je me suis fait passer pour celle que j'aurais aimé être à une époque.

— C'est-à-dire ? »

Alors je lui racontai tout : ma boulimie de lecture à grande vitesse, ma mère qui m'avait dissuadée d'étudier l'anglais, mes déboires d'étudiante en mathématiques à Cambridge, le fait que je continuais à lire, aujourd'hui encore. Que j'espérais qu'il me pardonnerait. Et que j'aimais réellement ses nouvelles.

« Tu sais, une licence de maths demande bien plus de travail. Tu as toute la vie pour lire de la poésie. À commencer par le poète dont je te parlais.

— J'ai déjà oublié son nom.

— Edward Thomas. Quant au poème : émouvant et démodé. Pas vraiment de quoi révolutionner la poésie. Mais il est touchant, l'un des poèmes les plus connus et les plus aimés de la langue anglaise. Incroyable que tu ne le connaisses pas. Tu vas avoir tellement de choses à découvrir ! »

Nous avions déjà réglé notre déjeuner. Il se leva brusquement, me prit par le bras et m'entraîna hors du musée, le long de Charing Cross Road. Ce qui aurait pu tourner à la catastrophe nous rapprochait, même s'il s'avérait que mon nouvel ami déclarait sa flamme de manière traditionnelle. Au sous-sol d'une librairie d'occasion de St Martin's Court, nous nous installâmes dans un coin avec l'édition brochée d'une anthologie des œuvres d'Edward Thomas, que Tom m'ouvrit à une page précise.

Docilement, je lus et levai les yeux. « Très joli.

— Tu ne peux pas avoir lu ce poème en trois secondes. Savoure-le lentement. »

Il n'y avait pas grand-chose à savourer. Quatre quatrains aux vers brefs. Un train marque un arrêt inhabituel dans une petite gare perdue, personne ne monte ni ne descend, quelqu'un tousse, un oiseau chante, il fait chaud, il y a des fleurs et des arbres, du foin qui sèche dans les champs, et encore des oiseaux. C'était tout.

Je refermai le livre. « C'est beau. »

La tête inclinée, il souriait patiemment. « Tu ne saisis pas.

— Bien sûr que si.

— Alors raconte-moi.

— Comment ça ?

— Donne-moi tous les détails dont tu te souviens. »

Je les lui donnai donc, vers par vers ou presque, sans oublier les meules de foin, les nuages légers, les saules et la reine-des-prés, ainsi que l'Oxfordshire et le Gloucestershire. Impressionné, il me regardait bizarrement, comme s'il venait de faire une découverte.

« Aucun problème de mémoire. Maintenant essaie de retrouver les émotions. »

Nous étions les seuls clients au sous-sol de la librairie, et il n'y avait pas de fenêtres, seulement deux ampoules de faible puissance, sans abat-jour. Une agréable et soporifique odeur de poussière flottait, comme si les livres avaient volé presque tout l'air.

« Je suis certaine qu'il n'est pas question d'émotions.

— Quel est le premier mot de ce poème ?

— "Oui".

— Bien.

— Et le vers entier : "Oui, je me souviens d'Adelstrop." »

Il se rapprocha. « Le souvenir d'un nom et rien d'autre, le calme, la beauté, le caractère arbitraire de cet arrêt, la sensation de l'existence à l'état pur, d'être suspendu dans l'espace et le temps, juste avant une guerre cataclysmique. »

Je tournai la tête vers lui et ses lèvres effleurèrent les miennes. « Ce poème ne parle pas de guerre », dis-je très doucement.

Il me prit le livre des mains tandis que nous échangions un baiser, et je me rappelai qu'au moment où Neil Carder embrassait son mannequin pour la toute première fois, celle-ci avait les lèvres *dures et froides à force de ne faire confiance à personne.*

Je veillai à ce que les miennes soient douces.

Plus tard, nous revînmes sur nos pas, traversant Trafalgar Square pour rejoindre St James's Park. Là, au milieu de bambins à la démarche mal assurée et aux mains remplies de pain pour les canards, nous évoquâmes nos sœurs. La sienne, Laura, autrefois d'une grande beauté, de sept ans son aînée, avait fait son droit pour devenir avocate, eu un avenir prometteur, et puis, après quelques affaires difficiles et à cause d'un mari qui l'était tout autant, elle avait peu à peu sombré dans l'alcoolisme et tout perdu. Sa descente aux enfers avait été entrecoupée de tentatives de sevrage presque réussies, de retours héroïques au prétoire, jusqu'à ce que la boisson précipite à nouveau sa déchéance. Divers rebondissements avaient eu raison de la patience familiale. Coup de grâce, un accident de la route dans lequel sa benjamine, une fillette de cinq ans, avait perdu un pied. Elle avait trois enfants de deux pères différents. Laura était passée par tous les filets de sécurité que pouvait inventer un État moderne et libéral. Elle vivait à présent dans un foyer d'hébergement de Bristol, mais la direction s'apprêtait à la mettre dehors. Ses enfants étaient élevés par leurs pères et leurs belles-mères. Tom avait une sœur plus jeune, Joan, mariée à un pasteur anglican qui s'occupait également d'eux, et deux ou trois fois par an lui-même emmenait ses deux nièces et son neveu en vacances.

Ses parents étaient merveilleux avec leurs petits-enfants. Mais Mr et Mrs Haley venaient de traverser vingt ans de coups durs, de faux espoirs, de situations gênantes et d'urgences nocturnes. Ils redoutaient le prochain coup de téléphone de leur fille et vivaient dans la tristesse et la culpabilité. Ils avaient beau aimer Laura, maintenir vivante sur le manteau de la cheminée, dans les photos à cadre argenté de son dixième anniversaire, de la remise de son diplôme d'avocate et de son premier mariage, l'image de ce qu'elle avait été, même eux ne pouvaient nier qu'elle était devenue quelqu'un d'horrible — horrible à regarder, à écouter, à sentir. Horrible, aussi, de se souvenir de son intelligence tranquille, puis de l'entendre s'apitoyer sur son sort pour obtenir de l'aide, mentir et faire des serments d'ivrogne. Sa famille avait essayé toutes les approches, les suppliques, les remontrances discrètes, puis les mises en cause explicites, les cliniques, les thérapies et les nouveaux médicaments prometteurs. Les Haley avaient pratiquement épuisé toutes leurs larmes, tout le temps et l'argent dont ils disposaient, et ne pouvaient plus faire grand-chose d'autre que réserver leur tendresse et leurs ressources à leurs petits-enfants, et attendre l'hospitalisation et la mort de leur fille.

Dans cette course à la déchéance, ma sœur Lucy n'arrivait pas à la cheville de Laura. Elle avait abandonné ses études de médecine et était retournée vivre près de nos parents, alors même qu'elle se découvrait, au fil d'une thérapie, des réserves de colère rentrée envers ma mère et le rôle de celle-ci dans son avortement. Chaque ville abrite une petite société qui se refuse ou échoue, parfois avec un certain bonheur, à passer à l'étape suivante, à changer de cadre. Lucy trouva une communauté douillette d'anciens amis du lycée qui étaient revenus trop tôt de leurs incursions chez les hippies, dans les écoles d'art et les universités, et coulaient une existence marginale dans leur agréable ville natale. Malgré les crises et les états d'urgence, c'étaient les années rêvées pour rester sans emploi. Sans poser trop de questions indiscrètes, l'État payait les loyers et allouait une somme hebdomadaire aux artistes, comédiens au chômage, musiciens, mystiques et thérapeutes, ainsi qu'à tout un réseau de citoyens qui faisaient profession de fumer du cannabis et de s'en vanter. Ils défendaient bec et ongles cette allocation hebdomadaire comme un droit chèrement acquis, bien que chacun, même Lucy, ait su en son for intérieur qu'elle n'était pas destinée à maintenir les classes moyennes dans une telle oisiveté ludique.

Devenue une contribuable aux revenus modestes, j'éprouvais un profond scepticisme à l'égard de ma sœur. Elle était intelligente, brillante élève en biologie et en chimie au lycée, gentille et compatissante. J'aurais voulu qu'elle devienne médecin. Qu'elle garde ses aspirations d'autrefois. Elle partageait gratuitement avec une autre femme, qui enseignait les arts du cirque, une maison victorienne, mitoyenne, restaurée par la municipalité. Elle pointait au chômage, fumait du haschich, et, trois heures par semaine, elle vendait des bougies arc-en-ciel sur le marché du centre-ville. Lors de ma dernière visite chez nos parents, elle évoqua ce monde névrosé, concurrentiel, « formaté » qu'elle avait laissé derrière elle. Quand j'insinuai que c'était également le monde qui lui permettait de mener une existence oisive, elle avait ri et répondu : « Ce que tu peux être de droite, Serena ! »

En parlant de mes origines familiales et en contant cette anecdote à Tom, j'avais conscience que lui-même s'apprêtait à vivre aux frais de l'État bien plus confortablement, grâce aux fonds secrets, cette fraction du budget de l'État sur laquelle le Parlement n'avait aucun droit de regard. Mais T. H. Haley allait travailler dur et produire de grands romans, pas des bougies arc-en-ciel ou des tee-shirts délavés avec art. Tandis que nous faisions trois ou quatre fois le tour du parc, je me sentis gênée de lui dissimuler certaines informations, mais me rassurai au souvenir de sa visite à la Fondation qui nous servait de caution, et de ses commentaires approbateurs. Personne ne lui dirait qu'écrire ou penser, ni comment vivre. J'avais contribué à donner plus de liberté à un artiste authentique. Peut-être les mécènes de la Renaissance se sentaient-ils comme moi. Généreux, au-dessus des contingences immédiates. Si cela paraît présomptueux, n'oubliez pas que j'étais un peu ivre, illuminée de l'intérieur par un long baiser au sous-sol de la librairie. Comme Tom. Parler de nos sœurs moins chanceuses était une façon inconsciente de contenir notre joie, de garder les pieds sur terre. Sinon, nous nous serions envolés au-dessus de Horse Guards

Parade, de Whitehall, et aurions traversé le fleuve, surtout après cet arrêt sous un chêne encore couvert de feuilles aux tons roux, contre le tronc duquel Tom m'avait immobilisée pour un nouveau baiser.

Cette fois je l'enlaçai, découvrant sous le ceinturon de son jean d'abord la minceur nerveuse de sa taille, puis ses fesses fermes et musclées. Je me sentais faible et fiévreuse, me demandais si je n'avais pas attrapé la grippe. J'avais envie de m'allonger près de lui et de contempler son visage. Nous décidâmes d'aller chez moi, mais prendre les transports en commun était au-dessus de nos forces et nous n'avions pas de quoi nous offrir un taxi. Alors nous marchâmes. Tom portait mes livres, l'anthologie d'Edward Thomas et son second cadeau, l'*Oxford Book of English Verse*. De Buckingham Palace à Hyde Park Corner, le long de Park Lane, puis la rue où je travaillais — ce que j'omis de préciser — et la lente remontée d'Edgware Road, laissant derrière nous les nouveaux restaurants arabes avant de tourner à droite dans St John's Wood Road, de dépasser le terrain de cricket Lord et de contourner le haut de Regent's Park pour atteindre Camden Town. Il y avait des raccourcis, mais ils nous échappèrent ou peu nous importait. Nous savions vers quoi nous allions. Et ne pas trop y penser nous aidait à marcher d'un pas plus léger.

À la manière des nouveaux amoureux, nous parlions de nos familles, nous situant mutuellement dans l'ordre du monde, comparant nos fortunes respectives. Soudain, Tom se demanda comment je pouvais me passer de poésie.

« Eh bien tu m'apprendras à ne plus pouvoir m'en passer », répliquai-je. Ces mots me rappelèrent que notre rendez-vous pouvait être sans lendemain et que je devais me préparer à cette éventualité.

Grâce à la fiche biographique donnée par Max, je connaissais dans ses grandes lignes l'histoire de la famille de Tom. La chance lui avait plutôt souri, malgré Laura et une mère agoraphobe. Nous avions partagé l'existence protégée et prospère des enfants de l'après-guerre. Son père, un architecte proche de la retraite, travaillait pour les services de l'urbanisme du Kent. Comme moi, Tom était le produit d'un bon lycée traditionnel. Celui de Sevenoaks. Il avait choisi l'université du Sussex plutôt que celles d'Oxford ou de Cambridge parce que l'intitulé des cours lui plaisait (« thématique, plus que chronologique »), et qu'il arrivait à ce moment de la vie où il est intéressant de décevoir les attentes d'autrui. Je ne le crus pas tout à fait quand il affirma n'avoir aucun regret. Sa mère avait été professeur de piano dans plusieurs établissements, jusqu'à ce qu'une angoisse croissante de sortir de chez elle la contraigne à donner des cours à domicile. La vue du ciel, du moindre nuage, suffisait à la mettre dans un état proche de la panique. Nul ne connaissait la cause de cette agoraphobie. L'alcoolisme de Laura était venu plus tard. Joan, l'autre sœur de Tom, était dessinatrice de mode avant son mariage avec le pasteur anglican — d'où le mannequin de Neil Carder, et le pasteur Alfredus, me dis-je en moi-même.

Son master de relations internationales portait sur le procès de Nuremberg, sa thèse de doctorat sur *The Faerie Queene*. Il adorait la poésie de Spenser, même s'il doutait que je sois tout à fait prête à en lire. Nous longions Prince Albert Road, d'où nous entendions les animaux du zoo de Londres.

Il avait terminé sa thèse pendant l'été, l'avait fait relier avec une couverture cartonnée, et un titre en relief et en lettres dorées. Elle contenait des remerciements, un résumé, des notes de bas de page, une bibliographie, un index, et quatre cents pages d'analyse minutieuse. La perspective de retrouver la liberté relative de la fiction était pour lui un soulagement. J'évoquai mon propre parcours, après quoi, tout le long de Parkway jusqu'à l'entrée de Camden Road, nous partageâmes un silence de bonne compagnie, chose rare chez deux inconnus.

Je m'inquiétais au sujet de mon lit défoncé, me demandais s'il supporterait notre poids. Mais qu'importait. Qu'il traverse donc le plancher pour atterrir sur le bureau de Tricia, Tom serait avec moi. Je me trouvais dans un étrange état d'esprit. Un mélange de désir intense, de tristesse et de triomphe modeste. La tristesse venait de notre passage devant Leconfield House, qui avait réveillé le souvenir de Tony. Toute la semaine j'avais de nouveau été hantée par sa mort, mais sur un autre mode. Était-il resté seul, avec ses justifications et son aplomb, jusqu'à la fin ? Savait-il ce qu'avait dit Lyalin à ceux qui l'interrogeaient ? Quelqu'un du cinquième étage était peut-être allé à Kumlinge pour l'absoudre en échange des informations qu'il détenait. À moins qu'un émissaire de l'autre camp ne soit arrivé impromptu pour orner son vieil anorak de l'Ordre de Lénine. J'essayais de lui épargner mes sarcasmes, en vain le plus souvent. Je me sentais doublement trahie. Il aurait pu me dire la vérité sur ces deux hommes dans une limousine noire avec chauffeur, m'avouer qu'il était malade. Je l'aurais aidé, j'aurais fait tout ce qu'il demandait. Je serais même allée vivre avec lui sur une île de la Baltique.

Ma modeste victoire, c'était Tom. J'avais reçu le mot espéré, une ligne dactylographiée de Peter Nutting me remerciant pour « ce quatrième homme ». Sa petite touche d'humour. J'avais recruté le quatrième écrivain de l'opération Sweet Tooth. J'observai Tom à la dérobée. Si mince, marchant près de moi à grands pas, les mains enfoncées dans les poches de son jean, la tête tournée, sans un regard pour moi, poursuivant peut-être une idée. Je me sentais déjà fière de lui, et un petit peu de moi, aussi. Sauf s'il le souhaitait, il n'aurait plus jamais besoin de penser à *The Faerie Queene* ni à Edmund Spenser. La reine des fées de l'opération Sweet Tooth avait libéré Tom de l'université.

Nous étions donc enfin chez moi, dans ma chambre de trois mètres sur quatre, Tom sur ma chauffeuse d'occasion, moi au bord de mon lit. Autant parler encore un peu. Mes colocataires entendraient le bourdonnement de nos voix et ne tarderaient pas à se désintéresser de nous. Et puis la conversation ne risquait pas de retomber, car aux quatre coins de la pièce, en piles sur le sol ou la commode, se trouvaient deux cent cinquante sujets possibles, sous forme de romans en édition de poche. Tom avait enfin la preuve que j'étais bien une grande lectrice, pas seulement une écervelée ne connaissant rien à la poésie. Pour nous détendre, nous amener en douceur sur ce lit où j'étais assise, nous parlâmes littérature avec insouciance et légèreté, essayant à peine de défendre notre point de vue lorsque nous tombions en désaccord, ce qui se produisait à chaque instant. Il n'avait pas de temps à perdre avec mes romancières — de la main, il balaya les Byatt et les Drabble, Monica Dickens et Elizabeth Bowen, dont j'avais habité les œuvres avec tant de bonheur. Il repéra *La place du conducteur* de Muriel Spark, et en fit l'éloge. Je lui dis que je l'avais trouvé trop schématique et préférais *Le bel âge de Miss Brodie*. Il hocha la tête, mais pas en signe d'acquiescement, sembla-t-il, plutôt comme un thérapeute qui comprenait mieux mon problème. Sans quitter la chauffeuse, il se pencha en avant et saisit *Le Mage* de John Fowles dont il admirait certaines parties, de même que tout *L'Obsédé* et *Sarah et le lieutenant français*. J'expliquai que je n'aimais pas les tours de passe-passe, que je préférais voir la vie telle que je la connaissais recréée sur la page. Il rétorqua qu'il était impossible de recréer la vie sur la page sans tours de passe-passe. Il se leva, alla jusqu'à la commode et prit un B. S. Johnson, *Albert Angelo*, celui avec des pages perforées. Il admirait également cet auteur. Moi, je le détestais. Il fut stupéfait de voir un exemplaire des *Celebrations* d'Alan Burns — de loin le meilleur romancier expérimental du pays, tel fut son verdict. Je ne l'avais pas encore ouvert. Il découvrit que je possédais quelques livres publiés par John Calder. Le plus beau catalogue qu'on puisse trouver. Je le rejoignis près de la commode. Je confessai n'avoir pas réussi à lire plus de vingt pages d'une seule traite. Sans parler de la qualité de l'impression ! Et J. G. Ballard ? — il apercevait trois titres. Impossible de m'infliger cela, trop apocalyptique, dis-je. Lui aimait tout ce que faisait Ballard. C'était un esprit audacieux et brillant. Nous éclatâmes de rire. Tom promit de me lire un poème de Kingsley Amis, « Idylle dans une librairie », sur les goûts divergents des hommes et des femmes. Un peu sentimental à la fin, ajouta-t-il, mais drôle et sincère. Je répondis que je n'aimerais sans doute pas, sauf la fin. Il m'embrassa, et c'en fut terminé de notre discussion littéraire. Nous partîmes vers le lit.

Ce fut laborieux. Nous venions de parler pendant des heures, faisant comme si nous ne pensions pas constamment à ce moment. Nous ressemblions à des correspondants qui, chacun dans sa langue, échangent des lettres parlant de tout et de rien, puis de plus en plus intimes, et qui découvrent, la première fois qu'ils se rencontrent, qu'ils doivent repartir de zéro. Son style était nouveau pour moi. J'étais à nouveau assise au bord du lit. Après un unique baiser, et sans plus de préliminaires, il se pencha et entreprit de me déshabiller méthodiquement, efficacement, comme pour mettre un enfant en pyjama à l'heure du coucher. Il se serait mis à chantonner que je n'en aurais pas été surprise. En d'autres circonstances, si nous avions été plus proches, il aurait pu s'agir d'un jeu de rôles aussi tendre qu'excitant. Mais la scène se déroulait en silence. Je ne comprenais pas pourquoi et j'eus un sentiment de malaise. Quand il referma les bras autour de mes épaules pour dégrafer mon soutien-gorge, j'aurais pu le caresser, je fus sur le point de le faire, puis je me ravisai. Me soutenant la tête, il m'étendit doucement sur le lit et m'enleva ma culotte. Rien de tout cela n'avait le moindre attrait pour moi. La tension devenait insupportable. Il fallait que j'intervienne.

Je me levai d'un bond. « À ton tour », dis-je. Docilement, il s'assit à ma place. Je vins me placer devant lui, de sorte que mes seins étaient au ras de son visage, et je déboutonnai sa chemise. Je vis qu'il bandait. « C'est l'heure où les grands garçons vont au lit. » Quand il prit mon mamelon dans sa bouche, je crus que tout irait bien. J'avais presque oublié cette sensation brûlante, électrique et perçante qui se répandit à la base de mon cou et descendit jusqu'à mon périnée. Lorsque Tom repoussa drap et couverture et s'allongea, je m'aperçus qu'il n'avait plus d'érection et redoutai de n'avoir pas fait ce qu'il fallait. Je fus également perplexe à la vue de sa toison pubienne — si légère qu'elle en était presque inexistante, quelques poils lisses et soyeux comme des cheveux. Nous nous embrassâmes à nouveau — c'était son point fort —, mais quand je pris son sexe dans ma main, il resta inerte. Je dirigeai sa tête vers mes seins, puisque cela avait déjà marché. Un partenaire inconnu. Un nouveau jeu de cartes à apprendre. Mais il descendit plus bas que mes seins, baissa la tête et me caressa magnifiquement avec sa langue. En moins d'une fabuleuse minute, je jouissais, avec un petit cri que je déguisai en toux étranglée à l'intention des avocates au rez-de-chaussée. Lorsque je repris mes esprits, je fus soulagée de le voir bander à nouveau. Mon plaisir avait libéré le sien. Je l'attirai alors vers moi et tout commença.

Ce ne fut une expérience marquante ni pour lui ni pour moi, mais nous allâmes jusqu'au bout, nous sauvâmes la face. La difficulté pour moi venait en partie, je l'ai dit, de ma conscience de la présence des trois autres, qui semblaient n'avoir aucune vie amoureuse et tendaient sans doute l'oreille pour distinguer un son d'origine humaine entre les grincements des ressorts du lit. Et en partie du silence de Tom. Il ne disait rien d'engageant, de tendre ou d'élogieux. Même sa respiration ne changeait pas. Je ne pus m'empêcher de penser qu'il mémorisait nos ébats pour en faire usage plus tard, prenait mentalement des notes, créait ou transformait des répliques à son gré, cherchait un détail sortant de l'ordinaire.

La nouvelle sur le faux pasteur me revint une fois encore en mémoire, et Jean au clitoris « monstrueux », de la taille du pénis d'un garçonnet. Qu'avait pensé Tom du mien, pendant qu'il en mesurait la longueur avec sa langue ? Trop ordinaire pour mériter qu'on s'en souvienne ? Quand Edmund et Jean se retrouvent dans l'appartement de Chalk Farm et font l'amour, elle atteint l'orgasme et produit une série de *bêlements aigus, aussi purs et à intervalles aussi réguliers que les bips sonores donnant l'heure à la BBC.* Que valaient alors mes petits cris poliment étouffés ? De telles questions généraient des considérations malsaines. Neil Carder se réjouit de « l'immobilité » de son mannequin, il frissonne de plaisir à l'idée qu'elle puisse le mépriser et l'ignorer. Était-ce cela que Tom voulait, la passivité totale chez une femme, une réserve qui *finissait par opérer un retournement complet pour devenir son contraire, une force qui anéantissait Carder, le dévorait ?* Devais-je rester complètement immobile et laisser mes lèvres s'entrouvrir en fixant le plafond ? J'en doutais et ne prenais aucun plaisir à ces spéculations.

J'ajoutai à mon tourment en imaginant qu'il sortirait un calepin et un crayon de sa veste dès que nous aurions terminé. Je le jetterais dehors, évidemment ! Ces pensées toxiques n'étaient pourtant que de mauvais rêves. Il était allongé sur le dos, ma tête sur son bras. Il ne faisait pas froid, mais nous avions ramené sur nous le drap et la couverture. Nous somnolâmes quelques minutes. Je me réveillai lorsque la porte d'entrée claqua en bas et que j'entendis les voix de mes colocataires s'éloigner dans la rue. Nous étions seuls dans la maison. Sans réussir à le voir, je sentis que Tom se réveillait. Il garda quelque temps le silence, puis proposa de m'inviter dans un bon restaurant. L'argent de la Fondation n'était pas encore arrivé, mais il était sûr que cela ne tarderait pas. J'acquiesçai de la tête. Max avait signé l'autorisation de virement deux jours plus tôt.

Nous allâmes au White Tower, à l'extrémité sud de Charlotte Street, dîner de *kleftiko* d'agneau avec des pommes de terre sautées, le tout arrosé de trois bouteilles de retsina. Nous étions de taille. Quel exotisme, de faire un repas financé par les Fonds secrets sans avoir le droit d'en parler! Je me sentais tellement adulte. Tom me raconta que pendant la guerre, ce célèbre restaurant avait servi du jambon en boîte *à la grecque**. Nous ironisâmes sur le fait que cette époque serait bientôt de retour. Il me donna des détails sur la vie littéraire du quartier tandis que je souriais béatement, ne l'écoutant pas vraiment car, une fois encore, une sorte de musique résonnait dans mon esprit, une symphonie, cette fois, un mouvement aussi lent et majestueux que du Mahler. Ici même, dans cette salle, expliquait Tom, Ezra Pound et Wyndham Lewis ont fondé *Blast*, leur magazine vorticiste. Ces noms ne me disaient rien. Nous rentrâmes à pied de Fitzrovia à Camden Town, bras dessus bras dessous, en racontant n'importe quoi. À notre réveil le lendemain matin dans ma chambre, le nouveau jeu de cartes n'avait plus de secrets pour moi. En fait, c'était un plaisir.

15

Avec la fin du **mois** d'octobre revint le rite annuel de la mise à l'heure d'hiver des pendules, qui referma le couvercle de l'obscurité sur nos après-midi, assombrissant encore l'humeur de la nation. Novembre commença par une nouvelle vague de froid et il plut presque tous les jours. Tout le monde parlait de « la crise ». Le gouvernement émettait des bons de rationnement pour l'essence. On n'avait rien vu de pareil depuis la dernière guerre. L'impression générale était qu'il y aurait de mauvais moments à passer, mais difficile de prévoir lesquels et impossible de les éviter. On soupçonnait le « tissu social » de se déliter, bien que personne n'ait vraiment su ce que cela entraînerait. Mais j'étais heureuse et très occupée, j'avais enfin un amant, j'essayais de ne plus broyer du noir au sujet de Tony. Ma colère contre lui faisait place ou, du moins, se mêlait au remords de l'avoir condamné si sévèrement. J'avais eu tort de perdre de vue cette idylle lointaine, notre été edwardien dans le Suffolk. À présent j'étais avec Tom, je me sentais protégée, je pouvais me permettre de penser avec nostalgie, plutôt que sur un mode tragique, à mon histoire avec Tony. Peut-être avait-il trahi son pays, mais il m'avait fait démarrer dans l'existence.

Je repris l'habitude de lire les journaux. C'était le courrier des lecteurs qui m'attirait le plus, ces plaintes et lamentations que la profession surnommait, avais-je appris, la page « pourquoi-oh-pourquoi ». Comme dans : pourquoi, oh pourquoi les universitaires se réjouissaient-ils du carnage causé par l'IRA provisoire et idéalisaient-ils l'Angry Brigade et la Fraction Armée Rouge ? Notre empire et notre victoire lors de la Seconde Guerre mondiale nous hantaient et nous accusaient, mais pourquoi, oh pourquoi devions-nous stagner parmi les ruines de notre grandeur passée ? Alors que la délinquance grimpait en flèche, que les incivilités se multipliaient, que nos rues étaient sales, notre économie et notre moral au plus bas, notre niveau de vie inférieur à celui de l'Allemagne de l'Est communiste, nous nous divisions, agressifs et incohérents. Des fauteurs de troubles rêvant d'insurrection démantelaient nos traditions démocratiques, la télévision grand public était d'une débilité hystérique, les téléviseurs couleur coûtaient trop cher et tout le monde s'entendait pour dire qu'il n'y avait plus d'espoir, que le pays était fichu, notre heure de gloire révolue. Pourquoi, oh pourquoi ?

Je suivais également l'affligeante actualité quotidienne. Au milieu du mois, les importations de pétrole avaient chuté, les Charbonnages offraient seize et demi pour cent d'augmentation aux mineurs, mais, saisissant l'occasion offerte par l'OPEP, ces derniers tenaient à leurs trente-cinq pour cent et entamaient une grève des heures supplémentaires. On renvoyait les enfants chez eux faute de chauffage dans les écoles, on éteignait l'éclairage public pour économiser l'énergie, on lançait l'idée d'une semaine de trois jours pour tout le monde à cause de la pénurie d'électricité. Le gouvernement annonça le cinquième état d'urgence. Certains voulaient satisfaire les revendications des mineurs, d'autres disaient à bas les gros bras et les maîtres chanteurs. Je suivais tout cela, me découvrais un goût pour l'économie. Je connaissais les chiffres et les raisons de la crise. Mais je m'en moquais. Spade et Helium m'absorbaient, j'essayais d'oublier Volt, et je mettais tout mon cœur dans Sweet Tooth, dans la partie de l'opération qui m'appartenait en privé. Celle qui me faisait partir chaque week-end, au sortir du bureau, pour Brighton où Tom habitait un deux-pièces au dernier étage d'une étroite maison blanche près de la gare. Clifton Street ressemblait à une rangée de gâteaux de Noël enrobés de glaçage, l'air était limpide, nous avions notre intimité, un lit moderne et en pin, un matelas silencieux et ferme. En quelques semaines, je me sentis chez moi dans cet appartement.

La chambre était à peine plus large que le lit. Il n'y avait pas assez de place pour ouvrir la porte de la penderie de plus d'une vingtaine de centimètres. Il fallait plonger le bras à l'intérieur et chercher ses vêtements à tâtons. Je me réveillais parfois tôt le matin au son de la machine à écrire de Tom de l'autre côté du mur. La pièce où il travaillait servait à la fois de cuisine et de salon, et donnait une impression d'espace. La charpente avait été mise à nu par le maçon ambitieux qui était aussi le propriétaire. Le cliquetis irrégulier des touches et le cri des mouettes : voilà les bruits qui me réveillaient et, les yeux clos, je me délectais de la transformation de mon existence. Comme je m'étais sentie seule à Camden, surtout après le départ de Shirley. Quel plaisir, désormais, d'arriver à dix-neuf heures le vendredi après une semaine pénible et de gravir les quelques centaines de mètres à flanc de colline sous la lumière des lampadaires, humant l'odeur de la mer avec la sensation que Brighton était aussi loin de Londres que Nice ou Naples, sachant que Tom aurait mis une bouteille de vin blanc dans le minuscule réfrigérateur et deux verres à pied sur la table de la cuisine! Nos week-ends étaient simples. Nous faisions l'amour, nous lisions, nous nous promenions sur le front de mer ou parfois sur les Downs, et nous mangions au restaurant — en général dans les petites rues commerçantes. Et Tom écrivait.

Il travaillait sur une Olivetti portable, assis à une table pliante recouverte de feutrine verte, poussée dans un angle. Il se levait pendant la nuit ou à l'aube pour écrire jusqu'à neuf heures environ, se recouchait, me faisait l'amour, puis dormait jusqu'à midi tandis que j'allais prendre un café et un croissant près du marché. Les croissants étaient une nouveauté en Angleterre à l'époque, et rendaient d'autant plus exotique ce quartier de Brighton. Je lisais le journal de la première à la dernière page, sauf les sports, puis j'allais acheter de quoi préparer notre brunch à base d'œufs au bacon.

Tom recevait l'argent de la Fondation — comment, sinon, aurions-nous eu les moyens de manger chez Wheeler's et de remplir le frigo de chablis? En novembre et en décembre, il donnait ses derniers cours et travaillait à deux nouvelles. Il avait rencontré à Londres l'éditeur et poète Ian Hamilton qui lançait une revue littéraire, la *New Review*, et voulait que Tom lui soumette une nouvelle pour l'un des premiers numéros. Il avait lu toutes les publications de Tom et lui avait dit autour d'un verre, à Soho, que c'était « assez valable », « pas mal du tout » — des propos élogieux venant de lui, apparemment.

Avec la tendance des nouveaux amants à l'autocélébration, nous avions instauré un certain nombre de rituels, de mots doux, de fétiches, et le déroulement du samedi soir était bien rodé. Nous faisions souvent l'amour en début de soirée — notre « principal repas de la journée ». Le « câlin » du matin ne comptait pas vraiment. En proie à un mélange d'euphorie et de lucidité post-coïtale, nous nous habillions pour aller dîner au restaurant, et avant de quitter l'appartement nous buvions la quasi-totalité d'une bouteille de chablis. Le chablis était un clin d'œil, James Bond aimant bien ce vin, semblait-il. Tom passait de la musique sur sa nouvelle chaîne stéréo, souvent du be-bop, rien de plus pour moi qu'un flot syncopé de notes aléatoires, mais dont j'appréciais la sophistication et le cosmopolitisme séduisant. Puis nous sortions dans le vent glacial qui soufflait de la mer et descendions d'un pas nonchalant la colline pour rejoindre le quartier piétonnier et, en général, le restaurant de poissons Wheeler's. Dans un état d'ébriété plus ou moins avancé, Tom y avait assez souvent laissé de généreux pourboires aux serveurs pour nous valoir une certaine popularité, et l'on nous conduisait avec égards à « notre » table, opportunément placée sur le côté afin que nous puissions observer et railler les autres clients. Nous étions sûrement insupportables. Nous mettions un point d'honneur à dire aux serveurs que, pour l'entrée, ce serait « comme d'habitude » : deux coupes de champagne et une douzaine d'huîtres. Je ne suis pas certaine que nous les ayons vraiment aimées, mais nous aimions leur idée, ces fruits de mer venus de la nuit des temps, disposés en ovale entre le persil et les citrons coupés en deux, et, scintillant sous l'opulente lumière des bougies, la glace pilée, le plat d'argent, le flacon de sauce aux piments.

Lorsque nous ne parlions pas de nous, il nous restait toute la politique : la crise sociale, le Moyen-Orient, le Vietnam. Logiquement, nous aurions dû nous montrer plus ambivalents sur une guerre destinée à contenir le communisme, mais nous adoptions la vision orthodoxe propre à notre génération. C'était un combat meurtrier, cruel, à l'évidence un échec. Nous suivions aussi le feuilleton insensé du Watergate, bien que, comme la plupart des hommes que je connaissais, Tom ait été si bien informé sur les différents acteurs, les dates, les rebondissements et les moindres implications constitutionnelles, qu'il devait voir en moi une peu compétente compagne d'indignation. Il aurait également dû nous rester toute la littérature. Tom me montrait ses poèmes préférés, et là, pas de problème : je les aimais aussi. Mais il ne parvenait pas à m'intéresser aux romans de John Hawkes, Barry Hannah ou William Gaddis, et lui-même calait devant mes héroïnes, Margaret Drabble, Fay Weldon et Jennifer Johnston, ma dernière passion en date. Je trouvais ses romanciers trop arides, il trouvait mes romancières trop larmoyantes, même s'il était prêt à accorder le bénéfice du doute à Elizabeth Bowen. Durant cette période, nous ne réussîmes à nous entendre que sur un bref roman, dont il avait les épreuves reliées : *Le nageur dans la mer secrète*, de William Kotzwinkle. Il le trouvait magnifiquement construit, moi, sage et triste.

*

Puisqu'il n'aimait pas parler de son travail avant d'avoir terminé, j'estimai de mon devoir d'y jeter un coup d'œil un samedi après-midi où il faisait des recherches à la bibliothèque. Je laissai la porte ouverte pour pouvoir l'entendre monter l'escalier. Le narrateur de la première nouvelle, dont Tom avait achevé le premier jet fin novembre, était un singe parlant, enclin à exprimer ses angoisses au sujet de sa maîtresse, un écrivain qui se débattait avec son deuxième roman. On l'a couverte de louanges pour le premier. Est-elle capable d'en écrire un autre tout aussi réussi ? Elle finit par en douter. Le singe est sans arrêt sur son dos, indigné et blessé qu'elle le délaisse au profit de son travail. À la dernière page seulement, je découvris que la nouvelle que je venais de lire était en fait celle que la femme écrivait. Le singe n'existe pas, ce n'est qu'un fantôme, le produit de son imagination débordante. *Non*. Non, et non. Pas ça. Sans parler de la question ridicule et difficilement crédible de la zoophilie, je me méfiais d'instinct de cette sorte de tour de passe-passe narratif. Je voulais sentir la terre ferme sous mes pieds. Selon moi, l'auteur avait passé un contrat tacite avec le lecteur. Il ne devait laisser aucun élément d'un monde imaginaire et aucun personnage se dissoudre pour satisfaire un de ses caprices. Ce qui était inventé devait être aussi solide et consistant que le réel. Le contrat reposait sur une confiance mutuelle.

Si la première nouvelle me déçut, la seconde me stupéfia avant même que je ne la parcoure. Elle faisait plus de cent quarante pages, avec la date de la semaine précédente inscrite à la main sous la dernière phrase. Le premier jet d'un court roman, et Tom avait tenu l'information secrète! Alors que je m'apprêtais à le lire, je sursautai à cause de la porte donnant sur le palier qui claqua, poussée par les courants d'air que les fenêtres laissaient filtrer. Je me levai, rouvris la porte, la calai avec un rouleau de corde dont Tom s'était servi pour monter seul la penderie dans l'escalier. Puis j'allumai la lampe suspendue aux poutres du plafond et entamai ma coupable lecture rapide.

Depuis les plaines du Somerset décrivait le voyage d'un homme et de sa fille de neuf ans à travers un paysage dévasté, des villages et des petites villes calcinés où les rats, le choléra et la peste bubonique représentent des dangers constants, où l'eau est polluée, où les voisins se battent à mort pour une vieille canette de jus de fruits, où les gens du cru se réjouissent d'être invités à un repas de fête pendant lequel on fera rôtir un chien et quelques chats efflanqués sur un feu de joie. La désolation s'accroît encore quand le père et la fille atteignent Londres. Parmi les gratte-ciel délabrés, les véhicules en train de rouiller et les rues aux maisons mitoyennes inhabitables où prolifèrent les rats et les chiens errants, des chefs de bande et leurs hommes de main, le visage bariolé de couleurs primaires, terrorisent les citoyens réduits à la misère. L'électricité n'est plus qu'un lointain souvenir. Seul le gouvernement fonctionne encore, à peine. Un immeuble abritant les ministères se dresse au-dessus d'une étendue de béton fissuré, envahi par les herbes folles. Se dirigeant vers une file d'attente à l'entrée d'un ministère, le père et la fille traversent à l'aube cette dalle de béton, enjambent *des légumes pourris et piétinés, des cartons aplatis transformés en lits, des feux moribonds, des squelettes de pigeons rôtis, des boîtes de conserve rouil-*

lées, des vomissures, des pneus usagés, des flaques de liquide d'un vert chimique, des excréments humains et animaux. Le vieux rêve de lignes horizontales convergeant sur des tours perpendiculaires de verre et d'acier était oublié à jamais.

Cette place, où se déroule l'essentiel de la partie centrale du roman, est le microcosme géant d'un triste monde nouveau. En son centre trône une fontaine détournée de son rôle, au-dessus de laquelle l'air est *noir de mouches. Des hommes et de jeunes garçons venaient chaque jour s'accroupir sur son large rebord en béton pour déféquer. Des silhouettes perchées tels des oiseaux sans plumes.* Plus tard dans la journée, l'endroit grouille comme une fourmilière, de la fumée épaissit l'air, le bruit est assourdissant, les gens étalent leurs pitoyables marchandises sur des couvertures colorées, le père marchande un bout de savonnette racorni, bien que l'eau risque d'être difficile à trouver. Tout ce qui est à vendre sur cette place a été fabriqué voilà longtemps, selon des procédés à présent inconnus. Plus tard encore, l'homme (détail agaçant, on ne nous donne jamais son nom) retrouve une vieille amie qui, par chance, dispose d'une chambre. C'est une collectionneuse. Sur la table, un téléphone, *avec seulement dix centimètres de cordon, et plus loin, contre le mur, un tube cathodique. Le meuble du téléviseur, la vitre de l'écran et les touches de commande avaient disparu, des fils de couleurs vives s'enchevêtraient sur le métal gris terne.* Elle tient à ces objets, car, lui explique-t-elle, ils sont *le produit de l'ingéniosité et de la créativité humaines. Et celui qui ne tient pas aux objets est tout près de ne pas tenir aux humains.* Il trouve toutefois vain son instinct de collectionneuse. *Sans réseau, les téléphones sont bons à jeter aux ordures.*

La civilisation industrielle, tous ses systèmes et sa culture sombrent dans l'oubli. L'humanité remonte le temps vers un passé brutal où une concurrence permanente pour de maigres ressources laisse peu de place à la générosité ou à l'inventivité. Le bon vieux temps ne reviendra pas. *Tout a tellement changé que j'ai peine à croire que nous ayons vécu cela*, lui dit la femme à propos du passé qu'ils ont naguère partagé. *C'est ce qui nous attendait depuis toujours*, déclare au père un philosophe aux pieds nus. En d'autres lieux, on voit bien que l'effondrement de la civilisation a commencé avec les injustices, les conflits et les contradictions du vingtième siècle.

Le lecteur ne découvre ce qui attend l'homme et sa fille que dans les dernières pages. Ils cherchent son épouse, la mère de la fillette. Aucun réseau de télécommunications, aucune administration pour les aider. Ils n'ont qu'une photo d'elle, enfant. Ils se fient au bouche-à-oreille et, après de nombreuses fausses pistes, semblent condamnés à l'échec, surtout après leur contamination par le virus de la peste bubonique. Le père et la fille meurent dans les bras l'un de l'autre, prisonniers des caves fétides du siège d'une banque autrefois célèbre.

Il m'avait fallu une heure et quart pour lire jusqu'à la fin. Je reposai les feuillets près de la machine à écrire, prenant soin de les mettre en désordre comme je les avais trouvés, j'enlevai le rouleau de corde et fermai la porte. Assise à la table de la cuisine, je m'efforçai d'y voir clair. J'entendais d'ici les objections de Peter Nutting et de ses collègues. Voilà précisément le genre de littérature d'anticipation dont nous ne voulions pas, une vision apocalyptique à la mode qui accusait et rejetait tout ce que nous avions pu concevoir, édifier ou aimer, qui jubilait à l'idée que tout le projet soit réduit en poussière. Voilà le luxe et le privilège de l'homme bien nourri : railler tout espoir de progrès pour le reste de l'humanité. T. H. Haley ne devait rien au monde qui l'avait élevé avec bienveillance, instruit gratuitement et avec tolérance, lui avait épargné la guerre, l'avait amené à l'âge adulte sans rituels effrayants ni famines, ni dieux vengeurs à redouter, et le gratifiait avant la trentaine d'une allocation généreuse, mais ne limitait en rien sa liberté d'expression. Il s'agissait d'un nihilisme facile qui ne doutait jamais de la nullité de ce que nous avions produit, ne proposait jamais de solutions de rechange, ne trouvait jamais dans l'amitié, l'amour, la liberté des échanges, l'industrie, la technologie, le commerce, tous les arts et sciences, la moindre raison d'espérer.

Sa nouvelle (faisais-je dire ensuite à l'ombre de Nutting) avait hérité de Samuel Beckett le droit de représenter la condition humaine sous les traits d'un homme grabataire à la fin des fins, sans espoir ni autre lien qu'avec lui-même, suçant un caillou. Un homme qui ignore tout des difficultés de l'administration publique dans une démocratie, de l'art de gouverner des millions d'individus exigeants, ayant des droits et une liberté de pensée ; un homme qui se moque de la distance parcourue en cinq malheureux siècles pour échapper à un passé de cruauté et de pauvreté.

D'un autre côté... qu'y avait-il de bien dans cette nouvelle ? Elle les énerverait tous, surtout Max, et rien que pour cette raison elle était magnifique. Elle l'énerverait alors même qu'elle conforterait son opinion selon laquelle recruter un romancier était une erreur. Paradoxalement, elle renforcerait l'opération Sweet Tooth en prouvant la liberté dont jouissait cet écrivain vis-à-vis de ses bailleurs de fonds. *Depuis les plaines du Somerset* incarnait le fantôme qui hantait chaque gros titre, chaque coup d'œil au-dessus de l'abîme, chaque scénario catastrophe : Londres devenue Herat, New Delhi, Sao Paulo. Ce que j'en pensais réellement ? Elle m'avait déprimée, tant elle était sombre, dépourvue d'espoir. Il aurait fallu au moins épargner l'enfant, laisser au lecteur un peu de foi en l'avenir. Je soupçonnai l'ombre de Nutting d'avoir raison : ce pessimisme était plus ou moins une mode, une simple esthétique, un masque et une posture littéraire. Ce n'était pas vraiment Tom, ou alors une infime partie de lui, d'où un manque de sincérité. Cela ne me plaisait pas du tout. Or T. H. Haley apparaîtrait comme mon choix et j'en serais tenue pour responsable. Encore un mauvais point.

Je contemplai sa machine à écrire à l'autre bout de la pièce, la tasse à café vide à côté, et je méditai. L'homme avec lequel j'avais une liaison pouvait-il, comme cette femme avec son singe sur le dos, se révéler incapable de tenir les promesses en germe dans ses premiers travaux ? Si ses œuvres les plus réussies étaient déjà derrière lui, j'aurais commis une erreur de jugement gênante. Telle serait l'accusation, mais en vérité on m'avait apporté Tom sur un plateau, dans un dossier. J'avais été séduite d'abord par les nouvelles, puis par l'homme. Il s'agissait d'un mariage arrangé, conclu au cinquième étage, et j'étais la mariée qui ne peut plus s'enfuir. Malgré ma déception, je resterais auprès de lui, ou avec lui, et pas seulement dans mon propre intérêt. Car je croyais encore en lui, bien sûr ! Deux nouvelles plus faibles que les autres ne m'ôteraient pas de l'idée que c'était une voix originale, un brillant esprit — et un merveilleux amant. Il représentait mon projet, mon dossier, ma mission. Son art, mon travail et notre liaison ne faisaient qu'un. S'il échouait, j'échouais. La conclusion allait de soi : nous prospérerions ensemble.

*

Il était presque dix-huit heures. Tom ne rentrait pas, les feuillets de son embryon de roman entouraient de manière convaincante la machine à écrire, et les plaisirs de la soirée nous attendaient. Je me fis couler un bain voluptueusement parfumé. La salle de bains de un mètre cinquante sur un mètre vingt (nous l'avions mesurée) était équipée d'une baignoire sabot dans laquelle on s'installait assis ou accroupi sur une sorte de marche, à la manière d'*Il Pensieroso* de Michel-Ange. Je m'accroupis donc dans un nuage de vapeur et poursuivis mes réflexions. Il se pouvait tout bonnement que cet éditeur, Hamilton, s'il avait le sens critique que Tom lui prêtait, refuse les deux textes en donnant de bonnes raisons. Auquel cas je n'avais qu'à me taire et attendre. Ce qui était d'ailleurs l'idée : lui verser de l'argent pour le libérer de l'enseignement, se tenir à l'écart et espérer que tout irait pour le mieux. Et pourtant... et pourtant, je me considérais comme une bonne lectrice. J'étais convaincue qu'il se fourvoyait, que ce pessimisme monochrome ne servait pas son talent, lui interdisait les renversements de situation virtuoses de, disons la nouvelle du faux pasteur, ou bien les ambivalences d'un homme faisant passionnément l'amour à une femme dont il sait qu'elle l'a escroqué. Je pensais que Tom m'aimait assez pour m'écouter. Mais les consignes étaient claires. Je devais lutter contre mon envie d'intervenir.

Vingt minutes plus tard, alors que je me séchais près de la baignoire sans avoir trouvé de solution, les mêmes pensées tournant dans ma tête, j'entendis des pas dans l'escalier. Il frappa, pénétra dans mon boudoir embué, et nous nous étreignîmes en silence. Je sentis l'air froid de la rue dans les plis de son manteau. Le timing était parfait. J'étais nue, parfumée, prête. Il m'entraîna vers la chambre, tout allait bien, toutes les questions gênantes s'évanouirent. Environ une heure plus tard, après nous être changés pour sortir, nous buvions notre chablis en écoutant « My Funny Valentine » de Chet Baker, cet homme qui chantait comme une femme. S'il y avait du be-bop dans ses solos de trompette, c'était doux et tendre. Je crus même pouvoir me mettre à aimer le jazz. Nous trinquâmes, échangeâmes un baiser, puis Tom s'éloigna pour aller avec son verre de vin près de la table pliante, et il contempla quelques instants son travail. Il souleva un feuillet après l'autre, chercha dans la pile un passage précis, le trouva, prit un crayon pour l'annoter. Sourcils froncés, il déplaça le chariot en faisant cliqueter méthodiquement le mécanisme pour lire la page restée dans la machine. Lorsqu'il leva les yeux vers moi, j'étais pleine d'appréhension.

« J'ai quelque chose à te dire, annonça-t-il.

— Une bonne nouvelle?

— Je t'en parlerai au dîner. »

Il revint vers moi et nous nous embrassâmes à nouveau. Il n'avait pas encore mis sa veste et portait l'une des trois chemises qu'il s'était fait faire dans Jermyn Street. Identiques, en fin coton blanc d'Égypte, avec, autour des bras et des épaules, une certaine ampleur qui lui donnait vaguement l'air d'un pirate. Il m'avait dit que tous les hommes devraient posséder une « bibliothèque » de chemises blanches. Je n'étais pas sûre de la valeur de cette métaphore, mais j'aimais sentir son corps sous le coton et j'aimais la façon dont il s'adaptait au fait d'avoir de l'argent. La chaîne stéréo, les restaurants, les bagages Globetrotter, la machine à écrire électrique qu'on devait lui livrer : il se débarrassait de sa vie d'étudiant avec élégance, sans remords. Durant ces mois avant Noël, il percevait encore son salaire de chargé de cours. À cause de cette prodigalité, il était agréable de partager sa vie. Il me faisait des cadeaux : une veste de soie, du parfum, un cartable en cuir souple pour mon travail, des poèmes de Sylvia Plath, des romans de Ford Madox Ford, tous en édition brochée. Il payait également mon billet aller-retour qui coûtait plus d'une livre. Pendant le week-end, j'oubliais mon existence pingre à Londres, mon stock de provisions minable dans un coin du réfrigérateur, les matins où je devais recompter ma petite monnaie pour être sûre d'avoir de quoi payer métro et déjeuner.

Une fois la bouteille de chablis finie, nous descendîmes rapidement Queen's Road, laissant derrière nous la tour de l'horloge pour rejoindre les rues commerçantes, ne nous arrêtant que le temps d'aider un couple indien avec un bébé affligé d'un bec-de-lièvre à retrouver son chemin. Les rues étroites avaient cet air désert qu'elles prennent hors saison, cette humidité saline, ces pavés luisants et glissants. D'un ton enjoué, taquin, Tom m'interrogeait sur mes « autres » écrivains soutenus par la Fondation. Nous nous étions déjà prêtés plus d'une fois à ce petit jeu, et c'était presque la routine. Il cédait à une jalousie et à un esprit d'émulation d'ordre sexuel autant que professionnel.

« Dis-moi juste. Ils sont plutôt jeunes ?

— Plutôt immortels.

— Allez. Tu peux bien me le dire. Ce sont de célèbres aînés ? Anthony Burgess ? John Braine ? Il y a des femmes ?

— Pourquoi m'intéresserais-je à des femmes ?

— Ils touchent plus d'argent que moi ? Ça, tu peux me le dire.

— Tout le monde reçoit au moins deux fois plus d'argent que toi.

— Serena !

— D'accord. Tout le monde touche la même somme.

— Que moi.

— Que toi.

— Je suis le seul à ne pas être publié ?

— Je ne prononcerai pas un mot de plus.

— Tu as couché avec l'un d'eux ?

— Avec un certain nombre.

— Et tu vas tester tous ceux de la liste ?

— Tu sais bien que oui. »

Il éclata de rire et m'entraîna à l'entrée d'une bijouterie pour m'embrasser. Il était de ces hommes parfois émoustillés à l'idée que leur maîtresse fasse l'amour avec un autre. Au gré de son humeur, il fantasmait sur le fait d'être cocufié, même s'il en aurait été dégoûté, blessé ou indigné dans la réalité. L'origine évidente de la fixation de Carder sur son mannequin. Je ne comprenais pas du tout ce fantasme, mais j'avais appris à m'en accommoder. De temps à autre, quand nous faisions l'amour, Tom me murmurait des questions insistantes et j'entrais dans son jeu en lui décrivant l'homme que je fréquentais et ce que je lui faisais. Tom préférait que ce soit un écrivain, et plus celui-ci était improbable et prestigieux, plus grande était l'exquise souffrance. Saul Bellow, Norman Mailer, Günter Grass le fumeur de pipe, je ne frayais qu'avec les meilleurs. Ou plutôt les meilleurs aux yeux de Tom. À l'époque, déjà, je savais qu'un fantasme ouvertement partagé atténuait utilement mes propres mensonges nécessaires. Difficile de parler de mon travail pour la Fondation avec un homme dont j'étais si proche. Invoquer une exigence de confidentialité était une échappatoire, ce scénario érotique vaguement humoristique m'en offrait une autre. Mais ni l'une ni l'autre ne suffisait. C'était la seule petite tache noire sur mon bonheur.

Bien entendu, nous connaissions parfaitement les raisons de l'accueil chaleureux qu'on nous réservait chez Wheeler's, des interrogations, accompagnées de force hochements de tête, sur la semaine de Miss Serena, la santé de Mr Tom, et sur notre appétit, de l'empressement avec lequel on nous faisait asseoir, de la serviette placée sur nos genoux, mais cela nous faisait tellement plaisir, nous persuadant presque que nous étions réellement admirés et respectés, beaucoup plus que les autres convives, ennuyeux et âgés. En ce temps-là, à l'exception de quelques stars du rock, les jeunes n'avaient pas encore appris à s'enrichir. Aussi les froncements de sourcils qui nous poursuivaient jusqu'à notre table accroissaient-ils notre jubilation. Nous étions à part. Si seulement ces gens avaient su que leurs impôts servaient à payer notre repas. Si seulement Tom avait pu le savoir. En quelques instants, alors que d'autres, arrivés avant nous, n'étaient pas servis, nous eûmes notre champagne, et peu après le plat d'argent avec sa cargaison de glace et ces coquilles contenant des bouses luisantes de viscères saumâtres que nous n'osions pas cesser de feindre d'aimer. L'astuce était de les engloutir sans en sentir le goût. Nous engloutissions également le champagne et demandâmes qu'on nous en apporte encore une coupe. Comme les fois précédentes, décision fut prise de commander une bouteille la fois suivante. Nous pourrions économiser tant d'argent.

Dans la chaleur moite du restaurant, Tom avait enlevé sa veste. Il posa la main sur la mienne. La lueur des bougies intensifiait le vert de ses yeux et rehaussait la pâleur de son teint d'une touche de ce brun-rose signe de bonne santé. La tête comme toujours légèrement inclinée, lèvres entrouvertes et frémissantes, moins pour parler que pour anticiper mes paroles et les prononcer avec moi. À cet instant précis, déjà un peu ivre, je songeai que jamais je n'avais vu d'homme aussi beau. Je lui pardonnais sa chemise de pirate faite sur mesure. L'amour ne croît pas régulièrement, mais avance par vagues, par éclairs, par coups de foudre, et c'en était un. Le premier avait eu lieu au White Tower. Celui-ci semblait beaucoup plus puissant. Comme Sebastian Morel dans « Schizographie », je me sentais précipitée à travers un espace sans dimensions, tout en restant assise avec un sourire pudique dans un restaurant de poissons de Brighton. Mais aux confins de ma pensée la minuscule tache demeurait. En général j'essayais d'ignorer sa présence, et je baignais dans une telle euphorie que j'y parvenais. Puis, telle une femme qui tombe d'une falaise et tente de se retenir à une touffe d'herbe qui ne supportera pas son poids, je me rappelais une fois encore que Tom ignorait qui j'étais, ce que je faisais réellement, et qu'il fallait le lui dire sur-le-champ. *Dernière chance! Vas-y, parle-lui maintenant.* Mais il était trop tard. La vérité était trop écrasante et nous détruirait. Il me détesterait pour toujours. J'étais tombée de la falaise et ne pourrais jamais reprendre pied. J'avais beau me remémorer les avantages que je lui avais apportés, la liberté artistique qu'il me devait, si je voulais continuer à le voir je devrais également continuer à lui raconter ces pieux mensonges.

Sa main remonta jusqu'à mon poignet et se referma sur lui. Le serveur vint remplir nos coupes.

« L'heure est venue de t'apprendre la nouvelle », dit Tom. Il leva sa coupe, docilement je l'imitai. « Tu sais que j'écris pour Ian Hamilton. Il s'est avéré qu'une des nouvelles devenait de plus en plus longue, et je me suis aperçu qu'elle m'entraînait vers le court roman auquel je pense depuis environ un an. J'étais surexcité et j'ai eu envie de t'en parler, de te le montrer. Mais je n'ai pas osé, au cas où ça tournerait court. J'ai fini une première version la semaine dernière, en ai photocopié une partie et l'ai envoyée à cet éditeur dont tout le monde parle. Tom Mischler. Non, Maschler. Sa lettre est arrivée ce matin. Je ne l'ai ouverte qu'après avoir quitté l'appartement. Il veut voir, Serena! D'urgence. Il lui faudrait la version définitive avant Noël. »

J'avais mal au bras à force de lever ma coupe de champagne. « C'est une nouvelle fantastique, Tom. Félicitations! À ton succès! »

Nous bûmes longuement. « C'est une histoire assez sombre. Située dans un avenir proche, dans un monde en ruine. Un peu comme chez Ballard. Mais je crois qu'elle te plaira.

— Ça finit comment? Les choses s'arrangent? »

Il me sourit avec indulgence. « Évidemment que non.

— Formidable. »

Le menu arriva et nous commandâmes de la sole, accompagnée d'un vin rouge plutôt que blanc, un rioja avec du corps pour montrer que nous étions des esprits libres. Tom parla encore de son roman et de son nouvel éditeur, qui avait publié Heller, Roth, Marquez. Je me demandais en quels termes j'informerais Max. Un roman d'anticipation anticapitaliste. Pendant ce temps-là, d'autres écrivains de l'opération Sweet Tooth remettaient leurs versions non romancées de *La ferme des animaux*. Au moins mon homme était-il une force créatrice qui suivait son chemin. Comme moi quand j'aurais été virée.

Ridicule. C'était un moment à fêter, puisque je ne pouvais plus rien pour la nouvelle de Tom, désormais baptisée « la *novella* ». Alors je bus, mangeai, discutai et levai ma coupe de champagne avec lui, en l'honneur de telle ou telle bonne fortune. Vers la fin de la soirée, alors qu'il ne restait plus qu'une demi-douzaine de clients et que nos serveurs commençaient à bâiller et à guetter notre départ, Tom déclara, d'un ton faussement réprobateur : « Je te parle sans cesse de poèmes et de romans, mais toi tu ne me parles jamais de mathématiques. Il serait temps de t'y mettre.

— Je n'étais pas vraiment douée. J'ai tourné la page.

— Ça ne me suffit pas. Je veux que tu me racontes quelque chose... quelque chose d'intéressant, non, d'imprévisible, de paradoxal. Tu me dois une bonne histoire mathématique. »

Rien, s'agissant des mathématiques, ne m'avait jamais paru imprévisible. Soit je comprenais, soit je ne comprenais pas, et pendant mes années à Cambridge c'était surtout le second cas de figure. Mais j'aimais les défis. « Laisse-moi quelques minutes », répondis-je. Tom me décrivit donc sa nouvelle machine à écrire électrique qui lui permettrait de travailler plus vite. Soudain je me souvins.

« Il y a un problème qui circulait chez les mathématiciens, du temps où j'étais à Cambridge. Je ne crois pas qu'on ait écrit quoi que ce soit là-dessus. Il s'agit de probabilités. Ça vient d'un jeu télévisé américain, *Let's Make a Deal*. L'animateur, il y a quelques années, s'appelait Monty Hall. Admettons que tu participes à l'émission de Monty. Tu te trouves devant trois boîtes fermées, numéro un, numéro deux, numéro trois, et l'une d'elles, tu ignores laquelle, contient un lot mirifique — disons...

— Une fille superbe qui t'offre une allocation confortable.

— Exactement. Monty sait quelle boîte contient ton allocation, mais pas toi. Tu fais ton choix. Admettons que tu sélectionnes la boîte numéro un, mais on ne vérifie pas tout de suite. Monty, qui sait où se trouve ton argent, ouvre ensuite une boîte dont il a la certitude qu'elle est vide. Admettons que ce soit la boîte numéro trois. Tu en conclus que ton allocation se trouve soit dans la boîte numéro un, celle que tu as choisie, soit dans la boîte numéro deux. Monty t'offre alors la possibilité de modifier ton choix ou de garder la boîte numéro un. Où ton argent a-t-il le plus de chances de se trouver ? Vaut-il mieux changer ou rester là où tu es ? »

Notre serveur apporta l'addition sur un petit plateau d'argent. Tom chercha son portefeuille, puis se ravisa. Malgré tout ce champagne et ce vin, il semblait avoir les idées claires.

Moi aussi. Nous voulions nous prouver mutuellement que nous tenions l'alcool.

« C'est évident. Avec la boîte numéro un, j'avais une chance sur trois au départ. Maintenant que la boîte numéro trois est ouverte, j'ai désormais une chance sur deux. Le même raisonnement vaut pour la boîte numéro deux. Autant de chances que mon argent se trouve dans l'une ou l'autre boîte. Peu importe que je change de boîte ou non. Serena, tu es d'une beauté insoutenable.

— Merci. Tu ne serais pas seul à faire ce choix. Mais tu aurais tort. Si tu optes pour l'autre boîte, tu doubles tes chances de n'avoir plus jamais besoin de reprendre un emploi.

— Absurde. »

Je le regardai sortir son portefeuille pour régler l'addition. Presque trente livres. Il abattit un billet de vingt livres sur la table pour le pourboire, et la vulgarité du geste trahissait son état d'ébriété avancée. La somme était supérieure à mon salaire hebdomadaire. Il était pris au piège de ses largesses antérieures.

« Tu gardes une chance sur trois de choisir la boîte contenant ton allocation, dis-je. Il n'y a qu'une seule probabilité. Et donc deux chances sur trois que l'argent soit dans l'une des deux autres boîtes. La boîte numéro trois est ouverte et vide, par conséquent il y a deux chances sur trois que l'argent se trouve dans la boîte numéro deux. »

Il me dévisageait d'un air apitoyé, comme si j'appartenais à une secte évangélique. « Monty m'a donné une information supplémentaire en ouvrant la boîte numéro trois. J'avais une chance sur trois. Maintenant j'en ai une sur deux.

— Ce ne serait vrai que si tu entrais dans la pièce après l'ouverture de la boîte numéro trois, et qu'alors seulement on te demande de choisir entre les deux autres boîtes. Là, tu aurais une chance sur deux.

— Je m'étonne que tu nies l'évidence, Serena. »

Je commençais à éprouver un plaisir inhabituel, à nul autre pareil. Dans une partie de mon espace mental, partie peut-être assez importante, j'étais en fait plus intelligente que Tom. Comme cela semblait étrange. Ce que je trouvais si simple était apparemment incompréhensible pour lui.

« Regarde le problème sous cet angle, répondis-je. Passer de la boîte numéro un à la boîte numéro deux ne serait une mauvaise idée que si tu avais d'emblée bien choisi, et que ton argent soit dans la boîte numéro un. Or il y a une chance sur trois que ce soit le cas. Donc, pendant un tiers du temps, c'est une mauvaise idée de changer de boîte, ce qui signifie que pendant les deux tiers restants, c'est une bonne idée. »

Il fronçait les sourcils, s'efforçant de suivre. Il avait entrevu la vérité, et en un clin d'œil elle s'était évanouie.

« Je sais que j'ai raison, insista-t-il. Simplement je m'exprime mal. Ce Monty a choisi au hasard la boîte où il a mis mon argent. Celui-ci ne peut se trouver que dans deux boîtes, donc il y a forcément autant de chances qu'il soit dans l'une d'elles plutôt que dans l'autre. » Il s'apprêta à se lever, mais s'affala de nouveau sur sa chaise. « À force de réfléchir à tout ça, j'ai la tête qui tourne.

— Il y a une autre approche possible, dis-je. Admettons qu'on ait un million de boîtes. Les règles sont les mêmes. Tu choisis la boîte numéro sept cent mille. Monty vient ouvrir toutes les boîtes les unes après les autres : vides, sans exception. Il laisse bien sûr de côté celle qui contient ton lot. Il s'arrête lorsqu'il ne reste plus que ta boîte et, disons, celle avec le numéro quatre-vingt-quinze. Quelles sont tes chances, maintenant ?

— Identiques pour chaque boîte, répondit-il d'une voix sourde. Cinquante-cinquante. »

J'essayai de ne pas m'adresser à lui comme à un enfant. « Il n'y a qu'une chance sur un million que l'argent soit dans ta boîte, Tom, et il se trouve très certainement dans l'autre. »

La même lueur fugitive de compréhension éclaira son regard, puis disparut. « Eh bien non, je ne pense pas que ce soit juste, enfin je... Franchement, je crois que je vais vomir. »

Il se leva en titubant et passa à toute vitesse devant les serveurs sans dire au revoir. Quand je le retrouvai dehors, appuyé à une voiture, il regardait fixement ses chaussures. L'air froid l'avait revigoré et il n'avait finalement pas vomi. Bras dessus bras dessous, nous prîmes le chemin du retour.

Lorsqu'il me parut suffisamment remis, je suggérai : « Si ça t'aide, on pourrait faire l'expérience avec un jeu de cartes. On pourrait...

— Serena, ma chérie, assez. Si je pense encore à ce problème, je vais vomir pour de bon.

— C'est toi qui voulais quelque chose d'imprévisible.

— Oui. Désolé. Je ne te le demanderai plus. Contentons-nous de ce qui est prévisible. »

Nous parlâmes donc d'autre chose, et sitôt rentrés à l'appartement nous allâmes nous coucher, sombrant dans un sommeil profond. Mais tôt le dimanche matin, Tom, surexcité, me secoua pour m'arracher à des rêves confus.

« Eurêka ! Je comprends comment ça marche, Serena.

Tout ce que tu expliquais, c'est tellement simple. Ça vient de se mettre en place tout seul comme, tu sais, sur ce dessin d'un cube de... quoi, déjà?

— Necker.

— Et je peux en tirer quelque chose.

— Oui, pourquoi pas... »

Je me rendormis au son métallique des touches de la machine à écrire dans la pièce voisine et ne me réveillai que trois heures plus tard. Il fut à peine question de Monty Hall durant le reste de la journée. Je préparai le rôti dominical pendant que Tom travaillait. Sans doute était-ce l'effet de la gueule de bois, mais je me sentais plus triste que d'habitude à la perspective de retrouver St Augustine's Road et ma chambre solitaire, d'allumer mon radiateur électrique à une seule résistance, de me faire un shampoing dans le lavabo et de repasser un chemisier pour retourner au travail.

Dans la lumière crépusculaire de l'après-midi, Tom m'accompagna à la gare à pied. J'étais au bord des larmes quand il me serra dans ses bras, mais je n'en fis pas étalage, et je ne crois pas qu'il l'ait remarqué.

16

Trois jours plus tard, sa nouvelle arriva par la poste. Une carte postale de la jetée de Brighton était fixée à la première page, avec, au dos : « Ai-je bien compris ? »

Je lus « Adultère probable » dans la cuisine glaciale, une tasse de thé à la main, avant de partir travailler. Terry Mole est un architecte londonien dont le couple sans enfant se délite lentement, mais sûrement, à cause des liaisons en série de son épouse Sally. Celle-ci ne travaille pas et, sans progéniture réclamant son attention, avec une femme de ménage qui la décharge des tâches quotidiennes, elle peut se consacrer à *des infidélités constantes et téméraires.* Elle s'applique également à fumer chaque jour de la marijuana, et s'offre volontiers un grand verre de whisky ou deux avant le déjeuner. Pendant ce temps-là, Terry fait des semaines de soixante-dix heures, dessinant des immeubles municipaux à loyer modéré qui auront sans doute été détruits d'ici quinze ans. Sally retrouve en secret des hommes qu'elle connaît à peine. *Ses mensonges et ses alibis étaient d'une transparence insultante, mais il ne parvenait jamais à en prouver la fausseté. Il n'avait pas le temps.* Un jour, pourtant, plusieurs de ses rendez-vous sur le terrain sont annulés, et l'architecte décide de suivre son épouse pendant ses heures de liberté. *Rongé par la tristesse et la jalousie, il avait besoin de la voir avec un autre homme pour nourrir son chagrin et renforcer son intention de la quitter.* Elle lui a dit qu'elle allait passer la journée avec sa tante à St Albans. Au lieu de quoi elle se dirige vers Victoria Station, et Terry la prend en filature.

Elle monte dans le train pour Brighton, et lui aussi, à deux wagons d'elle. Il la suit à travers la ville, de l'autre côté des Steine Gardens et dans les petites rues de Kemp Town, jusqu'à un modeste hôtel du quartier d'Upper Rock Gardens. Depuis le trottoir, il l'aperçoit dans le hall avec un homme, heureusement plutôt malingre, songe-t-il. Il voit le couple prendre une clé à la réception et commencer à gravir un escalier étroit. Terry pénètre dans l'hôtel et, sous le regard distrait ou indifférent de la réceptionniste, il s'engage à son tour dans l'escalier. Il patiente le temps qu'ils atteignent le quatrième étage. Il entend une porte s'ouvrir, puis se refermer. Il arrive sur le palier. Devant lui, seulement trois chambres, la 401, la 402 et la 403. Il a prévu d'attendre que le couple soit au lit pour défoncer la porte à coups de pied, humilier sa femme et gifler ce minus.

Simplement, il ignore dans quelle chambre ils se trouvent.

Il reste immobile sur le palier, dans l'espoir de distinguer un son. *Il tendait avidement l'oreille : une plainte, un cri étouffé, le grincement d'un ressort, n'importe quoi ferait l'affaire.* Les minutes passent et il doit faire un choix. Il opte pour la chambre 401 parce que c'est la plus proche. Toutes les portes semblent de piètre qualité et il sait qu'il lui suffira d'un bon coup de pied à la volée. Alors qu'il recule pour prendre son élan, la porte de la chambre 403 s'ouvre sur un couple indien avec un bébé affligé d'un bec-de-lièvre. Ils sourient timidement en le croisant, puis descendent l'escalier.

Après leur départ, Terry hésite. L'atmosphère se tend à mesure que la nouvelle approche de son point culminant. En tant qu'architecte et mathématicien amateur, les chiffres n'ont pas de secret pour lui. Il se livre à un rapide calcul. Depuis le début, il y a une chance sur trois pour que sa femme soit dans la chambre 401. Ce qui signifie que, voilà encore quelques minutes, il y avait deux chances sur trois pour qu'elle se trouve dans la 402 ou dans la 403. Maintenant que la 403 est visiblement vide, il doit y avoir deux chances sur trois pour qu'elle soit dans la 402. *Seul un imbécile s'en tiendrait à son choix initial, car les lois d'airain de la probabilité sont d'une vérité implacable.* Il prend son élan, bondit, la porte de la chambre 402 vole en éclats et le couple est bien là, au lit, dans le plus simple appareil, encore au stade des préliminaires. Terry envoie à l'homme *un bon coup dans les côtes, à son épouse un regard glacial et méprisant,* puis il regagne Londres où il entamera une procédure de divorce et refera sa vie.

Ce mercredi-là, je triai et archivai toute la journée des documents concernant un certain Joe Cahill de l'IRA provisoire, ses liens avec le colonel Kadhafi et son rôle dans une livraison d'armes en provenance de Libye, découverte par le MI6 et interceptée fin mars par la marine irlandaise au large de Waterford. Cahill se trouvait à bord et n'était au courant de rien jusqu'à ce qu'il sente le canon d'un pistolet sur sa nuque. D'après ce que je compris à partir des rapports ajoutés au dossier avec un trombone, nos hommes avaient été court-circuités et s'en offensaient. « Il ne faudra pas renouveler cette erreur », lisait-on dans un témoignage indigné. Captivant, jusqu'à un certain point. Mais je savais quel terrain d'exploration — la frégate *Claudia* ou les méandres de l'esprit de mon amant — m'intéressait le plus. En outre, j'étais inquiète, maussade. À la moindre pause, mes pensées retournaient vers les portes du quatrième étage d'un hôtel de Brighton.

C'était une nouvelle réussie. Même si elle ne comptait pas parmi ses meilleures, Tom avait retrouvé la forme, celle qu'on attendait de lui. Mais en la lisant ce matin-là, j'avais aussitôt vu qu'elle comportait une faille, reposait sur des présupposés fallacieux, des parallèles impossibles, des calculs sans espoir. Tom n'avait compris ni mes explications ni le problème. Sa surexcitation et son histoire de cube de Necker l'avaient égaré. Au souvenir de son exultation puérile et de la vitesse à laquelle je m'étais rendormie, sans discuter à mon réveil de son idée avec lui, j'avais honte. Il jubilait à la perspective d'importer dans une nouvelle le paradoxe du choix pondéré. C'était une ambition magnifique : mettre en scène une branche des mathématiques et lui donner une dimension éthique. Son message sur la carte postale était limpide. Il comptait sur moi pour l'aider dans sa tentative héroïque pour combler le fossé entre l'art et la logique, et je l'avais laissé se fourvoyer. Sa nouvelle ne tenait pas debout, elle n'avait aucun sens, et qu'il puisse croire le contraire me touchait. Mais comment lui dire que son travail était sans valeur alors que j'en étais en partie responsable ?

Car la vérité, évidente pour moi, passablement opaque

pour lui, était que le couple indien sortant de la chambre 403 ne pouvait pas faire pencher la balance en faveur de la 402. Il ne pourrait jamais jouer le rôle de Monty Hall dans le jeu télévisé. Son apparition est aléatoire, alors que les choix de Monty sont limités, déterminés par le concurrent. On ne peut pas remplacer Monty par un effet du hasard. Si Terry avait choisi la chambre 403, le couple et son bébé n'auraient pas pu se transporter par magie dans une autre chambre pour sortir d'une porte différente. Après l'apparition de ces derniers, l'épouse de Terry avait autant de chances de se trouver dans la chambre 402 que dans la 401. Terry pouvait tout aussi bien défoncer la porte qu'il avait initialement choisie.

Soudain, longeant le couloir pour aller chercher une tasse de thé sur le chariot en milieu de matinée, je compris la cause de l'erreur de Tom. C'était moi! Je m'arrêtai net, et j'aurais porté la main à ma bouche si un homme ne s'était pas dirigé vers moi avec une tasse et une soucoupe. Je le vis parfaitement, mais j'étais trop préoccupée, trop ébranlée par mon accès de lucidité pour lui prêter attention. Un homme séduisant aux oreilles décollées, qui ralentissait à présent l'allure, me barrait la route. Max, bien sûr, mon chef et ancien confident. Lui devais-je un nouveau débriefing?

« Serena. Ça va?

— Oui. Pardon. La tête dans les nuages, tu sais... »

Il me dévisageait avec insistance et ses épaules osseuses paraissaient bizarrement voûtées dans sa veste en tweed trop grande pour lui. Sa tasse vibrait sur la soucoupe jusqu'à ce qu'il l'immobilise à l'aide de sa main libre.

« Je crois qu'il faut vraiment qu'on se parle.

— Dis-moi quand, et je passerai à ton bureau.

— Pas ici, en fait. Autour d'un verre après le travail, ou d'un repas, ou ailleurs. »

J'essayais de me frayer un passage. « Ce serait sympathique.

— Vendredi ?

— Impossible pour moi.

— Alors lundi.

— Entendu. »

Lorsque je fus assez loin de lui, je me retournai à moitié et lui fis un petit signe de la main, avant de continuer mon chemin et de l'oublier aussitôt. Car je venais de me rappeler ce que j'avais dit au restaurant le week-end précédent. J'avais raconté à Tom que Monty choisissait une boîte vide *au hasard*. Or les deux tiers du temps, bien sûr, cela ne pouvait pas être vrai. Dans le jeu télévisé, Monty ne peut ouvrir qu'une boîte vide n'ayant pas été choisie. Deux fois sur trois, c'est ce que le concurrent choisit fatalement : une boîte vide. Auquel cas il n'y a qu'une seule boîte que Monty puisse sélectionner. Il faut que le concurrent tombe juste et choisisse la boîte contenant le lot, l'allocation, pour que Monty ait deux boîtes vides entre lesquelles choisir au hasard. Je savais tout cela, naturellement, mais je m'étais mal expliquée. La nouvelle de Tom était sinistrée, et par ma faute. L'idée de Tom selon laquelle le sort pouvait jouer le même rôle qu'un animateur de jeu télévisé venait de moi.

Sous le poids du remords multiplié par deux, je compris que je ne pourrais pas me contenter de dire à Tom que sa nouvelle ne fonctionnait pas. Je me trouvais dans l'obligation de lui proposer une solution. Au lieu de quitter comme d'habitude le bâtiment à l'heure du déjeuner, je restai devant ma machine à écrire et sortis la nouvelle de Tom de mon sac à main. J'éprouvai un certain plaisir à glisser une feuille vierge dans le chariot, et même de l'excitation en tapant les premiers mots. J'avais une idée, je savais comment Tom pouvait réécrire la fin de sa nouvelle, et laisser Terry défoncer la porte qui double ses chances de trouver son épouse au lit avec un autre homme. D'abord, je me débarrassais du couple indien et de son bébé avec un bec-de-lièvre. Si touchants qu'ils puissent être, ils n'avaient pas leur place dans ce drame conjugal. Ensuite, au moment où Terry recule de quelques pas pour mieux s'élancer vers la porte 401, il entend deux femmes de chambre discuter sur le palier à l'étage inférieur. Leurs voix lui parviennent distinctement. « Je monte en vitesse à l'étage au-dessus faire une des deux chambres vides », dit la première. « Méfie-toi, il y a le couple habituel », répond la seconde. Et elles ont un rire entendu.

Les pas de la première femme de chambre résonnent dans l'escalier. En bon mathématicien amateur, Terry comprend qu'une occasion inespérée s'offre à lui. Il doit réfléchir rapidement. S'il va se planter près de n'importe laquelle des portes, et la 401 fera l'affaire, il obligera l'employée à entrer dans l'une des deux autres chambres. Or elle sait où se trouve le couple. Elle prendra Terry soit pour un nouveau client qui s'apprête à entrer dans sa chambre, soit pour un ami du couple qui attend à leur porte. Peu importe quelle chambre elle choisit, Terry optera pour celle qui reste et doublera ses chances. C'est exactement ce qui se produit. L'employée, qui a hérité du bec-de-lièvre, jette un coup d'œil à Terry, le salue de la tête et disparaît dans la chambre 403. Terry fait son choix décisif, s'élance vers la porte 402, et voici Sally et son partenaire, pris en flagrant délit.

Sur ma lancée, je suggérai à Tom de répondre à quelques questions restées en suspens. Pourquoi Terry ne défonce-t-il pas toutes les portes, surtout maintenant qu'il sait que deux chambres sont vides ? Parce que le couple l'entendrait et qu'il veut préserver l'effet de surprise. Pourquoi ne pas attendre et voir si l'employée va faire une deuxième chambre, auquel cas Terry saura avec certitude où se trouve sa femme ? Parce qu'on nous a dit au début qu'il a un rendez-vous important sur un chantier en fin de journée et doit regagner Londres.

Je tapais depuis quarante minutes et j'avais trois pages de suggestions à envoyer. Je griffonnai une lettre expliquant en termes simples pourquoi le couple indien ne convenait pas, trouvai une enveloppe vierge des armoiries de Sa Majesté, dénichai un timbre au fond de mon sac, et eus juste le temps d'aller jusqu'à la boîte aux lettres de Park Lane et d'en revenir avant de me remettre au travail. Quel ennui, après la nouvelle de Tom, d'éplucher la cargaison illégale du *Claudia*, cinq tonnes d'explosifs, d'armes et de munitions, une prise relativement décevante ! Un rapport laissait entendre que Kadhafi ne faisait pas confiance à l'IRA provisoire, un autre répétait que « le MI6 avait dépassé les bornes ». Je m'en moquais royalement.

Ce soir-là, à Camden, j'allai me coucher plus heureuse que je ne l'étais depuis le début de la semaine. Posée sur le sol, ma petite valise attendait, prête à recevoir mes vêtements le lendemain soir pour le voyage du vendredi à Brighton. Encore deux journées de travail à supporter. Lorsque je verrais Tom, il aurait lu ma lettre. Je lui redirais tout le bien que je pensais de sa nouvelle, lui expliquerais à nouveau, et mieux que la première fois, les probabilités. Nous retrouverions nos habitudes et nos rituels.

Au fond, ces calculs de probabilités n'étaient que des détails techniques. La force de la nouvelle résidait ailleurs. Allongée dans le noir, attendant le sommeil, je croyais saisir quelque chose du processus de création. En tant que lectrice, très grande lectrice, pour moi celui-ci allait de soi, je ne m'en préoccupais jamais. On tirait un livre d'une étagère et l'on découvrait un monde inventé, habité, aussi évident que celui dans lequel on vivait. Mais à présent, de même que Tom se débattait au restaurant avec Monty Hall, je pensais prendre toute la mesure de l'artifice, ou presque. Un peu comme en cuisine, me dis-je, l'esprit ensommeillé. Au lieu de la chaleur pour transformer les ingrédients, il y a l'invention à l'état pur, l'étincelle, l'élément caché. Le résultat ne se résumait pas à la somme de ses parties. Je tentai d'en dresser la liste : Tom avait fait don de ma compréhension des probabilités à Terry, en même temps qu'il lui prêtait sa propre excitation secrète à l'idée d'être cocufié. Mais pas avant d'avoir transformé celle-ci en une émotion plus acceptable : une jalousie furieuse. Un peu de l'existence désastreuse de la sœur de Tom se retrouvait dans celle de Sally. Il y avait aussi le voyage familier en train, les rues de Brighton, ces hôtels d'une exiguïté incroyable. Le couple indien et son bébé avec un bec-de-lièvre s'étaient vu offrir un rôle dans la chambre 403. Leur amabilité et leur vulnérabilité contrastaient avec le couple en rut de la pièce voisine. Tom s'était emparé d'un sujet (« seul un imbécile s'en tiendrait à son choix initial ») qu'il comprenait à peine, et il avait tenté de se l'approprier. S'il incorporait mes suggestions, il le ferait sûrement sien. En un tour de main, il avait rendu Terry bien meilleur en maths que son créateur. À un certain niveau, on pouvait voir comment ces différentes composantes avaient été ajoutées, exploitées. Le mystère, c'était la façon dont on les avait mêlées pour confectionner quelque chose de cohérent et de plausible, dont on avait cuisiné ces ingrédients pour obtenir un mets si délicieux. Tandis que je perdais le fil et me laissais emporter aux frontières de l'oubli, je crus avoir presque compris la recette.

*

Un peu plus tard, quand j'entendis le premier coup de sonnette, il apparut dans mon rêve comme l'apogée d'une étrange série de coïncidences. Mais lorsque le rêve se dissipa, il y eut un deuxième coup de sonnette. Je ne bougeai pas, dans l'espoir qu'une de mes colocataires descendrait. Elles se trouvaient plus près de la porte d'entrée, après tout. Au troisième, j'allumai la lumière et regardai mon réveil. Minuit moins dix. J'avais dormi une heure. Nouveau coup de sonnette, plus insistant. J'enfilai mon peignoir, mes pantoufles, et dévalai l'escalier, trop endormie pour me demander pourquoi je devais me dépêcher. L'une des avocates avait sans doute oublié sa clé. Cela s'était déjà produit. Dans l'entrée, le froid glacial du lino traversa la semelle de mes pantoufles. Je mis la chaîne de sécurité avant d'ouvrir. Par la porte entrebâillée, je distinguai un homme sur le seuil, mais je ne voyais pas son visage. Il portait un feutre mou de gangster et un trench, sur les pattes d'épaule duquel des gouttes d'eau scintillaient à la lumière du lampadaire. Inquiète, je refermai la porte. Une voix familière déclara : « Désolé de vous déranger. Je dois parler à Serena Frome. »

Je soulevai la chaîne et ouvris la porte. « Max. Qu'est-ce que tu fais là ? »

Il avait bu. Il vacillait légèrement et ses traits, d'ordinaire contractés, s'étaient relâchés. Lorsqu'il parla, une odeur de whisky arriva jusqu'à moi.

« Tu sais pourquoi je suis là, dit-il.

— Pas du tout.

— Il faut que je te...

— Demain, Max, s'il te plaît.

— C'est urgent. »

J'étais bien réveillée, à présent, et comme je savais que je ne pourrais pas me rendormir si je le chassais, je le fis entrer et l'emmenai dans la cuisine. J'allumai deux brûleurs de la gazinière. C'était l'unique source de chaleur. Il s'assit devant la table et enleva son chapeau. Son pantalon était taché de boue jusqu'aux genoux. Il avait dû traverser la ville à pied. Il avait l'air vaguement dérangé, les lèvres flasques, des cernes bleu-noir sous les yeux. J'envisageai de lui préparer une boisson chaude, puis me ravisai. Je lui en voulais un peu de jouer de son grade supérieur, de s'autoriser à me réveiller parce que j'étais sa subalterne. Je m'assis en face de lui et le regardai enlever avec soin, d'un revers de main, la pluie de son chapeau. Il semblait soucieux de donner l'impression de ne pas être ivre. Je me sentais tendue, frissonnante, et pas seulement à cause du froid. Je le soupçonnais de m'apporter encore des mauvaises nouvelles au sujet de Tony. Mais que pouvait-il y avoir de pire qu'être un traître mort ?

« Je refuse de croire que tu ignores pourquoi je suis là. »

Je secouai la tête. Il sourit de ce qu'il prenait pour un petit mensonge pardonnable.

« Quand on s'est croisés dans le couloir aujourd'hui, j'ai su que tu pensais exactement la même chose que moi.

— Ah bon ?

— Enfin, Serena. On le savait tous les deux. »

À voir son œil grave, implorant, je crus deviner ce qui m'attendait, et quelque chose en moi s'affaissa sous l'effet de la lassitude d'avoir à l'entendre, à nier, à tout aplanir. Et à m'adapter ensuite d'une manière ou d'une autre.

« Je ne comprends pas, dis-je malgré tout.

— J'ai dû rompre mes fiançailles.

— "Dû" ?

— Le jour où je te les ai annoncées, tu n'as pas caché tes sentiments.

— Et alors ?

— Ta déception était visible. J'en ai été navré, mais j'ai dû en faire abstraction. Impossible de laisser les sentiments entrer en ligne de compte.

— Je ne le souhaite pas plus que toi, Max.

— Mais chaque fois qu'on se rencontre, je sais qu'on pense tous deux à ce qui aurait pu être.

— Écoute...

— En ce qui concerne... tu sais... »

Il reprit son chapeau et l'examina attentivement.

« ... les préparatifs de mariage. Nos deux familles s'y sont employées activement. Mais je ne pouvais m'empêcher de penser à toi... J'ai cru devenir fou. Quand je t'ai vue ce matin, ça nous a frappés tous les deux. Tu semblais prête à t'évanouir. Moi aussi, j'en suis sûr. Tous ces faux-semblants,

Serena... cette folie de vouloir tout garder pour soi. Ce soir, j'ai parlé à Ruth et je lui ai dit la vérité. Elle est bouleversée. C'est pourtant ce qui nous attendait, toi et moi, c'est inévitable. On ne peut pas continuer à nier l'évidence! »

Sa vue m'était insupportable. Sa façon de lier ses propres désirs fluctuants à un destin impersonnel m'exaspérait. Je le veux, donc... c'est écrit dans les astres! Qu'avaient donc les hommes, pour manquer ainsi de la logique la plus élémentaire? Je lançai par-dessus mon épaule un coup d'œil aux brûleurs d'où le gaz s'échappait avec un sifflement. La cuisine se réchauffait enfin. J'entrouvris le col de mon peignoir. J'écartai de mon visage mes cheveux en désordre pour y voir plus clair. Max attendait de moi que je fasse la confession qu'il souhaitait, que j'aligne mes désirs sur les siens, que je le conforte dans son solipsisme et l'y rejoigne. Sans doute étais-je trop sévère avec lui. Il s'agissait d'un simple malentendu. Du moins comptais-je le traiter comme tel.

« C'est vrai que tes fiançailles sont sorties de nulle part. Tu n'avais jamais parlé de Ruth auparavant, et j'ai effectivement été un peu contrariée. Mais je m'en suis remise, Max. Au point d'espérer que tu m'inviterais à ton mariage.

— Tout ça est terminé. On peut repartir de zéro.

— Non, impossible.

— Pourquoi? »

Je haussai les épaules.

« Tu as rencontré quelqu'un.

— Oui. »

L'effet fut effrayant. Il se leva brutalement, renversant la chaise de cuisine derrière lui. Le vacarme qu'elle fit en basculant sur le sol allait certainement réveiller mes colocataires. Il était debout devant moi, chancelant, l'air blafard, presque vert sous la lumière jaune de l'unique ampoule, les lèvres luisantes. Je m'attendis à entendre pour la deuxième fois de la semaine un homme me dire qu'il allait vomir.

Pourtant il refusait de céder du terrain, même s'il titubait. « Mais tu donnais l'impression de... de rechercher ma présence, en fait.

— Vraiment?

— Chaque fois que tu passais à mon bureau. Tu flirtais avec moi. »

Ce n'était pas totalement faux. Je réfléchis quelques instants. « Pas depuis que je suis avec Tom, en tout cas.

— Tom? Pas Haley, j'espère? »

J'opinai du chef.

« Mon Dieu. Donc tu parlais sérieusement. Espèce d'idiote! » Il redressa la chaise et s'affala dessus. « C'est pour me punir?

— Je l'aime.

— Quel manque de professionnalisme!

— Oh, je t'en prie. On sait tous ce qui se passe. »

En réalité, non. Je ne connaissais que les rumeurs, peut-être purement fantaisistes, sur d'éventuelles liaisons entre des officiers de Leconfield House et des agents femmes. Compte tenu de l'intimité, du stress et de tout le reste, pourquoi s'en seraient-ils privés?

« Il va découvrir qui tu es. Ça arrivera forcément.

— Bien sûr que non. »

Il était recroquevillé sur lui-même, la tête dans les mains. Il soupirait bruyamment. Difficile de mesurer son état d'ébriété.

« Pourquoi ne m'as-tu rien dit?

— Je croyais que les sentiments ne devaient pas entrer en ligne de compte.

— Il s'agit de l'opération Sweet Tooth, Serena. Haley travaille pour nous. Et toi aussi. »

Je commençais à me sentir en tort, raison pour laquelle je passai à l'attaque. « Tu m'as encouragée à me rapprocher de toi, Max. Et pendant ce temps-là, tu te préparais à m'annoncer tes fiançailles. Pourquoi devrais-je accepter que tu me dises qui je peux fréquenter ou pas? »

Il ne m'écoutait pas. Laissa échapper un grognement, plaqua la paume de sa main sur son front. « Mon Dieu, répéta-t-il entre ses dents. Qu'ai-je fait? »

J'attendis. Le remords était dans mon esprit comme une masse noire et informe qui grandissait sans cesse, menaçant de m'aspirer tout entière. J'avais flirté avec Max, l'avais taquiné, conduit à abandonner sa fiancée : j'avais gâché sa vie. Il lui faudrait beaucoup d'efforts pour tenir le coup.

« Tu as quelque chose à boire? demanda-t-il à brûle-pourpoint.

— Non. » Il y avait bien une mignonnette de xérès cachée derrière le grille-pain. L'alcool le ferait vomir, or je voulais qu'il parte.

« Dis-moi une seule chose. Que s'est-il passé dans le couloir, ce matin?

— Aucune idée. Rien du tout.

— Tu t'es bien amusée, Serena, hein? Il n'y a que ça que tu aimes vraiment. »

Mieux valait ne pas répondre. Je me contentai de le fixer des yeux. Il avait un fil de bave à la commissure des lèvres.

Il suivit mon regard et s'essuya la bouche d'un revers de main.

« Tu vas saboter l'opération Sweet Tooth, avec ta liaison.

— Ne va pas me faire croire que c'est ta seule objection. Toute cette opération te déplaît.

— Tu as foutrement raison », répliqua-t-il, à ma grande surprise. Le genre d'aveu brutal que provoque la boisson, et à présent il cherchait à se venger. « Les femmes de ta promotion, Belinda, Anne, Hilary, Wendy et les autres. Tu leur as déjà demandé quels diplômes elles ont ?

— Non.

— Dommage. Des licences avec mention bien, très bien, des félicitations du jury en veux-tu en voilà. En latin et en grec, en histoire, en anglais.

— Tant mieux pour elles.

— Même ta copine Shirley.

— "Même" ?

— Tu ne t'es jamais étonnée d'avoir été recrutée avec une mention passable ? Et en mathématiques, par-dessus le marché ? »

Il attendit, mais je ne répondis pas.

« C'est Canning qui t'a recrutée. Donc ils se sont dit, autant qu'elle soit chez nous, histoire de voir si tu rendais des comptes à quelqu'un. On ne sait jamais. Ils t'ont fait suivre quelque temps, ont visité ta chambre. La procédure habituelle. Ils t'ont confié Sweet Tooth parce que c'est une opération de seconde zone, sans grand risque. Ils t'ont mise en binôme avec Chas Mount parce que c'est un incapable. Mais tu les as déçus, Serena. Tu n'avais pas de contact. Tu n'étais qu'une fille ordinaire, pas plus bête que la moyenne, ravie d'avoir un emploi. Canning devait avoir un service à te rendre. Ma thèse est qu'il voulait se faire pardonner.

— Je crois qu'il m'aimait, dis-je.

— Eh bien voilà! Il voulait simplement te faire plaisir.

— Quelqu'un t'a déjà aimé, Max?

— Sale petite garce. »

Cette insulte me facilita la tâche. Il était temps qu'il parte. Il faisait à présent une température supportable dans la cuisine, mais la chaleur produite par les brûleurs donnait une impression de moiteur. Je me levai, rajustai mon peignoir d'un geste sec, éteignis la gazinière.

« Pourquoi avoir quitté ta fiancée pour moi, dans ce cas? »

Nous n'en avions pas tout à fait terminé, car son humeur venait de changer à nouveau. Il pleurait. Du moins était-il au bord des larmes. Il avait les lèvres figées en un rictus hideux.

« Mon Dieu! s'écria-t-il d'une voix à la fois étranglée et suraiguë. Pardon, pardon. Tu es tout sauf une garce. Je n'ai rien dit et tu n'as rien entendu. Pardon, Serena.

— C'est bon. Tout est oublié. Mais je pense que tu devrais partir. »

Il se leva, chercha un mouchoir dans la poche de son pantalon. Quand il se fut mouché, il pleurait encore. « J'ai tout gâché. Je suis un connard. »

Je le raccompagnai dans le couloir jusqu'à la porte d'entrée et l'ouvris.

Nous eûmes un ultime échange sur les marches. « Promets-moi une seule chose, Serena. »

Il tentait de prendre mes mains dans les siennes. Il me faisait pitié, mais je reculai d'un pas. Ce n'était pas le moment de se tenir par la main.

« Promets-moi de réfléchir à ce que je vais te dire. Je t'en supplie. Rien que cette phrase : Puisque je peux changer d'avis, toi aussi.

— Je suis atrocement fatiguée, Max. »

Il parut se ressaisir. Prit une profonde inspiration. « Écoute. Il se peut que tu fasses une très grave erreur, avec Tom Haley.

— Va tout droit par là, et tu trouveras un taxi sur Camden Road. »

Debout sur la marche du bas, il levait les yeux vers moi, m'implorant et m'accusant à la fois lorsque je refermai la porte. À l'intérieur j'hésitai, puis, même après avoir entendu ses pas s'éloigner, je remis la chaîne de sécurité avant de retourner me coucher.

17

Pendant un week-end à Brighton en décembre, Tom me demanda de lire *Depuis les plaines du Somerset*. J'emportai le roman dans la chambre et le parcourus attentivement. Je remarquai quelques modifications mineures, mais quand j'eus terminé, mon opinion restait la même. Je redoutais la conversation que Tom espérait avoir, car je savais que je serais incapable de faire semblant. Cet après-midi-là, nous sortîmes nous promener sur les Downs. J'évoquai l'indifférence du roman au sort du père et de la fillette, la dépravation assumée des personnages secondaires, la détresse des masses urbaines sous le joug, la misère sordide des campagnes, le désespoir ambiant, la narration cruelle et sans joie, l'effet déprimant sur le lecteur.

Tom avait les yeux qui brillaient. Je ne pouvais rien lui dire de plus aimable. « Exactement ! répétait-il. C'est ça. Tout à fait ça. Tu as compris ! »

J'avais repéré quelques coquilles et répétitions, ce dont il me fut démesurément reconnaissant. Au cours de la semaine suivante, il acheva une nouvelle série de corrections ponctuelles — et ce fut tout. Il me proposa de l'accompagner lorsqu'il remettrait le manuscrit à son éditeur, et je répondis que ce serait un honneur. Il vint à Londres la veille de Noël au matin, début pour moi d'un congé de trois jours. Nous nous étions donné rendez-vous à la station de métro Tottenham Court Road et nous rejoignîmes ensemble Bedford Square à pied. Il me confia le paquet pour que je lui porte bonheur. Cent trente-six feuillets, m'annonça-t-il fièrement, à double interligne sur du papier ministre démodé. En marchant, je ne pouvais m'empêcher de penser à la petite fille de la scène finale, mourant dans d'affreuses souffrances sur le sol humide d'une cave aux murs noircis par un incendie. Si j'avais réellement voulu faire mon devoir, j'aurais dû glisser l'enveloppe contenant le roman dans la bouche d'égout la plus proche. Je me réjouissais néanmoins pour Tom et serrais sa chronique sinistre contre ma poitrine comme si c'était mon — notre — bébé.

J'aurais voulu passer Noël recluse avec Tom dans l'appartement de Brighton, mais j'avais été sommée d'aller chez mes parents et devais prendre le train l'après-midi même. Je n'étais pas retournée là-bas depuis des mois. Ma mère avait été ferme au téléphone et l'Évêque en personne était intervenu. Je n'étais pas assez rebelle pour refuser, malgré mon sentiment de honte quand j'expliquai la situation à Tom. À une vingtaine d'années, les derniers fils de l'enfance me liaient encore à mes parents. Lui, en revanche, adulte libre approchant de la trentaine, comprenait leur point de vue. Bien sûr qu'ils avaient besoin de me voir, bien sûr qu'il fallait y aller. C'était mon devoir d'adulte de passer Noël avec eux. Lui-même serait en famille à Sevenoaks le vingt-cinq, bien décidé à sortir sa sœur Laura de son foyer à Bristol pour les réunir, elle et ses enfants, autour du repas de Noël, et tenter de l'empêcher de trop boire.

Je transportai donc le paquet vers Bloomsbury, consciente que nous n'avions que quelques heures à passer ensemble, après quoi nous serions séparés durant plus d'une semaine, puisque je retournerais travailler dès le vingt-sept. Pendant le trajet, Tom me donna les dernières nouvelles. Il venait de recevoir une réponse de Ian Hamilton, de la *New Review*. Il avait remanié le point culminant d'« Adultère probable » en tenant compte de mes suggestions envoyées par la poste, et soumis la nouvelle en plus de celle sur le singe parlant. Hamilton avait écrit pour dire qu'« Adultère probable » n'était pas pour lui, il manquait de patience pour les subtilités de ces « problèmes de logique », et doutait que « quiconque, hormis le major des étudiants en mathématiques de Cambridge », en eût davantage. En revanche, il trouvait le singe loquace « pas mal ». Tom n'était pas certain que cela ait valeur d'acceptation. Il devait rencontrer Hamilton vers le Nouvel An pour en savoir plus.

On nous fit entrer dans l'imposant bureau — ou bibliothèque — de Tom Maschler, au premier étage d'une demeure géorgienne qui surplombait Bedford Square. Lorsque l'éditeur entra, courant presque, ce fut moi qui lui tendis le roman. Il le posa négligemment sur la table de travail derrière lui, me fit un baiser humide sur chaque joue et secoua vigoureusement la main de Tom, le félicita, lui indiqua un fauteuil et entreprit de l'interroger, attendant à peine la réponse à une question avant de passer à la suivante. De quoi vivait-il, quand allions-nous nous marier, avait-il lu Russell Hoban, avait-il conscience que l'insaisissable Pynchon était assis la veille dans ce même fauteuil, connaissait-il Martin, le fils de Kingsley Amis, aimerions-nous faire la connaissance de Madhur Jaffrey ? Maschler me rappelait un entraîneur de tennis italien venu un jour dans notre lycée, et qui, en un après-midi de consignes aussi expéditives qu'enjouées, avait reconstruit mon revers. L'éditeur était mince et brun de peau, avide d'informations et agréablement agité, comme s'il s'apprêtait en permanence à raconter une blague ou à énoncer une idée révolutionnaire qui lui viendrait au détour d'une phrase.

Reconnaissante d'avoir été oubliée, je m'aventurai à l'autre extrémité de la pièce et contemplai les arbres de Bedford Square, dénudés par l'hiver. J'entendais Tom, mon Tom, déclarer qu'il vivait de son enseignement, n'avait pas encore lu *Cent ans de solitude* ni le livre de Jonathan Miller sur McLuhan mais comptait bien le faire, et que non, il n'avait encore aucune idée précise de son prochain roman. Il éluda la question relative à notre mariage éventuel, reconnut que Roth était un génie et *Portnoy et son complexe* un chef-d'œuvre, et que les traductions anglaises des sonnets de Neruda étaient exceptionnelles. Comme moi, Tom ne connaissait pas un mot d'espagnol et n'était pas en mesure de porter un jugement. Et nous n'avions ni l'un ni l'autre lu un seul roman de Roth à ce stade. Il faisait des réponses prudentes, voire banales, et je compatissais : nous étions les cousins de province, éblouis par l'étendue et la fulgurance des références de Maschler, et il semblait normal qu'il prenne congé au bout de dix minutes. Nous étions trop ternes. Il nous raccompagna en haut de l'escalier. En nous disant au revoir, il ajouta qu'il nous aurait bien invités à déjeuner dans son restaurant grec préféré sur Charlotte Street, mais il n'était pas adepte des déjeuners. Nous nous retrouvâmes sur le trottoir, un peu sonnés, et en nous remettant à marcher nous discutâmes un bon moment sur le fait de savoir si l'entretien s'était « bien passé ». Tom pensait que oui, grosso modo, et j'approuvai tout en étant convaincue du contraire.

Peu importait : le roman, le terrible roman avait été remis, nous allions nous séparer, c'était Noël et il fallait fêter ça. Nous nous dirigeâmes vers le sud, jusqu'à Trafalgar Square, et en passant devant la National Portrait Gallery, tel un couple après trente ans de mariage, nous nous remémorâmes notre première rencontre dans ce musée : pensions-nous tous les deux que ce serait un rendez-vous sans lendemain, pouvions-nous deviner ce qui allait suivre ? Puis nous revînmes sur nos pas pour aller chez Sheekey's, où nous réussîmes à entrer sans avoir réservé. J'hésitais à boire de l'alcool. Je devais rentrer chez moi, faire mes bagages, attraper le train de dix-sept heures à la gare de Liverpool Street, et me préparer à troquer mon rôle d'agent secret au service de l'État contre celui de fille modèle, qui gravissait sans effort les échelons de la hiérarchie au ministère de la Santé et de la Sécurité sociale.

Avant la sole, pourtant, arriva un seau à glace suivi d'une bouteille de champagne qui fut promptement bue, et, en attendant qu'on nous apporte la suivante, Tom se pencha pour prendre ma main dans la sienne, avoua qu'il avait un secret à me confier, et bien qu'il hésite à me l'infliger juste avant notre séparation, il aurait du mal à trouver le sommeil s'il ne le révélait pas. Ce secret était le suivant : il n'avait pas de nouvelle idée de roman, pas la moindre, et doutait d'en avoir une un jour. *Depuis les plaines du Somerset* — nous disions « Les Plaines », entre nous — était un coup de chance, il s'y était embarqué par hasard, alors qu'il croyait écrire une nouvelle sur un autre sujet. Quelques jours plus tôt, devant le Royal Pavilion de Brighton, un vers anodin traduit par Spenser lui était revenu en mémoire : *Non en papier, mais en marbre et porphyre.* Spenser à Rome, méditant sur son passé. Mais peut-être n'avait-on pas besoin d'être à Rome. Tom s'était retrouvé à concevoir le plan d'un article sur les relations entre la poésie et la ville au fil des siècles. Les écrits universitaires étaient censés être derrière lui, à certains moments sa thèse l'avait conduit au désespoir. Mais la nostalgie s'insinuait en lui — nostalgie de l'intégrité tranquille de l'érudition, de ses rituels exigeants, et surtout nostalgie du charme de la poésie de Spenser. Il la connaissait si bien, cette chaleur sous la rigueur de la forme — voilà un monde qu'il pouvait habiter. Son idée d'article était originale et audacieuse autant que passionnante, aux confins de plusieurs disciplines. La géologie, l'urbanisme, l'archéologie. Le rédacteur en chef d'une revue savante serait enchanté de publier quelque chose de lui. L'avant-veille, il s'était même surpris à s'interroger sur un poste d'enseignant qui venait de se libérer à l'université de Bristol. Son master de relations internationales n'était qu'une diversion. Peut-être que l'écriture de fiction aussi. Son avenir, c'était l'enseignement et les recherches universitaires. Il s'était tellement fait l'effet d'un imposteur à Bedford Square, s'était senti si peu à l'aise pendant la conversation. Il pouvait très bien ne plus jamais écrire de roman, ni même de nouvelle. Mais comment faire pareil aveu à Maschler, l'éditeur de fiction le plus respecté de la ville ?

Ou même à moi. Je retirai ma main. Alors que c'était mon premier lundi de liberté depuis des mois, je me remis au travail dans l'intérêt de l'opération Sweet Tooth. Je rappelai à Tom le fait bien connu selon lequel les écrivains se sentaient vidés après avoir achevé une œuvre. Comme si j'en savais quelque chose, j'affirmai que l'écriture ponctuelle d'un essai universitaire et celle d'un roman n'étaient pas incompatibles. Je me creusai la tête pour trouver le nom d'un auteur dont c'était le cas, mais rien ne me vint. La seconde bouteille arriva et je me lançai dans un éloge du travail de Tom. Il y avait ce penchant inhabituel pour la psychologie dans ses nouvelles, le caractère étrangement intime de celles-ci, comparées à ses articles sur l'actualité, sur le soulèvement est-allemand ou l'attaque du train postal, et c'était précisément ce large éventail de centres d'intérêt qui le singularisait, et faisait que la Fondation s'enorgueillissait de l'associer à ses activités, que le nom de T. H. Haley circulait dans le monde de l'édition, et que deux de ses plus éminents représentants, Hamilton et Maschler, voulaient qu'il écrive pour eux.

Tom m'avait observée durant toute cette tirade avec ce petit sourire — il avait parfois le don de m'exaspérer — d'un scepticisme bienveillant.

« Tu t'es déclaré incapable d'écrire et d'enseigner en même temps. Tu te contenterais vraiment d'un salaire de maître assistant ? Huit cents livres par an ? En admettant que tu décroches un poste.

— Si tu crois que je n'y ai pas pensé.

— L'autre soir, tu m'as dit que tu écrirais peut-être un article sur les services de sécurité roumains pour l'*Index on Censorship*. Ils s'appellent comment, déjà ?

— La DSS. Mais il parlera surtout de poésie.

— Je croyais qu'il portait sur la torture.

— Par ailleurs.

— Tu pensais même pouvoir en tirer une nouvelle. »

Son visage s'éclaira un peu. « Possible. Je dois revoir Traian, mon ami poète, cette semaine. Je ne peux rien faire sans son accord.

— Rien ne t'empêche d'écrire également cet essai sur Spenser. Tu jouis d'une entière liberté et c'est ce que la Fondation souhaite pour toi. Tu peux faire tout ce que tu désires. »

Après cela, il sembla se désintéresser de la question et préféra changer de sujet. Nous parlâmes donc de ce dont tout le monde parlait : le projet du gouvernement d'instaurer la semaine de trois jours pour économiser l'énergie, qui devait prendre effet le jour de l'An, le doublement du prix du pétrole la veille, les nombreuses explosions dans les pubs et les magasins de la ville, « cadeaux de Noël » de l'IRA provisoire. Nous discutâmes des raisons pour lesquelles les gens paraissaient étrangement heureux de réduire leur consommation d'énergie, de s'éclairer parfois à la bougie, comme si l'adversité redonnait un sens à l'existence. Du moins était-il facile de le penser en finissant cette seconde bouteille de champagne.

Il était presque seize heures quand nous nous dîmes au revoir devant la station Leicester Square. Nous nous étreignîmes et nous embrassâmes, caressés par le souffle chaud qui montait des escaliers du métro. Puis Tom partit à pied vers Victoria Station pour s'éclaircir les idées pendant que je me dirigeais vers Camden pour faire mes bagages et y ajouter mes modestes cadeaux de Noël, vaguement consciente que je n'aurais jamais mon train et que je serais en retard pour le réveillon, événement que ma mère préparait des journées durant avec dévouement. Elle n'apprécierait pas.

Je pris le train de dix-huit heures trente, arrivai juste avant vingt et une heures et fis le trajet depuis la gare à pied, traversai la rivière et suivis sous un demi-clair de lune le sentier semi-rural qui la longeait, laissant derrière moi les barques sombres amarrées à la rive, respirant l'air pur et glacial qui descendait sur l'East Anglia depuis la Sibérie. Il me rappela mon adolescence, son ennui et ses aspirations, ainsi que toutes nos petites rébellions, matées ou étouffées par notre désir de plaire à certains professeurs en réussissant des dissertations éblouissantes. Oh, la déception mêlée d'euphorie à l'obtention d'un « TB moins », aussi mordante qu'un vent froid venu du nord! Le sentier décrivait une courbe au pied du terrain de rugby du lycée de garçons, et à l'autre extrémité, baignant dans une lumière laiteuse, s'élevait la flèche de la cathédrale — la cathédrale de mon père. Je m'éloignai de la rivière pour couper par le terrain de rugby, passai près des vestiaires dont l'odeur condensait autrefois pour moi tout ce qu'il y avait de fascinant et de repoussant chez les garçons, et pénétrai dans l'enceinte de la cathédrale par une vieille porte en chêne qui n'était jamais fermée à clé. Je me félicitai que ce soit encore le cas, que ses gonds produisent le même grincement. Elle me prit au dépourvu, cette promenade à travers un lointain passé. Quatre ou cinq ans : trois fois rien. Mais aucun individu ayant plus de trente ans ne pouvait comprendre la période curieusement chargée et concentrée qui allait de dix-huit à vingt-deux ans, tranche de vie à laquelle il aurait fallu un nom, du moment où l'on quittait le lycée à celui où l'on devenait salarié, avec, entre les deux, l'université, des amours, des morts et des choix décisifs. J'avais oublié à quel point mon enfance était proche, à quel point elle m'avait naguère paru longue et incontournable. À quel point j'étais à la fois adulte et inchangée.

J'ignore pourquoi mon cœur se mit à battre plus fort tandis que je m'avançais vers la maison. À son approche, je ralentis le pas. J'avais également oublié combien elle était imposante, et je n'en revenais pas d'avoir pu tenir pour acquis ce palais en brique rouge pâle, de style Queen Anne. Je marchais entre les formes géométriques des rosiers bien taillés et des haies de buis, qui se dressaient sur des plates-bandes délimitées par d'énormes tuiles de jardin. Je donnai un coup de sonnette — de cloche, plutôt — et, à ma stupé-faction, la porte s'ouvrit presque aussitôt et l'Évêque apparut, en veste grise sur sa chemise violette et son col blanc d'ecclé-siastique. Un peu plus tard, il célébrerait la messe de minuit. Il devait se trouver dans l'entrée quand j'avais sonné, car jamais il ne lui serait venu à l'idée d'aller ouvrir à un visiteur. C'était un homme de grande taille, avec un visage affable aux traits peu marqués et une mèche de cheveux, enfantine malgré sa blancheur, qui lui retombait sur le front et qu'il renvoyait sans cesse en arrière. On disait souvent de lui qu'il ressemblait à un paisible chat tigré. En traversant la cinquan-taine avec dignité, il avait pris du ventre, ce qui allait bien avec sa lenteur et son air préoccupé de lui-même. Ma sœur et moi avions l'habitude de nous payer sa tête derrière son dos, éprouvant parfois même une certaine amertume, non que nous l'ayons détesté — bien au contraire —, mais parce que nous ne parvenions jamais à attirer son attention, ou pas très longtemps. Pour lui, nos vies étaient lointaines et extravagantes. Il ne savait pas que Lucy et moi nous étions disputées à son sujet durant notre adolescence. Nous mourions chacune d'envie de l'avoir tout à nous dans son bureau, ne fût-ce que dix minutes, et nous nous soupçonnions mutuellement d'être la préférée. Ses démêlés avec la drogue et la justice, ainsi que sa grossesse, avaient valu à Lucy ces moments privilégiés. Lorsque j'en avais appris l'existence au téléphone, j'avais ressenti, malgré mon inquiétude pour elle, un pincement de mon ancienne jalousie. Quand mon tour viendrait-il ?

À cet instant précis.

« Serena ! » Il prononça mon prénom avec une intonation descendante pleine de gentillesse, où pointait à peine une surprise feinte, puis me serra dans ses bras. Je laissai tomber mon bagage à mes pieds pour m'abandonner à son étreinte, et alors que j'enfouissais mon visage dans sa chemise au parfum familier de savonnette Imperial Leather et de cathédrale — cire parfumée à la lavande —, je fondis en larmes. J'ignore pourquoi. Ces larmes venaient de nulle part et je me transformai en fontaine. Je ne pleure pas facilement et en fus aussi étonnée que lui. Mais c'était plus fort que moi. Il s'agissait du genre de pleurs incoercibles et désespérés que l'on peut entendre chez un enfant épuisé. Sans doute était-ce sa voix, sa façon de prononcer mon prénom qui avait touché la corde sensible.

Aussitôt, je sentis son corps se raidir, bien qu'il m'ait gardée contre lui. « Dois-je aller chercher ta mère ? » murmura-t-il.

Je crus deviner ce qu'il pensait : c'était le tour de sa fille aînée de se retrouver enceinte ou victime d'un autre désastre moderne, et quelle que soit la détresse féminine qui trempait à présent sa chemise violette fraîchement repassée, une femme saurait mieux y répondre. Il devait se décharger du problème et rejoindre son bureau pour jeter un dernier coup d'œil à son sermon de Noël avant le réveillon.

Or je ne voulais pas qu'il me lâche. Je me cramponnai à lui. Si seulement j'avais pu m'accuser d'un crime, je l'aurais supplié de sommer les pouvoirs magiques de la cathédrale de me pardonner.

« Non, non. Tout va bien, papa. C'est juste que, je suis tellement heureuse d'être de retour, d'être... là. »

Il se détendit. Mais ce n'était pas vrai. Cela n'avait rien à voir avec le bonheur. Je n'aurais pas pu dire de quoi il s'agissait précisément. Cela avait un lien avec mon trajet à pied depuis la gare, avec mon éloignement de ma vie londonienne. Du soulagement, peut-être, mais aussi quelque chose de plus dur, comme le remords, voire le désespoir. Ensuite je me persuadai que le champagne à l'heure du déjeuner m'avait rendue plus vulnérable.

Ce moment sur le seuil n'avait pas pu durer plus de trente secondes. Je me ressaisis, pris ma valise, entrai dans la maison et présentai des excuses à l'Évêque, qui me dévisageait encore avec circonspection. Il me tapota alors l'épaule, repartit vers son bureau, et je disparus dans les toilettes — facilement aussi grandes que ma chambre de Camden — pour tamponner mes yeux rouges et mes paupières gonflées avec un peu d'eau froide. Pas question que ma mère me fasse subir un interrogatoire. En allant la retrouver, j'eus conscience que tout ce qui m'étouffait autrefois me semblait désormais rassurant : l'odeur de viande rôtie, la chaleur des tapis, l'éclat du chêne, de l'acajou, de l'argenterie et du verre, et les décorations sobres et de bon goût de ma mère, des vases contenant de simples branches de noisetier ou d'églantier recouvertes d'un nuage de peinture argentée pour imiter la gelée blanche. Lorsque Lucy avait quinze ans et qu'elle essayait, comme moi, de se comporter avec la maturité d'une adulte, elle était arrivée dans la pièce le soir de Noël en gesticulant vers les branches en question et en s'exclamant : « Typiquement protestant ! »

Cela lui avait valu le regard le plus hargneux que j'aie jamais vu dans les yeux de l'Évêque. Alors qu'il s'abaissait rarement à nous réprimander, cette fois-là il répondit sèchement : « Trouve autre chose à dire, jeune fille, ou bien monte dans ta chambre. »

Prise d'un fou rire en entendant Lucy marmonner d'un ton contrit quelque chose du style : « Ces décorations sont vraiment merveilleuses, maman », j'avais préféré quitter la pièce la première. « Typiquement protestant » était devenu notre cri de ralliement à toutes deux, mais toujours à voix basse, et hors de portée des oreilles de l'Évêque.

Nous étions cinq à réveillonner. Lucy avait traversé la ville avec Luke, son compagnon irlandais, un géant d'un mètre quatre-vingt-quinze qui travaillait comme jardinier municipal et militait au sein de Troops Out, un nouveau mouvement contre la présence de l'armée britannique en Ulster. Dès que j'appris ce détail, je décidai de ne m'engager dans aucune discussion. Ce fut assez facile car, malgré un accent américain qui sonnait faux, Luke était sympathique et drôle, et après le dîner nous trouvâmes un terrain d'entente en évoquant, sous forme de commémoration indignée, les atrocités des loyalistes, sur lesquelles j'en savais presque autant que lui. Pendant le repas, l'Évêque, qui ne s'intéressait pas à la politique, s'était penché vers Luke pour lui demander d'une voix douce s'il s'attendait à un massacre de la minorité catholique, si jamais il obtenait satisfaction et que l'armée se retire. Luke avait répondu qu'à ses yeux l'armée britannique n'avait jamais fait grand-chose pour les catholiques d'Irlande du Nord, et qu'ils se défendraient très bien tout seuls.

Mon père avait feint d'être rassuré. « Bon, alors on peut compter sur un bain de sang généralisé. »

Luke était troublé. Il se demandait si on ne se moquait pas de lui. Ce qui n'était pas le cas. L'Évêque se montrait simplement poli et orientait à présent la conversation sur un autre sujet. S'il refusait de se laisser entraîner dans un débat politique ou théologique, c'était par indifférence aux opinions d'autrui, qu'il n'éprouvait pas le besoin de discuter ou de contredire.

Il s'avéra que servir un repas de réveillon à vingt-deux heures cadrait avec l'emploi du temps de ma mère, et elle se réjouissait de m'avoir à la maison. Elle était toujours aussi fière de mon poste et de cette vie indépendante qu'elle avait toujours voulue pour moi. Une fois encore, j'avais fait des recherches sur mon prétendu ministère pour pouvoir répondre à ses questions. Je m'étais aperçue depuis un bon moment que presque toutes mes collègues de travail avaient dit à leurs parents pour qui elles travaillaient, à condition qu'ils n'insistent pas pour en savoir davantage. Dans mon cas, mon récit était élaboré et bien documenté, et j'avais raconté trop de mensonges inutiles. Trop tard pour faire machine arrière. Si ma mère avait appris la vérité, elle l'aurait confiée à Lucy qui ne m'aurait sans doute plus jamais adressé la parole. Et je n'aurais pas aimé que Luke sache ce que je faisais. Aussi pris-je la peine, pendant quelques minutes, de décrire le point de vue de mon ministère sur la réforme du système de sécurité sociale, espérant que ma mère se montrerait aussi peu intéressée que l'Évêque et Lucy, et cesserait de m'assaillir de questions pertinentes.

L'un des avantages de notre vie de famille, et peut-être de la religion anglicane en général, était que ma sœur et moi n'avions jamais été tenues d'aller à la cathédrale entendre ou voir notre père officier. Peu lui importait que nous soyons là ou pas. Je n'y avais pas mis les pieds depuis l'âge de dix-sept ans. Lucy, depuis l'âge de douze ans, je crois. Parce que c'était un temps fort de l'année pour lui, il se leva brusquement juste avant le dessert, nous souhaita à tous un joyeux Noël et nous pria de l'excuser. D'où j'étais assise, il semblait que mes larmes n'aient laissé aucune tache sur sa chemise ecclésiastique. Cinq minutes plus tard, nous reconnûmes le bruissement familier de sa soutane lorsqu'il passa devant la salle à manger en se dirigeant vers la porte d'entrée. J'avais grandi convaincue du caractère ordinaire de ses activités quotidiennes, mais à présent, de retour après une longue absence, loin de mes préoccupations londoniennes, je trouvais exotique d'avoir un père pour qui le surnaturel représentait la routine, qui allait travailler tard le soir dans un magnifique temple de pierre, les clés de la maison dans sa poche, pour remercier, louer ou implorer un dieu en notre nom.

Ma mère monta dans une petite chambre d'amis baptisée

« salle des paquets » pour s'occuper des derniers cadeaux, pendant que Lucy, Luke et moi débarrassions la table et faisions la vaisselle. Lucy alluma le poste de radio de la cuisine, mit le John Peel's Show, et nous nous acquittâmes de notre tâche au rythme du genre de rock progressif que je n'avais pas entendu depuis Cambridge. Il ne me faisait plus aucun effet. Après avoir été le signe de reconnaissance d'une francmaçonnerie de jeunes gens libérés et la promesse d'un monde nouveau, il se réduisait désormais à de simples chansons, d'amour pour l'essentiel, parfois sur l'appel de la route. Comme d'autres avant eux, les musiciens cherchaient à se faire un nom dans un milieu où la concurrence était rude. Ce que sous-entendaient les commentaires bien informés de Peel entre deux enregistrements. Même deux ou trois morceaux entendus dans les pubs me laissèrent de marbre. Sans doute que je vieillis, me dis-je en récurant les plats à gâteaux de ma mère. Bientôt vingt-trois ans. Puis ma sœur me demanda si je voulais venir faire le tour de l'église avec elle et Luke. Ils avaient envie de fumer, et l'Évêque ne supportait pas l'odeur du tabac dans la maison, du moins pas venant d'un membre de la famille — une attitude excentrique pour l'époque, et tyrannique, pensions-nous.

La lune était haute dans le ciel et la gelée blanchissait à peine la pelouse, faisant preuve d'un goût encore plus sûr que notre mère avec sa bombe de peinture argentée. Éclairée de l'intérieur, la cathédrale paraissait isolée et incongrue, tel un paquebot échoué. De loin, nous entendîmes un orgue poussif jouer les premières mesures d'« Écoutez le chant des anges ! », puis les fidèles entonner vaillamment le cantique à pleins poumons. Ils étaient apparemment nombreux et je m'en réjouis pour mon père. Mais des adultes chantant en un chœur approximatif, sans ironie, à la gloire des *anges*... Mon cœur se serra soudain, comme si j'avais regardé dans le vide au bord d'une falaise. Je ne croyais plus à grand-chose : pas aux cantiques de Noël, ni même à la musique rock. À trois de front, nous empruntâmes la rue étroite qui longeait les autres belles demeures au pied de la cathédrale. Certaines abritaient des cabinets d'avocats, une ou deux autres ceux de dentistes en vue. Les abords de la cathédrale étaient bien fréquentés, et l'Église imposait des loyers élevés.

Il apparut que mes compagnons n'avaient pas seulement envie de tabac. Luke sortit de son manteau un joint de la taille et de la forme d'un petit cracker de Noël, qu'il alluma tout en marchant. Il se livra à un rituel solennel, coinça le joint entre deux phalanges, l'abrita au creux de ses mains pour tirer dessus entre ses pouces en aspirant l'air avec un sifflement, puis retint son souffle et fuma sans cesser de parler, ce qui lui donnait la voix d'une marionnette de ventriloque — un cinéma ridicule dont j'avais totalement perdu le souvenir. Cela paraissait tellement provincial. Les années soixante, c'était fini! Mais quand Luke me tendit son joint — d'un geste assez menaçant, à mes yeux —, je tirai poliment deux ou trois bouffées afin de ne pas passer pour la grande sœur un peu coincée de Lucy. Ce que j'étais pourtant.

Je me sentais mal à l'aise à deux titres. Je subissais encore le contrecoup de mon moment d'émotion devant la porte d'entrée. Fallait-il incriminer le surmenage plutôt que la gueule de bois? Je savais que mon père ne reviendrait jamais sur le sujet, ne me demanderait jamais ce qui s'était passé. J'aurais dû lui en vouloir, mais j'étais soulagée. Je n'aurais su que répondre, de toute façon. Ensuite, je portais un manteau que je n'avais pas mis depuis quelque temps, et au début de notre promenade au pied de la cathédrale j'avais senti un bout de papier dans ma poche. Je passai l'index sur le rebord et compris de quoi il s'agissait. J'en avais oublié l'existence : le triangle de papier journal trouvé dans la cache du MI5. Il me rappela d'autres épisodes qui avaient mal tourné et me polluaient l'esprit : le déshonneur de Tony, la disparition de Shirley, la possibilité qu'on m'ait engagée uniquement parce que Tony avait été démasqué, la visite de ma chambre par des agents du MI5 et, pis que tout, la dispute avec Max. Depuis qu'il était venu chez moi, nous nous évitions. Je ne lui avais pas remis en personne mon rapport relatif à l'opération Sweet Tooth. Dès que je pensais à lui, le remords m'assaillait, aussitôt remplacé par un élan d'indignation. Il m'avait plaquée pour sa fiancée, puis, trop tard, avait plaqué sa fiancée pour moi. Il ne pensait qu'à lui. Qu'avais-je à me reprocher ? Mais la fois suivante, je me sentais à nouveau coupable et devais reprendre tout mon raisonnement depuis le début.

Tout cela dans le sillage d'un malheureux bout de papier, semblable à la queue d'un cerf-volant dissymétrique. Nous contournâmes la cathédrale par l'ouest et nous installâmes dans l'ombre profonde du haut portail de pierre qui ouvrait sur la ville, ma sœur et son compagnon continuant à se passer leur joint. Je tendis l'oreille dans l'espoir que la voix de mon père vienne couvrir l'accent américain de Luke, mais seul le silence de la cathédrale me répondit. Les fidèles étaient sûrement en prière. Dans l'autre plateau de la balance de mes bonnes et mauvaises fortunes, en laissant de côté la nouvelle dérisoire de ma promotion, se trouvait Tom. J'avais envie de parler de lui à Lucy, j'aurais aimé un tête-à-tête avec ma sœur. Nous nous ménagions à l'occasion ce genre d'échange, mais la gigantesque silhouette de Luke se dressait pour l'heure entre nous, et celui-ci tombait dans le travers inexcusable des fumeurs de cannabis, qui ne parlent de rien d'autre et donnent tous les détails : une résine célèbre provenant d'un petit village de Thaïlande, la terrifiante descente de police à laquelle ils avaient échappé de justesse un soir, la vue sur un lac sacré au coucher du soleil après avoir fumé, un malentendu désopilant dans une gare routière et autres anecdotes assommantes. Qu'arrivait-il à notre génération? Nos parents nous avaient ennuyés avec la guerre. Pour nous, voilà ce qui la remplaçait.

Au bout d'un certain temps, Lucy et moi gardâmes le silence pendant que Luke, tout à son euphorie, s'enfonçait un peu plus dans l'illusion qu'il était intéressant et que nous étions captivées. Presque aussitôt, j'eus l'intuition contraire. Tout me sembla clair. Évidemment. Lucy et Luke attendaient que je m'en aille pour pouvoir être seuls. C'était ce que j'aurais souhaité, si j'avais été avec Tom. Luke tenait des propos délibérément et systématiquement dépourvus d'intérêt pour m'inciter à partir. Un manque de tact de ma part que de ne l'avoir pas remarqué. Pauvre garçon, il était obligé de se surpasser et d'en faire des tonnes, un numéro caricatural. Personne n'était aussi barbant dans la vraie vie. Mais à sa façon détournée, il tentait seulement de m'épargner.

Je m'étirai donc, bâillai bruyamment dans l'obscurité, m'approchai de lui et déclarai de but en blanc : « Tu as bien raison, je ferais mieux de rentrer », après quoi je m'éloignai, et en quelques secondes j'allai mieux, n'eus aucun mal à ignorer les appels de Lucy. Délivrée des anecdotes de Luke, je marchais vite, reprenant l'itinéraire par lequel nous étions venus, puis je traversai la pelouse, où la gelée blanche crissa agréablement sous mes pas, jusqu'à ce que je sois tout près du cloître, loin du faisceau lumineux de la demi-lune, et trouve dans la pénombre une pierre faisant saillie pour m'y asseoir et remonter le col de mon manteau.

Une voix me parvenait de l'intérieur, psalmodiant doucement, sans que je puisse affirmer si c'était celle de l'Évêque. Une équipe élargie travaillait avec lui lors des grandes occasions. Dans les périodes difficiles, il est parfois judicieux de se demander ce que l'on a le plus envie de faire et de chercher les moyens d'atteindre ce but. Si cela se révèle impossible, on passe au choix suivant. J'avais envie d'être avec Tom, au lit avec lui, à table en face de lui, main dans la main avec lui dans la rue. À défaut, j'avais envie de penser à lui. C'est donc ce que je fis pendant une demi-heure le soir de Noël, je lui rendis grâce, je pensai à nos moments ensemble, à son corps à la fois vigoureux et enfantin, à notre attachement croissant, à son travail, à la manière dont je pouvais me rendre utile. Je laissai soigneusement de côté le secret que je lui cachais. Je préférais penser à la liberté que je lui avais offerte, à l'aide que je lui avais apportée pour « Adultère probable » et à celle que je lui apporterais encore. L'avenir était si riche de promesses. Je décidai de consigner ces pensées dans une lettre que je lui enverrais, une lettre lyrique, passionnée. Je lui confierais que je m'étais effondrée à la porte de la maison de mes parents, que j'avais pleuré dans les bras de mon père.

Ce n'était pas une bonne idée de rester assise, immobile sur une pierre, par des températures inférieures à zéro. Je commençais à grelotter. Puis j'entendis ma sœur m'appeler à nouveau, quelque part derrière la cathédrale. Elle semblait inquiète et, retrouvant alors ma lucidité, je pris conscience qu'elle et Luke avaient dû juger mon comportement peu sympathique. Les deux ou trois bouffées tirées sur leur joint de Noël avaient dû jouer. Cela paraissait tellement invraisemblable, que Luke se soit montré volontairement ennuyeux pour pouvoir être un moment seul avec Lucy. Difficile d'analyser ses propres erreurs de jugement, quand le cerveau, l'esprit qui tentait de comprendre était embrumé. J'avais les idées claires, à présent. Je m'avançai sur la pelouse illuminée par le clair de lune, je vis ma sœur et son compagnon sur l'allée à une centaine de mètres de moi, et je m'élançai vers eux, prête à me confondre en excuses.

18

À Leconfield House, on avait réglé les thermostats à seize degrés, deux de moins que dans les autres ministères, pour donner le bon exemple. Nous gardions nos manteaux et nos gants pour travailler, et certaines jeunes femmes de familles aisées arboraient un bonnet de laine à pompon rapporté de leurs vacances au ski. On nous avait fourni des carrés de feutre sur lesquels poser nos pieds pour nous protéger du froid qui montait du sol. Le meilleur moyen de se réchauffer les mains était de taper à la machine sans relâche. À présent que les conducteurs de trains faisaient eux aussi la grève des heures supplémentaires par solidarité avec les mineurs, on estimait que les centrales thermiques risquaient de manquer de charbon à la fin du mois de janvier, au moment où les finances du pays seraient au plus bas. En Ouganda, Idi Amin Dada organisait une collecte et offrait une cargaison de légumes à l'ancienne puissance coloniale, à condition que la Royal Air Force veuille bien venir les chercher.

Une lettre de Tom m'attendait quand je rentrai à Camden de mon séjour chez mes parents. Il comptait emprunter la voiture de son père pour reconduire Laura à Bristol. Ce ne serait pas facile. Elle répétait à toute la famille qu'elle voulait emmener les enfants avec elle. Il y avait eu des disputes autour de la dinde de Noël. Mais le foyer n'accueillait que des adultes et, comme à son habitude, Laura n'était pas en état de s'occuper de ses gosses.

Tom projetait de venir à Londres afin que nous puissions fêter ensemble le Nouvel An. Le trente décembre, malheureusement, il m'envoya un télégramme de Bristol. Il ne pouvait pas laisser Laura si vite. Il allait devoir rester et tenter de l'aider à s'adapter. Je fêtai donc 1974 avec mes trois colocataires lors d'une soirée à Mornington Crescent. Dans l'appartement sordide et grouillant de monde, j'étais la seule à ne pas être avocate. Alors que je me trouvais devant une sorte de table à tréteaux, en train de verser du vin blanc tiède dans un gobelet en carton ayant déjà servi, quelqu'un me pinça la fesse, vraiment fort. Je pivotai sur moi-même et me mis en colère, sans doute pas contre le véritable coupable. Je partis tôt et, avant une heure du matin, j'étais chez moi, au lit, allongée sur le dos dans le froid et l'obscurité, à m'apitoyer sur mon sort. Avant de m'endormir, je me rappelai que Tom m'avait parlé du travail superbe fourni par le personnel du foyer qui hébergeait Laura. Étrange, dans ce cas, qu'il ait besoin de passer deux journées complètes à Bristol. Peu importait, et je dormis profondément, à peine dérangée par mes amies juristes qui rentrèrent ivres à quatre heures du matin.

La nouvelle année commença et avec elle la semaine de trois jours, mais nous étions considérés comme un service prioritaire et continuâmes à travailler cinq jours. Le 2 janvier, je fus convoquée à une réunion dans le bureau de Harry Tapp au deuxième étage. Sans préavis ni indication sur le thème prévu. Je me présentai à dix heures précises, et à l'entrée Benjamin Trescott cochait des noms sur une liste. À ma grande surprise, il y avait plus de vingt personnes dans la pièce, dont deux membres de ma promotion, trop jeunes, comme moi, pour oser s'asseoir sur l'une des chaises en plastique disposées en fer à cheval autour de la table de travail de Tapp. Peter Nutting entra, inspecta la pièce du regard et ressortit. Harry Tapp se leva de son fauteuil et le suivit dans le couloir. La réunion devait donc avoir un rapport avec l'opération Sweet Tooth. Tout le monde fumait, murmurait, attendait. Je me glissai dans un espace d'une trentaine de centimètres entre une armoire métallique et le coffre-fort. N'avoir personne à qui parler ne me gênait plus. De loin, j'échangeai un sourire avec Hilary et Belinda. Elles haussèrent les épaules et levèrent les yeux au ciel pour bien montrer qu'elles considéraient cette réunion comme une perte de temps. À l'évidence, chacune d'elles était chargée d'un autre écrivain de l'opération Sweet Tooth, un universitaire ou un scribouillard incapable de résister aux largesses de la Fondation. Sûrement pas quelqu'un d'aussi brillant que T. H. Haley.

Dix minutes s'écoulèrent, les chaises en plastique avaient presque toutes trouvé preneur. Max fit son entrée et s'assit dans la rangée du milieu. J'étais derrière lui et dans un premier temps il ne me vit pas. Puis il se retourna et jeta un coup d'œil dans la pièce, certainement pour me chercher. Nos regards se croisèrent un bref instant, après quoi il se rassit normalement et sortit un stylo. Il était en dehors de mon champ de vision, mais je crus voir sa main trembler. Je reconnus deux ou trois pontes du cinquième étage. Pas le directeur général, toutefois — l'opération Sweet Tooth n'était pas assez importante. Tapp et Nutting revinrent, accompagnés d'un homme trapu et musclé avec des lunettes à monture d'écaille, des cheveux grisonnants très courts, un costume bleu bien coupé et une cravate de soie à pois d'un bleu plus foncé. Tapp regagna sa table de travail tandis que les deux autres restaient patiemment debout derrière lui, attendant que tout le monde soit installé.

Nutting prit la parole : « Pierre est en poste à Londres, et a la gentillesse de bien vouloir nous parler de l'incidence que son travail peut avoir sur le nôtre. »

À cause de la brièveté des présentations et de l'accent de Pierre, nous conclûmes qu'il devait appartenir à la CIA. Il n'était pas français, en tout cas. Il avait une voix de ténor monotone, agréablement prudente. Elle donnait l'impression qu'au moindre désaccord il modifierait sa position en fonction de nouveaux éléments. Je finis par comprendre que, sous son air de hibou prêt à se répandre en excuses, se cachait une assurance sans limites. C'était la première fois que je rencontrais un Américain appartenant à l'intelligentsia, issu d'une grande famille du Vermont, appris-je plus tard, auteur d'un livre sur l'hégémonie de Sparte, et d'un autre sur Agésilas II et la décapitation de Tissapherne en Perse.

Il me plaisait bien. Il commença par dire qu'il allait nous parler de « l'aspect le plus doux et le plus plaisant de la guerre froide, le seul qui ait un véritable intérêt, à savoir la guerre des idées ». Il souhaitait nous offrir trois instantanés en paroles. Pour le premier, il nous demanda de nous représenter Manhattan avant guerre, et cita les premiers vers d'un célèbre poème d'Auden que Tony m'avait lu un jour et que

Tom adorait, je le savais. J'en ignorais l'existence auparavant et il ne m'avait pas vraiment marquée, mais je trouvai émouvant d'entendre un Américain nous citer les vers d'un Anglais. *Assis dans un bouge / De la Cinquante-Deuxième Rue / Indécis et inquiet...* tel était Pierre en 1940, âgé de dix-neuf ans, en visite chez un oncle vivant au cœur de Manhattan, certain de s'ennuyer à l'université, en train de se soûler dans un bar. Il aurait voulu que son pays entre en guerre aux côtés des Alliés et lui confie un rôle. Il avait envie d'être soldat.

Ensuite il évoqua l'année 1950, où le continent européen, le Japon et la Chine étaient en ruine ou affaiblis, la Grande-Bretagne appauvrie par une longue guerre héroïque, où l'Union soviétique comptait ses morts par millions, et où l'Amérique, son économie enrichie et stimulée par la guerre, prenait conscience de la nature effrayante de ses nouvelles responsabilités comme gendarme du monde et défenseur des libertés. En prononçant ces mots, il eut un geste d'impuissance et parut les regretter ou s'en excuser. Les choses auraient pu être différentes.

Le troisième instantané datait lui aussi de 1950. Pierre à nouveau : les campagnes du Maroc et de Tunisie, la Normandie, la bataille de la forêt de Hurtgen et la libération de Dachau sont derrière lui, il est professeur de grec à Brown University, se dirige vers l'entrée de l'hôtel Waldorf Astoria sur Park Avenue, croise une foule de manifestants mêlant des patriotes américains, des religieuses catholiques et des fanatiques d'extrême droite.

« À l'intérieur, déclara-t-il avec un geste théâtral de la main, j'assistai à un affrontement idéologique qui allait changer ma vie. »

Il s'agissait d'un colloque au nom anodin de Conférence culturelle et scientifique pour la paix dans le monde, théoriquement organisé par un comité d'intellectuels américains, mais dont l'initiative revenait en fait au Kominform soviétique. Les mille délégués venus de toute la planète étaient ceux dont la foi en l'idéal communiste n'avait pas encore volé en éclats, ou pas complètement, sous l'effet des parodies de procès, du pacte germano-soviétique, de la répression, des purges staliniennes, de la torture, des assassinats et des camps de travail. Dimitri Chostakovitch, le célèbre compositeur russe, était là contre son gré, sur ordre de Staline. Parmi les délégués américains se trouvaient Arthur Miller, Leonard Bernstein et Clifford Odets. Avec d'autres sommités, ils exprimaient leurs critiques ou leur méfiance envers un gouvernement américain qui demandait à ses citoyens de traiter un ancien allié d'une valeur inestimable comme un dangereux ennemi. Beaucoup d'entre eux croyaient que les analyses marxistes tenaient encore la route, même si les événements leur donnaient tort. Mais ces événements étaient déformés par une presse américaine à la solde de conglomérats assoiffés de profits. Si la politique soviétique paraissait hargneuse ou agressive, si elle s'en prenait à ceux qui la critiquaient de l'intérieur, c'était une réaction de défense, car elle avait dû affronter dès le début l'hostilité et le travail de sape de l'Occident.

En bref, nous dit Pierre, ce colloque était un acte de propagande pour le Kremlin. Celui-ci s'était aménagé, dans la capitale du capitalisme, une scène mondiale sur laquelle il apparaîtrait comme la voix de la paix et de la raison, voire de la liberté, et il avait des centaines d'Américains à ses côtés.

« Mais! » Pierre leva le bras, index dressé, nous retenant prisonniers, pendant plusieurs secondes, de son interruption spectaculaire. Il nous apprit alors qu'au dixième étage de l'hôtel, dans une suite luxueuse, se trouvait une armée bénévole de la subversion, un groupe d'intellectuels rassemblés par un philosophe et universitaire du nom de Sidney Hook, des gens de la gauche démocratique pour la plupart, anciens communistes ou anciens trotskistes, bien décidés à interpeller les participants au colloque et, surtout, à ne pas laisser le monopole de la critique de l'Union soviétique aux cinglés de l'extrême droite. Penchés sur des machines à écrire, des ronéos et des lignes téléphoniques récemment installées, ils avaient travaillé toute la nuit, soutenus par la nourriture et l'alcool généreusement servis dans la suite. Ils comptaient perturber le déroulement des débats au rez-de-chaussée en posant des questions gênantes, en particulier sur la liberté d'expression, et en publiant un flot ininterrompu de communiqués de presse. Eux aussi pouvaient se prévaloir du soutien de personnalités de poids, encore plus prestigieuses que dans l'autre camp : Mary McCarthy, Robert Lowell, Elizabeth Hardwick, et, de l'autre côté de l'Atlantique, T.S. Eliot, Igor Stravinsky ou Bertrand Russell, entre autres.

Cette campagne contre le colloque fut un succès, car elle attira l'attention des médias et fit les gros titres. Lors des débats, toutes les questions pertinentes furent posées. On demanda à Chostakovitch s'il approuvait que la *Pravda* traite Stravinsky, Hindemith et Schoenberg de « formalistes décadents et bourgeois ». Le compositeur se leva lentement et marmonna que oui, apparaissant lamentablement pris au piège entre sa conscience, sa peur de déplaire aux responsables du KGB, et sa crainte de ce que lui réserverait Staline à son retour.

Entre les débats, dans la suite du dixième étage, Pierre, équipé d'un téléphone et d'une machine à écrire dans un recoin près de la salle de bains, rencontra les contacts qui allaient transformer son existence, l'incitant finalement à quitter son poste d'enseignant, et à consacrer sa vie à la CIA et à la guerre des idées. Car c'était bien sûr la CIA qui finançait l'opposition au colloque, et apprenait au passage avec quelle efficacité cette guerre pouvait être menée, à leur niveau, par les écrivains, les artistes, les intellectuels, de gauche pour nombre d'entre eux, dont les convictions étaient nées de l'expérience amère de la séduction et des fausses promesses du communisme. Ce qui leur manquait, même s'ils l'ignoraient, c'était ce que la CIA pouvait leur offrir : l'organisation, une structure et, avant tout, des fonds. Cet aspect eut son importance lorsque des opérations furent montées à Londres, à Paris et à Berlin. « Ce qui nous a aidés, au début des années cinquante, c'est qu'en Europe personne n'avait le sou. »

Ainsi, selon ses propres mots, Pierre devint-il un soldat d'un nouveau genre, enrôlé dans de nouvelles campagnes à travers l'Europe libérée, mais menacée. Il fut quelque temps l'assistant de Michael Josselson et, plus tard, un ami de Melvin Lasky jusqu'à ce qu'un différend les sépare. Pierre s'occupa du Congrès pour la liberté de la culture, écrivit des articles en allemand pour le prestigieux périodique *Der Monat* financé par la CIA, et contribua dans l'ombre au lancement d'*Encounter*. Il apprit l'art difficile de flatter l'ego des divas du monde intellectuel, aida à organiser les tournées de compagnies de ballet et d'orchestres américains, ainsi que des expositions d'art moderne, et plus d'une dizaine de colloques occupant ce qu'il appelait « le terrain hasardeux où se rencontrent la politique et la littérature ». Il se déclara surpris par le scandale et les réactions naïves qui avaient suivi la révélation dans le magazine *Ramparts*, en 1967, du financement par la CIA de la revue *Encounter*. La lutte contre le totalitarisme n'était-elle pas une cause assez valable et rationnelle pour qu'un gouvernement s'en empare? En Grande-Bretagne, personne ne s'offusquait de ce que le ministère des Affaires étrangères subventionne le BBC World Service, tenu en haute estime. Tout comme *Encounter*, aujourd'hui encore, malgré le bruit autour de cette affaire, l'étonnement feint et les mines dégoûtées. Son allusion au ministère des Affaires étrangères lui rappelait de saluer le travail de l'IRD, le département de recherche de renseignements. Il admirait particulièrement la façon dont ils avaient promu les écrits d'Orwell, et appréciait leur aide discrète aux petites maisons d'édition comme Ampersand et Bellman Books.

Après vingt-trois ans de métier ou presque, quelles conclusions tirerait-il? Il souhaitait insister sur deux points. Le premier lui paraissait le plus important. Quoi qu'on en dise, la guerre froide n'était pas terminée, et la liberté de pensée resterait une cause aussi noble qu'essentielle. Même si plus grand monde ne faisait l'apologie de l'Union soviétique, il restait des zones sinistrées de la vie intellectuelle où les gens adoptaient par paresse une position neutre : l'Union soviétique n'était pas pire que les États-Unis. Il fallait mettre les individus en question devant leurs responsabilités. S'agissant du second point, il cita une remarque de Tom Braden, son vieil ami de la CIA devenu présentateur de télévision, selon laquelle les États-Unis étaient le seul pays de la planète où l'on ne comprenait pas que certaines choses marchent mieux à petite échelle.

D'où un murmure approbateur dans cette pièce emplie d'agents d'un MI5 notoirement à court d'argent.

« Nos projets sont devenus trop énormes, trop nombreux, trop divers, ambitieux et couverts de subventions. On a perdu toute discrétion et notre message s'est défraîchi au passage. On est partout et on ne lésine pas sur les moyens, ce qui suscite des rancœurs. Je sais qu'ici vous avez créé votre propre structure. Je lui souhaite bonne chance, mais sérieusement, messieurs, ne soyez pas trop ambitieux. »

Pierre, si tel était bien son prénom, ne répondait pas aux questions, et dès qu'il eut fini il salua brièvement de la tête pendant les applaudissements, laissant Peter Nutting l'entraîner vers la porte.

Tandis que la pièce se vidait, les plus jeunes attendant spontanément leur tour, je redoutai le moment où Max se retournerait, croiserait mon regard et viendrait me dire qu'il fallait qu'on se voie. Pour raisons professionnelles, bien sûr. Mais lorsque je reconnus son dos et ses grandes oreilles parmi les collègues qui franchissaient la porte, j'éprouvai un mélange de perplexité et de remords familier. Je l'avais tellement humilié qu'il ne supportait pas l'idée de m'adresser la parole. Cette pensée m'horrifia. Comme d'habitude, je tentai de ranimer une indignation protectrice. C'était lui qui, un jour, m'avait dit que les femmes étaient incapables de séparer leur vie privée de leur travail. Était-ce ma faute s'il me préférait désormais à sa fiancée? Je plaidai ma cause à moi-même jusqu'en bas de l'escalier en béton — je l'avais emprunté pour ne pas avoir à parler à mes collègues dans l'ascenseur — et elle rôda toute la journée autour de mon bureau. Avais-je fait une scène, supplié, pleuré quand Max s'était détourné de moi pour une autre? Non. Alors pourquoi ne devrais-je pas être avec Tom? Ne méritais-je pas mon bonheur?

*

Ce fut une joie, deux jours plus tard, de prendre le train du vendredi soir pour Brighton après une séparation de presque deux semaines. Tom vint m'attendre à la gare. Nous nous aperçûmes dès que le train ralentit et il courut le long de mon wagon, articulant quelque chose que je ne compris pas. Rien, dans ma vie, ne m'avait emplie d'une euphorie plus douce que le fait de me jeter dans ses bras en descendant du train. Il m'étreignit si fort que j'en eus le souffle coupé.

« Je commence seulement à mesurer à quel point tu es irremplaçable », me chuchota-t-il à l'oreille.

« J'attendais ce moment depuis si longtemps », murmurai-je. Lorsque je m'écartai, il prit mon bagage.

« Tu as changé, dis-je.

— J'ai changé! » Il criait presque, puis partit d'un immense éclat de rire. « J'ai eu une idée incroyable.

— Laquelle?

— Elle est tellement insolite, Serena.

— Dis-moi laquelle, alors.

— Rentrons d'abord chez nous. Onze jours, c'est trop long! »

Nous rejoignîmes donc Clifton Street, où le chablis attendait dans un seau à glace en argent que Tom avait acheté chez Asprey's. Étrange, des glaçons en janvier. Le vin aurait été plus frais s'il était resté au réfrigérateur, mais quelle importance ? Nous le bûmes en nous déshabillant mutuellement. Bien sûr, la séparation avait attisé notre désir, le chablis nous émoustillait comme souvent, mais cela ne suffisait pas à expliquer l'heure qui suivit. Nous étions deux inconnus sachant exactement quels gestes faire. Tom avait une expression de tendresse implorante qui me fit fondre. C'était presque du chagrin. Cela éveilla en moi un sentiment protecteur si puissant que l'idée me vint, tandis que nous étions ensemble sur le lit et qu'il m'embrassait les seins, de lui demander un jour si je ne devrais pas arrêter la pilule. Mais ce n'était pas un bébé que je voulais, c'était lui. Lorsque je caressais et serrais les petites rondeurs fermes de ses fesses, que je l'attirais contre moi, je pensais à lui comme à un enfant qui m'appartiendrait, que je chérirais et ne quitterais jamais des yeux. J'avais éprouvé le même sentiment avec Jeremy à Cambridge, mais à l'époque je m'aveuglais. À présent, la sensation de me refermer sur Tom et de l'avoir tout à moi ressemblait presque à une souffrance, comme si tout ce que j'avais pu ressentir de meilleur culminait en une acmé insoutenable.

Ce ne furent pas les ébats bruyants et noyés dans la sueur qui suivent une séparation. Un voyeur de passage nous épiant à travers les rideaux de la chambre aurait aperçu un couple conventionnel, dans la position du missionnaire, presque sans un son. Notre jouissance retenait son souffle. Nous bougions à peine, de peur de précipiter le dénouement. Ce sentiment très particulier que Tom était désormais tout à moi, et le serait toujours, semblait aérien, vide, je pouvais le renier à tout moment. Je n'avais peur de rien. Il m'embrassait doucement et murmurait mon prénom, encore et encore. Peut-être l'heure était-elle venue de lui dire la vérité, pendant qu'il ne pouvait m'échapper. *Dis-lui maintenant*, me répétais-je. *Dis-lui ce que tu fais vraiment.*

Mais au sortir de notre rêve, lorsque le reste du monde se déversa de nouveau sur nous, que nous entendîmes la circulation au-dehors et le bruit d'un train arrivant à la gare de Brighton, et que nous commençâmes à faire des projets pour la soirée, je compris que je venais de frôler l'autodestruction.

Nous n'allâmes pas au restaurant ce soir-là. Le temps s'était récemment adouci, au grand soulagement du gouvernement, sans doute, et à l'agacement des mineurs. Tom ne tenait pas en place et voulait se promener sur le front de mer. Nous descendîmes donc West Street et longeâmes la vaste promenade déserte en direction de Hove, avec un détour pour nous arrêter dans un pub et un autre pour acheter un *fish and chips*. Même près de la mer, il n'y avait pas de vent. On avait diminué l'intensité des lampadaires pour économiser l'énergie, mais ils barbouillaient malgré tout d'un orange bilieux l'épais nuage bas. J'aurais eu du mal à dire précisément ce que Tom avait de changé. Il se montrait assez attentionné, me saisissait la main pour défendre un point de vue, m'enlaçait et me serrait contre lui. Nous marchions vite et il parlait vite. Nous échangeâmes le récit de nos Noëls. Il me décrivit la terrible scène des adieux entre sa sœur et les enfants de celle-ci, la façon dont elle avait tenté d'entraîner sa plus jeune fille, celle avec une prothèse à la place du pied, dans la voiture avec elle. Laura avait pleuré tout le long du chemin jusqu'à Bristol et dit des horreurs sur leur famille, sur leurs parents surtout. J'évoquai le moment où l'Évêque m'avait prise dans ses bras et où j'avais pleuré. Tom me fit raconter la scène en détail. Il voulait en savoir plus sur mes sentiments, et sur l'effet de ce trajet à pied depuis la gare. M'étais-je revue enfant, avais-je soudain mesuré à quel point ma famille me manquait ? Combien de temps m'avait-il fallu pour me ressaisir, et pourquoi n'étais-je pas ensuite allée en parler avec mon père ? Je répondis que j'avais pleuré parce que c'était plus fort que moi, mais j'en ignorais la cause.

Nous nous arrêtâmes, il m'embrassa et déclara que j'étais un cas désespéré. Lorsque je lui parlai de ma promenade autour de la cathédrale avec Lucy et Luke, il désapprouva. Il aurait voulu que je promette de ne plus jamais fumer de cannabis. Cet accès de puritanisme me surprit et, même si cette promesse aurait été facile à tenir, je me contentai de hausser les épaules. Il n'avait pas à exiger de moi un tel serment.

Je le questionnai sur sa nouvelle idée, mais il resta évasif. Il préféra me donner des nouvelles de Bedford Square. Maschler avait adoré *Depuis les plaines du Somerset* et comptait le publier fin mars, ce qui représentait une vitesse record dans le monde de l'édition, performance seulement rendue possible par le poids de l'éditeur en question. L'idée était d'entrer à temps en compétition pour le Jane Austen Prize, au moins aussi prestigieux que la nouvelle mouture du Booker Prize. Les chances de figurer sur la seconde liste étaient minces, mais Maschler parlait apparemment à tout le monde de son nouvel auteur, et la presse avait déjà mentionné le fait que l'impression du livre était avancée à l'intention du jury. Voilà comment on s'arrangeait pour qu'un roman soit dans toutes les conversations. Je me demandai ce qu'aurait dit Pierre, s'il avait appris que le MI5 subventionnait l'auteur d'une *novella* anticapitaliste. Ne soyez pas trop ambitieux. Je me tus et me cramponnai au bras de Tom.

Nous étions assis sur un banc municipal face à la mer, comme un vieux couple. La demi-lune décroissante n'avait aucune chance contre le lourd couvercle du nuage couleur mandarine. Tom avait le bras posé sur mon épaule, la Manche était une mer d'huile silencieuse, et pour la première fois depuis des jours je me sentais calme, moi aussi, en me blottissant contre mon amant. Il me confia avoir été invité à faire une lecture à Cambridge, lors d'une soirée réunissant de jeunes auteurs. Il partagerait la vedette avec Martin, le fils de Kingsley Amis, qui lirait lui aussi des extraits de son premier roman, lequel, comme celui de Tom, serait publié cette année-là — également par Maschler.

« Le projet que j'ai en tête, dit Tom, je ne le réaliserai qu'avec ta permission. » Au lendemain de cette lecture, il souhaitait se rendre en train dans ma ville natale depuis Cambridge, pour parler à ma sœur. « J'ai une idée de personnage qui vit en marge de la société, réussit plutôt bien à joindre les deux bouts, croit au tarot, à l'astrologie et à ce genre de choses, prend des drogues, mais pas trop, est adepte de certaines théories du complot. Comme celle selon laquelle le premier pas de l'homme sur la Lune aurait été tourné en studio, tu vois. En même temps, sur d'autres plans, elle est parfaitement sensée, se montre une bonne mère avec son petit garçon, manifeste contre la guerre du Vietnam, fait partie des amies sur qui on peut compter, et ainsi de suite.

341

— Ça ne ressemble pas vraiment à Lucy », dis-je. Aussitôt, je me sentis peu charitable et tentai de me racheter. « Mais elle est très gentille, en fait, et sera ravie de te rencontrer. À une seule condition. Ne lui parle pas de moi.

— Entendu.

— Je vais lui écrire pour dire que j'ai un ami complètement fauché qui cherche un endroit où dormir. »

Nous reprîmes notre promenade. Tom n'avait encore jamais fait de lecture publique et il appréhendait. Il devait lire un extrait de la toute fin de son roman, partie dont il était le plus fier, la scène macabre de la mort du père et de sa fille dans les bras l'un de l'autre. Je trouvais dommage de dévoiler le dénouement.

« C'est une conception démodée.

— Je ne suis qu'une lectrice moyenne, ne l'oublie pas.

— La fin est déjà contenue dans le début. Il n'y a pas d'intrigue, Serena. C'est une méditation. »

Il s'interrogeait également sur les préséances. Qui devait passer en premier, Amis ou Haley ? Comment décider ?

« Amis, selon moi. La tête d'affiche passe en dernier, répondis-je loyalement.

— Mon Dieu. Si je me réveille en pleine nuit et que je pense à cette lecture, jamais je ne me rendormirai.

— Et l'ordre alphabétique ?

— Non, je veux dire, c'est le fait d'être debout devant un auditoire, à lire un texte que les gens sont parfaitement capables de lire eux-mêmes. Je ne vois pas l'utilité. La nuit, ça me donne des sueurs froides. »

Nous descendîmes à la plage pour que Tom puisse faire des ricochets. Une étrange énergie l'habitait. Je perçus à nouveau son agitation, ou son enthousiasme contenu. Je m'assis, adossée à un banc de galets pendant qu'il retournait du pied ces derniers, à la recherche de ceux ayant le poids et la forme qui convenaient. Il s'élançait à petites foulées vers le bord de l'eau, et son lancer portait loin dans la brume légère que le caillou éclaboussait sans bruit d'une vague touche de blanc. Au bout de dix minutes, Tom revint s'asseoir près de moi, hors d'haleine et en sueur, ses baisers avaient un goût de sel. Ils se firent plus ardents et nous faillîmes oublier où nous nous trouvions.

Il me prit le visage entre ses paumes. « Écoute, quoi qu'il arrive, il faut que tu saches à quel point je suis bien avec toi. »

Je m'inquiétai. C'était le genre de déclaration sentimentale que le héros d'un film adresse à la femme de sa vie avant d'aller se faire tuer quelque part.

« "Quoi qu'il arrive"? » demandai-je.

Il me couvrait le visage de baisers, me poussait contre les galets inconfortables. « Façon de dire que je ne changerai jamais d'avis. Tu es vraiment irremplaçable. »

Je me laissai rassurer. Nous n'étions qu'à une cinquantaine de mètres de la rambarde de la promenade, et nous semblions sur le point de faire l'amour. J'en avais autant envie que Tom.

« Pas ici », protestai-je.

Mais il avait son idée. Il s'allongea sur le dos, ouvrit sa braguette pendant que je me débarrassais de mes chaussures, retirais discrètement mon collant, ma culotte, et les fourrais dans la poche de mon manteau. Je m'assis sur lui avec ma jupe et mon manteau déployés en corolle autour de nous, et dès que j'oscillais légèrement il laissait échapper un gémissement. Nous pensions avoir l'air assez innocent aux yeux d'un passant éventuel sur la promenade de Hove.

« Reste tranquille un moment, souffla-t-il, sinon ce sera fini tout de suite. »

Je le trouvais si beau, la tête renversée en arrière et les cheveux sur les galets. Nous nous regardions droit dans les yeux. Nous entendions la circulation sur la route qui longeait la mer et, de temps à autre, le tintement d'une vaguelette sur les galets.

Un peu plus tard, il reprit la parole d'une voix atone et lointaine. « Impossible que cela s'arrête, Serena. Inutile de tourner autour du pot, il faut que je te le dise. C'est tout simple. Je t'aime. »

Je voulus lui répondre que moi aussi, je l'aimais, mais j'avais la gorge serrée et n'émis qu'un hoquet. Cette déclaration nous acheva tous les deux, au même instant, dans des cris de plaisir couverts par le grondement des voitures. C'était la phrase que nous avions soigneusement évité de prononcer. Elle avait trop d'importance, marquait la frontière que nous redoutions de franchir, la transition entre une liaison agréable et quelque chose de solennel et d'inconnu, presque un fardeau. Je n'avais pas cette impression à présent. J'approchai son visage du mien, l'embrassai et répétai ses paroles. C'était facile. Puis je me détournai et m'agenouillai sur les galets pour rajuster mes vêtements. Ce faisant, je sus qu'avant que cet amour prenne son envol j'allais devoir dire à Tom la vérité sur moi. Or ce serait la fin de cet amour. Donc je ne pouvais rien dire. Mais il le fallait pourtant.

Nous restions bras dessus bras dessous, gloussant de notre secret dans la pénombre comme des enfants ravis d'avoir fait une bêtise. Nous riions de l'énormité des mots que nous venions de prononcer. Alors que tout le monde respectait les conventions, nous étions libres. Nous ferions l'amour n'importe où sur la planète, notre amour existerait partout. Nous nous redressâmes pour partager une cigarette. Ensuite, commençant tous deux à grelotter, nous prîmes le chemin du retour.

19

En février, une dépression s'installa sur mon département du MI5. Les conversations informelles étaient proscrites, ou se proscrivaient d'elles-mêmes. Vêtues aussi bien de peignoirs ou de gilets que de manteaux, nous travaillions même à l'heure du thé et du déjeuner, comme pour expier nos échecs. Chas Mount, mon officier référent, d'ordinaire homme jovial et imperturbable, jeta un dossier contre le mur et, avec une collègue, je passai une heure à genoux à remettre les feuillets en ordre. Notre groupe considérait l'échec de Spade et de Helium, nos agents sur le terrain, comme le sien propre. Peut-être avait-on trop insisté auprès d'eux sur la nécessité de protéger leur identité d'emprunt, ou bien ils n'étaient tout bonnement au courant de rien. Quoi qu'il en soit, comme Mount le répétait sur tous les tons, inutile de mettre en place des dispositifs si coûteux et dangereux pour qu'une atrocité spectaculaire soit commise à notre porte. Ce n'était pas à nous de lui rappeler ce qu'il savait déjà, le fait que nous luttions contre des cellules ignorant tout les unes des autres et que, d'après un éditorial du *Times*, nous nous trouvions face à « l'organisation terroriste la mieux organisée et la plus impitoyable au monde ». Dès cette époque, pourtant, la concurrence était rude. À d'autres moments, Mount maudissait entre ses dents la police londonienne et celle de l'Ulster, les couvrant d'injures rituelles aussi courantes au MI5 que le Notre Père. Trop de flics de bas étage qui ne connaissaient rien à la recherche ni au traitement des renseignements — mais le vocabulaire était généralement plus imagé.

« À notre porte », dans ce cas précis, désignait une portion de l'autoroute M62 reliant Huddersfield à Leeds. J'entendis quelqu'un dire au bureau que, sans la grève des conducteurs de trains, nos soldats et leurs familles n'auraient pas voyagé en car tard le soir. Mais les syndicalistes n'avaient tué personne. La bombe de douze kilos se trouvait dans la soute à bagages à l'arrière du car et élimina instantanément toute une famille endormie sur les sièges du fond — un soldat, son épouse et leurs deux enfants, âgés respectivement de cinq et deux ans —, éparpillant leurs corps déchiquetés sur deux cents mètres de chaussée, à en croire une coupure de journal que Mount avait insisté pour punaiser sur un panneau d'affichage. Lui-même avait deux enfants à peine plus âgés, l'une des raisons pour lesquelles notre département ne pouvait que faire de ce drame une affaire personnelle. Mais personne ne disait encore clairement qu'il incombait au MI5 de prévenir les actes de terrorisme de l'IRA provisoire en Angleterre. Nous avions la prétention de penser que, si tel avait été le cas, rien de tout cela ne se serait produit.

Quelques jours plus tard, l'air exaspéré, le visage bouffi à cause d'une maladie de la thyroïde non diagnostiquée, visiblement épuisé, le Premier ministre expliqua lors d'une allocution télévisée qu'il organisait une élection surprise. Edward

Heath avait besoin d'un nouveau mandat, et il déclara que la question que nous devions tous nous poser était la suivante : qui gouverne la Grande-Bretagne? Étaient-ce nos représentants élus, ou bien une poignée d'extrémistes du syndicat national des mineurs? Le pays savait que la véritable question était : reverrions-nous Heath ou Wilson au pouvoir? Un Premier ministre accablé par les événements, ou le chef de l'opposition, qui, à en croire certaines rumeurs dont même mes collègues et moi avions eu vent, présentait des signes de maladie mentale? « Un concours d'impopularité », comme l'écrivit dans une tribune quelqu'un en veine d'humour. La semaine de trois jours était déjà bien entrée dans son deuxième mois. Il faisait trop froid, trop sombre, et nous étions trop démoralisés pour réfléchir clairement à la nécessité de répondre de ses actes en démocratie.

Mon souci immédiat était que je ne pouvais me rendre à Brighton ce week-end-là, car Tom se trouvait à Cambridge, avant de reprendre le train pour aller voir ma sœur. Il avait refusé que j'assiste à sa lecture. Cela le « minerait » de me savoir dans le public. Je reçus une lettre de lui le lundi suivant. Je m'attardai sur la formule de début : *Mon cher amour.* Il se félicitait que je ne sois pas venue. La soirée avait été un désastre. Martin Amis semblait sympathique, et l'ordre de passage lui était parfaitement égal. Tom avait donc choisi de se réserver pour la fin et de laisser Martin chauffer la salle. Grave erreur. Amis avait lu un extrait de son roman intitulé *Le Dossier Rachel.* Obscène, cruel, et fort drôle — tellement drôle qu'il dut s'interrompre de temps à autre pour laisser son auditoire reprendre son souffle. Lorsqu'il eut terminé et que Tom monta sur scène à son tour, les applaudissements n'en finissaient pas, au point qu'il dut disparaître en coulisse. Les spectateurs pouffaient encore et se séchaient les yeux quand il finit par rejoindre le pupitre pour annoncer « trois mille mots de bubons, de pus et de mort ». Certains s'en allèrent avant la fin, avant même que le père et la fille n'aient sombré dans l'inconscience. Ils voulaient sans doute attraper le dernier train, mais Tom se laissa impressionner, sa voix se réduisit à un filet, il trébucha sur les mots les plus simples, sauta une phrase et dut revenir en arrière. Il sentit que toute la salle lui en voulait d'avoir gâché la fête. Les spectateurs applaudirent à la fin, contents que ce calvaire soit terminé. Au bar, Tom félicita Amis, qui ne lui retourna pas le compliment. Il préféra lui offrir un triple whisky.

Il y avait aussi de bonnes nouvelles. Le mois de janvier avait été productif. L'article de Tom sur les poètes roumains persécutés avait été accepté par l'*Index on Censorship*, et il avait achevé le premier jet de sa monographie sur Spenser et l'urbanisme. Refusée par la *New Review*, « Adultère probable », la nouvelle pour laquelle je l'avais aidé, venait d'être acceptée par le magazine *Bananas*, sans parler, bien sûr, de son nouveau roman, le secret qu'il refusait de partager.

Trois jours après le début de la campagne électorale, je fus convoquée par Max. Nous ne pouvions plus continuer à nous éviter. Peter Nutting voulait un rapport sur chaque auteur de l'opération Sweet Tooth. Max était contraint de me voir. Nous nous étions à peine adressé la parole depuis sa visite nocturne. Nous nous croisions dans le couloir, marmonnions un vague « bonjour », prenions soin de nous asseoir le plus loin possible à la cantine. J'avais beaucoup réfléchi à ses propos. Il avait sans doute dit la vérité, ce soir-là. Selon toute vraisemblance, le MI5 m'avait recrutée avec une licence sans mention parce que j'étais recommandée par Tony, puis m'avait fait suivre quelque temps avant de se désintéresser de moi. En m'envoyant moi, pauvre innocente, peut-être Tony avait-il voulu, en guise d'adieu, prouver à ses anciens employeurs qu'il était tout aussi innocent. À moins que, comme j'aimais à le penser, il ne m'ait vraiment aimée, et considérée comme son cadeau au MI5, sa façon à lui de se racheter.

J'espérais que Max aurait retrouvé sa fiancée et que nous reprendrions là où nous en étions restés. Cela parut d'ailleurs être le cas durant le premier quart d'heure, tandis que je m'installais face à lui pour évoquer la *novella* de Haley, les poètes roumains, la *New Review*, *Bananas*, et l'essai sur Spenser.

« On parle beaucoup de lui, ajoutai-je en conclusion. C'est une étoile montante. »

Max se renfrogna. « J'aurais cru que tout serait déjà terminé entre vous, à l'heure qu'il est. »

Je ne répondis pas.

« Il paraît qu'il sort beaucoup. Une fine lame...

— Ne nous égarons pas, Max, dis-je calmement.

— Parle-moi de son roman. »

Je lui racontai donc l'enthousiasme de la maison d'édition, les commentaires de la presse sur l'accélération de la fabrication afin de pouvoir concourir pour le Jane Austen Prize, la rumeur selon laquelle David Hockney concevrait la couverture.

« Tu ne m'as toujours pas dit quel est le sujet. »

J'avais autant envie que lui de recevoir des compliments

du cinquième étage. Mais j'avais encore plus envie de lui faire regretter d'avoir insulté Tom. « C'est l'histoire la plus triste que j'ai jamais lue. Après une guerre nucléaire, alors que la civilisation retourne à la barbarie, un père et sa fille quittent les comtés de l'Ouest pour Londres à la recherche de la mère de la fillette, ils ne la trouvent pas, attrapent la peste bubonique et meurent. C'est très beau. »

Max m'observait avec attention. « Exactement le genre de littérature qui insupporte Nutting, si je me souviens bien. Oh, à propos. Tapp et lui ont quelque chose pour toi. Ils ne t'ont pas contactée ?

— Non. Au fait, Max, on s'était bien mis d'accord pour ne pas se mêler du travail de nos auteurs.

— C'est-à-dire... Mais qu'est-ce qui te rend si heureuse ?

— Tom est un merveilleux écrivain. Je trouve ça passionnant. »

Je faillis ajouter que nous étions amoureux. Tom et moi aimions toutefois le secret. Fidèles à l'esprit du temps, nous n'avions pas prévu de nous présenter à nos parents respectifs. Nous nous étions déclaré notre amour en plein air, sur les galets quelque part entre Brighton et Hove, et il restait simple et pur.

Ce qui m'apparut clairement, lors de ce bref entretien avec Max, ce fut que quelque chose s'était infléchi, ou modifié. Au cours de cette soirée avant Noël, il avait perdu une partie de son pouvoir et de sa dignité, il semblait en avoir conscience et se rendre compte que je le savais. J'avais du mal à contenir mon insolence, lui-même ne pouvait s'empêcher d'être tantôt odieux, tantôt pontifiant. J'aurais voulu le questionner sur sa fiancée, cette femme médecin qu'il avait rejetée pour moi. L'avait-elle repris, ou bien avait-elle tourné la page? Quoi qu'il en soit, c'était une humiliation, et j'avais assez de bon sens, même dans mon état d'euphorie, pour ne pas poser de questions.

Il y eut un silence. Max avait abandonné les costumes sombres — j'avais remarqué ce détail quelques jours plus tôt, depuis l'autre extrémité de la cantine — pour revenir aux vestes de tweed rêche avec, ajout déplorable, une cravate en tricot jaune moutarde sur une chemise à carreaux. Je devinai que personne, aucune femme en tout cas, ne le guidait dans ses choix. Il contemplait ses mains posées à plat sur son bureau. Il prit une profonde inspiration qui fit siffler l'air de manière audible dans ses narines.

« Pour l'heure, voilà ce que je sais. Nous avons dix projets, dont Haley. Des journalistes et des universitaires respectés. Je ne connais pas leurs noms, mais j'ai une idée assez précise des livres à l'écriture desquels ils se consacrent. L'un d'entre eux explique comment la biologie végétale au Royaume-Uni et aux États-Unis prépare une révolution verte dans les pays du tiers-monde producteurs de riz, un autre est une biographie de Thomas Paine, et puis il y aura un témoignage, le premier du genre, sur un camp de détention à Berlin-Est, le Camp spécial numéro trois, utilisé après guerre par les Soviétiques pour assassiner aussi bien des sociaux-démocrates et des enfants que des nazis, ensuite agrandi par les autorités est-allemandes pour emprisonner des dissidents, ou toute autre personne selon leurs caprices, et leur infliger des tortures psychologiques. S'y ajouteront un ouvrage sur la situation politique désastreuse de l'Afrique post-coloniale, une nouvelle traduction de la poésie d'Akhmatova et une étude des utopies dans l'Europe du dix-septième siècle. Plus une monographie sur Trotski à la tête de l'Armée rouge, et deux ou trois autres dont j'ai oublié le thème. »

Il leva enfin les yeux, et ils étaient pâles, sévères.

« Alors, en quoi ton foutu T. H. Haley et son petit monde imaginaire de merde vont-ils compléter la liste de ce que nous savons déjà ou de ce qui nous tient à cœur ? »

Jamais je ne l'avais entendu jurer au travail, et je cillai comme s'il m'avait jeté quelque chose au visage. Je n'avais jamais aimé *Depuis les plaines du Somerset*, mais je l'aimais à présent. En temps ordinaire, j'aurais attendu que Max me donne congé. Je me levai, poussai la chaise sous le bureau et entrepris de me glisser hors de la pièce. J'aurais bien lancé une réplique cinglante en partant, mais j'avais l'esprit vide. Avant de franchir la porte, je me retournai pour le regarder, assis bien droit à son bureau, au sommet du triangle formé par la minuscule pièce, et je vis sur son visage une expression de douleur ou de détresse, une étrange grimace pareille à un masque, l'entendis articuler d'une voix sourde : « S'il te plaît ne t'en va pas, Serena. »

Je sentais venir une nouvelle scène épouvantable. Il fallait que je m'éloigne. Je longeai rapidement le couloir et accélérai le pas quand Max m'appela, fuyant non seulement ses émotions contradictoires, mais mon propre remords irrationnel. Dans l'ascenseur brinquebalant, avant de regagner mon bureau au rez-de-chaussée, je me dis que j'avais fait mes preuves, que j'étais aimée, que rien de ce que disait Max ne pouvait m'atteindre et que je ne lui devais rien.

Quelques minutes plus tard, dans le bureau de Chas Mount où régnait une atmosphère sinistre d'auto-accusation, je me rendis utile en vérifiant les dates et les faits mentionnés dans un rapport pessimiste qu'il faisait remonter par la voie hiérarchique. « Notes sur des échecs récents ». Je ne pensai pratiquement plus à Max de la journée.

Tant mieux, d'ailleurs, car nous étions vendredi après-midi, et je devais retrouver Tom dans un pub de Soho le lendemain à l'heure du déjeuner. Il avait rendez-vous avec Ian Hamilton au Pillars of Hercules dans Greek Street. La *New Review* devait être lancée en avril, grâce à l'argent du contribuable pour l'essentiel — par l'intermédiaire de l'Arts Council plutôt que des fonds secrets. Il y avait eu quelques protestations dans la presse sur le prix proposé, soixante-quinze pence, pour « une publication que nous avons déjà payée une fois », comme l'écrivit un journaliste. Le rédacteur en chef souhaitait apporter des changements mineurs à la nouvelle sur le singe parlant, qui avait enfin son titre : « Deuxième roman ». Tom pensait qu'il pourrait être intéressé par l'essai sur Spenser ou lui proposer quelques recensions. Aucune rémunération prévue pour les articles, mais d'après Tom ce serait la revue la plus prestigieuse où être publié. Il était convenu que j'arriverais une heure après lui, et que nous partagerions alors ce qui m'avait été décrit comme un « repas de pub, à base de frites ».

Le samedi matin, je mis de l'ordre dans ma chambre, allai à la laverie automatique, repassai quelques vêtements pour la semaine suivante, me fis un shampoing et me séchai les cheveux. Impatiente de revoir Tom, je quittai la maison trop tôt et me retrouvai à monter l'escalier de la station Leicester Square avec près d'une heure d'avance. Je pensais feuilleter les livres d'occasion sur Charing Cross Road, mais j'étais trop agitée. Je restais plantée devant les étagères sans rien voir, avant de changer de librairie pour faire la même chose. J'entrai chez Foyles avec le vague espoir de dénicher un cadeau pour Tom parmi les titres récemment parus en poche, mais je n'arrivais pas à me concentrer. Je mourais d'envie de le voir. Je coupai par Manette Street qui longe Foyles au nord et passe sous un immeuble, avec le bar du Pillars of Hercules sur la gauche. Ce court tunnel, sans doute un vestige d'un ancien relais de poste, donne sur Greek Street. À l'angle se trouve une fenêtre avec de lourds montants de bois. Par une vitre, j'aperçus Tom de biais, assis de l'autre côté de la fenêtre, les traits déformés par le verre grossier, se penchant pour parler à quelqu'un en dehors de mon champ visuel. J'aurais pu taper au carreau. Mais je ne voulais évidemment pas le distraire pendant ce rendez-vous important. C'était ridicule d'arriver si tôt. J'aurais dû aller faire un tour. Ou au moins emprunter l'entrée principale, sur Greek Street. Là, il m'aurait vue et je n'aurais été témoin de rien. Mais je fis demi-tour et entrai dans le pub par une porte latérale sous le passage couvert.

Je traversai les effluves mentholés qui émanaient des toilettes hommes et poussai une seconde porte. Un client était debout à l'extrémité la plus proche du bar, une cigarette dans une main, un verre de whisky dans l'autre. Il se tourna vers moi et je reconnus aussitôt Ian Hamilton. J'avais vu sa photo dans des articles de presse hostiles. Mais n'était-il pas censé se trouver avec Tom? Il m'observait d'un air paisible, presque amical, avec un demi-sourire vaguement amusé. Comme dans les descriptions de Tom, il avait la mâchoire carrée d'une vieille star de cinéma, le méchant au cœur d'or dans un mélo en noir et blanc. Il semblait attendre que j'aille vers lui. Je jetai un coup d'œil dans la lumière bleutée du pub enfumé, en direction de la banquette d'angle près de la fenêtre. Tom était face à une femme qui me tournait le dos. Elle avait quelque chose de familier. Il tenait sa main dans les siennes et inclinait la tête, touchait presque celle de cette femme en l'écoutant. Impossible. J'écarquillai les yeux, essayant de donner un sens à cette scène, une interprétation innocente. Mais c'était bien le cliché de Max, aussi stupide qu'improbable, qui se matérialisait devant moi : *une fine lame*. Il s'était glissé sous ma peau telle une tique, et libérait ses neurotoxines dans ma circulation sanguine. Il avait modifié mon comportement, m'avait conduite jusqu'ici en avance pour que je me rende à l'évidence.

Hamilton s'approcha de moi, suivit mon regard.

« Elle est écrivain elle aussi. Des romans de gare. Pas mauvais, d'ailleurs. Lui non plus. Elle vient de perdre son père. »

Il avait parlé avec détachement, bien conscient que je n'en croirais pas un mot. C'était l'instinct tribal, un homme qui en couvrait un autre.

« Ils ont l'air de vieux amis, dis-je.

— Vous buvez quoi ? »

Lorsque je répondis que je prendrais un verre de limonade, il sembla faire une grimace. Il se dirigea vers le bar et je me glissai derrière l'une des demi-cloisons qui étaient une particularité de ce pub, permettant aux clients de parler en toute discrétion. Je fus tentée de m'éclipser par la porte latérale, de me tenir à l'écart de Tom tout le week-end pour calmer mon tourment intérieur. Pouvait-il vraiment s'agir de quelque chose d'aussi vulgaire, d'une infidélité de Tom ? Je lançai un regard furtif derrière la cloison et la scène de trahison était inchangée, l'inconnue parlait toujours, il serrait encore sa main dans les siennes en l'écoutant tendrement, la tête inclinée vers elle. C'était d'une monstruosité presque drôle. Je ne ressentais rien pour le moment, ni colère ni affolement ni chagrin, je n'étais même pas sonnée. Je ne pouvais prétendre qu'à une horrible lucidité.

Ian Hamilton m'apporta mon verre, empli d'un vin blanc jaune paille. Exactement ce qu'il me fallait.

« Buvez ça. »

Il me regarda vider le verre avec une expression à la fois inquiète et désabusée, puis me demanda ce que je faisais dans la vie. J'expliquai que je travaillais pour une fondation artistique. Aussitôt il baissa les paupières, l'air accablé. Mais il m'écouta jusqu'au bout et eut soudain une idée.

« C'est une nouvelle revue que vous devriez financer ! Voilà sûrement pourquoi vous êtes là, pour m'apporter de l'argent frais. »

Je répondis que nous ne nous occupions que d'artistes individuels.

« Dans ce cas, je vous permettrai de soutenir cinquante artistes individuels.

— Je pourrais peut-être jeter un coup d'œil à votre budget prévisionnel.

— "Budget prévisionnel" ? »

C'était une formule que j'avais entendue quelque part, et je pensais à juste titre qu'elle mettrait un terme à la conversation.

Hamilton désigna Tom de la tête. « Voilà votre homme. »

Je sortis de derrière la cloison. Dans l'angle opposé, Tom

s'était déjà levé et l'inconnue prenait son manteau sur la banquette. Elle se leva à son tour et se retourna. Vingt kilos de moins, des cheveux coupés en carré qui lui descendaient presque jusqu'aux épaules, un jean noir moulant dans des bottes lui arrivant à mi-mollet, le visage plus long et plus mince, belle, à vrai dire, mais immédiatement reconnaissable. Shirley Shilling, ma vieille copine. Elle m'aperçut au même moment. Durant le bref instant où nos regards se croisèrent, elle esquissa un salut de la main, puis laissa retomber son bras avec découragement, comme pour concéder que ce serait trop long à expliquer et qu'elle n'était pas d'humeur à le faire. Elle disparut rapidement par la porte principale. Tom venait vers moi avec un drôle de sourire auquel, comme une imbécile, je me forçai à répondre, consciente que près de moi Hamilton allumait une nouvelle cigarette sans nous quitter des yeux. Quelque chose dans son attitude imposait la retenue. Il était imperturbable, nous devions l'être aussi. Je fus obligée de faire comme si de rien n'était.

Nous restâmes donc un long moment au bar tous les trois, un verre à la main. Les deux hommes parlèrent littérature, échangèrent quelques potins sur les écrivains, Robert Lowell en particulier, un ami de Hamilton qui semblait perdre la tête ; il fut également question de foot, auquel Tom ne connaissait pas grand-chose, mais il aimait mettre en valeur le peu qu'il savait. Personne n'eut l'idée de s'asseoir. Tom commanda des tourtes à la viande en même temps qu'une nouvelle tournée, et Hamilton ne toucha pas à la sienne, se servant ensuite de son assiette, et de la tourte elle-même, comme d'un cendrier. Tom redoutait sans doute autant que moi que cet échange se termine, car alors nous ne couperions pas à une dispute. Après mon deuxième verre, je me joignis à la conversation de temps à autre, mais je faisais surtout semblant d'écouter en pensant à Shirley. Ce qu'elle avait changé! Elle était devenue écrivain, sa rencontre avec Tom au Pillars of Hercules ne devait donc rien au hasard — il m'avait dit que l'endroit était déjà considéré comme une annexe des bureaux de la *New Review*, faisant à la fois office de salon et de cantine, et les auteurs y défilaient par dizaines à l'approche du lancement de la revue. Shirley avait perdu sa franchise en même temps que ses kilos. Elle n'avait pas manifesté la moindre surprise en me trouvant là, et devait donc connaître mes liens avec Tom. Quand l'heure de la colère sonnerait pour moi, elle recevrait largement sa part. Je lui en ferais baver.

Dans l'immédiat, je ne ressentais toujours rien. Le pub ferma, et nous suivîmes Hamilton dans la pénombre de l'après-midi jusqu'à chez Muriel's, un club confidentiel et mal éclairé où des hommes d'un certain âge, juchés sur des tabourets au bar, se prononçaient bruyamment sur la situation internationale.

Au moment où nous entrions, l'un d'eux s'exclama : « La Chine ? Qu'elle aille se faire foutre ! »

Nous nous assîmes en cercle dans trois fauteuils de velours à l'autre bout de la pièce. Tom et Ian avaient atteint ce stade de l'ivresse où la conversation patrouille inlassablement le long du minuscule périmètre d'un détail mineur. Ils parlaient de Larkin, de la fin des « Mariages de la Pentecôte », un poème que Tom m'avait fait lire. Ils étaient en désaccord, quoique sans grande animosité, au sujet de : *une averse de flèches / disparues à la vue, qui se transforment en pluie.* Hamilton trouvait ces lignes parfaitement limpides. Le voyage en train était fini, chacun des jeunes couples pouvait partir de son côté dans Londres, vers son destin. De manière moins laconique, Tom déclara que c'étaient des vers sombres, où rôdait un mauvais pressentiment, avec des éléments négatifs : quelque part, une sensation de chute, d'humidité, de perte. Il employa le mot « liquescence », et Hamilton répliqua ironiquement : « "Liquescence", vraiment? » Puis ils redémarrèrent, trouvant d'habiles moyens de défendre le même point de vue, même s'il me semblait que le plus âgé des deux voulait seulement tester le jugement et les capacités d'argumentation du plus jeune. Je ne crois pas que Hamilton ait eu un avis définitif sur le poème.

Je n'écoutais que par intermittence. Les deux hommes oubliaient ma présence et je me faisais un peu l'effet d'être une potiche autant que le dindon de la farce. Je dressai mentalement la liste de ce que je possédais dans l'appartement de Brighton — je n'y retournerais sans doute jamais. Un sèche-cheveux, des dessous, deux robes d'été et un maillot de bain, rien qui me ferait sérieusement défaut. Je me persuadais que quitter Tom me délivrerait de mon devoir d'honnêteté. Je partirais avec mon secret intact. Nous en étions alors à boire un cognac avec notre café. Au fond, peu m'importait de me séparer de Tom. Je l'aurais vite oublié et je trouverais quelqu'un d'autre, quelqu'un de mieux. Tout allait très bien, je pourrais m'occuper de moi, je ferais bon usage de mon temps, me consacrerais à mon travail, lirais la trilogie balkanique d'Olivia Manning que j'avais alignée à mon chevet, utiliserais les vingt livres données par l'Évêque pour prendre une semaine de vacances au printemps, et jouer les jeunes femmes disponibles dans un petit hôtel de la côte méditerranéenne.

Nous sortîmes de chez Muriel's à dix-huit heures et longeâmes la rue sous une pluie glacée en direction de Soho Square. Ce soir-là, Hamilton devait faire une lecture dans les locaux de la Société des Poètes à Earl's Court. Il échangea une poignée de main avec Tom, me serra dans ses bras, puis nous le regardâmes s'éloigner à grands pas, rien dans sa démarche ne trahissant l'après-midi que nous venions de passer. Tom et moi nous retrouvions seuls, sans trop savoir quelle direction prendre. C'est là que tout commence, me dis-je, et à cet instant précis, réveillée par la pluie froide sur mon visage, mesurant l'étendue de ma perte et de la trahison de Tom, je me sentis soudain anéantie par le désespoir et incapable de faire un pas. Un énorme poids noir m'écrasait, j'avais les pieds lourds et engourdis. Je restai plantée là, à contempler Oxford Street de l'autre côté de la place. Quelques membres de Hare Krishna, ces ahuris à crâne rasé et tambourins, réintégraient leur quartier général en file indienne. Fuyant la pluie de leur dieu. Je les détestais tous autant qu'ils étaient.

« Serena, ma chérie, qu'y a-t-il ? »

Tom titubait devant moi, dépité, mais toujours aussi bon comédien, les sourcils froncés par une inquiétude factice.

Je nous voyais parfaitement, comme derrière une fenêtre deux étages plus haut, seulement déformés par les gouttes de pluie sur la vitre poussiéreuse. Un couple d'ivrognes de Soho prêts à se quereller sur un trottoir luisant de crasse et d'humidité. J'aurais préféré m'en aller, car l'issue ne faisait aucun doute. Mais j'étais toujours incapable de bouger.

À la place, je cherchai la dispute, lâchant dans un soupir las : « Tu as une liaison avec ma copine. »

Cette phrase semblait si geignarde et puérile, et stupide de surcroît, comme si le fait d'avoir une liaison avec une inconnue ne posait aucun problème. Il me regardait avec stupéfaction, feignait l'ébahissement avec art. J'aurais pu le gifler.

« Qu'est-ce que...? » Puis l'imitation maladroite d'un homme venant d'avoir une révélation.

« Shirley Shilling! Mon Dieu, Serena! C'est vraiment ce que tu penses? J'aurais dû m'expliquer. J'ai fait sa connaissance lors de cette lecture à Cambridge. Elle était avec Martin Amis. Jusqu'à aujourd'hui, j'ignorais que vous aviez partagé le même bureau quelque part, à une époque. Ensuite on a eu cette conversation avec Ian et ça m'est sorti de l'idée. Son père vient de mourir et elle est effondrée. Elle nous aurait bien accompagnés, mais elle était trop bouleversée... »

Il posa la main sur mon épaule, mais je me dégageai. Je n'aimais pas être prise en pitié. Et je croyais déceler sur son visage un vague sourire amusé.

« Ça sautait aux yeux, Tom. Comment oses-tu?

— Elle n'a écrit qu'un roman à l'eau de rose. Mais je l'aime bien. Rien de plus. Son père tenait un magasin de meubles et elle était proche de lui, travaillait pour lui. J'ai éprouvé de la compassion pour elle. Je t'assure, ma chérie. »

Au début je fus simplement perplexe, partagée entre l'envie de le croire et celle de le détester. Et puis, alors que je commençais à douter de moi-même, je pris un malin plaisir à m'obstiner, à refuser avec perversité d'abandonner mon idée fixe : il avait fait l'amour avec Shirley.

« C'est insupportable, ma pauvre chérie, tu as souffert tout l'après-midi. Voilà pourquoi tu ne disais rien. Évidemment! Tu m'as vu prendre sa main dans les miennes. Oh! je suis tellement navré, mon amour. C'est toi que j'aime, toi et personne d'autre, je suis absolument navré... »

Je gardai le visage fermé tandis qu'il continuait à protester de son innocence et à me rassurer. Le croire n'atténuait en rien ma colère. Je lui en voulais de me donner l'impression de me ridiculiser, d'être sans doute en train de se moquer de moi en secret, de se préparer à transformer cet épisode en nouvelle humoristique. Il allait devoir redoubler d'efforts pour regagner ma confiance. À ce stade, je savais très bien que je faisais seulement semblant de douter de lui. Peut-être cela valait-il mieux que de passer pour une gourde, et par ailleurs je ne voyais pas comment sortir de ce pétrin, comment changer mon fusil d'épaule en demeurant crédible. Je restai donc muette, mais quand il prit ma main dans les siennes je ne résistai pas, et quand il m'attira contre lui, je m'abandonnai avec réticence à son étreinte et le laissai déposer un baiser au sommet de mon crâne.

« Tu es trempée, tu grelottes, me chuchota-t-il à l'oreille. Il faut qu'on te mette au chaud. »

J'acquiesçai de la tête, signe que je déposais les armes, que c'en était fini de mon scepticisme. Même si le Pillars of Hercules ne se trouvait qu'à une centaine de mètres dans Greek Street, je savais qu'« au chaud » signifiait ma chambre.

Il me serra plus fort dans ses bras. « Écoute. On se l'est dit sur la plage. On s'aime. Tout est censé être simple. »

J'acquiesçai à nouveau. Je ne pensais plus qu'à deux choses, j'avais froid et j'étais soûle. J'entendis un moteur de taxi derrière nous, sentis Tom tendre le bras pour le héler. Une fois à l'intérieur, alors que nous roulions vers le nord, Tom alluma le chauffage. Il n'obtint qu'un vrombissement et un filet d'air froid. Sur la cloison qui nous séparait du chauffeur, il y avait une publicité pour un taxi similaire, et comme les lettres dansaient devant mes yeux, j'eus peur de vomir. Chez moi, je découvris à mon grand soulagement que mes colocataires étaient sorties. Tom me fit couler un bain. Des nuages de vapeur s'élevaient au-dessus de l'eau brûlante et les murs glacés ruisselaient de condensation, au point que des flaques se formèrent sur le lino à motif floral. Installés ensemble dans la baignoire, tête-bêche, nous nous massâmes les pieds mutuellement en chantant de vieilles chansons des Beatles. Tom sortit bien avant moi, se sécha et alla chercher d'autres serviettes-éponges. Il était ivre, lui aussi, mais il m'aida à sortir du bain avec tendresse, me sécha comme une enfant et me mit au lit. Il se rendit dans la cuisine, revint avec deux tasses de thé et se glissa près de moi. Ensuite il s'occupa de moi d'une façon très personnelle.

Des mois, puis des années plus tard, après tout ce qui arriva entre-temps, chaque fois que je me réveillais en pleine nuit et que je ressentais le besoin de me rassurer, je me remémorais cette soirée du début de l'hiver où j'étais allongée dans ses bras, où il me couvrait le visage de baisers en me répétant que j'avais été ridicule, qu'il était absolument navré, et qu'il m'aimait.

20

À la fin du mois de février, peu avant le jour de l'élection, les jurés du Jane Austen Prize firent connaître leur seconde liste, et parmi les géants familiers — Burgess, Murdoch, Farrell, Spark et Drabble — s'était glissé un parfait inconnu, un certain T. H. Haley. Personne n'y prêta vraiment attention. Le communiqué de presse tombait mal, car ce jour-là on ne parlait que des attaques d'Enoch Powell contre le Premier ministre, le chef de son propre parti. Ce pauvre gros Ted Heath! Les gens avaient cessé de se soucier des mineurs et de la question « Qui gouverne? » pour se préoccuper des vingt pour cent d'inflation, de la crise économique, et du fait de savoir s'il fallait écouter Powell, voter pour les travaillistes et sortir de l'Europe. Pas vraiment le meilleur moment pour demander à la nation de s'intéresser à la littérature contemporaine. La semaine de trois jours ayant permis d'éviter les coupures de courant, toute cette histoire passait désormais pour une supercherie. Les stocks de charbon n'étaient pas si bas, après tout, la production industrielle n'avait pas trop souffert, et l'impression générale était que l'on nous avait effrayés pour rien, ou à des fins politiques, et que l'on aurait pu se dispenser de tout cela.

Contre toute attente, Edward Heath, son piano, ses partitions et ses marines déménagèrent donc de Downing Street, où Harold et Mary Wilson se réinstallèrent pour un second mandat. Dans l'un de nos bureaux, je vis à la télévision le nouveau Premier ministre devant le numéro 10 au début du mois de mars, frêle et voûté, l'air presque aussi las que Heath. Tout le monde était las, et à Leconfield House nous étions déprimés par-dessus le marché, parce que le pays avait choisi le mauvais candidat.

J'avais voté une nouvelle fois pour Wilson, ce vieux renard, ce survivant de la gauche, et j'aurais dû me réjouir davantage que la plupart de mes collègues, mais j'étais épuisée par les insomnies. Je ne pouvais m'empêcher de penser à la seconde liste du Jane Austen Prize. Je voulais que Tom gagne, bien sûr, je le voulais encore plus que lui. Mais j'avais appris de la bouche de Peter Nutting que lui et les autres avaient lu *Depuis les plaines du Somerset* sur épreuves, et l'avaient jugé non seulement « creux et pathétique », mais aussi « d'un pessimisme et d'un ennui bien dans l'air du temps » — Nutting m'avait tenu ces propos dans Curzon Street un jour à l'heure du déjeuner. Il avait poursuivi sa route en frappant le trottoir de la pointe de son parapluie, me laissant entendre que si mon choix était suspect, je l'étais aussi.

Peu à peu, l'intérêt de la presse pour le Jane Austen Prize s'accrut et l'attention se porta sur le seul nouveau nom de la liste. Aucun romancier à son coup d'essai n'avait jamais reçu le prix. Le roman le plus court à avoir été distingué était deux fois plus long que les *Plaines*. Beaucoup de journaux insinuaient qu'il y avait quelque chose de lâche et de malhonnête à publier une œuvre courte. Le *Sunday Times* fit un portrait de Tom, photographié devant la jetée de Brighton, l'air visiblement heureux et vulnérable. Deux ou trois articles mentionnaient le fait qu'il bénéficiait d'une aide de la Fondation. On nous rappelait que son roman avait été imprimé plus tôt que prévu pour pouvoir entrer en compétition. Les critiques ne l'avaient pas encore lu parce que Tom Maschler, fin stratège, gardait sous le coude les exemplaires qui leur étaient destinés. Selon une chronique d'une bienveillance inhabituelle dans le *Daily Telegraph*, on s'accordait à dire que Tom Haley était bel homme et que les jeunes femmes « se pâmaient » dès qu'il souriait, ce qui me plongea dans un abîme de jalousie et de possessivité. Quelles jeunes femmes ? Tom avait désormais le téléphone dans son appartement et je pus lui parler depuis une cabine malodorante de Camden Road.

« Il n'y a pas de jeunes femmes, assura-t-il d'un ton enjoué. Elles sont sans doute dans les locaux du journal, en train de se pâmer devant ma photo. »

Il n'en revenait pas de figurer sur cette liste, mais Maschler avait appelé pour dire qu'il aurait été furieux si Tom avait été oublié. « Ça saute aux yeux, avait-il apparemment dit. Vous êtes un génie et ce roman est un chef-d'œuvre. Ils n'auraient pas osé le laisser de côté. »

Le jeune écrivain récemment découvert parvint toutefois à garder la tête froide devant le bruit fait autour du Jane Austen Prize, même si l'attitude de la presse le déconcertait. Les *Plaines* appartenaient déjà au passé, ce n'était qu'un « exercice d'échauffement ». Je lui déconseillai de tenir ce genre de propos devant un journaliste tant que les jurés n'auraient pas fait leur choix. Il répondit qu'il s'en moquait, il avait un roman à écrire, et celui-ci avançait à une vitesse que seules l'obsession et une machine à écrire électrique permettaient d'atteindre. Cette productivité était tout ce que je savais du livre. Trois ou quatre mille mots par jour la plupart du temps, parfois six mille, et une fois, au cours d'un après-midi et d'une nuit frénétiques, dix mille. Ces chiffres ne me disaient pas grand-chose, même si sa voix enrouée et sa surexcitation au téléphone m'apportaient une indication.

« Dix mille mots, Serena. Que je fasse la même chose chaque jour pendant un mois, et j'aurai *Anna Karenine*! »

Même moi, je savais bien que non. Mue par un instinct protecteur, je redoutais que, le moment venu, les critiques ne se révèlent négatives et qu'il ne soit le premier surpris de sa déception. Pour l'heure, il s'inquiétait uniquement de ce qu'un récent voyage en Écosse pour ses recherches avait nui à sa concentration.

« Tu as besoin de repos, lui dis-je depuis la cabine téléphonique de Camden Road. Laisse-moi venir ce week-end.

— D'accord. Mais il faudra que j'écrive.

— S'il te plaît, Tom, donne-moi quelques détails de plus.

— Ce sera toi ma première lectrice, c'est promis. »

Le lendemain de la publication de la seconde liste, je reçus, au lieu de la convocation habituelle, la visite de Max. Il s'arrêta d'abord devant le bureau de Chas Mount pour bavarder. Or nous courions après le temps, ce matin-là. Mount avait terminé le premier jet d'un rapport interne, un bilan qui concernait également la police de l'Ulster et l'armée. Il portait sur ce que Mount appelait avec amertume « la plaie ouverte », c'est-à-dire les emprisonnements forcés. En 1971, des centaines d'individus avaient été interpellés à tort parce que les listes de suspects des forces spéciales de la police de l'Ulster n'étaient pas à jour, ce qui les rendait inutilisables. Aucun tueur appartenant au camp des loyalistes n'avait été arrêté, ni aucun membre de l'Ulster Volunteer Force. Les suspects étaient détenus dans des locaux inadaptés, sans avoir été séparés correctement. Et toutes les procédures en bonne et due forme, toutes les garanties légales étaient oubliées — cadeau fait à la propagande de nos ennemis. Chas Mount avait servi à Aden et se montrait depuis toujours sceptique devant les techniques d'interrogatoire utilisées par l'armée et la police de l'Ulster contre les détenus — cagoules noires, isolement, privation de nourriture, bruits parasites, heures passées debout. Il tenait à prouver que le MI5 avait les mains relativement propres. Mes collègues de bureau et moi croyions sur parole que tel était le cas. Cette triste affaire se terminerait devant la Cour européenne des droits de l'homme. Or la police de l'Ulster, du moins à en croire Chas Mount, voulait nous entraîner dans sa chute, et l'armée prenait son parti. Ni l'une ni l'autre n'appréciait sa version des événements. Quelqu'un de chez nous, plus haut dans la hiérarchie, lui avait retourné son rapport en lui demandant de le réécrire pour ménager toutes les parties concernées. Il ne s'agissait après tout « que » d'un rapport interne, et il serait rapidement archivé et oublié.

Chas Mount réclamait donc des dossiers supplémentaires, et nous ne cessions d'entrer et de sortir du Fichier central, de taper à la machine des pages additionnelles. Max choisissait mal son moment pour être dans les jambes de Mount et tenter d'engager la conversation. En termes de sécurité au sens strict, avec tous ces dossiers ouverts, il n'aurait même pas dû mettre les pieds dans notre bureau, mais Chas était trop bien élevé et accommodant pour lui en faire la remarque. Il répondait toutefois par monosyllabes et Max ne tarda pas à venir vers moi. Il avait à la main une petite enveloppe en papier kraft qu'il posa bien en évidence sur ma table en déclarant, assez fort pour être entendu : « Jetez-y un coup d'œil dès que vous aurez une minute. » Puis il s'en alla.

Pendant un bon moment, une heure peut-être, je décidai que je n'avais pas une minute. Ce que je redoutais par-dessus tout, c'était une déclaration sur papier à en-tête. Ce que je finis par lire se présentait sous la forme d'une note dactylographiée avec soin, portant les mentions « Confidentiel », « Sweet Tooth », et « De : MG à : SF », sur laquelle apparaissait une liste de destinataires où figuraient les initiales de Nutting, de Tapp et de deux autres personnes que je n'identifiai pas. Cette note, à l'évidence rédigée par Max pour information, commençait par : « Chère Miss Frome ». Elle attirait mon attention sur un sujet que j'avais « certainement déjà pris en considération ». Une recrue de l'opération Sweet Tooth faisait parler d'elle et cette publicité risquait de s'accroître. « Le personnel est censé éviter de se faire photographier ou d'apparaître dans la presse. Vous pouvez très bien considérer de votre devoir d'assister à la remise du Jane Austen Prize, mais il vous est vivement conseillé de vous en dispenser. »

Un conseil plein de bon sens, même s'il me dépitait. Je comptais en fait accompagner Tom. Gagnant ou perdant, il avait besoin de moi. Mais pourquoi cette circulaire plutôt qu'un mot glissé à l'oreille ? Max trouvait-il trop douloureux de me parler seul à seule ? Je soupçonnais vaguement une sorte de piège bureaucratique. La question était donc de savoir si je devais défier Max ou rester dans l'ombre. Cette dernière solution paraissait la plus sûre, puisqu'elle répondait aux exigences de confidentialité, mais elle me contrariait, et je rentrai chez moi indignée ce soir-là, furieuse contre Max et ses stratagèmes — quels qu'ils fussent. J'étais également agacée de devoir inventer une excuse pour justifier cette absence auprès de Tom. La maladie d'un de mes parents, une grippe pour moi, une urgence au travail ? J'optai pour un sandwich moisi — survenue brutale des symptômes, incapacité totale, rétablissement rapide — et naturellement ce mensonge me ramena au vieux problème. Je n'avais jamais trouvé le moment opportun pour dire la vérité à Tom. Peut-être que si je ne l'avais pas recruté pour l'opération Sweet Tooth et n'avais eu de liaison avec lui qu'après, ou bien si j'avais eu cette liaison, mais quitté le MI5 ensuite, ou encore si je lui avais tout avoué à notre premier rendez-vous... mais non, tout cela était absurde. Je n'aurais pas pu savoir d'emblée ce qui nous attendait et, dès que je l'avais su, c'était trop précieux pour être mis en péril. Je pouvais tout avouer à Tom et démissionner, ou bien je pouvais démissionner et tout lui avouer après coup, mais je risquais malgré tout de le perdre. Je ne voyais qu'une solution, ne jamais rien lui dire. Pourrais-je m'arranger avec ma conscience ? Au fond, je le faisais déjà.

Contrairement au Booker Prize, son jeune cousin turbulent, le Jane Austen Prize ne donnait pas lieu à des banquets, ne comptait pas de grands noms au sein de son jury. À en croire Tom, il y aurait un modeste cocktail au Dorchester, puis un bref discours prononcé par un membre éminent du monde littéraire. Les jurés étaient pour la plupart des écrivains, des universitaires, des critiques, auxquels on ajoutait parfois un philosophe ou un historien. Le montant du prix était autrefois considérable — en 1875, deux mille livres vous menaient loin. Désormais, il ne faisait pas le poids avec le Booker. Le Jane Austen Prize valait seulement pour son prestige. On avait envisagé une retransmission télévisée de la cérémonie du Dorchester, mais les administrateurs âgés du fonds se montraient apparemment méfiants, et d'après Tom ce serait plutôt la remise du Booker que l'on verrait un jour à la télévision.

La réception devait avoir lieu à dix-huit heures le lendemain soir. À dix-sept heures, j'envoyai depuis le bureau de poste de Mayfair un télégramme à Tom, aux bons soins de l'hôtel Dorchester. *Malade. Sandwich avarié. Je pense à toi. Rendez-vous à Camden ensuite. Baisers. S.* Je regagnai à contre-cœur mon bureau, avec un sentiment de honte envers moi-même et envers la situation à laquelle j'étais réduite. À une époque, je me serais demandé ce que Tony aurait fait à ma place. Inutile à présent. Il fut assez facile d'invoquer une indigestion pour expliquer mon air sinistre, et Mount m'autorisa à partir plus tôt. J'arrivai chez moi à dix-huit heures, au moment précis où j'aurais dû franchir la porte du Dorchester au bras de Tom. Vers vingt heures, je me dis que je devais jouer mon rôle au cas où il arriverait plus tôt que prévu. Je n'eus pas grand mal à me convaincre que j'étais souffrante. En pyjama et en peignoir, je m'allongeai sur mon lit où je cédai à la morosité, m'apitoyai sur mon sort, puis lus quelque temps, m'assoupis une heure ou deux et n'entendis pas la sonnette.

L'une de mes colocataires avait dû ouvrir à Tom, car à mon réveil il était debout à mon chevet, brandissant son chèque entre le pouce et l'index et, de l'autre main, un exemplaire broché de son roman. Il avait un sourire jusqu'aux oreilles. Oubliant mon sandwich avarié, je me levai d'un bond pour le serrer dans mes bras, et nous poussâmes des hourras et des hurlements de joie, si bruyamment que Tricia vint frapper à la porte pour demander si nous avions besoin d'aide. Nous la rassurâmes, puis nous fîmes l'amour (il semblait en avoir tellement envie), et aussitôt après nous prîmes un taxi pour aller au White Tower.

Nous n'y étions pas retournés depuis notre premier rendez-vous, c'était donc en quelque sorte un anniversaire. J'avais insisté pour emporter *Depuis les plaines du Somerset*, et nous nous le passions de part et d'autre de la table, feuilletant ses cent quarante et une pages, admirant la police de caractères, nous extasiant sur la photo de l'auteur et sur la couverture, une vue grenée en noir et blanc d'une ville en ruine, peut-être Berlin ou Dresde en 1945. Refoulant mes inquiétudes au sujet des consignes de sécurité, je laissai échapper une exclamation de joie en découvrant la dédicace : « À Serena », me levai de ma chaise pour embrasser Tom, puis l'écoutai me raconter sa soirée, le discours drolatique de William Golding et celui, incompréhensible, du président du jury, un professeur d'université de Cardiff. À l'annonce de son nom, sous l'effet du trac, Tom avait trébuché sur le rebord d'un tapis en s'avançant et son poignet avait heurté le dossier d'une chaise. Je déposai un tendre baiser sur le poignet blessé. Après la remise du prix, Tom avait accordé quatre brèves interviews mais, puisque personne n'avait lu le livre, peu importait ce qu'il disait, et cette expérience lui avait donné le sentiment d'être un imposteur. Je commandai deux coupes de champagne, et nous trinquâmes au seul écrivain à avoir remporté le Jane Austen Prize pour son premier roman. C'était un moment si merveilleux que nous ne cherchâmes même pas à nous enivrer. Je pris soin de manger à petites bouchées, comme la malade que j'étais censée être.

*

Tom Maschler avait programmé la publication avec la précision d'un alunissage. Ou comme si le Jane Austen Prize faisait partie du dispositif. La seconde liste, les portraits dans la presse et l'annonce du prix avaient contribué à accroître l'appétit des lecteurs, qui fut satisfait lors de la mise en place du livre en librairie, en même temps que paraissaient les premières critiques. Nos projets pour le week-end étaient simples. Tom continuerait à écrire, je lirais les articles pendant le trajet en train. Je me rendis à Brighton le vendredi soir avec sept d'entre eux sur les genoux. Pour l'essentiel, tout le monde appréciait mon amant. Dans le *Telegraph* : « L'unique bribe d'espoir est celle qui unit le père et la fille (amour d'une tendresse sans équivalent dans la littérature contemporaine), mais le lecteur comprend vite que ce chef-d'œuvre de désolation ne tolérera pas qu'un tel lien reste intact. Le dénouement poignant est une épreuve presque insoutenable. » Dans le *Times Literary Supplement* : « La prose de Mr Haley baigne dans une étrange lueur, une sinistre lumière souterraine, et l'effet hallucinogène sur l'œil intérieur du lecteur réussit le prodige de transformer un univers de fin du monde en royaume d'une beauté aussi rude qu'irrésistible. » Dans le *Listener* : « Sa prose ne fait pas de quartier. Il a le regard désabusé, implacable, d'un psychopathe, et ses personnages moralement intègres, physiquement attachants, doivent partager le pire dans un monde sans dieu. » Dans le *Times* : « Quand Mr Haley lâche les chiens pour éviscérer un mendiant affamé, nous savons que nous sommes précipités dans le creuset de l'esthétique contemporaine et mis au défi de protester, de ciller au moins. Entre les mains de la plupart des écrivains, cette scène ne serait qu'une approche superficielle de la souffrance, et, comme telle, impardonnable, mais Haley est habité à la fois par la brutalité et par la grâce. Dès le premier paragraphe, on s'en remet à lui, on sait qu'il sait ce qu'il fait, et qu'on peut le suivre. Ce petit livre contient la promesse et le poids du génie. »

Nous avions déjà traversé Haywards Heath. Je sortis le livre — *mon* livre — de mon sac et lus quelques pages au hasard, et je commençai bien sûr à les voir d'un autre œil. Sous l'influence de ce large consensus, *les Plaines* apparaissaient bel et bien comme un roman différent, plus sûr de ses composantes et de ses ambitions, au rythme envoûtant. Et tellement lucide. Il se lisait comme un poème majestueux, aussi précis et hors du temps que « Adlestrop ». Par-dessus le fracas iambique du train (et qui donc m'avait appris ce mot ?), j'entendais Tom déclamer son propre texte. Qu'est-ce que j'y connaissais, moi, humble agent du MI5 qui avais un temps, voilà seulement deux ou trois ans, plaidé la cause de

Jacqueline Susann contre Jane Austen? Mais pouvais-je me fier au consensus? J'ouvris le *New Statesman*. Sa rubrique livres, m'avait expliqué Tom, comptait dans le monde littéraire. Comme l'annonçait le sommaire, le rédacteur en chef des pages culturelles en personne donnait son verdict dans son bloc-notes : « Certes, il y a des moments de grâce, un réel talent dans la description clinique, capable de provoquer chez le lecteur des accès de dégoût envers l'humanité, mais plus généralement on a l'impression d'un trait forcé, à la limite du cliché, d'une manipulation de nos émotions, et finalement d'une certaine superficialité. L'auteur s'aveugle (contrairement au lecteur) en croyant dire quelque chose de profond sur notre lot commun. Tout cela manque d'envergure, d'ambition, et d'intelligence au sens fort. L'homme n'a cependant pas dit son dernier mot. » Enfin, quelques lignes dans la « Chronique d'un Londonien » de l'*Evening Standard* : « L'une des pires décisions jamais prises par un jury... cette année, les jurés du Jane Austen Prize, lorgnant peut-être collectivement un poste au ministère des Finances, ont dévalué leur prix. Ils ont choisi un roman d'anticipation digne d'un adolescent boutonneux, célébration maladroite du désordre et de la bestialité, mais, heureusement pour nous, à peine plus long qu'une nouvelle. »

Tom avait déclaré qu'il ne voulait pas voir les critiques, aussi, dans l'appartement ce soir-là, je lui lus des extraits choisis des articles favorables, et résumai les autres en des termes les plus neutres possible. Il se réjouit des éloges, bien sûr, mais il avait visiblement tourné la page. Au moment où je lui citai le passage contenant le mot « chef-d'œuvre », il parcourait un feuillet dactylographié. Il se remit à taper à la machine dès que j'en eus terminé, et souhaitait travailler toute la soirée. Je sortis chercher un *fish and chips* qu'il mangea devant sa machine, à même le cornet en papier journal — une page de l'*Evening Argus* de la veille, où figurait l'une de ses meilleures critiques.

Je me plongeai dans un livre et nous échangeâmes à peine une parole jusqu'à ce que j'aille me coucher. Une heure plus tard, je ne dormais toujours pas lorsqu'il vint s'allonger près de moi, et il me fit une fois encore l'amour avec cette avidité nouvelle, comme s'il avait été privé de rapports sexuels pendant un an. Il fut beaucoup plus bruyant que moi. Je le taquinai en le comparant à un cochon dans son auge.

Le lendemain matin, je m'éveillai au son feutré de sa machine à écrire électrique. Je l'embrassai sur les cheveux en passant près de lui pour aller au marché du samedi. J'y fis les courses, achetai les journaux et m'installai avec eux dans mon café habituel. Une table près de la fenêtre, un cappuccino, un croissant aux amandes. La perfection. Plus une critique formidable dans le *Financial Times*. « Lire T. H. Haley donne l'impression d'arriver trop vite dans un virage à angle droit. Mais soyez rassurés, cette voiture bien profilée ne quitte jamais la route. » J'étais impatiente de lire ces lignes à Tom. Venait ensuite le *Guardian*, avec le nom de Tom et sa photo au Dorchester en première page. Très bien. Un article entier lui était consacré. Je tournai les pages, découvris le titre et me figeai : « Le lauréat du Jane Austen Prize à la solde du MI5 ».

Je faillis vomir. Ma première pensée stupide fut qu'il ne verrait peut-être jamais ces mots. Une « source bien informée » avait confirmé au quotidien que la Fondation internationale pour la liberté avait reçu, peut-être à son insu,

« des fonds d'une association financée en partie par un organisme dépendant indirectement des services de renseignements ». Affolée, je parcourus l'article à toute vitesse. Aucune allusion à l'opération Sweet Tooth ni à d'autres écrivains. Un résumé factuel évoquait les virements mensuels, le fait que Tom ait renoncé à sa charge de cours après le premier versement, et, de manière moins anodine, le Congrès pour la liberté de la culture et ses liens avec la CIA. On ressortait la vieille histoire de l'*Encounter*, et puis retour au scoop. On soulignait que T. H. Haley avait écrit

des articles violemment anticommunistes sur le soulèvement est-allemand, sur le silence des écrivains ouest-allemands au sujet du mur de Berlin et, plus récemment, sur les persécutions infligées par l'État aux poètes roumains. Peut-être s'agit-il du genre de compagnon de route que nos services de renseignements aimeraient voir se multiplier de ce côté-ci de l'Atlantique, un auteur de droite qui affiche son scepticisme face aux tendances de gauche de la plupart de ses collègues. Mais ces manipulations clandestines du monde de la culture posent forcément la question de la transparence, et de la liberté de l'artiste. Nul ne doute encore de l'intégrité des jurés du Jane Austen Prize, mais les administrateurs du fonds devraient se demander quel genre de lauréat leur jury distingué a vraiment choisi, et si, à l'annonce du nom de Haley, on n'a pas sorti le champagne dans certains bureaux très secrets.

Je relus l'article et restai immobile vingt minutes, tandis que mon café, auquel je n'avais pas touché, refroidissait. Cela paraissait désormais évident. C'était écrit d'avance : si je ne disais rien à Tom, quelqu'un d'autre s'en chargerait. Comme j'allais sembler haïssable et ridicule à présent, percée à jour, essayant de le convaincre de ma bonne foi, de me justifier! Si je ne t'ai rien dit, mon chéri, c'est parce que je t'aime. J'avais peur de te perdre. Oui, vraiment, quelle solution parfaite. Mon silence, son déshonneur. J'envisageai d'aller droit à la gare, de prendre le premier train pour Londres, de disparaître de son existence. Voilà, qu'il affronte seul la tempête. Encore un peu de lâcheté. De toute façon, il ne voudrait plus que je l'approche. Puis je revins à mon point de départ : même si je savais que la situation était sans issue, j'allais devoir affronter Tom, retourner à l'appartement et lui montrer l'article.

Je rassemblai le poulet, les légumes et les journaux, payai mon petit déjeuner intact et remontai lentement la colline jusqu'à la rue de Tom. Dans l'escalier, je l'entendis taper à la machine. Eh bien il allait devoir s'interrompre. J'entrai et attendis qu'il lève les yeux.

Il prit conscience de ma présence, me salua d'un vague sourire, mais alors qu'il allait continuer je déclarai : « Tu ferais mieux de jeter un coup d'œil à ça. Ce n'est pas une critique. »

Le *Guardian* était plié à la page de l'article. Tom le prit et me tourna le dos pour le lire. Pétrifiée, je me demandais si, le moment venu, je devrais faire mes bagages ou partir aussitôt. J'avais une petite valise sous le lit. Il faudrait que je pense à mon sèche-cheveux. Mais je n'en aurais peut-être pas le temps. Tom pouvait tout bonnement me jeter dehors.

Il finit par me regarder et lâcha d'un ton neutre : « C'est épouvantable.

— Oui.

— Que veux-tu que je te dise ?

— Tom, je ne...

— Parce que enfin, ces circuits de financement... Écoute ça. La Fondation, etc., a reçu "des fonds d'une association financée en partie par un organisme dépendant indirectement des services de renseignements".

— Je suis désolée, Tom.

— "En partie"? "Indirectement"? De l'argent qui transite par trois organismes? Comment sommes-nous censés savoir?

— Aucune idée. » J'avais entendu le « nous » sans réellement l'enregistrer.

« Je suis allé à leur siège, reprit-il. J'ai vu toute leur littérature. C'est parfaitement limpide.

— Bien évidemment.

— J'aurais sans doute dû demander à vérifier les livres de comptes. Comme un putain de comptable! »

Il était indigné, à présent. « C'est juste que je ne comprends pas. Si le gouvernement a des messages à faire passer, pourquoi en secret?

— Exactement.

— Il a des journalistes amis, l'Arts Council, des bourses, la BBC, des services d'information, des sociétés savantes. Je ne connais même pas la liste entière, bordel! Il a tout le système éducatif à sa disposition! Pourquoi s'adresser au MI5?

— C'est dingue, Tom.

— De la folie. Voilà comment ces bureaucraties secrètes se perpétuent. Un sous-fifre débile invente un dispositif pour plaire à ses maîtres. Personne ne sait à quoi ça sert, quel est l'intérêt. Mais personne ne pose la question. Ça sort tout droit de Kafka. »

Il se leva soudain et vint me rejoindre.

« Écoute, Serena. Personne ne m'a jamais dit ce que je devais écrire. Prendre la défense d'un poète roumain emprisonné ne signifie pas que je sois un homme de droite. Traiter le mur de Berlin de tas de merde ne fait pas de moi un agent du MI5. Pas plus que de traiter de lâches les écrivains ouest-allemands qui font comme s'il n'existait pas.

— Bien sûr que non.

— C'est pourtant ce qu'insinue cet article. Un foutu compagnon de route ! Voilà ce que tout le monde va penser. »

Était-ce vraiment si simple, m'aimait-il tellement, se sentait-il tellement aimé par moi qu'il ne pouvait éprouver le moindre soupçon ? Lui-même était-il aussi simple ? Je le regardai se mettre à arpenter la petite pièce sous les combles. Le parquet grinçait, la lampe suspendue aux poutres oscillait légèrement. C'était sûrement le moment, alors que nous étions au milieu du gué, de lui dire la vérité. Mais je me savais incapable de me priver de ce nouveau sursis.

Il donna de nouveau libre cours à son indignation. Pourquoi lui ? Ce n'était pas juste. Cela ressemblait à une vengeance. Alors même que sa carrière démarrait plutôt bien.

Il s'immobilisa soudain. « Lundi, je vais à la banque et je leur demande de refuser tout nouveau virement.

— Bonne idée.

— Je peux vivre quelque temps avec l'argent du prix.

— Oui.

— Et pourtant... » Il revint vers moi, prit ma main dans les siennes. Nos regards se croisèrent et il m'embrassa.

« Qu'est-ce que je dois faire, Serena ? »

Ma voix, quand je la retrouvai, était complètement atone. « Je pense que tu vas devoir publier un communiqué. Écris quelques lignes et dicte-les par téléphone à une agence de presse.

— J'ai besoin de ton aide pour les rédiger.

— Bien sûr. Il faut dire que tu n'étais au courant de rien, que tu es scandalisé et que tu cesses de percevoir cet argent.

— Tu es géniale. Je t'adore. »

Il rangea les feuillets épars de son nouveau roman dans un tiroir et le ferma à clé. Puis je m'assis devant la machine à écrire, insérai une feuille vierge, et nous travaillâmes à une première version. Il me fallut quelques minutes pour m'adapter à la sensibilité des touches d'une machine électrique. Le communiqué achevé, je le lus à Tom, et il déclara : « Tu peux ajouter : "Je tiens à faire savoir qu'à aucun moment je ne suis entré en communication ni n'ai eu le moindre contact avec un membre du MI5." »

Je sentis mes jambes se dérober sous moi. « Ce n'est pas nécessaire. Avec ce que tu as déjà dit, c'est évident. Ça donne l'impression que tu te défends trop.

— Je ne suis pas sûr que tu aies raison. Ne vaut-il pas mieux que les choses soient claires ?

— Elles le sont, Tom. Honnêtement. Pas besoin de ça. »

Nos regards se croisèrent à nouveau. Il avait les paupières rougies par la fatigue. Sinon, je ne vis que de la confiance dans ses yeux.

« Bon, d'accord, dit-il. Laissons tomber. »

Je lui tendis la feuille et allai m'allonger dans la pièce voisine, pendant qu'il demandait le numéro de l'agence de presse à l'opératrice. À ma grande surprise, je l'entendis dicter la phrase — ou une version approximative — que nous venions d'écarter d'un commun accord.

« Et je tiens à préciser ceci. Pas une seule fois dans ma vie je n'ai eu de contact avec un membre du MI5. »

Je me redressai, prête à l'appeler, mais il n'y avait plus rien à faire et je m'affalai sur les oreillers. Je me sentais lasse de toujours penser à la même chose. *Dis-lui. Finis-en une bonne fois. Non! Ne va pas faire ça.* Les événements m'échappaient et je n'avais pas la moindre idée de ce que je devais faire. Je l'entendis raccrocher et retourner à son bureau. Quelques minutes plus tard, il recommençait à taper à la machine. Extraordinaire, formidable d'avoir une telle capacité de concentration, de pouvoir se replonger aussitôt dans un monde imaginaire. Je restai allongée sur le lit défait, désabusée, oppressée par la certitude que la semaine à venir serait un désastre. J'aurais de graves ennuis au travail, même si personne ne reprenait le scoop du *Guardian*. Or cela arriverait fatalement. La situation ne pouvait qu'empirer. J'aurais dû écouter Max. Il se pouvait que l'auteur de l'article n'en sache pas plus que ce qu'il avait écrit. Mais s'il disposait d'autres informations et que je sois démasquée, alors... alors je ferais mieux de prévenir Tom avant que les journaux ne s'en chargent. Toujours le même dilemme. Je ne bougeai pas. J'en étais incapable.

Au bout de quarante minutes, la machine à écrire se tut. Cinq minutes plus tard, j'entendis les lames du parquet grincer, et Tom entra dans la pièce. Il avait mis sa veste, s'assit près de moi et m'embrassa. Il avait des fourmis dans les jambes, dit-il. Il n'était pas sorti de l'appartement depuis trois jours. Avais-je envie d'aller me promener sur le front de mer avec lui et d'accepter une invitation à déjeuner chez Wheeler's? Cela me mit du baume au cœur, instantanément j'oubliai tout le reste. À peine avais-je enfilé mon manteau que nous étions dehors et descendions la colline bras dessus bras dessous en direction de la Manche, comme lors de n'importe quel week-end insouciant. Tant que je pouvais m'absorber dans le moment présent avec Tom, je me sentais protégée. Son humeur enjouée aidait. Il semblait croire que son communiqué de presse avait résolu le problème. Sur le front de mer nous marchâmes vers l'est, avec à notre droite une mer moutonneuse gris-vert que cinglait un vent frais venu du nord. Nous dépassâmes Kemp Town, puis une poignée de manifestants qui brandissaient des pancartes pour protester contre un projet de marina. Nous reconnûmes que nous n'avions pas d'avis sur la question. À notre retour au même endroit vingt minutes plus tard, la manifestation s'était dispersée.

C'est alors que Tom me souffla : « Je crois qu'on nous suit. »

Si un sentiment d'horreur me noua brièvement l'estomac, ce fut à l'idée que Tom sache tout et se paie ma tête. Mais il était sérieux. Je regardai par-dessus mon épaule. Le froid et le vent avaient dissuadé les promeneurs. Il n'y avait qu'une silhouette en vue, à deux cents mètres de nous, peut-être un peu plus.

« Celui-là ?

— Il a un manteau de cuir. Je suis certain de l'avoir vu en quittant l'appartement. »

Nous nous arrêtâmes donc et attendîmes que l'homme nous rattrape, mais une minute plus tard il traversait la chaussée et s'éloignait du front de mer par une rue latérale. À ce stade nous étions surtout soucieux d'arriver au restaurant avant la fin du service de midi, et nous rejoignîmes au plus vite les rues commerçantes, « notre » table, le champagne et les huîtres « comme d'habitude », puis le chablis avec des ailes de raie grillées, et un sabayon écœurant pour finir.

Alors que nous sortions de chez Wheeler's, Tom s'exclama : « Le revoilà ! » et pointa l'index devant lui, mais je ne vis qu'un coin de rue désert. Tom s'élança au pas de course dans cette direction, mais à la façon dont il s'immobilisa, les mains sur les hanches, il n'y avait à l'évidence plus personne.

Cette fois, notre priorité la plus urgente était de regagner l'appartement pour faire l'amour. Tom se montra plus passionné ou comblé que jamais, à tel point que je n'osai pas le taquiner. De toute façon, j'en avais perdu l'envie. La perspective de la semaine à venir me glaçait. Le lendemain, je prendrais le train de l'après-midi pour rentrer chez moi, me faire un shampoing, repasser mes chemisiers, et dès lundi, en arrivant au travail, je devrais me justifier devant mes supérieurs, affronter les quotidiens du matin et, tôt ou tard, Tom. J'ignorais lequel de nous deux était condamné, ou le plus condamné, si cela avait un sens. Lequel de nous deux serait déshonoré ? Par pitié que ce soit moi, pas nous deux, me dis-je en regardant Tom se lever, récupérer ses vêtements sur une chaise et traverser la pièce nu pour se rendre dans la salle de bains. Il ne savait pas ce qui l'attendait, ne méritait pas ça. Un coup du sort, que de m'avoir rencontrée. Sur cette pensée je m'assoupis, comme si souvent auparavant, au son des touches de sa machine à écrire. L'oubli semblait la seule solution raisonnable. Je dormis d'un sommeil profond, sans rêves. Au début de la soirée, il revint soudain sans bruit dans la chambre, se blottit contre moi et me refit l'amour. Il était incroyable.

21

De retour dans ma chambre de St Augustine's Road ce dimanche-là, je passai encore une nuit sans sommeil. J'étais trop agitée pour lire. À travers les branches du marronnier et par un espace entre les rideaux, un lampadaire projetait une volute de lumière au plafond et, allongée sur le dos, je la contemplais. Malgré le guêpier dans lequel je m'étais fourrée, je ne voyais pas comment j'aurais pu procéder autrement. Si je n'étais pas entrée au MI5, je n'aurais pas fait la connaissance de Tom. Si je lui avais dit pour qui je travaillais à notre toute première rencontre — et pourquoi l'aurais-je confié à un inconnu? —, il m'aurait montré la porte. À chaque nouvelle étape, à mesure que je m'attachais à lui, que je tombais amoureuse de lui, il devenait plus difficile, plus risqué de lui avouer la vérité, alors même que c'était de plus en plus urgent. J'étais prise au piège, et depuis le début. Je rêvais complaisamment à ce que cela pourrait donner, d'avoir assez d'argent et de détermination pour disparaître subitement sans explications, partir vers une destination simple et propre, loin d'ici, comme l'île de Kumlinge dans la Baltique. Je m'imaginais éclairée par un pâle soleil, délivrée de tout lien et de toute obligation, marchant sans bagages sur une route étroite le long d'une baie sablonneuse, entre les œillets marins, les ajoncs et un pin solitaire — une route qui grimpait vers un promontoire et une petite église de campagne aux murs blancs, dans le cimetière de laquelle se trouvait une stèle neuve, avec un pot de confiture faisant office de vase et contenant les campanules laissées par la femme de ménage. Je m'assiérais dans l'herbe près du modeste tumulus et je penserais à Tony, je nous reverrais, amants épris durant tout un été, et je lui pardonnerais d'avoir trahi son pays. Ce n'était qu'un moment d'égarement, qui partait d'une bonne intention et n'avait causé aucun dommage réel. Je pourrais lui pardonner parce que tous les problèmes se résoudraient à Kumlinge, où l'air et la lumière étaient purs. Ma vie avait-elle jamais été meilleure et plus simple que lors de ces week-ends dans une chaumière de bûcheron près de Bury St Edmunds, où un homme d'âge mûr, en adoration devant moi, me faisait la cuisine et me guidait ?

Au même moment, à quatre heures et demie du matin, dans tout le pays des liasses de quotidiens étaient lancées depuis des trains et des camionnettes sur le quai des gares et sur les trottoirs. Partout, le démenti relayé par l'agence de presse. Tom serait ensuite à la merci des journaux du mardi. J'allumai, enfilai mon peignoir, m'assis sur ma chauffeuse. T. H. Haley, à la solde des services de renseignements, son intégrité mise en pièces avant même que sa carrière n'ait pris son envol, et c'était moi, non, c'étaient nous, Serena Frome et ses employeurs, qui avions précipité sa chute. Qui pouvait se fier à ce qu'un homme écrivait sur la censure en Roumanie, si ses paroles étaient financées par les fonds secrets ? Le protégé de l'opération Sweet Tooth, éclaboussé par le scandale. Il restait neuf écrivains, peut-être plus importants, plus utiles, et qui n'avaient pas leur photo dans le journal. J'entendais d'ici Peter Nutting : *L'opération doit continuer.* Je pensais à ce que dirait Ian Hamilton. Mon insomnie enfiévrée faisait surgir des images sur ma rétine. Dans l'obscurité, je voyais son sourire fantomatique, son haussement d'épaules lorsqu'il tournait les talons. *Eh bien il va falloir trouver quelqu'un d'autre. Dommage. Ce gosse était brillant.* J'exagérais sans doute. Stephen Spender avait survécu au scandale de l'*Encounter*, ainsi que le magazine lui-même. Mais Spender était moins vulnérable. Tom passerait pour un menteur.

Je dormis une heure avant la sonnerie du réveil. Je fis ma toilette et m'habillai comme dans le brouillard, trop épuisée pour penser à la journée qui m'attendait. Je la sentais pourtant là, une crainte paralysante. À cette heure matinale, la maison était froide et humide, mais il régnait une certaine animation dans la cuisine. Bridget ayant un examen important à neuf heures, Tricia et Pauline lui préparaient des œufs au bacon pour l'encourager. L'une d'elles me tendit une tasse de thé et je m'assis de l'autre côté de la table, serrant la tasse pour me réchauffer les mains, écoutant les plaisanteries d'usage, et regrettant de ne pas être moi aussi sur le point de décrocher mon diplôme d'avocate spécialisée dans le droit des cessions. Quand Pauline me demanda pourquoi j'avais l'air si morose, je répondis honnêtement que je n'avais pas fermé l'œil de la nuit. En échange de quoi je fus gratifiée d'une petite tape sur l'épaule, et d'un sandwich œuf-bacon. Devant tant de gentillesse, les larmes me montèrent aux yeux. Je proposai de faire la vaisselle pendant que les autres se préparaient et puisai du réconfort dans ce rituel domestique, l'eau bien chaude et mousseuse, les assiettes étincelantes et encore fumantes.

Je quittai la maison la dernière. En arrivant devant la porte d'entrée, je vis parmi le courrier publicitaire qui jonchait le lino une carte postale qui m'était adressée. Une vue d'une plage d'Antigua, avec une femme portant une corbeille de fleurs sur la tête. La carte venait de Jeremy Mott.

Bonjour, Serena. Une escapade loin de l'interminable hiver à Édimbourg. Quel bonheur de pouvoir enfin enlever mon manteau. Agréable rendez-vous surprise l'autre semaine, et il a beaucoup été question de toi! Viens me voir un de ces jours. xxx Jeremy.

Un rendez-vous? Je n'étais pas d'humeur à résoudre des énigmes. Je mis la carte dans mon sac et sortis. Je me sentais un peu mieux, à présent que je marchais d'un bon pas vers la station Camden. J'essayais de me montrer courageuse et fataliste. Ce n'était qu'une tempête dans un verre d'eau, et de toute façon je ne pouvais rien faire. Je risquais de perdre mon amant et mon emploi, mais il n'y aurait pas mort d'homme.

J'avais décidé de parcourir la presse à Camden, car je ne souhaitais pas être vue avec une pile de journaux par un collègue de travail. Je restai donc debout dans le vent glacial qui s'engouffrait entre les deux portes à l'entrée du magasin, m'efforçant d'empêcher les pages de s'envoler. Aucune trace à la une de l'affaire concernant Tom, mais elle se trouvait dans les pages intérieures de tous les quotidiens du matin, du *Daily Mail* au *Daily Express*, illustrée de photos différentes à chaque fois. Toutes ces versions reprenaient l'article original, avec des extraits du communiqué de Tom. Toutes comportaient le démenti insistant selon lequel il ne connaissait personne au MI5. Pas du meilleur effet, mais cela aurait pu être pire. En l'absence de nouvelles révélations, l'affaire pouvait en rester là. Vingt minutes plus tard, ce fut donc d'un pas presque léger que je descendis Curzon Street. Peu après, une fois arrivée à Leconfield House, les battements de mon cœur s'accélérèrent à peine quand j'ouvris l'enveloppe réservée au courrier interne posée sur ma table. Comme je m'y attendais, il s'agissait d'une convocation à une réunion dans le bureau de Tapp à neuf heures. J'accrochai mon manteau derrière la porte et pris l'ascenseur.

Ils m'attendaient tous : Tapp, Nutting, l'homme grisonnant du cinquième étage à l'air recroquevillé sur lui-même, et Max. J'eus l'impression de rompre un silence. Ils buvaient du café, mais personne ne proposa de m'en servir une tasse tandis que Tapp me désignait l'unique chaise inoccupée. Sur une table basse devant nous, une pile de coupures de journaux. À côté, un exemplaire du roman de Tom. Tapp s'en saisit, tourna une page et lut : « À Serena. » Il jeta le livre sur les coupures de presse.

« Eh bien, Miss Frome. Pourquoi sommes-nous dans tous les journaux ?

— Je n'y suis pour rien. »

Un toussotement incrédule s'éleva brièvement avant que Tapp ne réponde avec flegme : « Ah bon. » Il ajouta : « Vous... fréquentez cet homme ? »

Dans sa bouche, le verbe semblait obscène. J'opinai du chef, et en relevant la tête je vis que Max me fixait. Il ne m'évitait pas, cette fois, et je me forçai à soutenir son regard, ne détournant les yeux qu'au moment où Tapp reprit la parole.

« Depuis quand ?

— Octobre.

— Vous le voyez à Londres ?

— À Brighton la plupart du temps. Pendant le week-end. Écoutez, il n'est au courant de rien. Il n'a aucun soupçon me concernant.

— Ah bon. » Toujours ce même ton flegmatique.

« Et quand bien même, il n'irait sûrement pas le révéler dans la presse. »

Ils me dévisageaient, attendant que j'en dise davantage. Je commençai à me sentir aussi stupide que je l'étais sûrement dans leur esprit.

« Vous avez conscience d'aller au-devant de graves ennuis ? » lança Tapp.

La question s'imposait. J'acquiesçai de la tête.

« Expliquez-moi pourquoi.

— Parce que vous me croyez incapable de me taire.

— Disons que nous avons quelques doutes sur votre professionnalisme », conclut Tapp.

Peter Nutting ouvrit une chemise posée sur ses genoux. « Vous avez remis à Max un rapport nous conseillant de recruter Haley.

— Oui.

— Vous étiez déjà sa maîtresse à l'époque.

— Absolument pas.

— Mais il vous plaisait bien.

— Non. C'est venu ensuite. »

Nutting tourna la tête et je le vis de profil chercher un autre moyen de me faire passer pour une femme intéressée. « Nous avons retenu cet homme pour l'opération Sweet Tooth sur votre recommandation », dit-il enfin.

Dans mes souvenirs, c'étaient eux qui m'avaient parlé de Haley et m'avaient confié son dossier. « Avant même que j'aie rencontré Haley, Max m'a demandé d'aller à Brighton pour le recruter. Je crois que nous avions pris beaucoup de retard », répondis-je. J'aurais pu préciser que ce retard était imputable à Tapp et à Nutting. Après coup, j'ajoutai : « Mais je l'aurais certainement engagé si la décision n'avait tenu qu'à moi. »

Max s'agita sur sa chaise. « C'est exact, en fait. Il m'a paru valable sur le papier, et je me suis visiblement trompé. On avait besoin d'approcher un romancier. J'ai toutefois eu l'impression qu'elle l'avait choisi d'emblée. »

Agaçante, cette façon qu'il avait de parler de moi à la troisième personne. Mais je venais de faire la même chose avec lui.

« Faux, répliquai-je. Ses nouvelles m'ont plu et, quand j'ai fait sa connaissance, elles m'ont rendu l'homme encore plus sympathique.

— Il ne semble pas y avoir de désaccord fondamental », intervint Nutting.

J'essayai de ne pas donner l'impression de plaider la cause de Tom. « C'est un écrivain de talent. Je ne vois pas ce qui nous empêcherait d'être fiers de le soutenir. Même publiquement.

— De toute évidence on va se séparer de lui, déclara Tapp. On n'a pas le choix. Toute l'opération pourrait être mise en péril. Quant à ce roman, cette histoire de Somerset...

— Un tissu d'absurdités », enchaîna Nutting en hochant la tête, l'air songeur. « La civilisation détruite par les contradictions internes du capitalisme. Sacrée merveille !

— Je dois avouer que j'ai détesté. » Max avait parlé avec l'empressement du fayot de la classe. « Je n'en reviens pas qu'il ait remporté ce prix.

— Il écrit un nouveau roman, dis-je. Apparemment très prometteur.

— Non merci, rétorqua Tapp. Il n'est plus dans la course. »

Le type ratatiné se leva brusquement et se dirigea vers la porte avec un soupir exaspéré. « Je ne veux plus d'articles dans les journaux. Je rencontre ce soir le rédacteur en chef du *Guardian*. Occupez-vous du reste. Et je veux voir un rapport sur mon bureau à l'heure du déjeuner. »

Dès qu'il fut parti, Nutting se tourna vers Max : « Rédigé par tes soins, il va sans dire. Veille à ce qu'il nous soit adressé à tous. Tu ferais mieux de te mettre au travail. Harry, on se partage les rédacteurs en chef comme d'habitude.

— "Secret Défense" ?

— Trop tard, et on se ridiculisera. Maintenant... »

Ce « maintenant » signifiait que c'était mon tour, mais nous attendîmes d'abord que Max ait quitté la pièce. Il mit un point d'honneur à croiser mon regard en pivotant sur lui-même au dernier moment pour sortir à reculons. Sur son visage impassible je lus une sorte de victoire, peut-être à tort.

Alors que nous écoutions ses pas s'éloigner dans le couloir, Nutting reprit la parole. « D'après la rumeur, et peut-être pourrez-vous rétablir la vérité, c'est à cause de vous s'il a rompu ses fiançailles, et plus généralement, étant donné votre physique avantageux, vous seriez surtout une source d'ennuis. »

Je ne trouvai rien à répondre. Tapp, qui fumait cigarette sur cigarette depuis le début de la réunion, en alluma encore une. « Nous avons cédé à beaucoup de pressions et d'arguments à la mode pour recruter des femmes. Les résultats se révèlent plus ou moins conformes à nos prévisions », dit-il.

À ce stade, je supposai qu'ils comptaient me virer et que je n'avais plus rien à perdre. « Pourquoi m'avez-vous engagée ?

— Je me pose encore la question, lâcha Tapp sur le ton de la plaisanterie.

— C'était à cause de Tony Canning ?

— Ah oui, ce pauvre vieux Tony. On lui a fait passer dans une cache les deux ou trois jours avant son départ pour son île. On savait qu'on ne le reverrait plus et on voulait s'assurer que tous les dossiers étaient clos. Triste histoire. Il y a eu une canicule. Il n'en finissait pas de saigner du nez. On a conclu qu'il était inoffensif.

— Juste par curiosité, ajouta Nutting, nous l'avons interrogé sur ses motivations. Il nous a raconté beaucoup de sornettes sur l'équilibre de la terreur, mais nous étions déjà au courant par notre source de Buenos Aires. Il a été victime d'un chantage. En 1950, à peine trois mois après son premier mariage, Moscou a mis une créature irrésistible sur sa route.

— Il avait un faible pour les très jeunes femmes, dit Tapp. À propos, il souhaitait qu'on vous remette ceci. »

Il brandit une enveloppe ouverte. « Nous aurions pu vous la donner il y a des mois, mais nos spécialistes du chiffre au sous-sol pensaient qu'il y avait peut-être un message crypté. »

Je m'efforçai de rester impassible en lui prenant l'enveloppe des mains et en la glissant dans mon sac. Mais à la vue de l'écriture, je m'étais mise à trembler.

Tapp le remarqua et ajouta : « Selon Max, vous vous êtes mis martel en tête au sujet d'un malheureux bout de papier. Il m'appartenait sans doute. J'y avais noté le nom de cette île. Là-bas, à en croire Tony, la pêche à la truite est une expérience exceptionnelle. »

Il y eut un silence, le temps d'oublier ce détail déplacé.

Nutting intervint à nouveau. « Mais vous avez raison. On vous a recrutée au cas où on se serait trompés sur lui. On vous avait à l'œil. Comme les événements l'ont prouvé, vous représentiez un type de danger plus banal.

— Donc vous vous débarrassez de moi. »

Nutting échangea un regard avec Tapp, qui lui tendit son étui à cigarettes. En fumant, Nutting reprit : « Non, en fait. Vous êtes en sursis. Si vous réussissez à éviter les ennuis, pour vous comme pour nous, vous pourrez peut-être tirer votre épingle du jeu. Vous irez demain à Brighton, pour informer Haley que les virements sont interrompus. Sous couvert de la Fondation, bien entendu. À vous de voir comment procéder. Vous pouvez même lui dire la vérité sur ce roman atroce. Vous devrez aussi rompre définitivement avec lui. Là encore, procédez à votre guise. En ce qui nous concerne, vous devez vous fondre dans le décor. S'il cherche à reprendre contact avec vous, repoussez-le fermement. Dites-lui que vous avez trouvé quelqu'un d'autre. Tout est fini. C'est bien compris ? »

Ils attendirent. J'éprouvai à nouveau ce sentiment qui m'assaillait parfois, quand mon père me faisait venir dans son bureau pour discuter de mes progrès d'adolescente. Le sentiment d'être petite et vilaine.

J'acquiesçai de la tête.

« Je veux vous entendre.

— Je comprends ce que vous me demandez.

— Oui. Et alors ?

— Je ferai ce que vous attendez de moi.

— Encore une fois. Plus fort.

— Je ferai ce que vous attendez de moi. »

Nutting resta assis tandis que Tapp se levait et, d'une main aux doigts jaunis, m'indiquait poliment la porte.

Je descendis d'un étage et longeai le couloir jusqu'à un palier d'où l'on avait vue sur Curzon Street. Je jetai un coup d'œil par-dessus mon épaule avant de sortir l'enveloppe de mon sac. L'unique feuille de papier était crasseuse à force d'avoir été manipulée.

Le 28 septembre 1972

Ma très chère,

J'ai appris aujourd'hui que tu avais été engagée la semaine dernière. Félicitations. Je m'en réjouis pour toi. Ce métier te donnera beaucoup de satisfactions et de plaisir, et je sais que tu seras à la hauteur.

Nutting a promis de te remettre ce mot, mais, connaissant le fonctionnement de cette maison, je me doute qu'il s'écoulera un certain temps avant que ce ne soit le cas. Dans l'intervalle, tu auras entendu les pires horreurs. Tu sauras pourquoi j'ai dû partir, pourquoi il fallait que je sois seul, et pourquoi j'ai dû faire tout ce qui était en mon pouvoir pour t'éloigner de moi. De toute ma vie, je n'ai jamais commis d'acte aussi vil qu'en démarrant et en t'abandonnant sur cette aire de repos. Mais si je t'avais dit la vérité, je n'aurais jamais pu te dissuader de me suivre à Kumlinge. Tu es une jeune femme opiniâtre. Jamais tu ne te serais laissé convaincre. Et j'aurais tellement détesté que tu assistes à mon déclin. Tu aurais été aspirée dans un tel puits de douleur. Cette maladie est implacable. Tu es trop jeune pour cela. Je n'ai rien d'un martyr stoïque. Je ferai mieux face tout seul, j'en suis absolument certain.

Je t'écris ce mot d'une maison à Londres, où j'ai passé deux soirées avec de vieux amis. Il est minuit. Demain je me mets en route. Je ne souhaite pas te laisser dans la peine, mais au contraire te dire ma gratitude pour la joie que tu as apportée dans mon existence, à une époque où je savais que j'empruntais un chemin sans retour. C'était lâche et égoïste de ma part — voire cruel — d'avoir une aventure avec toi. J'espère que tu me pardonneras. J'aime à penser qu'elle t'a offert du bonheur, à toi aussi, et peut-être même une carrière. Bonne chance dans tout ce que tu entreprendras. S'il te plaît, garde dans un petit coin de ta mémoire ces semaines estivales, ces merveilleux pique-niques au fond des bois où tu as prodigué tant de gentillesse et d'amour à un mourant.

Merci, ma chérie, merci.

TONY

Je restai dans le couloir, faisant semblant de regarder par la fenêtre, et je pleurai pendant un bout de temps. Heureusement, personne ne passa par là. Je m'appliquai un peu d'eau fraîche sur le visage aux toilettes, puis je descendis pour tenter de m'absorber dans mon travail. Notre partie de la section Irlande se trouvait en proie à une effervescence muette. Dès mon retour, Chas Mount me chargea de collationner et de dactylographier trois notes de synthèse qu'il avait rédigées le matin même sur des sujets proches. Elles devaient être réunies en une seule. Le problème était la disparition de Helium. Selon une rumeur non confirmée, il aurait été démasqué et abattu, mais depuis la veille au soir nous savions qu'il n'en était rien. Un rapport d'un officier sur le terrain à Belfast le décrivait arrivant à un rendez-vous, mais ne restant que deux minutes, le temps de dire à son supérieur qu'il s'en allait, démissionnait, qu'il en avait assez des deux camps. Avant que l'officier ait pu exercer la moindre pression ou lui faire miroiter la moindre récompense, Helium avait disparu. Chas était certain de connaître la raison. Ses trois notes de synthèse représentaient trois versions d'une même protestation adressée au cinquième étage.

Lorsqu'un agent double était considéré comme inutile, il pouvait se retrouver brutalement abandonné. Au lieu de s'occuper de lui comme promis, de lui fournir une nouvelle identité, un logement pour lui et sa famille, et de l'argent, les services de renseignements préféraient parfois le laisser se faire tuer par l'ennemi. Ou du moins donner cette impression. Plus sûr, plus propre, moins coûteux et, surtout, définitif. Tel était en tout cas le bruit qui courait, et pour tout arranger il y avait l'affaire de l'agent Kenneth Lennon, qui avait témoigné devant le Conseil national pour les libertés civiques. Il était pris en étau entre les Forces spéciales, son employeur, et l'IRA provisoire, sur laquelle il avait transmis des informations. Il avait appris, disait-il, que les Forces spéciales souhaitaient se passer de ses services et l'avaient fait savoir à la partie adverse, qui le traquait en Angleterre. Si l'IRA provisoire ne le liquidait pas, les Forces spéciales feraient le travail. Il avait affirmé devant le CNLC qu'il n'en avait plus pour longtemps. Deux jours plus tard, on l'avait découvert mort dans un fossé du Surrey, avec trois balles dans la tête.

« Ça me fend le cœur, déclara Chas quand je lui donnai la

version dactylographiée à lire. Ces types risquent leur vie, on les lâche dans la nature, et ça finit par se savoir. Après, on s'étonne de ne plus pouvoir recruter personne. »

À l'heure du déjeuner, je sortis appeler Tom d'une cabine téléphonique de Park Lane. Je voulais le prévenir de s'attendre à ma visite le lendemain. Pas de réponse, mais sur le moment je ne m'en inquiétai pas outre mesure. Nous avions prévu de nous téléphoner à dix-neuf heures pour discuter des articles dans la presse. Je pourrais l'informer par la même occasion. Comme je n'avais pas faim, ni envie de regagner Leconfield House, j'allai faire une promenade mélancolique à Hyde Park. Nous étions en mars, mais le temps restait hivernal et les premières jonquilles n'avaient pas encore fleuri. L'architecture dépouillée des arbres se détachait sombrement sur un ciel blanc. Je me remémorai toutes les fois où j'étais venue là avec Max, où je l'avais contraint à m'embrasser, tout près d'un de ces arbres. Sans doute Nutting avait-il raison, j'étais surtout une source d'ennuis. Je m'arrêtai devant une porte, sortis la lettre de Tony, la relus, essayai d'y réfléchir, mais je fondis à nouveau en larmes. Puis je retournai travailler.

Je consacrai tout l'après-midi à établir une nouvelle version de la note de synthèse de Chas. Il avait décidé pendant le déjeuner d'atténuer ses attaques. Il devait se douter que le cinquième étage n'apprécierait pas de recevoir des critiques d'un étage inférieur et pourrait se venger. La nouvelle version contenait des tournures comme : « d'un certain point de vue », et « on peut certes arguer du fait que... mais il faut reconnaître que le système a rendu de grands services ». Toute allusion à Helium — ou à la mort d'agents doubles — avait disparu de la version finale, qui se bornait à invoquer la nécessité de bien traiter ces derniers, de leur fournir des identités de rechange crédibles quand ils avaient fait leur temps, afin qu'il soit plus facile de trouver de nouvelles recrues. Il était presque dix-huit heures quand je quittai le bâtiment, après avoir pris l'ascenseur poussif et souhaité une bonne soirée aux sentinelles taciturnes à l'entrée, qui avaient fini par renoncer à faire la grimace à mon passage.

Il fallait absolument que je contacte Tom, que je relise la lettre de Tony. À cause de mon trouble intérieur, je n'arrivais pas à réfléchir. Alors que je sortais de Leconfield House et m'apprêtais à me diriger vers la station Green Park, j'aperçus une silhouette sur le trottoir d'en face, devant l'entrée d'un night-club, le col de son manteau relevé, coiffée d'un chapeau à large bord. Je la reconnaissais parfaitement. J'attendis au bord du trottoir que le flot de voitures soit passé et m'écriai : « C'est moi que tu attends, Shirley ? »

Elle s'empressa de traverser. « Je suis là depuis une demi-heure. Qu'est-ce que tu faisais donc à l'intérieur ? Non, non, tu n'es pas obligée de me répondre. »

Elle m'embrassa sur les deux joues — son nouveau style bohème. Son chapeau était en feutre brun et mou, son manteau étroitement ceinturé pour mettre en valeur sa taille affinée. Des taches de rousseur égayaient son visage allongé aux traits fins, délicatement incurvé sous les pommettes. Une transformation spectaculaire. Sa vue me rappela mon accès de jalousie et, bien que Tom m'ait convaincue de son innocence, je restais malgré tout sur mes gardes.

Elle me prit par le bras et m'entraîna dans la rue. « Au moins les pubs sont ouverts, maintenant. Allez, viens. J'ai tellement de choses à te raconter. »

Nous quittâmes Curzon Street pour obliquer dans une impasse où se trouvait un petit pub, dont elle aurait naguère jugé « ringarde » la décoration intérieure à base de velours et de cuivre.

Lorsque nous fûmes chacune installée devant un demi de bière, elle déclara : « D'abord je te dois des excuses. J'étais incapable de te parler, l'autre fois, au Pillars of Hercules. Il fallait que je sorte. Les groupes ne me valent rien.

— Toutes mes condoléances, pour ton père. »

Sa gorge frémit imperceptiblement tandis qu'elle tentait de contenir l'émotion suscitée par cette marque de sympathie.

« Ça a été une épreuve terrible pour toute la famille. Ça nous a vraiment anéantis.

— C'est arrivé comment ?

— Il est sorti dans la rue, a regardé du mauvais côté pour une raison mystérieuse et s'est fait renverser par une moto. Juste devant le magasin. La seule chose positive qu'on nous ait dite, c'est qu'il est mort aussitôt, sans se rendre compte de rien. »

Je compatis, et elle évoqua pendant quelque temps sa mère qui était tombée en catatonie, ses proches qui avaient failli se brouiller au sujet de l'organisation des obsèques, l'absence de testament et le sort du magasin. Son frère footballeur voulait le vendre à l'un de ses amis. Mais ce magasin, tenu par Shirley, avait à présent rouvert, sa mère était sortie de son lit et recommençait à parler. Shirley alla au bar commander deux autres demis. À son retour, elle avait retrouvé son ton énergique. Le sujet était clos.

« J'ai vu ces articles sur Tom Haley. Quelle histoire merdique ! Je me suis douté que ça avait quelque chose à voir avec toi. »

Je n'acquiesçai même pas.

« Je regrette de n'avoir pas été au courant. J'aurais pu leur dire que c'était une mauvaise idée. »

Je haussai les épaules et bus ma bière, me cachant sans doute plus ou moins derrière mon verre, le temps de trouver quelque chose à répondre.

« Ne t'inquiète pas. Je ne vais pas te cuisiner. Je voulais juste te proposer quelque chose, te mettre une petite idée en tête, et rien ne t'oblige à prendre une décision maintenant. Tu vas penser que je m'emballe, mais si j'ai bien lu ces articles ce matin, tu as de bonnes chances de te faire virer. Si je me trompe, tant mieux, sacrée bonne nouvelle. Mais si j'ai raison et que tu cherches un emploi, viens travailler pour moi. Ou plutôt *avec* moi. Et découvrir le soleil d'Ilford. On pourrait bien s'amuser. Je peux te payer plus de deux fois ce que tu touches actuellement. Tu apprendrais tout ce qu'il y a à savoir sur les lits. Ce n'est pas le meilleur moment pour faire des affaires, mais les gens auront toujours besoin de se coucher quelque part. »

Je posai ma main sur la sienne. « C'est très gentil, Shirley. Si j'en ai besoin, j'y réfléchirai sérieusement.

— Je ne te fais pas la charité. Si tu acceptais d'apprendre comment marche le magasin, je pourrais passer plus de temps à écrire. Écoute, mon roman a été mis aux enchères. L'éditeur a déboursé une fortune. Et maintenant les droits ont été achetés pour le cinéma. Julie Christie est intéressée.

— Félicitations, Shirley! Quel est le titre?

— *La chaise aux sorcières.* »

Ah oui. Une histoire de sorcière innocente si elle se noie, coupable si elle survit, et qui finit condamnée au bûcher.

Une métaphore de la vie d'une jeune fille. Je déclarai à Shirley que je serais sa lectrice idéale. Nous parlâmes de son livre, puis du prochain, une histoire d'amour au dix-huitième siècle entre un aristocrate et une comédienne des bas quartiers qui lui brise le cœur.

Puis Shirley changea de sujet : « Alors tu es vraiment avec Tom. Incroyable. Quelle chance tu as! Enfin, lui aussi. Moi je n'écris que des romans de gare. Mais lui, il fait partie des meilleurs. Je suis contente qu'il ait eu ce prix, mais je ne sais pas trop que penser de son drôle de petit roman, et c'est dur, ce qui lui arrive en ce moment. En tout cas, Serena, je suis sûre que personne ne le soupçonne d'avoir su d'où venait cet argent.

— Heureuse de te l'entendre dire. » Je surveillais la pendule au-dessus du bar, derrière la tête de Shirley. Mon rendez-vous téléphonique avec Tom était à dix-neuf heures. Il me restait cinq minutes pour prendre congé et dénicher une cabine au calme, mais l'énergie me manquait pour le faire avec élégance. Parler de lits avait accru mon épuisement.

« Il faut que j'y aille, marmonnai-je dans mon verre.

— Tu dois d'abord écouter ma théorie sur la façon dont cette histoire s'est retrouvée dans les journaux. »

Je me levai et pris mon manteau. « Tu me l'énonceras une autre fois.

— Et tu ne veux donc pas savoir pourquoi ils m'ont virée? Moi qui croyais que tu me bombarderais de questions. » Elle était tout près de moi, m'empêchait de m'extirper de la banquette et de quitter la table.

« Pas maintenant, Shirley. Il me faut absolument une cabine téléphonique.

— Peut-être que tu m'expliqueras un jour pourquoi ils t'ont fait suivre. Je n'allais quand même pas leur donner des informations sur ma copine. J'ai vraiment eu honte de m'être exécutée, dans un premier temps. Mais ce n'est pas la véritable raison pour laquelle ils m'ont mise dehors. Ils ont leur manière à eux de te le faire comprendre. Et ne m'accuse pas d'être parano. Pas le bon lycée ni la bonne université, ni le bon accent ni la bonne attitude. Incompétente, en d'autres termes. »

Elle m'attira contre elle, me serra dans ses bras et m'embrassa de nouveau sur les deux joues. Puis elle me mit une carte de visite dans la main.

« Je te garde les lits au chaud. Réfléchis bien. Être son propre patron, lancer une chaîne de magasins, construire un empire! Mais vas-y, ma chérie. Tourne à gauche en sortant, et tu trouveras une cabine au bout de la rue. Toutes mes amitiés à Tom. »

J'arrivai à la cabine avec cinq minutes de retard. Toujours pas de réponse. Je raccrochai, comptai jusqu'à trente, réessayai. Je l'appelai de la station Green Park, puis de Camden. Chez moi, je m'assis sur mon lit sans enlever mon manteau et relus la lettre de Tony. Si je ne m'étais pas inquiétée pour Tom, j'aurais pu commencer à y puiser un certain réconfort. L'apaisement d'un chagrin ancien. J'attendis quelques minutes, jusqu'à ce qu'il semble raisonnable de retourner à la cabine de Camden Road. Je fis quatre fois le trajet ce soir-là. J'y allai pour la dernière fois à vingt-trois heures quarante-cinq et demandai à l'opératrice de vérifier s'il n'y avait pas de problème avec la ligne. De retour dans la maison de St Augustine's Road, alors que j'étais prête à me coucher, je faillis me rhabiller et sortir encore une fois. Je restai finalement allongée dans l'obscurité et passai en revue toutes les explications anodines qui me venaient à l'esprit, dans l'espoir d'oublier celles que je n'osais pas envisager. J'eus envie de partir pour Brighton sur-le-champ. N'y avait-il pas un train dès l'aube ? Ce genre de train existait-il vraiment, et n'arrivait-il pas très tôt à Londres au lieu d'en partir ? Puis j'évitai de penser au pire en imaginant une application de la distribution binomiale de Poisson. Moins Tom répondait au téléphone, moins il y avait de chances qu'il y réponde. Mais le facteur humain rendait sûrement cette proposition nulle et non avenue, car il lui faudrait bien rentrer chez lui tôt ou tard — à cet instant la fatigue due à ma nuit sans sommeil eut raison de moi et je n'eus plus conscience de rien jusqu'à ce que mon réveil sonne à sept heures moins le quart.

Le lendemain matin, j'allai jusqu'à la station Camden Road avant de m'apercevoir que j'étais partie de chez moi sans ma clé de l'appartement de Brighton. Je tentai donc à nouveau de l'appeler de la station, laissant le téléphone sonner plus d'une minute au cas où Tom serait endormi, après quoi je retournai chez moi, démoralisée. Au moins n'avais-je pas de bagages. Mais quelle serait l'utilité de ma mission à Brighton s'il ne s'y trouvait pas ? Je savais que je n'avais pas le choix. Il fallait que j'aille voir par moi-même. S'il n'était pas là, j'entamerais mes recherches dans son appartement. Je dénichai la clé dans un sac à main et me remis en route.

Une demi-heure plus tard, je traversais le hall de Victoria Station à contre-courant des voyageurs qui se déversaient des trains de banlieue en provenance du sud. Je jetai par hasard un coup d'œil sur ma droite, alors que la foule s'éclaircissait, et aperçus quelque chose d'assez absurde. J'entrevis mon propre visage, puis les voyageurs affluèrent de nouveau et la vision disparut. J'obliquai à droite, forçai le passage, atteignis un espace dégagé et parcourus à toute vitesse les quelques mètres qui me séparaient de la vitrine de la maison de la presse W. H. Smith. J'étais là, sur le présentoir. En première page du *Daily Express*. Tom et moi, bras dessus bras dessous, tête contre tête en amoureux, marchant vers l'objectif, avec le restaurant Wheeler's flou derrière nous. Au-dessus de la photo, les horribles lettres capitales proclamaient : L'ESPIONNE SEXY DE HALEY. J'empoignai un exemplaire, le repliai et m'insérai dans la file d'attente pour payer. Refusant d'être vue près d'une photo de moi, j'emportai le quotidien aux toilettes, m'enfermai dans un box et y restai assise assez longtemps pour rater mon train. Deux photos supplémentaires se trouvaient dans les pages intérieures. Une de Tom et moi sortant de chez lui, de notre « nid d'amour », une autre où l'on nous voyait en train de nous embrasser sur le front de mer.

Malgré le style haletant où l'excitation le disputait à l'indignation, il n'y avait pratiquement pas un mot de l'article qui ne contienne une part de vérité. J'étais présentée comme un « agent secret » du MI5, ayant fait ses études à Cambridge, une « spécialiste » des mathématiques habitant Londres, qui avait eu pour tâche d'approcher Tom Haley afin de lui faciliter l'obtention d'une allocation généreuse. Le circuit de financement était décrit de façon vague, mais exacte, avec des allusions à la Fondation internationale pour la liberté, ainsi qu'à l'association Libres Écrits. Le communiqué de Tom selon lequel il n'avait jamais eu le moindre contact avec un membre des services de renseignements apparaissait en caractères gras. Le porte-parole de Roy Jenkins, le ministre de l'Intérieur, avait déclaré que cette affaire constituait un « grave sujet d'inquiétude », et que les responsables compétents étaient appelés à se réunir plus tard dans la journée. Au nom de l'opposition, Edward Heath en personne avait dit que si elle était exacte, cette affaire prouvait que le gouvernement « se fourvoyait déjà ». Mais l'information essentielle était que Tom avait répondu à un reporter « n'avoir aucun commentaire à faire sur la question ».

Cela devait dater d'hier. Ensuite il était sans doute parti se cacher. Comment expliquer son silence, sinon ? Je sortis des toilettes, jetai le journal dans une poubelle et attrapai de justesse le train suivant. Récemment, tous mes voyages à Brighton s'étaient faits le vendredi soir, à la nuit tombée. Sauf lors de cette première fois, où je m'étais rendue à l'université dans mes plus beaux atours pour avoir un entretien avec Tom, je n'avais pas traversé le Sussex Weald à la lumière du jour. Alors que je le contemplais à présent, charmée par ses haies, ses arbres nus qui verdissaient à peine en ce début de printemps, j'éprouvai à nouveau ce vague sentiment de manque et de frustration qui accompagnait ma conviction que je me trompais de vie. Je ne l'avais pas choisie. Elle n'était due qu'au hasard. Si je n'avais pas fait la connaissance de Jeremy, et donc de Tony, je ne me retrouverais pas dans ce pétrin, fonçant vers un désastre que je n'osais même pas imaginer. Mon unique consolation venait des adieux de Tony. Malgré la tristesse de cette histoire, elle appartenait désormais au passé et j'avais enfin un souvenir de notre amour. Ces semaines d'été n'étaient pas un produit de mon imagination, elles avaient été partagées. Elles avaient autant compté pour Tony que pour moi. Plus, même, pendant son agonie. Je détenais la preuve de ce qui avait eu lieu entre nous, je lui avais apporté du réconfort.

Jamais je n'avais eu l'intention d'obéir à l'ordre de rompre avec Tom, donné par Nutting et par Tapp. C'était à Tom que revenait le privilège de mettre un terme à notre liaison. Les gros titres des quotidiens signifiaient que mes activités au sein du MI5 prenaient fin. Je n'avais même plus besoin de désobéir. Ils signifiaient également que Tom n'avait d'autre solution que de se débarrasser de moi. J'espérais presque ne pas le trouver dans son appartement, pour m'épargner cette ultime confrontation. Je tournais en rond, revenant sans cesse sur ce problème et sur ma mince consolation, et je restai comme hébétée jusqu'à ce que le train s'arrête avec un cahot à son terminus, la caverne d'acier à claire-voie de la gare de Brighton.

En gravissant la colline derrière la gare, les cris des goélands argentés me parurent avoir une intonation descendante particulièrement insistante, un accent final plus marqué que d'habitude, pareil aux notes prévisibles de la fin d'un cantique. L'air marin, avec son goût de sel, de gaz d'échappement et de friture, me donna la nostalgie de nos week-ends insouciants. Il était peu vraisemblable que je revienne un jour. Je ralentis en tournant dans Clifton Street, m'attendant à voir des journalistes au pied de l'immeuble où vivait Tom. Mais le trottoir était désert. J'entrai, commençai à monter l'escalier jusqu'à l'appartement sous les combles. Je laissai derrière moi la musique pop et l'odeur d'œufs au bacon du deuxième étage. Sur le palier de Tom j'hésitai, frappai naïvement pour chasser les démons, attendis, puis me débattis avec la clé, la tournai d'abord dans le mauvais sens, jurai entre mes dents et, d'une poussée, ouvris la porte toute grande.

La première chose que je vis, ce furent ses chaussures basses en cuir marron usé, les pointes légèrement en dedans, une feuille morte collée sur un talon, les lacets défaits. Elles gisaient sous la table de la cuisine. Sinon, la pièce offrait une apparence inhabituellement ordonnée. Toutes les casseroles et la vaisselle étaient rangées, les livres empilés avec soin. Je me dirigeai vers la salle de bains, entendis le grincement familier du parquet, tel un chant d'une époque révolue. Ma modeste anthologie de scènes de suicide au cinéma comportait un cadavre affalé sur le rebord de la baignoire, une serviette-éponge ensanglantée autour du cou. Heureusement, la porte était ouverte et je n'eus pas à entrer pour vérifier qu'il n'y avait personne. Restait la chambre.

Cette porte-là était fermée. De manière stupide, je frappai et attendis encore une fois, croyant avoir entendu une voix. Elle s'éleva à nouveau. Elle provenait de la rue en contrebas ou d'une radio dans un appartement à l'étage au-dessous. J'entendais aussi les battements de mon propre cœur. Je tournai la poignée, poussai la porte, mais me figeai, trop effrayée pour faire un pas de plus. Je voyais le lit, en entier, il était fait, avec le couvre-lit à motifs indiens bien tendu. D'habitude il restait chiffonné sur le sol. La pièce était trop petite pour qu'il y ait un endroit où se cacher.

Affamée et assoiffée, j'allai chercher un verre d'eau dans la cuisine. C'est seulement en revenant de l'évier que je vis ce qui se trouvait sur la table. Les chaussures de Tom avaient dû détourner mon attention. Un paquet enveloppé et ficelé dans du papier kraft, et, dessus, une enveloppe blanche avec mon prénom écrit de la main de Tom. Je commençai par boire mon verre d'eau, puis je m'assis devant la table, j'ouvris l'enveloppe, et je me mis à lire ma deuxième lettre en deux jours.

22

Chère Serena,

Peut-être lis-tu cette lettre dans le train qui te ramène à Londres, mais je devine que tu es assise à la table de la cuisine. Dans ce cas, toutes mes excuses pour l'état de la pièce. Lorsque j'ai commencé à évacuer les ordures et à lessiver le sol, je me suis convaincu que je le faisais pour toi — depuis la semaine dernière, ton nom figure sur le bail de location et l'appartement pourra t'être utile. Mais maintenant que j'ai fini, je regarde autour de moi et me demande si tu ne vas pas le trouver aseptisé, ou du moins peu familier, dépossédé de notre vie à deux, tous les bons moments effacés. Les cartons contenant les cadavres de bouteilles de chablis et les piles de journaux que nous lisions ensemble au lit ne vont-ils pas te manquer? Je suppose que j'ai fait le ménage dans mon propre intérêt. Je mets un terme à cet épisode, et il y a toujours une part d'oubli dans la propreté. Vois-la comme une façon de m'isoler du passé. J'ai également dû débarrasser le plan de travail avant de pouvoir écrire cette lettre, et peut-être (oserai-je te l'avouer?) tous ces travaux de nettoyage m'ont-ils servi à t'effacer, toi, telle que tu étais.

Je te dois également des excuses pour n'avoir pas répondu au téléphone. J'ai fui les journalistes, et je t'ai fuie toi aussi, parce que le moment ne me semblait pas venu de nous parler. Je crois maintenant assez bien te connaître, et je suis certain que tu seras là demain. Tes vêtements se trouvent tous au même endroit, en bas de la penderie. Je ne te dirai pas dans quel état d'esprit je les ai pliés, mais j'ai pris tout mon temps, comme on peut le faire pour feuilleter un vieil album photo. Je t'ai revue dans tellement de tenues différentes. J'ai découvert au fond de la penderie, roulée en boule, la veste de daim noir que tu portais chez Wheeler's le soir où tu as tenté de m'expliquer ce problème de probabilités en rapport avec Monty Hall. Avant de la plier, je l'ai entièrement boutonnée avec le sentiment de fermer quelque chose à clé, ou de le mettre en lieu sûr. Je ne comprends toujours rien aux probabilités. De même, sous le lit, il y avait la petite jupe plissée orange que tu portais lors de notre rendez-vous à la National Portrait Gallery, jupe grâce à laquelle tout a commencé, en ce qui me concerne. Je n'avais encore jamais plié de jupe. Celle-là m'a donné du mal.

Le fait de taper le mot « plié » me rappelle qu'à tout moment avant d'arriver au bout de cette lettre tu risques de la remettre dans son enveloppe avec chagrin, colère ou remords. S'il te plaît ne le fais pas. Il ne s'agit pas d'un procès en bonne et due forme, et je te promets que tout finit bien, à certains égards du moins. Ne me quitte pas. J'ai laissé le chauffage en route pour t'inciter à rester ici. Si la lassitude te gagne, le lit est à toi, les draps sont propres, toute trace de ce que nous avons été a disparu dans la blanchisserie en face de la gare. J'y ai fait laver les draps, et la dame du magasin a eu la gentillesse d'accepter de les repasser pour une livre supplémentaire. Des draps repassés, un privilège de l'enfance que l'on ne célèbre jamais assez. Ils me rappellent également la page blanche. La page blanche offerte, vaste et sensuelle. Cette page a sans nul doute occupé une vaste place dans mes pensées avant Noël, où j'étais convaincu de ne plus jamais écrire de roman ni de nouvelle. Je t'ai confié mes angoisses après que nous sommes allés remettre les *Plaines* à Tom Maschler. Tu m'as prodigué tes encouragements adorables (et inefficaces), même si je sais maintenant que tu avais de bonnes raisons de le faire, professionnellement parlant. J'ai passé l'essentiel du mois de décembre à fixer des yeux cette page blanche, je pensais être en train de tomber amoureux, mais je n'arrivais pas à accoucher d'une seule idée utile. Et puis il s'est produit quelque chose d'extraordinaire. Quelqu'un est venu me voir.

Cela a eu lieu après Noël, lorsque j'ai reconduit ma sœur Laura dans son foyer d'hébergement à Bristol. Je me sentais vidé après toutes les scènes éprouvantes avec Laura et j'appréhendais le morne trajet de retour jusqu'à Sevenoaks. Ma passivité devait être plus grande que d'habitude. Quand un inconnu s'est approché alors que je montais dans la voiture, je ne me suis pas méfié. Je ne l'ai pas automatiquement pris pour un mendiant ou un escroc. Il connaissait mon nom et m'a dit avoir des révélations à me faire à ton sujet. Puisqu'il paraissait inoffensif et avait éveillé ma curiosité, j'ai accepté qu'il m'offre un café. Tu as déjà deviné que c'était Max Greatorex. Il m'avait suivi depuis le Kent, peut-être même depuis Brighton avant cela. Je ne lui ai pas posé la question. J'avoue t'avoir menti sur mes déplacements. Je ne suis pas resté à

Bristol pour passer un peu de temps avec Laura. J'ai écouté ton collègue pendant deux ou trois heures cet après-midi-là, et j'ai dormi deux nuits à l'hôtel.

Nous étions donc assis dans un vestige des années cinquante, malodorant et mal éclairé, carrelé comme des toilettes publiques, où j'ai bu le pire café de ma vie. Je suis sûr que Greatorex ne m'a raconté qu'une partie de l'histoire. D'abord, il m'a révélé pour qui vous travailliez, toi et lui. Quand je lui ai demandé des preuves, il m'a présenté divers documents internes au MI5, certains te concernant, d'autres écrits de ta main sur du papier à en-tête, deux avec des photos de toi. Il a affirmé les avoir sortis de son bureau à ses risques et périls. Il m'a ensuite présenté en détail l'opération Sweet Tooth, bien qu'il ait refusé de me donner le nom des autres écrivains. Selon lui, la présence d'un romancier sur la liste était un caprice de dernière minute. Il a prétendu être passionné de littérature, avoir lu et apprécié mes nouvelles et mes articles, et son opposition de principe au projet s'était renforcée quand il avait appris que je figurais sur la liste. Il avait soi-disant eu peur que, si l'on découvrait que j'étais rémunéré par un service de renseignements, je ne survive pas à ce déshonneur. Je l'ignorais à l'époque, mais cet exposé de ses motivations n'était pas vraiment honnête.

Et puis il m'a parlé de toi. Parce que tu étais aussi belle qu'intelligente — « habile », a-t-il dit —, on t'avait considérée comme la personne idéale pour m'approcher à Brighton. Employer une expression aussi vulgaire que « piège à mecs » n'était pas son genre, mais c'est ce que j'ai compris. La moutarde m'est montée au nez, il y a eu un moment où j'aurais bien tué le messager, et j'ai failli lui mettre mon poing dans la figure. Je dois au moins lui reconnaître un mérite : il a pris soin de ne pas avoir l'air de se réjouir des nouvelles qu'il m'apportait. Il parlait d'un ton affligé. Il a gentiment sous-entendu qu'il préférerait profiter de ses quelques jours de vacances plutôt que de discuter de mes problèmes sordides. Il risquait son avenir, son poste, et même sa liberté en enfreignant ainsi les règles de confidentialité. Mais il attachait de l'importance à la transparence, à la littérature, à l'intégrité. C'est du moins ce qu'il disait.

Il a décrit la Fondation qui te sert de couverture, donné des chiffres précis et tout le reste — en partie, sans doute, pour recouper sa version des faits. À ce stade, je n'avais pas l'ombre d'un doute. J'étais tellement énervé, tellement furieux et agité que j'ai dû sortir. J'ai marché de long en large dans la rue pendant quelques minutes, fou de rage. C'était un nouveau décor sinistre pour la haine — haine de toi, de moi-même, de Greatorex, du Blitz de Bristol et des horreurs bon marché édifiées par les promoteurs de l'après-guerre sur les sites bombardés. Je me demandais s'il y avait eu un seul jour où tu ne m'avais pas menti, ouvertement ou par omission. Je me suis alors appuyé à l'entrée d'une boutique fermée, obturée par des planches, et j'ai essayé de vomir, en vain. Pour m'enlever des tripes le goût de toi. Puis je suis retourné dans ce snack-bar pour continuer à encaisser.

Je me sentais plus calme en me rasseyant, et j'ai pu jauger mon interlocuteur. Même si nous étions du même âge, il avait une assurance aristocratique, un peu de ce flegme des hauts fonctionnaires. Il se peut même qu'il m'ait parlé avec condescendance. Je m'en fichais. Il ressemblait à un extraterrestre, avec ses oreilles plantées sur des monticules de chair

415

ou d'os. Comme il est plutôt efflanqué, avec un cou maigre flottant dans le col de sa chemise, j'ai appris avec surprise que tu avais été un temps amoureuse de lui, jusqu'à l'obsession, au point que sa fiancée l'avait plaqué. Je n'aurais jamais cru qu'il pouvait être ton genre. Je lui ai demandé s'il m'avait abordé par dépit. Il a nié. Ce mariage aurait été un désastre et, d'une certaine façon, il t'était reconnaissant.

Nous sommes revenus sur l'opération Sweet Tooth. D'après lui, il n'était pas si rare, pour un service de renseignements, de promouvoir la culture et de soutenir les intellectuels qui le méritaient. Les Russes le faisaient bien, alors pourquoi pas nous? C'était la version douce de la guerre froide. Je lui ai dit la même chose qu'à toi samedi dernier. Pourquoi ne pas verser ouvertement cet argent, par l'intermédiaire d'un autre ministère? Pourquoi recourir à une opération secrète? Il a soupiré en hochant la tête avec commisération. Il fallait que je comprenne que n'importe quelle institution, n'importe quel organisme finit par devenir une sorte d'empire autonome, agressif, n'obéissant qu'à sa logique propre, obsédé par sa survie et la nécessité d'accroître son territoire. Un processus aussi aveugle et inexorable qu'une réaction chimique. Le MI6 avait pris le contrôle des services secrets du ministère des Affaires étrangères et le MI5 voulait son propre projet. Ils cherchaient l'un comme l'autre à impressionner les Américains, la CIA — qui avaient, au fil des ans, subventionné la culture en Europe dans des proportions que nul ne mesurerait jamais.

Il m'a raccompagné à ma voiture, sous une pluie battante, cette fois. Nous n'avons pas perdu de temps à prendre congé. Avant de me serrer la main, il m'a communiqué son numéro de téléphone personnel. Il regrettait d'avoir été porteur de mauvaises nouvelles. La trahison était une chose très laide, à laquelle personne ne devrait être confronté. Il espérait que je trouverais le moyen de m'en remettre. Après son départ, je suis resté assis dans la voiture, la clé de contact à la main. La pluie s'abattait comme un déluge de fin du monde. Avec ce que je venais d'entendre, impossible d'affronter la route, mes parents, ou un retour à Clifton Street. Je ne fêterais pas le Nouvel An avec toi. Je ne me voyais pas faire autre chose que regarder la pluie laver la rue de sa crasse. Au bout d'une heure, j'ai roulé jusqu'à un bureau de poste pour t'envoyer un télégramme, puis j'ai trouvé un hôtel correct. Je pouvais m'offrir le luxe de dépenser ce qui me restait de mon argent suspect. Pour mieux m'apitoyer sur mon sort, j'ai demandé qu'on me monte une bouteille de whisky. Deux centimètres d'alcool et deux centimètres d'eau ont suffi à me convaincre que je n'avais pas envie d'être ivre, pas à cinq heures de l'après-midi. Ni d'avoir les idées claires, d'ailleurs. Je n'avais envie de rien, pas même de l'oubli.

Or il n'y a pas de troisième voie entre l'existence et l'oubli. Je suis donc resté allongé sur mon lit soyeux et j'ai pensé à toi, je me suis repassé les scènes qui retourneraient le fer dans la plaie. Notre première baise, inepte et trop sérieuse, et la deuxième, géniale, tous les poèmes, les poissons et les seaux à glace, l'actualité, la politique, les retrouvailles du vendredi soir, les taquineries, les bains et le sommeil partagés, tous les baisers, les caresses, les langues qui se touchent — l'art consommé avec lequel tu ne cherchais pas à te hausser du col, à paraître plus que toi-même. Amer et sardonique, je t'ai souhaité une carrière météorique. Mais cela n'a pas suffi. Je dois t'avouer qu'à ce moment-là, si ton adorable gorge pâle s'était retrouvée offerte sur mes genoux et que l'on m'ait mis un couteau dans la main, j'aurais fait le travail sans états d'âme. Voilà la cause, voilà la cause, mon âme. Contrairement à moi, Othello refusait de verser le sang. C'était une mauviette.

Ne t'en va pas maintenant, Serena. Continue ta lecture. Ce moment ne durera pas. Je t'ai haïe de toutes mes forces, et je m'en suis voulu d'être le dindon de la farce, un dindon vaniteux qui avait trop facilement cru que l'argent coulant à flots était un dû, comme la femme superbe à son bras lors des promenades sur le front de mer à Brighton. Comme le Jane Austen Prize que j'avais reçu sans grande surprise, comme s'il me revenait de droit.

Oui, les bras en croix sur mon immense lit à baldaquin, sur la courtepointe de soie aux impressions représentant une chasse à courre médiévale, j'ai traqué toute la douleur, toutes les offenses que la mémoire pouvait débusquer. Ces longs dîners chez Wheeler's, nos verres levés pour trinquer, la littérature, l'enfance, les probabilités — tout cela se solidifiait en une dépouille charnue qui tournait lentement sur elle-même tel un bon rôti à la broche. Je nous revoyais avant Noël. N'avions-nous pas laissé les prémices d'un avenir partagé s'insinuer dans la conversation ? Mais quel avenir aurions-nous pu avoir, alors que tu ne m'avais pas dit qui tu étais ? Où croyais-tu qu'il nous conduirait ? Tu ne comptais quand même pas garder ton secret jusqu'à la fin de tes jours ? Le whisky que j'ai bu à vingt heures ce soir-là m'a paru meilleur que celui de dix-sept heures. J'en ai descendu un troisième, sec, ai commandé par téléphone une bouteille de bordeaux et un sandwich au jambon. Pendant les quarante minutes qu'il a fallu au garçon pour me les apporter, j'ai continué à boire du whisky. Mais je ne me suis pas soûlé complètement, n'ai pas saccagé la chambre ni poussé de cris d'animaux, ne t'ai lancé aucune malédiction. Je me suis borné à t'écrire une lettre féroce sur le papier de l'hôtel, j'ai trouvé un timbre, inscrit ton adresse sur l'enveloppe, glissé celle-ci dans la poche de mon manteau. J'ai bu un verre de vin, commandé un second sandwich, n'ai plus eu une pensée cohérente et, à vingt-deux heures, je dormais comme un bébé.

Je me suis réveillé quelques heures plus tard dans l'obscurité — les rideaux de cette chambre étaient épais — et j'ai connu un de ces moments d'amnésie sereine, mais totale. Je sentais un lit confortable autour de moi, mais n'avais pas la moindre idée de qui j'étais ni de l'endroit où je me trouvais. Il n'a duré qu'une poignée de secondes, cet épisode d'existence à l'état pur, équivalent mental de la page blanche. Inévitablement, la trame narrative s'est peu à peu remise en place, d'abord les détails immédiats — la chambre, l'hôtel, la ville, Greatorex, toi ; ensuite, les éléments de ma vie au sens large — mon nom, ma situation. C'est là, alors que je me redressais et cherchais à tâtons l'interrupteur de la lampe de chevet, que toute l'opération Sweet Tooth m'est apparue sous un jour entièrement différent. Cette brève amnésie purifiante m'avait rendu mon bon sens. Il ne s'agissait pas, ou pas seulement, d'une trahison calamiteuse et d'un désastre privé. Trop occupé à me sentir offensé, je n'avais pas vu ce qu'elle était en réalité : une opportunité, un cadeau. J'étais un romancier sans roman, et voilà que la chance me lançait un os goûteux à ronger, les contours d'une intrigue possible.

J'avais une espionne dans mon lit, sa tête sur mon oreiller, ses lèvres contre mon oreille. Elle dissimulait sa véritable mission et, fait essentiel, ne savait pas que je savais. Ce n'était pas moi qui lui en ferais l'aveu. Je ne te mettrais donc pas en demeure de dire la vérité, il n'y aurait ni accusations ni scène définitive à l'issue de laquelle chacun part de son côté, pas encore. Seulement le silence, la discrétion, l'observation patiente, et l'écriture. Les événements décideraient de l'intrigue. Les personnages étaient fournis. Je n'aurais rien à inventer, me contenterais d'enregistrer. Je te regarderais à l'œuvre. Moi aussi, je pouvais être un espion.

Assis bien droit sur le lit, bouche bée, je fixais des yeux le fond de la pièce, tel un homme qui verrait le fantôme de son père traverser le mur. Moi, j'avais vu le roman que j'allais écrire. J'en avais également perçu les dangers. Je continuerais à recevoir mon argent tout en connaissant parfaitement son origine. Greatorex savait que je savais. Cela me rendait vulnérable et lui conférait un pouvoir sur moi. Ce roman était-il destiné à assouvir une vengeance ? Non, en fait, mais tu m'avais bel et bien libéré. Tu ne m'avais pas demandé si je voulais participer à l'opération Sweet Tooth, je n'allais pas te demander si tu voulais figurer dans mon roman. Ian Hamilton m'avait un jour parlé d'un ami écrivain qui avait donné des détails intimes sur son couple dans un livre. Son épouse avait été indignée de découvrir leur vie sexuelle et leurs conversations sur l'oreiller minutieusement reproduites. Elle avait divorcé et il avait éternellement regretté son initiative malheureuse, en particulier parce qu'elle était fort riche. Ici, pas de problème de ce genre. J'étais libre d'agir à ma guise. Mais pas question de rester plus longtemps bouche bée sur ce lit. Je me suis habillé aussitôt, ai retrouvé mon carnet, l'ai rempli en deux heures. Il me suffisait de raconter toute l'histoire telle que je la voyais, depuis le moment où tu avais pénétré dans mon bureau à l'université jusqu'à ma rencontre avec Greatorex — et au-delà.

Le lendemain matin, en proie à un regain d'énergie, je suis sorti avant le petit déjeuner et j'ai acheté trois cahiers au vendeur sympathique d'une maison de la presse. Bristol était finalement un endroit convenable. De retour dans ma chambre, j'ai commandé un café et me suis mis au travail, prenant des notes, agençant les séquences, rédigeant un ou deux paragraphes pour me donner un avant-goût. J'ai écrit près de la moitié d'un des premiers chapitres. En milieu d'après-midi, j'ai éprouvé un sentiment de malaise. Deux heures plus tard, après relecture de l'ensemble, j'ai jeté mon stylo par terre avec un juron, me suis levé brutalement, ai renversé ma chaise. Merde! C'était terne, c'était mort. J'avais rempli quarante pages aussi facilement que j'aurais compté jusqu'à dix. Aucune résistance, aucune difficulté, aucun ressort, aucune surprise, rien de riche ni d'étrange. Aucun bruit de moteur. Au contraire, tout ce que je voyais, entendais, disais, faisais, était aligné comme autant de rangs de haricots. Il ne s'agissait pas seulement de maladresses ineptes et superficielles. Il y avait un vice caché, profondément enfoui, et cette formulation était encore trop indulgente pour ce que je m'efforçais de nommer. Tout simplement, c'était sans intérêt.

Je gâchais un cadeau précieux et cela me dégoûtait. Je suis allé me promener à travers la ville dans la pénombre du crépuscule, me demandant si je devais t'envoyer cette lettre, au fond. C'était moi, le problème, ai-je conclu. D'instinct, je me présentais comme un héros typique de roman comique anglais : trop niais pour être vraiment intelligent, passif, sérieux, bavard, pas drôle du tout. *Ainsi vaquais-je à mes occupations, préoccupé de poésie du seizième siècle, quand, le croiriez-vous, cette magnifique jeune femme entre dans mon bureau et me propose une allocation.* Je protégeais quoi, sous ce vernis grotesque? Tout le chagrin que j'avais à peine effleuré, sans doute.

Je suis allé à pied jusqu'au Clifton Suspension Bridge, ce pont suspendu sur lequel on apercevait parfois, disait-on, un candidat au suicide en train d'inspecter les lieux, de calculer la hauteur de sa chute. Je m'y suis engagé, m'arrêtant à mi-chemin pour contempler les gorges enténébrées de la rivière. Je revoyais à nouveau la deuxième fois où nous avions fait l'amour. Dans ta chambre, le matin, au lendemain de notre dîner au White Tower. Tu t'en souviens? J'étais allongé sur les oreillers — quel luxe! — et tu oscillais sur moi. Une danse de la félicité. À ce moment-là, je ne lisais sur ton visage penché vers moi que le plaisir et une tendresse naissante, mais bien réelle. Maintenant que j'avais conscience de ce que tu savais alors, de ce qu'il te fallait dissimuler, j'essayais de m'imaginer à ta place, de jouer deux rôles à la fois, aimer et... *en rendre compte.* Comment pouvais-je être là et en rendre compte? Or tel était l'enjeu. Je le voyais bien. Élémentaire. Ce n'était pas à moi de raconter l'histoire. C'était à toi. Tu avais pour mission de rendre des comptes à mon sujet. Je devais sortir de moi-même pour me mettre dans ta peau. Il fallait que je me transforme, me travestisse, me glisse dans tes jupes, tes escarpins, tes petites culottes, que je porte ton sac à main en cuir blanc verni à l'épaule. À mon épaule. Et que je parle avec ta voix. Te connaissais-je assez bien? À l'évidence, non. Étais-je un assez bon ventriloque? Un seul moyen de le savoir. Il fallait se lancer. J'ai sorti de ma poche la lettre que je te destinais, l'ai déchirée, ai laissé les morceaux s'enfoncer dans les ténèbres des gorges de l'Avon. Puis j'ai retraversé le pont à la hâte, j'ai finalement hélé un taxi, et j'ai passé la nuit du Nouvel An et une partie du lendemain dans ma chambre d'hôtel, à remplir un cahier supplémentaire, à essayer ta voix. Enfin j'ai quitté l'hôtel, tard, et ramené la voiture à mes parents morts d'angoisse.

Te souviens-tu de nos retrouvailles après Noël? Ce devait être le 3 ou le 4 janvier, encore un de nos vendredis soir. Tu as dû remarquer que j'avais mis un point d'honneur à venir t'attendre sur le quai. Peut-être cela t'a-t-il paru inhabituel. Je suis un très mauvais comédien, et j'avais peur d'être incapable de me comporter avec naturel avec toi, d'être percé à jour. Tu devinerais que je savais. Plus simple de t'accueillir sur un quai de gare bondé que dans le silence de l'appartement. Mais à l'instant où ton train est entré en gare, où j'ai vu ton wagon passer lentement devant moi, et ton geste si gracieux pour attraper ton sac au-dessus de ton siège, et quelques secondes plus tard, quand nous nous sommes étreints avec tant de force, mon désir pour toi était tel que je n'ai pas eu besoin de feindre quoi que ce soit. Nous nous sommes embrassés, et j'ai su que tout serait facile. Je pouvais à la fois avoir envie de toi et t'observer. L'un n'excluait pas l'autre. Au contraire, ils se complétaient. Lorsque nous avons fait l'amour une heure plus tard, tu as manifesté une possessivité si tendre et inventive, tout en continuant à donner le change — je le dis le plus simplement du monde : j'étais comblé. J'ai failli m'évanouir. Ainsi a commencé ce que tu as gentiment surnommé mon mode « cochon dans son auge ». Et mon plaisir se trouvait démultiplié par le fait de savoir que je pouvais regagner ma machine à écrire pour décrire de ton point de vue le moment écoulé. Ton point de vue plein de duplicité, qui devait comporter ta vision, l'idée que tu te faisais de moi, en tant qu'amant et que recrue de l'opération Sweet Tooth. Ma tâche consistait à me reconstituer à travers le prisme de ta conscience. Si j'apparaissais à mon avantage, c'était à cause de toutes les choses agréables que tu disais sur moi. Grâce à ce raffinement récursif, ma mission se révélait encore plus intéressante que la tienne. Tes maîtres ne te demandaient pas d'enquêter sur la façon dont toi, tu m'apparaissais. J'apprenais à faire la même chose que toi, mais en mieux, avec un pli supplémentaire dans l'étoffe de la trahison. Et je me prenais au jeu.

Et puis, quelques heures plus tard, la plage de Brighton — de Hove, en réalité, dont les sonorités sont moins romantiques, malgré un semblant de rime avec *love*. Pour la deuxième fois seulement, depuis le début de notre liaison, j'étais allongé sur le dos, avec des galets humides pour me rafraîchir le coccyx. Un policier qui serait passé sur la promenade nous aurait embarqués pour outrage à la pudeur. Comment aurions-nous pu lui expliquer ces mondes parallèles que nous tissions autour de nous ? Sur une orbite, notre trahison réciproque, une nouveauté pour moi, une habitude pour toi, peut-être une drogue, sans doute un poison. Sur l'autre orbite, notre attachement qui évoluait vers l'amour en passant par l'extase. Nous atteignions enfin ces sommets glorieux et échangions nos « je t'aime » tout en gardant nos secrets. Je voyais comment nous pouvions nous y prendre, comment vivre avec ces compartiments étanches côte à côte, sans jamais laisser la puanteur humide du premier envahir la suavité du second. Si je reviens sur le fait que nos ébats soient devenus exquis après mon rendez-vous avec Greatorex, je sais que tu penseras à « Schizographie ». (Ce que je peux regretter le jeu de mots du titre !) À ce mari fou de désir pour l'épouse qui lui a volé son matériel, à son plaisir décuplé par la connaissance secrète de cette trahison. D'accord, cette femme m'a permis de faire mes gammes alors que j'ignorais encore ton existence. Et je ne nie pas être le dénominateur commun. Mais c'est une autre de mes nouvelles que j'ai en tête, celle du frère de ce pasteur, qui se retrouve à aimer la femme qui va le détruire. Tu as toujours aimé cette nouvelle. Et celle sur cette femme écrivain poussée à écrire son deuxième roman par le spectre de son amant simiesque ? Ou encore celle sur ce cinglé qui croit à la réalité de sa maîtresse, alors qu'elle n'est qu'un pur produit de son imagination, une contrefaçon, une copie, un simulacre ?

Mais ne quitte pas la cuisine. Reste avec moi. Laisse-moi exorciser cette amertume. Et parlons de mes recherches. Quand tu es arrivée à Brighton, ce vendredi-là, j'avais rencontré Max Greatorex une deuxième fois, chez lui, à Egham dans le Surrey. Je m'étais étonné qu'il se montre si loquace, me donne autant de détails sur les réunions relatives à l'opération Sweet Tooth, sur vos rendez-vous à Hyde Park et dans son bureau, sur sa visite nocturne dans la maison de St Augustine's Road et, plus généralement, sur Leconfield House. Plus j'en apprenais, plus je me demandais s'il ne se posait pas en rival de ton Tony Canning. Il m'a assuré que Sweet Tooth n'était qu'une opération à petite échelle, sans importance réelle. J'ai également eu l'impression qu'il avait déjà décidé de quitter le MI5 pour se lancer dans autre chose. Maintenant, je sais par Shirley Shilling que son but, en m'abordant à Bristol, était de mettre un terme à notre liaison. Ses indiscrétions s'expliquent par sa volonté de te détruire. Lorsque j'ai cherché à le revoir, il m'a cru en proie à un désir de vengeance obsessionnel, qu'il était enchanté d'attiser. Plus tard, il a été surpris de découvrir que nous étions encore ensemble. Et furieux d'apprendre que tu comptais assister à la remise du Jane Austen Prize au Dorchester. Alors il a appelé ses contacts dans la presse et a lâché les chiens sur nous. En tout, je l'ai vu trois fois cette année. Il m'a donné tant d'éléments. Dommage que je le déteste. C'est lui qui m'a raconté l'histoire de Canning, le fait qu'il ait été interrogé une dernière fois dans une cache avant de partir mourir sur une île de la Baltique, qu'il saignait du nez, ce qui a abîmé un matelas et nourri certains de tes fantasmes. Cela divertissait beaucoup Greatorex.

Lors de notre dernier rendez-vous, il m'a donné l'adresse de ta vieille copine Shirley Shilling. J'avais lu des articles sur elle, sur son agent qui avait eu le flair de mettre cinq éditeurs en compétition pour son premier roman, sur les studios de cinéma qui se bousculaient pour acheter les droits à Los Angeles. Elle était au bras de Martin Amis, quand on a fait cette lecture ensemble à Cambridge. Je l'ai trouvée sympathique, et elle t'adore. Elle m'a raconté vos tournées dans les pubs de Londres. Lorsque je lui ai dit que je savais pour qui tu travaillais, elle m'a parlé du jour où vous aviez joué les femmes de ménage, toutes les deux, et où on lui avait demandé de transmettre des informations sur toi. Elle a aussi évoqué ton vieil ami Jeremy, alors, pendant que j'étais à Cambridge, je suis allé dans son collège et j'ai obtenu son adresse à Édimbourg. J'ai également rendu visite à Mrs Canning. Je me suis fait passer pour un ancien étudiant de son mari. Elle s'est montrée courtoise, mais ne m'a pas révélé grand-chose. Tu seras contente d'apprendre qu'elle ignore tout de ton existence. Shirley avait proposé de m'emmener voir la maison de campagne des Canning dans le Suffolk. (Elle conduit comme une dingue.) Nous avons jeté un coup d'œil dans le jardin, sommes allés faire un tour dans les bois. En repartant, j'ai eu le sentiment d'en savoir suffisamment pour reconstituer le décor de ta liaison, de ton apprentissage du secret.

De Cambridge, n'oublie pas, je suis allé voir ta sœur et Luke, son compagnon. Comme tu le sais, j'ai horreur d'être défoncé. Ça entame tellement les capacités intellectuelles. Ce repli sur soi ombrageux et ces effets électrisants ne sont pas pour moi, pas plus que le goût artificiel et boulimique des sucreries. Mais c'était le seul moyen de m'entendre avec Lucy et d'avoir une conversation avec elle. Nous nous sommes assis tous trois par terre sur des coussins dans leur appartement, avec une lumière tamisée, de l'encens en train de se consumer dans des pots en terre faits maison, et un raga entêtant au sitar, qui s'échappait de haut-parleurs invisibles. Nous avons bu un thé purifiant. Lucy est en adoration devant toi, la malheureuse, désespérément en quête de l'approbation de sa grande sœur, qu'elle obtient rarement, à mon avis. Elle a fini par dire d'un air accablé que ce n'était pas juste, que tu sois à la fois plus intelligente *et* plus jolie. Je suis reparti avec ce que j'étais venu chercher : tes années d'enfance et d'adolescence, bien que j'aie dû oublier l'essentiel dans un nuage de haschich. Je me rappelle néanmoins avoir mangé du gratin de chou-fleur et du riz complet au dîner.

J'ai passé la nuit chez eux pour pouvoir aller à la cathédrale le dimanche écouter ton père. Par curiosité, parce que tu m'avais raconté dans une lettre que tu t'étais effondrée en larmes dans ses bras sur le pas de votre porte. Il était bien présent, distant et majestueux, mais n'a rien dit du tout ce jour-là. Des diacres, assez impressionnants à leur manière, ont conduit le service sans désemparer malgré le petit nombre de fidèles présents, avec tout le brio que l'on peut puiser dans une foi inébranlable. Un type à voix nasillarde a prononcé le sermon, une exégèse péremptoire de la parabole du Bon Samaritain. J'ai échangé une poignée de main avec ton père en sortant. Il m'a dévisagé avec intérêt et m'a aimablement demandé si je reviendrais. Comment aurais-je pu lui dire la vérité ?

J'ai écrit à Jeremy en me présentant comme l'un de tes meilleurs amis, de passage à Édimbourg. J'ai ajouté que c'était toi qui m'avais suggéré de le contacter. Je savais que tu ne te formaliserais pas de ce mensonge, mais aussi que je prenais des risques. S'il te parlait de moi, je serais démasqué. Cette fois, il a fallu que je m'enivre avec lui pour obtenir quelque chose. Comment aurais-je appris en quelles circonstances tu avais publié des articles dans *?Quis?*, sinon ? C'était toi qui m'avais parlé de sa jouissance fugace, de son pubis singulier et de la serviette-éponge pliée. Lui et moi avions également en commun le seizième siècle, son histoire et sa littérature, et j'ai pu le mettre au courant de la trahison de Tony Canning, de votre liaison, ce qui l'a choqué. Notre soirée s'est magnifiquement bien passée, à toute vitesse, et en réglant l'addition à l'Old Waverley Hotel je me suis dit que c'était de l'argent bien employé.

Mais pourquoi t'ennuyer avec ces détails de mes recherches ? D'abord pour te montrer que j'ai pris cette affaire au sérieux. Deuxièmement, pour que les choses soient claires : c'est toi, surtout, qui as été ma principale source. Il y a eu tout ce que j'ai constaté moi-même, bien sûr. Puis le petit groupe de personnages auquel je me suis mêlé en janvier. Cela laisse de côté un îlot d'expérience, un fragment important du tout qui correspond à toi seule, toi avec tes pensées, parfois toi invisible à toi-même. Sur ce terrain, j'ai été obligé d'extrapoler ou d'inventer.

Un exemple. Nous n'oublierons ni l'un ni l'autre notre première rencontre dans mon bureau. D'où j'étais assis, lorsque tu as franchi la porte et que j'ai découvert ton teint de pêche un peu démodé et tes yeux bleu azur, j'ai cru possible que ma vie soit sur le point de changer. Je t'ai imaginée quelques minutes avant cet instant, arrivant de la gare de Falmer, te rapprochant du campus de l'université du Sussex, pleine de ce dédain snob pour le concept d'université nouvelle que tu as exprimé devant moi depuis. Mince et blonde, tu as fendu la foule des étudiants pieds nus et à cheveux longs. Ton expression méprisante s'était à peine estompée quand tu t'es présentée et as commencé à débiter tes mensonges. Tu t'es plainte de tes années à Cambridge, tu m'as dit qu'elles étaient intellectuellement étouffantes, et te voilà soudain en train de défendre bec et ongles ton université et

429

de regarder la mienne de haut. Eh bien, si je peux te donner un conseil, réfléchis-y à deux fois. Ne te laisse pas égarer par de la musique trop bruyante. J'estime que mon université était plus ambitieuse, plus sérieuse, plus agréable que la tienne. Je parle en tant que produit, qu'explorateur de la nouvelle carte du savoir d'Asa Briggs. Les travaux dirigés réclamaient beaucoup d'efforts. Deux dissertations par semaine pendant trois ans, sans répit. Les études littéraires habituelles, mais auxquelles s'ajoutait de l'historiographie pour tous les nouveaux venus, et puis, pour moi, par choix, la cosmologie, les beaux-arts, les relations internationales, Virgile, Dante, Ortega y Gasset... Jamais l'université du Sussex ne t'aurait autorisée à stagner comme tu l'as fait, jamais elle ne t'aurait permis de n'étudier que les mathématiques. Pourquoi je t'embête avec ça ? Je t'entends d'ici te dire : il est jaloux, il me fait l'article pour son grand magasin du savoir, parce qu'il n'a pas fréquenté mon université avec ses pelouses vertes comme des tables de billard et sa pierre blonde. Mais tu te trompes. Je voulais seulement te rappeler pourquoi je t'ai dessiné cette moue hautaine quand tu es entrée sur le campus au son de Jethro Tull, ce sourire railleur que je n'étais pas là pour voir. C'était une hypothèse reposant sur des faits, une extrapolation.

Assez parlé de recherches. J'avais le matériau, ma feuille d'or et la motivation nécessaire pour la travailler. Je m'y suis mis avec frénésie, plus de cent mille mots en à peine plus de trois mois. Le Jane Austen Prize, malgré l'intérêt et la reconnaissance qu'il m'a apportés, m'a fait l'effet d'une distraction monstrueuse. Je me suis fixé l'objectif de mille cinq cents mots par jour, sept jours par semaine. Parfois, quand je me trouvais à court d'idées, c'était presque impossible, d'autres fois c'était un jeu d'enfant, parce que je pouvais transcrire notre conversation quelques minutes après qu'elle avait eu lieu. D'autres fois encore, c'étaient les événements qui écrivaient des passages entiers à ma place.

Un exemple récent : samedi dernier, quand tu es revenue à l'appartement après avoir fait des courses, pour me montrer l'article du *Guardian*. Je savais alors que Greatorex avait frappé plus fort et que les choses allaient se précipiter. J'étais aux premières loges pour voir la trahison à l'œuvre, la tienne et la mienne. Je voyais bien que tu t'attendais à être percée à jour et mise en accusation. J'ai réagi comme si je t'aimais trop pour te soupçonner — facile. Lorsque tu as suggéré de rédiger un communiqué de presse, je me doutais que cela ne servirait à rien, mais pourquoi pas ? L'histoire s'écrivait toute seule. Par ailleurs, il était temps de renoncer à l'argent de la Fondation. Cela m'a touché, quand tu as tenté de me dissuader d'affirmer que je ne connaissais personne au MI5. Tu avais conscience de ma vulnérabilité, dont tu étais responsable, et tu souffrais le martyre en essayant de me protéger. Alors pourquoi avoir quand même ajouté cette affirmation au communiqué ? Une péripétie supplémentaire ! Comment résister ? Et je voulais que tu croies à mon innocence. Je savais que je m'apprêtais à me nuire considérablement. Mais je m'en moquais, j'étais imprudent, victime de mon obsession, je voulais voir ce qui allait se passer. Je me disais, à juste titre, la suite l'a prouvé, que c'était la fin de la partie. Lorsque tu es partie t'allonger pour ressasser ton dilemme, j'ai entrepris de te décrire en train de lire les journaux dans ce café près du marché, et puis, pendant que je l'avais encore présent à l'esprit, de transcrire tout notre échange. Après notre déjeuner chez Wheeler's, nous avons fait l'amour. Tu t'es endormie et j'ai continué à travailler, à taper à la machine et à revoir les dernières heures écoulées. Quand je suis revenu dans la chambre en début de soirée pour te réveiller et te faire à nouveau l'amour, tu as chuchoté en prenant mon sexe dans ta main et en me guidant en toi : « Tu es incroyable. » J'espère que tu ne m'en voudras pas. J'ai inclus cette réplique.

Il faut se rendre à l'évidence, Serena, le soleil se couche sur cette triste affaire, la lune et les étoiles aussi. Cet après-midi — hier pour toi, j'imagine — on a sonné. Je suis descendu pour trouver sur le trottoir une femme du *Daily Express*. Elle était aimable et m'a dit franchement ce qui serait dans le journal du lendemain, que j'apparaîtrais comme un imposteur et un menteur intéressé. Elle m'a même lu certains passages qu'elle avait écrits. Elle m'a décrit les photos et demandé poliment si je voulais faire un commentaire. Je n'avais rien à déclarer. Dès qu'elle a été partie, j'ai pris des notes. Je ne serai pas en mesure d'acheter un exemplaire du *Daily Express* demain, mais peu importe, car cet après-midi j'insérerai ce qu'elle m'a révélé, et, au fait, as-tu lu l'article dans le train? Oui, tout est fini. Cette reporter m'a dit que son journal avait déjà des réactions d'Edward Heath et de Roy Jenkins. Je vais me couvrir d'ignominie. Comme nous tous. Je vais être accusé, à juste titre, d'avoir menti dans mon communiqué de presse, de recevoir de l'argent d'une origine douteuse, de vendre mon âme. Tes employeurs se sont imprudemment aventurés sur un terrain qui n'était pas le leur et ont mis en difficulté leurs maîtres en politique. Il ne faudra pas longtemps pour que la liste des bénéficiaires de l'opération Sweet Tooth soit rendue publique. Il y aura des ricanements, de la gêne et un ou deux licenciements. Quant à toi, tu n'as aucune chance de survivre aux quotidiens de demain. Tu es absolument superbe sur les photos, paraît-il. Mais tu vas devoir te chercher un emploi.

Je vais bientôt te demander de prendre une décision importante, mais avant cela, permets-moi de te raconter mon histoire d'espionnage préférée. Le MI5 y a été mêlé, ainsi que le MI6. 1943. Le combat était plus âpre et lourd de conséquences que maintenant. En avril de cette année-là, le cadavre en décomposition d'un officier des Royal Marines s'échoua sur la côte andalouse. Attachée au poignet de l'homme par une chaîne, se trouvait une sacoche contenant des documents relatifs à un projet d'invasion de l'Europe du Sud, en passant par la Grèce et la Sardaigne. Les autorités locales contactèrent le chargé d'affaires britannique, qui sembla dans un premier temps accorder peu d'intérêt au cadavre et à son bagage. Puis il parut changer d'avis et fit des pieds et des mains pour que les deux soient rapatriés. Trop tard. Théoriquement neutres pendant la guerre, les Espagnols étaient en général plus favorables à la cause nazie. Les services de renseignements allemands s'emparèrent de l'affaire, les documents contenus dans la sacoche prirent le chemin de Berlin. Le haut commandement allemand les étudia, découvrit les intentions des Alliés et modifia son dispositif défensif en conséquence. Mais comme tu le sais sans doute grâce à *L'homme qui n'a jamais existé*, le cadavre et les plans étaient des leurres qui faisaient partie d'un coup monté par les services de renseignements britanniques. L'officier, en réalité un vagabond gallois récupéré dans une morgue, avait été déguisé avec un soin méticuleux du détail pour correspondre à son identité fictive à laquelle rien ne manquait, pas même des lettres d'amour et des billets pour un spectacle à Londres. L'invasion alliée de l'Europe du Sud se fit par l'itinéraire le plus évident, la Sicile, qui était mal défendue. Au moins quelques divisions de Hitler montaient-elles la garde sur les mauvais sites de débarquement.

L'opération Mincemeat a compté parmi les centaines de subterfuges utilisés pendant la guerre, mais ma thèse est que les causes de sa brillante réussite résident dans sa genèse. L'idée originale provenait d'un roman publié en 1937 et intitulé *Le mystère du chapeau de la modiste*. Le jeune officier de marine qui avait repéré cet épisode deviendrait lui-même un jour un romancier célèbre. Il s'appelait Ian Fleming, et fit figurer l'idée en question avec d'autres stratagèmes dans un rapport soumis à une commission présidée par un professeur de l'université d'Oxford, auteur de romans policiers. Une identité, des antécédents et des éléments biographiques plausibles furent trouvés pour le cadavre, avec un flair de romancier. L'attaché militaire qui orchestra l'arrivée en Espagne de l'officier noyé était lui aussi écrivain. Qui a dit que la poésie n'influençait pas le cours des événements ? L'opération Mincemeat a réussi parce que l'inventivité et l'imagination ont pris le pas sur l'intelligence. Pitoyable par comparaison, l'opération Sweet Tooth, ce signe avant-coureur de la déchéance, a inversé le processus et a échoué, parce que l'intelligence a voulu brider l'inventivité. Notre heure de gloire a eu lieu voilà trente ans. À celle de notre déclin, nous vivons dans l'ombre des géants. Tes collègues et toi deviez savoir que ce projet était nul, et condamné dès le départ, mais vous aviez des motivations bureaucratiques, vous avez persévéré parce que les ordres venaient d'en haut. Ton Peter Nutting aurait dû écouter Angus Wilson, le président de l'Arts Council, encore un romancier qui entretenait des liens avec les services secrets pendant la guerre.

Je t'ai dit que ce n'était pas la colère qui m'avait incité à écrire les pages contenues dans le paquet posé devant toi. Mais il y a toujours eu quelque chose comme « œil pour œil, dent pour dent ». Nous avons tous deux rendu compte l'un de l'autre. Tu m'as menti. Je t'ai espionnée. C'était délicieux, et j'ai considéré que tu l'avais bien cherché. J'ai réellement cru pouvoir enfermer toute cette histoire entre les deux pages de couverture d'un livre, te rayer de mon existence et te dire adieu. C'était compter sans la logique enclenchée par ce processus. J'ai dû aller à Cambridge pour décrocher cette affreuse licence, coucher avec un vieux crapaud bienveillant dans une chaumière du Suffolk, occuper ta chambre de Camden, me remettre d'un deuil, te faire un shampoing et repasser tes jupes pour ton travail, subir le trajet matinal en métro, ressentir ton besoin d'indépendance en même temps que les liens qui t'unissaient à tes parents et t'ont fait pleurer sur la poitrine de ton père. J'ai dû goûter à ta solitude, habiter tes insécurités, ton besoin de l'approbation de tes supérieurs, ton manque de solidarité avec ta sœur, tes accès de snobisme, ton ignorance et ta vanité, ta fibre sociale réduite au minimum, tes moments d'apitoiement sur toi-même, ton orthodoxie sur la plupart des sujets. Et j'ai dû le faire en tenant compte de ton intelligence, de ta beauté et de ta tendresse, de ton amour du rire et des joies du sexe, de ton humour sarcastique et de tes instincts adorablement protecteurs. Pour te recréer noir sur blanc, j'ai dû devenir toi et te comprendre (c'est ce que demandent les romans), et ce faisant, eh bien, ce qui devait arriver arriva. En me coulant dans ta peau, j'aurais dû prévoir les conséquences. Je t'aime encore. Non, ce n'est pas exactement ça. Je t'aime davantage.

Tu te dis sans doute que tu es allée trop loin dans la duplicité, que nous nous sommes raconté des mensonges pour toute une vie, que nos trahisons et nos humiliations ont redoublé nos raisons de partir chacun de son côté. Je préfère me dire qu'elles se sont annulées l'une l'autre, que nous sommes trop empêtrés dans notre surveillance réciproque pour nous séparer. Je me charge désormais de veiller sur toi. Ne ferais-tu pas la même chose pour moi ? Je m'oriente maintenant vers une déclaration d'amour et une demande en mariage. Ne m'as-tu pas confié un jour ta conception démodée selon laquelle c'était ainsi que devait se clore un roman, sur un : « Veux-tu m'épouser ? » Avec ta permission, j'aimerais publier un jour le livre qui se trouve sur la table de la cuisine. Ce n'est pas vraiment une apologie, plutôt une mise en accusation de nous deux, qui nous unirait sûrement encore davantage. Mais il y a des obstacles. Pour éviter que toi ou Shirley, ou même Mr Greatorex, languissiez derrière les barreaux selon le bon vouloir de Sa Majesté, il va falloir attendre de ne plus tomber sous le coup de la loi relative aux secrets d'État. Quelques décennies te suffiront pour corriger mes suppositions sur les causes de ta solitude, pour me raconter le reste de tes activités secrètes et ce qui s'est vraiment passé entre Max et toi, et aussi pour insérer les marqueurs feutrés du retour en arrière : en ce temps-là, à cette époque, dans ces années-là... Et pourquoi pas : « Maintenant que le miroir est moins flatteur, je peux le dire une fois pour toutes : j'étais vraiment très jolie »? Trop cruel? Inutile de t'inquiéter, je n'ajouterai rien sans ton aval. Pas question d'imprimer dans l'urgence.

J'en suis sûr, je ne resterai pas éternellement en butte au mépris de l'opinion, mais cela prendra du temps. Au moins le monde et moi sommes-nous désormais d'accord : il me faut une source indépendante de revenus. Un poste se libère à University College, à Londres. Ils recherchent un spécialiste de Spenser et il paraît que j'ai mes chances. Je me sens un peu rassuré sur le fait que l'enseignement ne m'empêchera pas nécessairement d'écrire. Et Shirley m'a affirmé qu'elle avait sans doute quelque chose pour toi à Londres, si cela t'intéresse.

Ce soir, je serai dans l'avion pour Paris où je séjournerai chez un vieil ami rencontré pendant mes études, qui m'a dit pouvoir m'héberger pendant quelques jours. Dès que tout sera calmé, que je ne ferai plus les gros titres, je rentrerai. Si ta réponse est un non définitif, eh bien je n'ai pas fait de copie carbone, ceci est l'unique exemplaire et tu pourras le jeter au feu. Si tu m'aimes encore et que ta réponse est oui, alors notre collaboration commence, et cette lettre, avec ton consentement, sera le dernier chapitre de l'opération Sweet Tooth.

À toi de choisir, très chère Serena.

REMERCIEMENTS

Je tiens à remercier tout particulièrement Frances Stonor Saunders pour son livre *Qui mène la danse? La CIA et la guerre froide culturelle* (trad. par Delphine Chevalier, Denoël, 2003), ainsi que Paul Lashmar et Oliver James pour *Britain's Secret Propaganda War : 1948-1977*, et Hugh Wilford pour *The CIA, the British Left and the Cold War : Calling the Tune?*. Les ouvrages suivants se sont eux aussi révélés extrêmement utiles : *Writing Dangerously : Mary McCarthy and her World*, de Carol Brightman; *Théorie et pratique du communisme*, de R. N. Carew Hunt (trad. par Max Petel, Les Îles d'or, 1952); *Opération Mincemeat*, de Ben MacIntyre (trad. par Danielle Lafarge, Éditions Ixelles, 2011); *Reluctant Judas*, de Geoffrey Robertson; *Open Secret : The Autobiography of the Former Director-General of MI5*, de Stella Rimington; *The Defense of the Realm : The Authorized History of MI5*, de Christopher Andrew; *Spooks : The Unofficial History of MI5*, de Thomas Hennessey et Claire Thomas; *Spy Catcher : The Candid Autobiography of a Senior Intelligence Officer*, de Peter Wright; *State of Emergency : The Way We Were : Britain, 1970-1974*, de Dominic Sandbrook; *When the Lights Went Out : Britain in the Seventies*, d'Andy Beckett; *Crisis? What Crisis? Britain in the 70s*, d'Aldwyn W. Turner; *Strange Days Indeed*, de Francis Wheen.

439

J'exprime toute ma gratitude à Tim Garton Ash pour ses commentaires avisés ; à David Cornwell pour ses souvenirs irrésistibles ; à Graham Mitchison et à Karl Friston pour avoir élucidé le problème de Monty Hall ; à Alex Bowler, et, comme toujours, à Annalena McAfee.

Composition PCA/CMB Graphic.
Achevé d'imprimer
sur Roto-Page
par l'Imprimerie Floch
à Mayenne, le 12 décembre 2013.
Dépôt légal : décembre 2013.
Numéro d'imprimeur : 85954.

ISBN 978-2-07-014072-5 / Imprimé en France.

250735

IAN McEWAN

Opération Sweet Tooth

En Grande-Bretagne, au début des années 1970, la guerre froide est loin d'être finie. Diplômée de Cambridge, belle et intelligente, Serena Frome est la recrue idéale pour le MI5. La légendaire agence de renseignements anglaise est en effet bien décidée à régner sur les esprits en subvenant aux besoins d'écrivains dont l'idéologie s'accorde avec celle du gouvernement. L'opération en question s'intitule Sweet Tooth et Serena, lectrice compulsive, semble être la candidate tout indiquée pour infiltrer l'univers de Tom Haley, un jeune auteur prometteur. Tout d'abord, elle tombe amoureuse de ses nouvelles. Puis c'est de l'homme qu'elle s'éprend, faisant de lui l'autre personnage central de cette histoire.

Mêlant finement réalité et fiction, le romancier souligne l'influence de la littérature sur nos existences, pour le plus grand plaisir du lecteur, qui finira par comprendre que toute cette histoire était avant tout… un grand roman d'amour.

Né en 1948, Ian McEwan est l'un des écrivains anglais les plus doués de sa génération. Il est l'auteur d'une dizaine de romans parmi lesquels Solaire, Expiation, Amsterdam, Sur la plage de Chesil *et* L'enfant volé *(prix Femina étranger 1993). Son œuvre, maintes fois distinguée, a également été adaptée à l'écran.*

9 782070 140725   14-I   A 14072   ISBN 978-2-07-014072-5   22,50 €